王蒙文集

wang meng

〔新版〕

庄子的享受

人民文学出版社

图书在版编目（CIP）数据

王蒙文集．庄子的享受／王蒙著．—北京：人民文学出版社，2020
ISBN 978-7-02-014955-1

Ⅰ．①王… Ⅱ．①王… Ⅲ．①王蒙—文集②道家③《庄子》—研究
Ⅳ．①C53 ②B223.55

中国版本图书馆 CIP 数据核字（2019）第 019651 号

特约编辑　杨　柳
责任编辑　刘　稚
装帧设计　刘　远
责任印制　王重艺

出版发行　人民文学出版社
社　　址　北京市朝内大街 166 号
邮政编码　100705
网　　址　http：//www.rw-cn.com

印　　刷　河北新华第一印刷有限责任公司
经　　销　全国新华书店等

字　　数　260 千字
开　　本　880 毫米×1230 毫米　1/32
印　　张　9.875　插页 2
版　　次　2014 年 4 月北京第 1 版
印　　次　2020 年 1 月第 1 次印刷

书　　号　978-7-02-014955-1
定　　价　36.00 元

如有印装质量问题，请与本社图书销售中心调换。电话：010-65233595

目　录

前　言

庄子是中国历史上的不二奇才。《庄子》一书，是世界上独一无二的奇书。它是哲学，当然；是散文，是神话，是寓言，是论文；是浪漫，是荒诞，是想象也是穷根究底；是抽象推演，也是奇论怪论。

庄子令一些人爱得沉迷，恨得顿足。读了《庄子》，你想与作者拥抱，你想与作者辩论，你想给作者磕头，你想干脆将之付之一炬。你会把伟大中华文化的可爱、可悲、可亲、可敬、可怜的相当一部分功罪归之于这位庄周先生。

而且那么多你不认识的字，那么多文句上的歧义，那么多解读兼支支吾吾，或者那么多解读等于吗也没有解，叫做小心翼翼，嗫嗫嚅嚅，用抠抠搜搜小鼻子小眼的心态解读大气磅礴天马行空的《庄子》……也许解释了一两个字，全句全篇却是愈解愈糊涂。

本人谈庄子并没有足够的知识准备，例如古汉语与中国古代史。我有的是不止一种文体的文学写作实践，是人生经验，包括在顺境中、特别是逆境中生活与思考的经验，是想象力与沟通的愿望与能力，是不无己意新意创意的阅读的生发——台湾喜欢用的词是“发酵”，叫做庄子两千多年后在老王身上发酵啦。与其说我是在注什么经，不如说我在认真阅读的同时找材料注我。恰好借题发挥、趁机谈庄是一，借庄谈人生谈生存环境谈老王是二，借庄谈哲学谈思想方法谈世界包括主观世界与客观大千世界是三，借庄谈我相对熟悉一点的文学文字是四，借庄与读者聊天自娱自慰自己扩张自己的精神世界是五……六七八呢？我先不告诉你，我永远不会全告诉你。

我用了中华书局出版的《诸子集成》第三册王先谦的《庄子集解》、中华书局版的陈鼓应的《庄子今注今译》、中华书局版的孙通海译注的《庄子》，还有线装书局版的《傅佩荣解读庄子》。我也参考了互联网上不同的《庄子》版本。遇有几个版本文字不同的，则按我的意思决定取舍。尽量用已有的特别是比较流行的众本之长，加上老王的选择，牛一点说，就是老王版。

庄子更多的是讲人生的选择与态度，不像老子，更多的是讲治国平天下的道理。庄子更文学而老子更政治。所以我觉得老子对人大有帮助，而读庄子实在是难得的精神享受。就一个庄生化蝶的故事，够你凄美地苦笑一生；鲲鹏的故事，则使渺小的你突然牛了一家伙，自我扩张了一回；还有浑沌的故事呢，这才够得上老子所说的"玄而又玄，众妙之门"；这是故事的巅峰、思辨的探底；大树大瓢的故事呢，迷茫之中有大解脱焉；藐姑射之山上的冰雪神女（虽然庄周没有明确表明他或她的性别），不知道包含了多少代中国知识人的隐秘的幻想与激情……

我希望我的《庄子的享受》对于《庄子》不是佛头着粪，而是差堪比翼，我的幻梦是落霞与孤鹜齐飞，秋水共长天一色，思辨直奔骑牛李耳，忽悠差及化蝶庄周！

还得说一句，内篇外篇、托作伪作以及是否被古代的整理者编辑者有意篡改，等等，大体少可奉告。我只能针对文本，有所臧否，有所指画，有所感慨以至于摇头摆尾，一唱三叹。有什么办法呢，老王实在没有考据方面的起码根底，只有请读者海涵啦。老王未能将文字文本变成学问，老王只想将学问变成人生的享受与华彩。

逍遥游:伟大的展翅与逍遥的寝卧

一　逍遥的味道

由于《逍遥游》是《庄子》内篇的开宗明义第一章,更由于一上来所叙就很独特也很富有故事性、神怪性,《庄子》给人的第一个概念、第一印象是神奇的“逍遥”二字。不妨说,庄子一生论述的主旨就是指出通向逍遥之路,实现个人的与内心世界的超脱解放。享受庄子,首先就是享受这个关于逍遥的思维与幻想体系的别具风姿。“逍遥”,字典上的解释是闲适自得或优游自得。闲适与优游,说明它的前提是无事、无承担、无责任、无烦恼、无权利义务的契约束缚,即不处于尊卑上下、亲疏远近的人际网络之中。而自得,纯是主观感受,自己能乐、能取乐或自以为乐就行。

《庄子》一书中对此点是翻过来掉过去地尽情发挥。这对于中国人尤其是中国读书人,特别是事功上、人世上、行为上受挫的读书人来说,非常受用,非常独特,又非常得趣。

不是说中国没有或者缺少“个人主义”的传统吗?“逍遥”其实个人得厉害,这是一种就个人的精神状态、就个人摆脱社会与群体(在庄子中一般称为[外]物)的观念束缚而言的逍遥,是内在精神世界的自由与独立。它不同于近现代西方式的、从社会—群体—个人的关系中强调个人的重要性的个人主义观念。中国的“逍遥”,是对于社会、群体已经形成的价值判断的主观摆脱至少是暂时遗忘。西方强调的自由、个人主义本身，则是一种价值认定和法制保证。

用浅显的话来说，西方近现代以来，至少在口头上与理念上，希望制定维护个人自由与个人主义的价值观的游戏规则，制定自由主义与个人主义的客观标准。他们闹腾的是：在号称尊重个人维护个人自由的基础上，咱们一块玩一把政治、社会、公司、家庭、个人的生活界定吧。

而庄子大呼小号的是：我不玩啦，我们不要玩啦，我不与群体不与国君、君权、儒墨道德规范什么的一块玩啦。实在玩上了，如后文所说，进了人间世了，应了帝王了，跑不掉啦，仍然是人在人间，心在太虚；人在帝王之侧，心在北溟南溟，心在九万里外，叫做抟扶摇而上，超凡脱俗，不受任何外物、任何价值观念、任何权力与舆论的干扰束缚。

于是乎，来了——叫做横空出世：

> 北溟有鱼，其名为鲲。鲲之大，不知其几千里也。化而为鸟，其名为鹏。鹏之背，不知其几千里也。怒而飞，其翼若垂天之云。是鸟也，海运则将徙于南溟。南溟者，天池也。

有一条大鱼生活在北海，大得以千里计（长与宽），叫做鲲。鱼变成了鸟，叫做鹏。鸟的背大得也是以千里计尺寸。鹏鸟激动起来，使起劲来，一来劲，飞翔升空，翅膀展开，就像一大片云朵垂挂中天。

这样的鸟，不飞则已，一飞就飞向南溟，而南溟就是天池，不是新疆或吉林的天池，而是真正的天上天外之池。

实话实说，年轻时读《庄子》，印象最深的就是全书的这个开始。再读下去，古汉语的困难在所多多，也就读不下去了。这样的形象与叙述当然富有冲击力。让读者以渺小局促而享受巨大宏伟，以地面庸生而享受北溟南溟的波涛汹涌、深不见底；又以双腿行路一天很难走完百里的人子而享受九万里高空的勇敢与遥远；以五尺（有时小于五尺）高百十斤体重而享受几千里长与阔的身躯。

总之，它享受的是浩瀚的海洋，是巡天的飞翔，是对于自身的突破，是灵魂突破肉身，是生命充溢宇宙，是思想突破实在，是无穷突破有限，是想象、扩展、尊严与力量突破人微言轻，身贱草芥，命薄如纸，被世俗看得扁扁的不可承受之轻。

可怜的人尤其是读书人啊，遭遇庄子，你才体会到了什么叫巨大，什么叫宏伟！精神胜利、精神胜利，不在精神上，你能在哪里得到有把握的与永远的胜利呢？春秋战国以来，你可能不为世用，蹉跎一生；你可能幸运一时，朝为座上客，而祸从天降，夕为阶下囚；你可能事与愿违，屡遭诬陷；你可能志大才疏运蹇，一辈子穷愁潦倒……再没有了绝对精神的绝对的无条件的胜利，你还能有什么呢？

这样的鲲鹏式的想象与传述其实充满了挑战，是惊世骇俗而不是韬光养晦，是气势逼人而不是随遇而安，是自我张扬而不是委曲求全。固然老庄并提已为历代读书人接受，但庄子的骄傲劲潇洒劲夸张劲逍遥劲一呼便出，他可不是人往低处走（一位学人这样概括老子的思想）的主儿。

其实老子也绝非善茬儿，他开宗明义上来就讲“道可道，非常道，名可名，非常名……玄而又玄，众妙之门”。其潜台词是我讲的高深玄妙，并不是一般智力平平者能理解、可以够得着的。他的为天地立心，为生民立命，为后人创绝学，为万世开太平的谱儿是毫不含糊的。

老子更像循天受命，像智库主宰，像圣徒，像大道的宣喻使节，也更像哲学家、祖师爷、战略家乃至于教主。

庄子更像文人、才子、著作家、思想家、雄辩家乃至诡辩家与想象力的巨匠。

同时，对于老庄来说，充分自信是真正谦卑的前提；高瞻远瞩是低调做人的前提；智力优越是忍辱负重的前提；宽宏视野是随遇而安的前提；明察秋毫是宜粗不宜细的前提；而鲲鹏之体之志之用之力之风度，是成为老黄牛、螺丝钉、小蚂蚁、一棵小草、形如槁木、心如死灰

（如下文）的前提。

《齐谐》者，志怪者也。《谐》之言曰："鹏之徙于南溟也，水击三千里，抟扶摇而上者九万里，去以六月息者也。"

《齐谐》一书，记录着各种异事。《齐谐》的说法是，鹏鸟向南溟迁徙，击水——水上一飞是三千里，高空一飞是九万里。（海空两用）一起飞就是六个月。

庄子的叙述总是那样潇洒自由。后人说，怒而飞，不但是大鹏的行为记叙，也是庄子的文风，叫做文采激扬，叫做势冲霄汉，叫做蓬勃万里，叫做雄风浩荡，当然也叫做高耸入云。

一上来就是鲲与鹏的横空出世。讲上四句话（四个句号）到了"南溟者，天池也"，故事已经讲完，再舒缓文气，想起了出处，叫做"《齐谐》者，志怪者也"，遂再次总结一遍，作平和转述状。这本《齐谐》是实有其书还是庄子杜撰，是纪实还是街谈巷议、小道消息、小品段子，对于二十一世纪的我辈已经没有意义。庄子借此表示自己言之有据（如兹后也动辄说到孔子子贡颜回一般），转一转口气，不要搞得一味语出惊人，则是达到了欲放还收，舒卷随心的效果。

然后更上一个台阶，借《谐》言，说是鹏鸟击水三千里，抟扶摇而上九万里。或说扶摇者龙卷风也，还是叫扶摇好听，形象、壮丽，极具动感。

野马也，尘埃也，生物之以息相吹也。天之苍苍，其正色邪？其远而无所至极邪？其视下也，亦若是则已矣。

且夫水之积也不厚，则其负大舟也无力。覆杯水于坳堂之上，则芥为之舟；置杯焉则胶，水浅而舟大也。风之积也不厚，则其负大翼也无力。

然后设想到六月之（气）息，或六个月一个航程，想到尘埃野马，春日氤氲，尤其是想到从九万里高空向下看也正如俗人之仰视苍穹。这可是极其超前的对于太空遨游时可能产生的感觉和视觉的想象。庄子喜欢研究自然界，喜欢从自然界找对象来走近大道，这不但是一个修辞学的尝试，也是一个科幻的尝试，可惜的是后人没有沿着科幻的路走下去。庄子描写大鹏从高空——九万里以上，按目前的说法，距地面一百公里以上就算进入了外层空间的底部，也就是从极高的外层空间向下看的所见。他甚至于设想起天空的颜色是否固有（正色）来。若是则已，就是这样吧，云云，则是庄子时期没有外层空间的活动所显示的有限见识。

再补充发挥到风之积累恰如造船的水之积累，要厚要多要满足数量的要求，才能承载大翅膀大鹏鸟如承载船舰。说是用一杯水倒在房舍里的洼地中，只能用一根小草作船只，而放一只杯子就会粘到地上，无法行进。这是在想象中进行的推论和观点延伸，显得恢宏、合理、完全。其实水浅了船会搁浅，这是对的，说水小了负舟无力，则不严谨，因为根据阿基米德原理，浮力等同于排水的吨位，与湖海的总水量无关，这是当年庄子未曾了解的。水太少了不行不是因为无浮力，而是因为它不够那个排水量。庄子对于自然界的了解多是想当然，但是他的想法入情入理。勇于虚构，同时认真地考虑细节，这正是小说艺术的特色之一。被伽利略发现的自由落体重力加速度的原理，也与日常人们想当然的物体重了就下落快的想法不一致。可惜的是庄子推导事物的运动时，没有想到过可以通过实验检验校正。

庄子设想，必须有特强的风势，才能负载着大鹏飞翔向前。他设想，大鹏展翅时，大风就在鹏翼下边，大鹏鸟依靠着大风，背负着青天，飞翔在青天之上，这颇有些壮观。

庄子的用意不在于自然界的规律的科学性，而在于每一种自然现象都与大道相通，在于自然的道性。是的，宏伟、辽阔、高远、大言鸿论惊世都是可以的，关键在于你拥有的那点风那点水的积累有多大多厚多足，在于你有多少存货。如果只够浮一个芥子或芥草，却要做出不可一世的真理化身的姿态,虽然多方表演,作文化状,其实徒增笑柄罢了。

仅仅讲一个鲲——鹏,虽然气魄惊人,仍然是单向夸耀而未必能产生引人深思与耐人寻味的效果。思辨思辨,不但要思,而且要辩与辨,古文中,辨即辩。辩就是有了对立面,有了一生二,有了掂量比较与相生相克互证互斥互补,有了辩证逻辑的深化认识的作用了。

蜩与学鸠笑之曰:“我决起而飞,抢榆枋而止,时则不至而控于地而已矣,奚以之九万里而南为?”

适莽苍者,三飡而反,腹犹果然;适百里者,宿舂粮;适千里者,三月聚粮。

之二虫又何知! 小知不及大知,小年不及大年。奚以知其然也? 朝菌不知晦朔,蟪蛄不知春秋,此小年也。楚之南有冥灵者,以五百岁为春,五百岁为秋;上古有大椿者,以八千岁为春,八千岁为秋,此大年也。而彭祖乃今以久特闻,众人匹之,不亦悲乎!

妙就妙在庄子说完了鲲鹏,立即以蜩和学鸠——蝉与斑鸠的口气嘲笑起鲲鹏来。这既有戏剧性又有思辨性。飞那么远干吗? 费那么大劲干吗? 飞起来,碰上榆树就歇榆树枝,碰到檀树就歇檀树杈,不就结了? 再飞不上去,下地跳一跳不就得了?

庄子有幽默也有打趣,也许不无刻薄。盖世人接受小小的蝉与斑鸠易,接受鲲与鹏难;接受鼠目寸光易,接受登高望远难;接受一二百米易,接受九万里太难。人们能够接受的是带上三顿饭走一趟郊野,回到家肚子犹然不饿;最多是舂一宵米作干粮用,跑上一百里地;又如何能理解用三个月的工夫准备千里长征的粮草呢?

那两个虫子(这里的虫子似指小动物,按今天的观点,蝉可以算昆虫,朝菌则是单细胞生物)又能知道个啥? 小智低智当然够不着大智高智,短命者不知道什么叫长久长寿。朝菌(即早晨生长的蘑菇)不知道阴晴与朔望,蟪蛄(即寒蝉)不知道春与秋,它只能活一个夏季。它们是小年(即短命者)。楚国南部有一种大龟或大树,以五百年为一个春季,再以五百年为一个秋季。上古时代有一种大椿树,干脆以八千年为一个季节。而彭祖,至今以长寿而闻名于世。大家都愿意与他们相比肩,包括那两只虫子,岂不可悲!

如庄子所说的至人、圣人、真人、大知(智)、大年,是会给人以压迫感的。他们很难与俗人,与小知、小年得到沟通,亲密无间的。你太讲道德,会被认为是虚伪与无用。你太智慧,会被认为是老奸巨猾。你太超脱,会被认为是太拔尖儿,拒绝牺牲、拒绝成仁取义。你太清高,会被认为是沽名钓誉。你太执着,会被认为是抠死理儿、不切实际。你太慷慨大度,会被认为是迂阔空疏。你是鹏鸟腾飞,会被质问:"奚适哉?奚适哉?你到底要干什么,你到底要上哪儿?"

同时,反过来想,大知、大年者,鲲而鹏者,也常常不理解具体而微的、形而下的、难以上台面的、不被人重视而且常常是被污辱与被损害的小知、小年的关切与忧虑、艰难与辛酸。虽然他们不是晋惠帝司马衷,他们无意中也可能向饥民发出"何不食肉糜"(饥民们为何不喝肉粥)的白痴提问。想想看,扶摇而上九万里的大鹏,或深潜溟海的巨鲲,如何能关心那些小小的、站在或蹲在时而炎热时而冰冷的土地上的,低着头、弓着腰、胼手胝足的劳动者,或者尊敬与理解这些处于弱势的劳动者呢?

从另一个意义上说,按照齐物的观点,蝉可以看做是很大,鲲也可以看做蝌蚪一般,斑鸠也可以视如重型轰炸机,而鹏鸟也可以视如一只蚊子。这里显现了庄子的悖论:他既要齐物,不分大小长短久暂高低贵贱,一视同仁;他又硬是要作大小知(智)大小年(时间)之辨,要以鲲鹏的优越性傲视蝉与斑鸠。并且庄子无情少德地将生死寿命不够一天的朝菌(蘑菇),将寿命不到一年的蟪蛄(寒蝉)拿过来,与长寿的冥灵、还有什么大椿和彭祖相比。深明齐物之理即万物本无差别之理的庄周,为什么要做这样的斤斤区分与比较呢?

你读到蜩与学鸠嘲笑鹏鸟的这一段，能不为蜩鸠而摇头可怜吗？能不感到反讽的意思吗？与此同时你会不会也为鲲鹏的过高过大过远难以匹配而感到寂寞与疏离呢？你能毫不费力地一家伙认同鲲与鹏吗？你有高攀鲲鹏的胆量与本钱吗？真正认同了巨大的鲲与鹏，你又会将渺小如虫的人类置于何处呢？最后，你会不会对于庄子的大捧特捧鲲鹏与轻蔑地谈论小蝉之属而开始产生反感呢？

而面对鲲鹏，蝉鸠之属是必然会产生取向相反的嘲笑的，是完全可能生出敌意的，因为鲲鹏的存在对于蝉鸠等是一个压迫，是对于蝉鸠的渺小的一个提醒。如果众蜩众鸠与此后说到的朝菌、蟪蛄、斥鴳——池中小雀之属联合起来，也许会做出消灭鲲鹏，消灭冥灵、大椿、彭祖的决议乃至行动。自然史也告诉我们，太巨大的动物，难以存活延续，例如恐龙。巨大是一种骄傲，也是一种危险。

所以在兹后的篇章中，庄子要讲解，小虫小鸟其实也很伟大幸福。小虫小鸟们完全有理由相信，你们一点也不比鲲鹏们差。

按下葫芦起了瓢，庄子也罢孔孟也罢，著文立论，谈何容易？

追求逍遥的努力导致了相当的困窘与尴尬。越是追求逍遥，越是遭遇了令你逍遥不起来的因素。这当中包含着几分悲哀、几分无奈、几分两难。是不是呢？

也许正是这样的论述，告诉我们，你不是追求大气概、大自在吗？好的，请做好准备，你将受到小鼻子小眼的庸众的嘲笑；置之不理，你就逍遥了。

再退一步，做不到绝对的逍遥要什么紧，知道“逍遥”两个字，已经有了目标，有了标杆，这是庄周的贡献，这是中华文化的奇葩，这是精神的升华与享受。

汤之问棘也是已。汤问棘曰：“上下四方有极乎？”棘曰：“无极之外，复无极也。穷发之北有冥海者，天池也。有鱼焉，其广数千里，未有知其修者，其名为鲲。有鸟焉，其名为鹏，背若太山，翼若垂天之云，抟扶摇羊角而上者九万里，绝云气，负青天，然后图南，且适南溟也。斥鴳笑之曰：‘彼且奚适也？我腾跃而上，不过数仞而下，翱翔蓬蒿之间，此亦飞之至也。而彼且奚适也？’”此小大之辩也。

不到一千字的文字，庄子已经三次讲述了同一个故事，两次讲述了小虫小鸟对于鲲鹏的不解与嘲笑。大同而小异。这里汤问棘的说法中，不是鲲化为鹏，而是有鱼曰鲲，有鸟曰鹏。对鹏的描写与前文重复，这里不赘。对于斥鴳（即池雀）的腾跃而上，数仞而下，描写得活泼生动。它的飞翔与跳腾一下相差无几，不过是数丈之内，不过是穿行于蓬蒿之间，也就是说它的飞行高度，低于一丛大蒿子。小鸟重复说“彼且奚适”——它要上哪儿啊？显得大鹏与小雀难于沟通。庄子还明确地提出大小之辩（今宜作辨）来。这又成了庄子享受自身的牛气的证明了。

读书人总要牛气冲天那么一两下子的，越是不得志，越是受到俗人的冷遇，越要编出点故事词句，自我膨胀以求满足。

小大之辨？必须大够了火候，才能不玩世俗，不玩外物，不玩名利地位。但是只要一有辨有辩，就没了逍遥自适，何其要命也！

故夫知效一官，行比一乡，德合一君而徵一国者，其自视也亦若此矣。

不知道为什么，庄子多次嘲笑那些自己得意洋洋的小官僚小官吏（其实在俗世他们被认为是显赫的高官——大人物的），嘲笑那些能混上一顶乌纱帽，能投合一乡一里一块土地上的人的心意，能因其品格而得到国君的首肯，进而成为一个什么侯国的土土的人五人六的家伙。从他的“行比一乡”的说法中，联想到此前他对于鲲鹏的吹嘘，你不难看出庄子对于土的轻视与对于洋（北溟南溟）的向往来。庄子说，这种土土的人五人六，他们的见识不过是小蝉、斑鸠、朝菌、蟪蛄的水准罢了。

可以推测,莫非是庄子受过他心目中的小官小吏的气?庄子要在自己的言论中报复这些见识有限,挟权自重的土包子。

庄子是思想家,是幻想家,是文章家,是大师,他对于现世的俗人的形而下的东西,有一种高傲的轻蔑。

> 而宋荣子犹然笑之。且举世而誉之而不加劝,举世而非之而不加沮,定乎内外之分,辩乎荣辱之境,斯已矣。彼其于世未数数然也。虽然,犹有未树也。

说是高人宋荣子就嘲笑那些得意洋洋的地方小官吏。宋荣子可了不得。举世夸奖他,举世非议他,他都不放在眼里。他搞得定内外的区分,不受物议即外物的影响。他辨得清荣辱的处境的应对。他对世界,没有什么斤斤计较的追求。虽然如此,他仍然有待于提升,他仍然有做不到的地方。

庄子强调一个人要特立独行:举世夸赞,不足喜;举世反对,不足忧。这比老子的宠辱无惊说得还强烈,还掩盖不住火气。是不是他有过与公众对立的不愉快的经验呢?到了后世,到了北欧的易卜生那里,真正有远见的至人圣人,则被攻击为"国民公敌"矣。

庄子拿一个叫做什么宋荣子的例子说事儿。所谓定乎内外,辩乎荣辱,这里的含义并未发挥,与前文对照,定乎的主要是内,内力超常,才能不在乎举世的誉与非,同时定于外才能明于外,将外置之度外;于是能够物物而不物于物(主动地操控外物,而不为外物使役控制),不至于只能被动地迎合外物、常常难合外意、永远尴尬狼狈、捉摸不透命运。而辩荣辱,则恰恰在于不为举世的荣辱之论而干扰。数数然,写出了俗人的进退失据、得失无端的斤斤计较与嘀嘀咕咕。

一般人很难做到宋荣子这一步,谁能完全不受外物的影响?谁能完全做到"不以物喜,不以己悲"?(语出范仲淹《岳阳楼记》)谁能完全感觉不到异化、感觉不到个人与环境的疏离？人们其实也难以做到视外物如无物。中国人从俗的说法则是“岂能尽如人意？但求无愧我心”，这就算是降格以求的中庸之道了。

宋荣子够厉害的了吧？一句话，“犹有未树也”，五个字毫不费力地把宋荣子的标杆又超越了。

> 夫列子御风而行，泠然善也，旬有五日而后反。彼于致福者，未数数然也。此虽免乎行，犹有所待者也。若夫乘天地之正，而御六气之辩，以游无穷者，彼且恶乎待哉！故曰，至人无己，神人无功，圣人无名。

话说列子乘风出行，潇潇洒洒，出类拔萃，一走就是十天半个月。其实列子并没有吭哧吭哧地去练功去求福。他倒是不用在地上奔波了，但仍然要等待与依靠风的力量与自己的发力等才能飞行。如果不是这样，而是遵循天地的大道，运用六合即三维空间之气势，或运用阴阳风雨晦明之六气，游走于无穷之中（不只是十天半月了），那还有什么需要等待的呢？所以说，至人用不着惦记自身，神人用不着修练功法、用不着追求事功，而圣人呢，连名声也毫不在意，连思辨也无需进行。

超越了宋荣子的典型是列子，他能御风而行，当然是半仙之体。列子御风的故事同样说得简啬有余而展开不足。这里有一个精神上永远要更上一层楼的追求。列子御风，泠然善也，已经是超人境界、超人手段了，“犹有待也”四个字让你看到他的超越仍然是有条件的、有所待的，于是需要再次超越列子的标杆。前贤疏解《庄子》，一般认为“有待”是指列子还要待风，其实不拘，也许还包括了待他的功力的发挥、待目的的选择，更可能是指他的境界仍然有提高的空间，是庄子有待于这样的境界的更上一层楼。总之列子御风还是有形与名的局限的，不是那么自然而然的。

而庄子要的只是天地之正、六气之辩（变），游于无穷——不游也全无所谓。懂了无穷,体悟到了无穷,就是逍遥之游喽！无穷才是根本,进入了无穷就是逍遥地游个不亦乐乎啦,才能真正地解放,真正地逍遥,真正地游——物物而不物于物,即使用外物,而不被外物使役;真正地主宰自身,优游自适。

或问,怎么样才能做到乘天地之正,御六气之变,以游无穷呢?在并无太空飞行的实践与理论的庄子时代只可以有一个回答:神游。你的一百多斤的身体虽然压在坠在地上,你的精神却完全可以逍遥遨游于无穷,也只有进入了无穷、神游无穷,得大自在,才能做到至人无己,不必为自我的俗利而操心费力。神人无功,不必刻意去做什么不做什么,进入化境,行云流水,万事如有神。圣人无名,自身的修养已入圣境,还要那个破名臭名虚名干啥?或者,“名”作概念与逻辑解,还费心费力地思想琢磨个啥?

庄子时代的科技当然不如两千年后,庄子时代的遨游也比不上两千年后的旅行,包括太空旅行,但是庄子时代的想象力呢?不一定比现时差,也有可能比现时还强一些。至少因为那个时候的诸子百家比现在的城乡在岗人员有时间胡思乱想,并有机会发表这样的胡思乱想。

庄子搞了个三级跳,先是说官僚们大臣们的土智土技土地位的可怜,宋荣子的懂得内外荣辱已经比他们高了一级,他们闹了半天不过是为外物所使役罢了,他们不过是外物的奴才工具。列子又比宋荣子高明一级了,御风而行,已经比仅仅从知性上明了内外荣辱高明多了。庄子的理想呢?又比列子的御风而行高了一大块。风也不用御,自身与大道与天地已经合而为一,已经进入了无差别境界啦。

一味地讲神游,一味地在心上使劲,在神上使劲,这里又不无悲凉,不无阿Q,不无无奈,不无忽悠,不无恍兮惚兮,四顾茫茫,大荒而且无稽。这正是中华文化的魅力所在、安适所在,也是悲剧所在、沉痛所在。

你尝出点味儿来了吗?

二　追求超越、再超越

一方面是希望能够做到逍遥自在地畅游于无穷，一方面是对于种种世俗价值、世俗观念与个人欲望的极度蔑视与否定，高度张扬自己的与众不同、特立独行。这是庄子思想的主要特点之一。

也可以说，庄子认定、否定世俗，是得到逍遥的根本前提。

《史记》有云：

> 楚威王闻庄周贤，使使厚币迎之，许以为相。庄周笑谓楚使者曰："千金，重利；卿相，尊位也。子独不见郊祭之牺牛乎？养食之数岁，衣以文绣，以入太庙。当是之时，虽欲为孤豚，岂可得乎？子亟去，无污我。我宁游戏污渎之中自快，无为有国者所羁。终身不仕，以快吾志焉。"

这虽然是《史记》上的记载，更有人认为是庄子的寓言。寓言也罢，表达的思想感情仍然是清高超拔，傲然独立，难能可贵，与众不同。竟然说是楚威王以厚币即重金礼聘庄周去担任相国。而庄周嘲笑说，那是郊野祭祠用的、准备以之牺牲的牛只，饲养几年，披上官服带花纹的服装，送进太庙，到了那时悔之莫及，想做一只野生的孤独的牲畜亦不可能实现。说是庄周还骂威王，去吧，别污染我了吧，我宁愿过着卑贱的生活，自得其乐，也不愿意受君侯政务的羁绊，我终生都不会去做官的，那样才能够痛痛快快地实现我自己的志趣，那是多么痛快呀。

这个意思当然很不差，但是这里所谓庄子的话仍嫌过于火气，似亦不甚礼貌。庄子未仕，应是历史事实，他会不会、敢不敢、必要不必要这样当面嘲笑驳斥权贵尤其是"王"，则难以判定。包括历史上有记载，庄子也喜欢引用的许由拒绝唐尧禅让的故事，许由真的那样激烈，听了尧的话要洗耳朵以清除精神污染，还是读书人的借题发挥，吹牛皮不上税？谁知道！要不就是那个年代的中华君王特别谦虚好脾气，甚至常常厌倦于政务与权力？那就另当别论了。

《庄子·秋水》上又记载：

> 惠子相梁，庄子往见之。或谓惠子曰：“庄子来，欲代子相。”于是惠子恐，搜于国中三日三夜。庄子往见之，曰：“南方有鸟，其名为鹓鹐，子知之乎？夫鹓鹐，发于南海而飞于北海，非梧桐不止，非练实不食，非醴泉不饮。于是鸱得腐鼠，鹓鹐过之，仰而视之曰：‘吓！’今子欲以子之梁国而吓我邪？”

惠子，即惠施，名（逻辑与概念研究）家，在《庄子》中常常充当庄子的谈话伙伴与对手。说惠子在梁国当了宰相，老友庄周去看望他。有人对惠子说，庄子来是要代替你做宰相，惠子听了很紧张，在梁国进行了三天三夜的搜捕。庄子大大方方地去见他，给他讲，说是南方有一种叫鹓鹐的鸟，你知道吗？此鸟从南海起飞，一直飞到北海，不是高贵的梧桐树不栖息，不是修竹的果实不吃，不是甘甜的清泉不喝。有一只鸱枭抓到一只腐烂了的死耗子，见鹓鹐飞过，向天出怪声发威……如今你就像那只鸱鸮。而你的官职就好比那只死老鼠，你还要发威护住你这只被我所厌恶的死耗子吗？

这一段话庄子说得强烈夸张，富有艺术家气质，但更重要的是他在宣扬一种逍遥、自在、养生、悠游、追求精神的独立与满足的主体性、精神性、道性（与道融合）、高智商、高境界的价值观，而对于世俗名利、权位、胜负、是非都贬得一钱不值，对于功名利禄、光宗耀祖，对于所谓立德立功立言这样的通用理想，一概否定。

除了《红楼梦》里的宝玉以外，少有其匹。宝玉称这样的俗人为“禄蠹”，即寻吃俸禄的蠹虫；庄子称这样的人为嗜吃腐鼠的鸱鸮。当然宝玉否定功名利禄却不否定爱情、亲情、男女之情乃至男男之情（如他与秦钟、柳湘莲、北静王的关系）。而庄子干脆此后连这个七情六欲也全否定了。庄子关心的只剩下养生、求生、终其天年即生存权与精神生活的畅快、自由、满足即逍遥游的快感了。余华的一篇小说名为《活着》，还遭到过只求苟活之讥。看来，活着亦大不易也。

老子其实并不否定修齐治平的一套，他在五十四章中所讲的修之于身、于家、于乡、于国、于天下，讲的以身观身、以家观家直到以天下观天下，与修齐治平的理想并无二致。只不过是要修的道或德或仁术不同。这样彻底地否定入世入仕，庄子应是第一人。

《庄子》一书中不断通过尧、舜、许由、颜回、仲尼（孔子）等人反复地讲述君王或者大臣让权让位让地盘以至这种让被拒绝、被嘲讽、被视为恶意的故事。其中尧让天下给许由的故事中许由显得很清高，而尧显得极无聊。其实能够让出天下的唐尧与拒绝接受的许由的伟大劲儿应该相差不太多。

> 尧让天下于许由，曰："日月出矣，而爝火不息，其于光也，不亦难乎！时雨降矣，而犹浸灌，其于泽也，不亦劳乎！夫子立，而天下治，而我犹尸之，吾自视缺然。请致天下。"
>
> 许由曰："子治天下，天下既已治也。而我犹代子，吾将为名乎？名者实之宾也。吾将为宾乎？鹪鹩巢于深林，不过一枝；偃鼠饮河，不过满腹。归休乎君，予无所用天下为！庖人虽不治庖，尸祝不越樽俎而代之矣。"

尧让天下给许由，说是太阳月亮出来了以后，还要爝火（火把）做啥？大雨及时降下来了，还接着灌溉个啥？以为这样灌水有用处，不是自找麻烦吗？您的出现使天下大治，我却仍然占着君王的位子，那不是我缺心眼吗？请吧，请你来管理天下、拥有天下的权柄吧。

许由先是说，他要天下干什么？似乎是肯定尧的作为已使天下大治，他再来掺和纯属不智。这并没有多少理论或者智慧的内容，甚至像曲线奉承拍马。他说：天下治理得这样好，我再去取代您老，我图什么呢？是为名声吗？名声是实际的附属物，我为了从属的东西而献身吗？鹪鹩生活在树林深处，它需要的不过是一根树枝；偃鼠到河中喝水,它能喝的不过是喝饱肚子。算了吧,君王,我要那个天下有何用处?厨子有厨子的工作,尸祝(主祭)有尸祝的责任,总不能因为厨子没有去做饭,就由主祭代劳——越俎代庖吧。

许由讲得有点花哨。要是当真不想干,似乎不必如此雄辩忽悠。但是他讲名为实之宾,反诘自己"吾将为宾乎",就是说如果他接受尧的禅让,他就是丢了实去求名,丢了主而去求宾。主宾问题与禅让的是否接受并无那么贴切的逻辑关系,但是丢了实求名,丢了主求宾,倒是俗人的通病。人这一生,忘掉了实,却为宾而闹他个死去活来,这样的事已成人类通病。例如"文革"中有的老人,干了一辈子革命,最后却因等不到一个"人民内部矛盾"的结论而抑郁致死;有的堂堂知识分子成就卓著,却为评一个职称而痛不欲生或丑态百出……叫人说什么好!

许由说:鷦鷯巢于深林……这话表面上极富说服力,几乎是不疑不争之论,问题在于天下的诱惑并不仅仅是提供给你深林与河水的资源,而是吸引你实现自我,发挥生命能量的极致。这里也许仍然适用庄子的名实之辩与主宾之辩。你能不能做到满足于深林一枝与饮水满腹,这恰恰是庄子最最较真的地方。这正是庄子所提倡的心斋,把愿望、追求局限于——不过是巢于一枝与饮而满腹。不要求温饱以上以外的东西,不要求生存权以外的权利。对于禄蠹、官迷、吮痈舐痔之徒的蝇营狗苟,古今中外都有正派的知识分子嗤之以鼻,认为这样的人和事丢人现眼、丑态百出、不堪入目。但他们多数人是以精英与高雅的姿态来讨伐禄蠹官迷的,所谓"不为五斗米折腰"(陶潜),所谓"安能摧眉折腰事权贵,使我不得开心颜"(李白),所谓德王有很多而贝多芬只有一个,关于贝多芬不但轻视德国皇帝也轻视尊重皇帝的歌德的故事,他们都是以自己的智慧与道德优越感,以自己的超众的才能学问创造发明为本钱,拒绝向权力与财富低头的。总之,这些厌恶功名利禄的高人,都是有专长有境界的,都是很牛的。

而庄子则是走了另一条相反的相当极端的路:他干脆否定一切

社会性集团性的努力，否定王侯权贵，也否定学问的追求与争论，他为自己与门徒树立的榜样不是王侯，不是诸子百家，不是鲲或鹏，不是类似李白或贝多芬式的天才专家，而是小小的鷦鷯与偃鼠。

奇哉庄周之文也，刚才还在生猛地介绍鲲与鹏，介绍高寿的冥灵、彭祖与大椿，忽然，一个猛子扎下来，变成了鷦鷯与偃鼠了。精英型的知识分子，是以睥睨世俗的姿态实现精神的跨越与拔份儿。而庄子的姿态是降低自身的要求以至于无，以小巧的鸟儿与地里的老鼠的姿态，摆脱俗世名利权位是非功过的羁绊，求得一己的逍遥与自由。他的方法可以说是以退为进，以屈求伸，以侏儒的姿态求大道。他并不从外部跨越而过，而是从内里先否定一切功名地位的任何意义，他主张远离世俗、避祸避险避忧。以避让一切世俗追求为得到自身的平安与快乐的目的的手段。

而且，除了个人的主观上的优游闲适、逍遥自在，庄子不相信、不承认任何其他的事功、利益、名声、（社会与政治）地位、影响力、德行、舆论（物议）、奉献、奋斗、获取、胜利与失败，直至健康与疾病、长寿与夭折的意义。除了“我自己”的舒适感、自在感、自由感、满足感与对于其他事物环境的麻木感，一切其他的感觉，概不承认。这种主张极端化到了令人吃惊的程度，同时也令人毛发悚然，一个活人怎么可能这样？又令我们五体投地，任何人做到了这一步，确实是如仙如圣，已经不是肉体凡胎了，已经做到了超级的威武不能屈、贫贱不能移、富贵不能淫，外力不能干预，不能生杀予夺，不能影响扰乱促进劝导；又绝对不需自我膨胀、雄心壮志冲云天，而只需两眼一闭，两耳自封，心中默默一想即可。

我想这里庄子首先面对的是那个时代的恶性竞争，侯王争霸，臣下争宠，士人争（为世所）用，而这种竞争并无规则，叫做天下无道，大家都在赌博，碰运气，赶点儿，旦夕祸福，朝暮成败，你砍我杀，血腥涂炭，孰能无过？孰能免祸？这种情况下还忙着进取功名，不是活腻了又是什么？

庄子之所以如此激愤与极端，还因为他面对的是一个更加无奈的事实。古代中国，一向是权力、荣华、富贵、各种资源高度集中的社会。一个读书人，一个有大志与高人一头的能力的上层人物，如果与这样集中管控的资源不沾边，沾不上集中强大的资源的光，单凭个人的才智奋斗，常常是作用有限，事少有成。而一个相对的草包，碰对了点儿就硬是大放光芒，不服不行。而且你越是有所期待有所特长有所雄心壮志有所真见识真本领，你的失败就越明显，你的挫折感就越十倍百倍于旁人。别人看不透，聪明透彻如庄周者也看不透吗？

尽管他是奇才奇论奇文奇理，但读之不无阿Q精神渊薮之感。

洋人特别喜欢用“面对”一词。叫做“face it”，我们前边也讲了庄子所面对的险恶形势与竞争条件。同时，这里还有一个与社会环境无关的状况，人们常常忘记了面对，而庄子是面对了。那就是，不论多么有条有理的竞争，优胜者是少数、极少数，例如全世界那么多运动员，只有极少的人能参加奥运会，奥运会上那么多优秀运动员，只有极少的人能得到金牌。除却这极少的幸运儿，谁不痛失金牌？谁不功败垂成？谁不将心血梦幻付诸东流？即使得了金牌，你又能保持多久？你在人老珠黄、谢幕回身、过时遗忘之后又当如何自处？

在美国这样的提倡生存竞争、从理论与法制上至少是声称力图规范竞争规则而绝对不会提倡老庄之道的无为与不争的国家，也常常发生竞争中的失败者绝望疯狂，变成杀人狂，变成恐怖分子、社会渣滓的恶性刑事案件，或者也会发生竞争中的侥幸者幸运儿腐化堕落、失常、歇斯底里的悲剧，许多大明星就有这样的事。而我国早熟的哲人庄子，过早地感受了这一切竞争的荒谬性与悲剧性，他过早地唾弃了这一切。

古往今来，我们必须面对，我们曾经面对，庄子早已面对——面对而全然无法改变那些面对了以后令人失望的一切。只能自救，只能超度。庄子知道他没有办法改变人类的一切特有的麻烦，他尤其怀疑儒墨那一套应该叫做饮鸩止渴、火上浇油的规范与观念。他认为这些规范与观念令生存与政治、社会竞争更加细腻而又惨烈、虚矫而又无孔不入。他认为儒墨那一套与其说是在助人,不如说是在害人。他不能拯救人生、竞争、社会与资源配置,只能拯救灵魂,拯救自己,他只能搞精神的一己的胜利与陶醉,搞精神迷醉。

我这里无意以阿 Q 的名称来轻蔑庄子,毋宁说我有以庄子的名义替阿 Q 找一点理解的好意。对于阿 Q,恐怕也不是靠一味嘲笑能于事有补的。

庄子也罢,贾宝玉也罢,他们对于社会的主流价值系统其实是一个挑战,是不无叛逆色彩的,然而,他们的造反又不是真正的造反,正像后来有所谓跪着的造反一样,庄子是坐着的造反,是静坐打坐闭目塞聪的造反,是最最消极的造反。而宝玉是混世的造反、颓废的造反,是埋头于与姐姐妹妹们的玩耍又没完没了地悲哀着的造反。他们没有行动,他们从未想过也未必有可能想到采取什么行动去改变环境,他们能够做的只有改变自己的思路。

但这里还存在着逆向思考的可能性。老子讲:大成若缺,大盈若冲,大直若屈,大巧若拙,大辩若讷。太完美了反而像是(或必定是)暴露了自己的缺陷——与完美相比,谁无缺失?太充盈了,反而像是(或必定是)暴露了自己的空虚——与全知相比,谁不空虚?太正直了反而像是(或必定是)暴露了自己的曲折、曲线、曲为行事、委曲求全(求直,因为大直必全,全必曲)……那么,说不定庄周有自身的大心胸、大智慧、大眼光、大慈悲、大志向、大自信、大自负、大使命感,而又生不逢时、屡战屡败,他必然会常常在自杀、冒险与精神解脱之间进行选择,在铤而走险与难得糊涂间进行选择,在针尖麦芒、斤斤计较与大而化之、物而齐之中间进行选择。什么都看透了,什么都明白了,什么愚蠢都没有了,说不定反而会像是(或必定是)阿 Q 一族的先驱了。

庄子可以在某些问题上与阿 Q 貌似形似,心有灵犀,但是未庄的阿 Q 君永远不可能写出《庄子》,当然。

同时却也不妨设想，如果我们碰到另一个类似阿 Q 的人，是天才，是文章家，他拥有足够的学养并赶得上百家争鸣的好机遇好舞台，他将会成为什么样的思想家与著作家呢？

（而按照毛泽东的思路，应该做的是把被颠倒了的一切再颠倒过来，是的，正像我们不能像赵太爷一样不准阿 Q“革命”一样，我们无权剥夺阿 Q 的著作权。我们应该提倡阿 Q 去革命，去写书，如果他赢得了各种主客观条件，如果他的“课题”得到了批准支持与财政拨款，他将会写一卷怎样的哲学博士论文呢？）

老子还讲要“勇于不敢”，注意，不是怯懦而装勇，而是因勇而退让。就是说，正因为庄子有鲲与鹏的气概与眼光，他才显露了鷦鷯与偃鼠的平和与满足，而不会成为嗜食腐尸的鸱鸮，更不会成为蝇营狗苟的蛆虫。

> 肩吾问于连叔曰：“吾闻言于接舆，大而无当，往而不返。吾惊怖其言，犹河汉而无极也；大有径庭，不近人情焉。”

肩吾问连叔说，我听过（楚国的狂人）接舆讲话，他说什么都是大得不着边际，大话放出去收不回来，我听着发晕发颤，他的那些个话像天上的银河一样涣漫无边，太与常理相悖，太不近人情啦。

这叫横空出世，欲扬先抑，这叫放得开也收得拢，叫做随心所欲。

> 连叔曰：“其言谓何哉？”“曰：‘藐姑射之山，有神人居焉，肌肤若冰雪，淖约若处子；不食五谷，吸风饮露；乘云气，御飞龙，而游乎四海之外。其神凝，使物不疵疠而年谷熟。’吾以是狂而不信也。”

连叔问，他到底说了些什么呢？答，他说，藐姑射山上，住着一个神人，她的肌肤如同冰雪一样洁白纯净，风姿绰约如同女孩子，不食人间烟火，吸风饮露，乘坐着云雾之气，驾驭着善飞之龙，遨游于四海之外——如同今人所说的外层空间——她的精神凝结聚拢专一,她能使万物不伤而五谷丰登。我以为这说的都是谎言疯话,不能相信。

果然,庄子立即从鷃鹩与偃鼠飞跃起来,升腾成为纯美的仙子了。读庄读到这里我首先想起的是鲁迅的散文诗《雪》:“江南的雪,可是滋润美艳之至了;那是还在隐约着的青春的消息,是极壮健的处子的皮肤……”这是文学,如果不说是神学的话。其实先秦以至于汉,文体的分别未必明确与成熟,即使司马迁的《史记》,虽然下了极大工夫调查考证,其文学性也有些过分之处。史都文学化了,何况哲学?这可以说是一个神仙之梦、哲学之梦、想象与向往之梦。

我还有一个想法,先秦天下大乱之时,到处是说客的言谈,到处是凭权力(王侯之属)、武功勇敢、智谋与口才而求“上进”者。那是一个群雄争霸、百家争鸣、各显其智其能其勇的时代,是一个阴谋阳谋蓬勃发展,政治军事赌博盛行的时代,而一帮子读书人,无不要靠自己的嘴皮子求出头求功业。言之无文,行之不远,彼等无不在语言文字能够先声夺人、堂皇灿烂、高屋建瓴、雄辩恢宏上下功夫,中国的政治、历史、学术研讨,从先秦时期就走了文学化的这条道路。至今中国的政治常常文学化,中国的文学常常政治化到有所错位的程度。(如讲“总路线”是鼓足干劲、力争上游、多快好省……讲利用小说反党……)

这段关于藐姑射山神人的故事,当然更像是神话故事而不像哲学论述的理据。你当然欣赏,却不得不将信将疑。其实它的出现不是为了你的相信与质疑,而是为了你的欣赏与向往。

连叔曰:“然!瞽者无以与乎文章之观,聋者无以与乎钟鼓之声。岂唯形骸有聋盲哉?夫知亦有之。是其言也,犹时女也。之人也,之德也,将旁礴万物以为一,世蕲乎乱,孰弊弊焉以天下为事!之人也,物莫之伤,大浸稽天而不溺,大旱金石流、土山焦而不热。是其尘垢粃糠,将犹陶铸尧舜者也,孰肯分分然以物为事!”

连叔说,倒也是,视障者无法阅读文章,聪障者无法欣赏钟鼓。岂止是生理上有盲目与聋哑呢?知识智能上也是同样的呀。这话,我正是说你的。这样的神人、这样的能力,气势巨大,与万物即与世界合为一体,世人苦于离乱,但是神人怎么可能以苦苦地治理天下为自己的事!到了这样的神人那里,什么也无法对她造成伤害,洪水漫天,你淹不着她,大旱大热,金石熔解,土山烤焦也热不着她。而尧舜之流,不过是她身上的一些头屑麸皮所制造。这样的人怎么会拿外物俗事当真!

这里连叔责备肩吾所缺少的“知”或“智”其实应是指想象力,应是指类乎文学艺术的感悟能力,指对于类似文学艺术的虚构的知音与否,而不是指经验层面的与技术科学层面的判断真伪能力,当然也不是严格地掌握逻辑规则进行推理思辨的修养。庄子那个时候,发表议论主张,似乎并不特别注意把虚构的思维与经验的思维区分开来。但是他的通过连叔之口,反扣提出质疑的肩吾又聋又瞎,故不可能理解相信藐姑射山神人的存在,这倒使我想起当代我们曾经喜欢用的一个逻辑:资产阶级由于它的阶级本能的限制,无法理解无产阶级的大公无私与社会主义的各种优越性。我们还可以引用一句俗话:诚则灵。你不信这样的神仙,这些话对于你就是没有作用的。而如果你相信呢?你会为之沉醉,你会为之倾倒,你会为之而升华。

这样的逻辑能令主张者具有某种满足感,压倒一切不同意见感,却未必靠得住,也不需要靠得住。

庄子是另类,另类的人与文,另类的学理与思路。

磅礴万物以为一,这就是道的妙用。我在谈老子时已经多方讲过,道就是万物的总体,就是一切的一与一的一切,就是一,就是齐物之齐与物,也就是准无穷大,即↗∞。有同好怀疑庄子的道的真实性,其实道与∞与上帝大致相近或相同,一个是数学概念,一个是哲学概念，一个是神学概念，殊途而同归。恰恰在这一点上无须忧虑，如果你较真的话，你的较真本身就是道的证明，你如果怀疑的话，你的怀疑就是道的能量。你如果糊涂的话，你的糊涂就是道的混沌特色。你对于道的承认与否认，这本身正是齐物的对象。因为否认道的存在，也就是否认世界具有任何本质属性，否认世界具有任何统一性规律性可概括性可言，否认永恒、无穷、超人间、彼岸、终极及其他一切非经验概念的效用，你的对于道的否定，恰恰代替了对于道的肯定而成为你的以负面的方式表达的对于道的理解：那就说明，你心目中的大道正是杂多、无序、偶然、空虚、不可知不可解、无法表达、无法命名、无意义无是非……这样无下去非下去空茫下去，反而离老庄主张的道距离更近了。老庄的大道，恰恰就是强调无，强调冲、虚，强调混沌的啊。

无伤云云，则与老子的无死地说相近。老子说“善摄生者，陆行不遇兕虎，入军不被甲兵”，庄子说神人大浸不溺，大旱不热，俄国人民谚语说的则如苏联卫国战争时的一首歌曲所唱：“我们，火里不会燃烧，水里不会下沉。”人同此心，心同此理，可谓无稽之谈乎？

庄子在此后的《大宗师》一章中还说：

> 古之真人，不逆寡，不雄成，不谟士。若然者，过而弗悔，当而不自得也；若然者，登高不慄，入水不濡，入火不热，是知之能登假于道者也若此。

前人解释“不逆寡”多从不违逆少数。但与“不雄成”联系起来，似亦可作不因寡而逆解。“过”与“当”有的只解释为时机，亦觉狭隘一些，应该是指一切的是否恰如其分吧。

古代的真人，登高不哆嗦，掉进水中浸不湿，陷入火内不感到热，这就是智慧够得着大道的人的境界与特点。

这些说法也类似上述种种对于奇迹的向往。然而这一段文字却说明，老庄的着眼点不是邪教式或特殊功能式、练功式的奇迹，而是“真人”的超拔，不因处于少数地位而别扭，不因有所成功而牛皮，不穷算计，不因时间错过或做事做过而后悔，也不因恰逢良机或恰到好处而自得。这就如当今说的某某某“刀枪不入”“金刚不坏之身”一样，这是指人格，指意志，指操守，指坚定与自信，也指智慧与经验。不能理解世上有这样的人格力量与境界的人多矣，他们只能理解成功夫、特异功能、邪魔外道，最好的情况也只是理解成神话、传奇、梦幻、小说家言，只好如此了。

宋人资章甫而适诸越，越人断发文身，无所用之。尧治天下之民，平海内之政，往见四子藐姑射之山，汾水之阳，窅然丧其天下焉。

宋国人做好了礼帽到越国贩卖，而越国人不留头发，喜欢文身，没有戴帽子的习惯，宋国的帽子在越国派不上用场。

尧治理天下百姓，海内平安，他也去了藐姑射山，见到了四位神仙人物，就在汾水的南面。尧从此不知不觉地忘记了自己所君临的天下。

这里插进来一个宋人到越国销售帽子受挫的寓言，然而不是讲市场调查与市场预估。正说着藐姑射山的神人，又跳到形而下的帽子销售故事上来了，跳跃性，是庄子文章的风格特色之一，从而扩充了文字的张力，预留了进行创造性阅读的空间。

至少可以从两条道上解释：第一，各人的需要与认识程度是不同的，你做的帽子再好，遇到不识货、不懂得帽子的好处的人来说，完全无用。庄子的货色是多么好啊，遇到了类似断发文身，不装扮脑袋只知涂抹身体的越国人，你只能铩羽而归了。

第二，宋人知道个人要戴帽子，就以为普天下到处等着他的帽子呢！其实他们是识见浅陋，坐井观天，知其一不知其二，这样的人连断发文身的习俗都理解不了，又上哪里去理解藐姑射山的神人呢？

拉回来想那皮肤如处子的女(?)神,在想象的大道与神人中,在无穷大的道面前,尧的治天下也是毫无意义的小事。尧治国理政,成绩够可以的了,他有效地管理着天下之百姓,协调平衡着海内的政治事务,但这是在世俗的框架里的成绩。一旦跨越世俗,与闻神人,他就傻了,天下早就不值得依依不舍啦。

登高则能望远,望远而知舍弃与忽略鼻子底下的一些鸡毛蒜皮。但是把(自己掌管的)天下看成鸡毛蒜皮,则是庄子的胆识或牛皮了。看来庄子是决心彻底挑战当时的世俗价值观了。

这是庄子的杀手锏,一祭起大道,洋洋乎,巍巍乎,茫茫乎,唐尧虞舜夏禹文王周公……都吗也不算。

三　庄子与自己抬杠吗

人们指出,庄子不是没有自相矛盾的悖论:他一方面主张不辩不争,一方面又不停地既辩且争。他一方面主张形若槁木,心如死灰,叫做坐忘——坐在那儿就把世界把外物也把自己忘光了;一方面汪洋恣肆、华美俏丽、巧辩雄辞(我几乎要说他是巧言令色了),张扬个性,宣扬自我,滔滔不绝。

这样的文字不可能是在槁木死灰的状态下写出来的,而只可能是在兴奋自得、摆平万物,越说越对、高昂激扬甚至是巅峰状态下讲说与论述的。

他一方面主张鄙名薄利,一方面著书立说,洋洋洒洒,堪称得意忘形,包括得意忘形的原意(非贬义)——得其"意"而忘其"形",正如我们说的得意忘言、神似而非形似、领会精神而不是拘泥条文一样,是一种高级的精神活动状态,同时也包括贬义,即得意而有所失态,其实这样说也贬不到哪里去,一个人不论多么伟大,总有得意而手舞足蹈、如醉如痴乃至略显猖狂之时;一方面大讲齐物,一方面又猛批成心(偏见、定势等),如果物真齐了,齐物与聚讼纷纭之间,道遥与不逍遥、成心与无成心、偏见与无偏见、虚静与浮躁之间，又有什么不可齐而一之、大而化之的？

就以我们前面讲的庄子的拒绝世俗、超越了再超越来说，许由、藐姑射山仙人、楚狂接舆（李白诗："我本楚狂人，凤歌笑孔丘"）都极端嘲笑修齐治平的理想，否定入世入仕立德立功立言的理想，但庄子为什么又写《应帝王》一章，讨论他的帝王乌托邦之大道呢？是不是更应该写一章非帝王、无帝王、至少是忘帝王呢？

李白若真是楚狂接舆之精神上的朋友，就不该有那些"我辈岂是蓬蒿人"的呐喊与"章台走马著金鞭"之牛皮追忆啦！

其实这样的悖论不仅庄子有，一切全称肯定、全称否定的命题，都是有悖论的。你什么都肯定，那么对于否定你肯定不肯定？你什么都否定，那么对您的否定本身否定不否定？你用正数去乘负数，得出来的数能不是负数即非正数吗？你用负数去乘负数，得出来的数能不是正数即非负数吗？负负得正，负正得负，这本身就是悖论啊。

你宣称不相信一切已有的知识结论，那么你自己的这个不相信，能不能被相信呢？

叔本华说，读书就是让别人将你的头脑变成他的运动场，鲁迅便说，你听了他的话，就是让叔本华将你的头脑变成了他的运动场。

再如我们说任何理论都可能过时，那么"可能过时"这一判断本身何时会过时呢？当这个判断过时以后，是不是"都会过时的判断"应该被某种判断将永恒不变、永不过时、认识终结、真理停止的判断所替代呢？这不是很可怖吗？

其实数学家对于悖论的研究更认真也更精确。例如罗素悖论：一个理发师宣称他只给"不给自己理发的人"理发，那么他该不该给自己理发？给自己理的话，自己就不符合自己设定的理发条件；不给自己理的话，自己就符合给自己理的条件。罗素的这个悖论发现甚至动摇了康托尔的关于无穷大的实有性的理论：过去人们认为无穷大是一个趋势而非实存，但康托尔认为一切数的集合就是无穷大。

罗素问，这样的集合本身是否也要求无穷大这个实有数本身参加呢？

再比如说谎悖论，这是很有名的说法：当一个人宣称自己说的一切都是谎言的时候，“我言皆谎”四字是谎言还是真实的话呢？

我早就读过聪明人战胜暴君的故事：一位暴君规定，任何外乡人到他这里都要回答“他来做什么”的提问，如果回答的是实话，他会被烧死，如果回答谎话，他会被淹死。这天来了一个智者，他答说我是来被淹死的，暴君将无法处置他。你烧死他，证明他是在说谎，你本应淹死他的。你淹死他，证明他说的是实话，你本应烧死他的。

这是认识的一个难题，也正是认识、思维、辩论的一个巨大魅力。你不可能绝对化，绝对化包括将相对主义绝对化，其结果是破绽百出。你不能默不作声，默不作声与其说是代表智慧不如说是代表你压根不存在，包括你的沉默也不存在。你不能滔滔不绝，滔滔不绝只能使你的议论与文字贬值。你不能绝对地脱离世俗，精英意识发展到吹嘘膨胀、识普通人为草芥的地步，你就是十足的讨嫌可笑，如果不说你是大言欺世的骗子的话，同样，你不能绝对地与世俗同流合污，等等。

老子已经有这样的悖论，他一会儿讲“失道而后德”，认为道德规范是丢掉了自然而然的大道后的人为的代用品，一代用就可能假冒伪劣。另一方面他又时而从正面的意义上讲德。如“上德不德，是以有德”“含德之厚，比于赤子”，等等。当然你可以说，老子认可的德与他要否定的德是两种不同的德，但是老子又如何有根据认定旁人说的德不是应该认同的德，而只有他说的德才德得不得了呢。

再往下：

惠子谓庄子曰：“魏王贻我大瓠之种，我树之成而实五石，以盛水浆，其坚不能自举也；剖之以为瓢，则瓠落无所容。非不呺然大也，吾为其无用而掊之。”

惠子即惠施，常常在《庄子》一书中被树为对立面，可能事出有因，也可能只是行文的需要，庄子常常虚构各种实有的人物包括仲尼（孔子）、颜回……的并不存在的故事、事迹以及一些其实并不存在的人物。这里的惠子也很善于辞令。他说魏王给了他一粒大葫芦种子，种出来，结了一个大葫芦，容积达到五石。（按，经查网络，先秦至唐，一石等于一斛，折合六千毫升，或谓可容水一百二十斤。）五石，容量是三万毫升。吓死人了。

故而惠子说，这样的大瓠，用它来盛水，它的坚韧与承受力根本举不起这么多水（六百斤嘛）。把它分成两瓣作瓢，没有什么东西需要用这么大的瓢来装来盛。这样的大葫芦实无用处，我只好把它打碎抛弃掉。

惠子就是这样讥刺庄子的大而玄的高论的。

庄子怎么办呢？他的回答仍然是一如既往地压惠子一头：

> 庄子曰："夫子固拙于用大矣。宋人有善为不龟手之药者，世世以洴澼絖为事。客闻之，请买其方以百金。聚族而谋曰：'我世世为洴澼絖，不过数金；今一朝而鬻技百金，请与之。'客得之，以说吴王。越有难，吴王使之将，冬与越人水战，大败越人，裂地而封之。能不龟手，一也；或以封，或不免于洴澼絖，则所用之异也。"

庄子的答辩仍然是文学性、寓言性的。他说您也太不会用大物件、大道理啦。这就像宋人有用秘方制作的润肤药品，这种药用了，手就不会皴裂，于是那里的人得以世世代代地从事洗衣业，因为他们不怕手因洗衣过度受刺激而皴裂。对于那里的人来说，润肤良药意味着可以世世代代地做洗衣从业人员。

有个外来者，听说此事，出价"百金"（一百两或一百锞黄金吧？）购买这个秘方——知识产权。宋人商量，我们洗衣，年收入不过数金，是个位数字，现在一家伙就得到了三位数字，值！成交吧！此人获得秘方后找到了吴王，吴王让他带领吴军攻打越国，越国多水，打仗就要水战，吴军打胜了，原因之一在于他们没有因为水战而弄皴了手（不裂手就能战胜，是不是也有点小儿科）。此人乃获封赏，裂土封侯。你瞧，秘方在他这里，他就直上青云，被赏封为贵族。而在宋人那里，最多只是用来洗衣服。这就看你会不会大材大用乃至小材大用啦。

这一段绝妙的文字与故事，前半段关于护肤药品的小用洴澼絖——洗衣与如何大用——成为战地后勤预防类药物、变成军用物资，写得有论辩力，但是太实在了，反而不可信。裂地封侯与继续浣洗的对比，用庄学观点看相当庸俗，这干脆是企业管理商业盈利的计较。其实按照庄学观点，应该嘲骂那位将护肤剂卖于军事用途的人，应该写他的不得善终；同时应该歌颂的是那些安于漂洗的安时顺命的劳动人民。他们完全符合栖只求一枝，饮只求一腹的大道。时至今日，从审美与环保即守护大地的观点看，用于洗衣也比用于作战好得多。

> “今子有五石之瓠，何不虑以为大樽而浮乎江湖，而忧其瓠落无所容？则夫子犹有蓬之心也夫！”

这是全书的亮点之一，你既然有大瓠，何不以五石之瓠做成大樽，浮于江湖，善哉，壮哉，美哉，妙哉，悲哉！你怎么还会为大瓠无用而发愁？你未免太死心眼儿了（心眼让蓬草给堵死了）吧？

庄子的想象力当然远远超过了向他发难的惠施。但惠施谈的是实用，是操作性概念，而庄子谈的是想象，是浪漫性抒情。虽然此情阔大张扬，无边无际，优哉游哉，其乐何如，以浪漫辩务实，仍会有诡辩的嫌疑。浮于江湖，偶一为之或有可能，将之视为大瓠的用途，技术性问题恐怕太多。惠子已经预设，大瓠脆而不坚，舀不起那么多水，难道就经得住一两个活人？它能保证浮游于江湖的首要要求——安全吗？也许庄子有很好的水性？楚文化嘛，楚地人不像北方人那样多为旱鸭子。水性不好的人不可能想出浮于江湖的办法。

它还使我想起后世李白所写“人生在世不称意，明朝散发弄扁舟”。李白颇受庄子的影响，自由、逍遥、孤独、空茫，接近于消失在地平线上。这又怎么能不让人为庄周与李白而感到悲凉呢？

然而很美。用粉丝们对张爱玲的说法，叫做“凄美”。浮游江湖的阅读审美性能，大大超越了思辨功能，更不具备实践性。它同样是哲学为人类的困境寻找答案的无力与美丽的空话果实。正如王国维感叹——“世上的哲学，可爱的多不可信，可信的多不可爱”，说大瓠无用，可信，但不可爱。乘瓠浮游也好，散发弄扁舟也好，可爱，不可信。是想象中的水中月梦中花，不是真实的月与花。

顺便说一下，只是浮于江湖，却没有提浮于沧海、浮于太空。毕竟是几千年前的生产力啊，人类诸君，虽然是以有涯逐无涯，殆矣，危险得很，但诸君的努力也还是有进步有趣味有价值，即值得“逐”一“逐”的啊。

下面一段也达到了文章的极致、说理的极致，令人赞叹而又欷歔，钦佩而又伤痛不已。

> 惠子谓庄子曰：“吾有大树，人谓之樗。其大本擁肿而不中绳墨，其小枝卷曲而不中规矩，立之涂，匠者不顾。”

惠子对庄子说，我这里有一株大树，名叫樗树，今名魔术师椿。它的主干（称为大本，竟与今日高考中的专用词大本即大学本科相撞车）擁（臃）肿不成材料，甚至难以量度掌握，其小杈杈，卷曲不成形，不符合任何使用要求，白白地挺立在大路上，没有哪个师傅会看中它……暗示它无所用途，恰如读书人之不为世用，进入不了体制，做不成官吏；又进入不了百姓，做不成农工商兵，哪怕是盗匪黑社会。

这样一个欲扬先抑的形象已经令人鼻酸：大本臃肿，不中绳墨，小枝卷曲，不中规矩，呜呼！这究竟是绳墨出了问题、规矩出了问题，还是树出了问题？树大难为用，材大难用，材大难容，这样的故事在中国历史上岂是罕见？匠人不顾（盼）即不多看一眼，这样的大树姥姥不疼舅舅不爱，却又老大的块头儿，怎不令人扼腕！多少庸人宵小，冠盖京华，斯树憔悴，一棵过大而又突破了现有规格的树则只能被抛弃被蔑视被嘲笑，悲乎中华！

杜甫诗《古柏行》曰：

孔明庙前有老柏，柯如青铜根如石。
霜皮溜雨四十围，黛色参天二千尺。
…………
落落盘踞虽得地，冥冥孤高多烈风。
扶持自是神明力，正直原因造化功。
大厦如倾要梁栋，万牛回首丘山重。
不露文章世已惊，未辞剪伐谁能送。
苦心岂免容蝼蚁，香叶终经宿鸾凤。
志士幽人莫怨嗟，古来材大难为用。

杜甫的诗中也记载了一株大树，是古柏，一听就比臭椿强。高龄，黛褐色树干，参天两千多尺。它稳稳地扎根于大地深处，得其所哉，却仍然要承受着强风摧残，因为它太高了，太高了自然就孤独了。哪个炎黄子孙不懂得树大招风之议？它能长得这样高大这样稳重，是神明与造化的扶持功力。它是惊天动地、回天有能，挽大厦于既倒的大材。这样的大材，不表露什么文章辞藻花团锦簇已经令世人赞叹了。它并不拒绝用它的人的剪裁砍伐，仍然没有人能拖得动它，没有谁能用得了它。它的树心是苦涩的，蝼蚁寄居着啮咬着糟害着它。它虽然无法逃脱蝼蚁的危害，却毕竟在自己的香枝香叶上接纳过鸾凤的栖息。杜甫最后干脆点明，志士幽人，高雅博学之士，算了吧，不必唉声叹气啦，从古至今，材料太伟大了也就不好用了。用小材小树，心智正常的执牛耳者都做得到，用大材伟树呢？谁用得起？谁用得动？谁敢用、谁配用啊？

杜甫是另一路，他对大材难用的现象作了悲情却也开阔的总结。

笔者于一九八七年所作的旧体诗《阳朔行》中有咏大榕树两首：一首是：

树大难为用，横生便张扬。
莫究质与价，购票便捧场。

另一首是：

树大难为用，横生未可知。
何劳问轮理，留影便相思。

老王只能推而移之并降格以求。树太大了显得张扬，不招人待见，但仍然可以供游人留影纪念，并为此购票，树大了至少能微薄创收嘛，何必较真去讨论它到底有用没有用呢？以旅游的观点，"类花瓶"的摆设观点，一切没有用说不定都有用呢。

再有就是，树太大了，有用乎没用乎谁知道？有哪一位有资格审视它的年轮与纹理？它已经给人以不凡的气魄与印象，留影之后，更是难以忘怀啊。

老王干脆来一个不争论、不讨论一株参天大树的用途问题。有无用场的问题是人的问题，根本不是树的问题。进入吃大锅饭的景点的参天繁茂的大树，我们理应有所敬畏、有所喜爱、有所留恋纪念。

惠子接着说：

"今子之言，大而无用，众所同去也。"

说是庄子的言论就像那株大臭椿，不中规矩，不中绳墨，臃肿、卷曲，都是没有用场的话，这是人们的共识。

这里惠子有一点狭隘，说话的作用不仅仅在于有用。正如刘震云的小说中所讲，从有用的观点来看一个人一天所说的话中百分之九十都是废话。但说话还可以有有用以外的目的，如示好或示恶，如说我爱你或者我讨厌你，有用还是没有用呢？如抒情与发泄。还有说话能够舒解压力，改变心绪。如炫耀表演，目的在于被夸赞；如讽刺幽默，聊为一笑，解构那些装腔作势；如安慰温馨，心理治疗；如插科打诨，解闷罢了……说话说不定还有利于增加肺活量。

庄子曰："子独不见狸狌乎？卑身而伏，以候敖者；东西跳梁，不辟高下；中于机辟，死于罔罟。"

狸狌（即野猫黄鼠狼之属）的比喻更是惨绝人寰，东西跳梁，不辟高下；虽然使出浑身解数，机灵小巧，并不像大臭椿那样过于占地方的低调动物也还是不能自保，这世道已经到了什么份儿上啦？中于机辟，死于罔罟，则是何等血腥的下场！

这里庄子所说的不尽扣题。他是不是要说，小了也不一定就踏实呢？小了也不见得能派上用场呢？反正大有大的难处，小有小的可怜，既然如此，还不如大他一家伙呢！嗯？

"今夫斄牛，其大若垂天之云。此能为大矣，而不能执鼠。"

又出来一个垂天之云的比喻，不是鲲与鹏了，而是高寒山区身躯庞大的牦牛，却遭到了不会捕鼠的批评。

比安徒生的丑小鸭——天鹅的经历还要夸张和幽默。未来的天鹅由于自己不会像母鸡一样生蛋和猫仔一样咪咪而受尽嘲笑污辱。庄子以阔大为荣，因阔大而备受讥讽嘲弄误解，也只能以自嘲自解自慰，福乎祸乎？悲乎喜乎？伟士乎天鹅乎阿 Q 乎？

"今子有大树，患其无用，何不树之于无何有之乡，广莫之野，彷徨乎无为其侧，逍遥乎寝卧其下。不夭斤斧，物无害者，无所可用，安所困苦哉！"

这几句话浩浩茫茫、舒舒展展、大大咧咧，可以说是美妙至极，可以说是豁达至极，可以说是膨胀至极，华美至极，寒光闪闪，东方或寰宇不败了。但同时却又给人以无可奈何，剑走偏锋，佯狂求全即装傻充愣，全无出路也全无选择的感觉。庄子是颓废派还是逍遥派？是透心凉还是豁达阔大、刀枪不入？难道读者从这些大而无当、大而无伤的话语里没有感觉到彻骨的寂寞、孤独、悲凉和空无吗？

这是一个要命的悖论：要彻底的自由、逍遥，就需要伴以彻底的孤独与寂寞。要彻底的个人主义，就不能有集团，有（民族国家社群阶级组织的）归属，不能有分工与合作甚至于不能有配偶，更不能有子女，拉家带口还能有什么逍遥游！呜呼大臭椿，呜呼小狸猫，呜呼奇才庄子，呜呼绝代文章！

文章、文章、文章，中国的“文章”二字也太忽悠得不亦乐乎啦。伟大祖国有重视文章的传统，这是祖国明清以来发展得不算理想的缘由之一。重文章而轻思想逻辑，重文章而轻生产力，轻经济，轻科学技术，怎么发展呢？庄子太能说会写啦，他老人家当真是能够把煤球说白，把火焰说凉。一个语言如飓风骇浪，思路如电闪雷鸣，雄辩如江河奔腾，锋芒能振聋发聩的写家庄周，一个令几千年后的我辈仍然拍案叫绝的南华真人（南华的诰封说到底也是对庄子的哲学的嘲笑），说到底又怎么能提倡得成无为、提倡得成形如槁木心如死灰、吾丧我、物化、无物不然、无物不可……呢？

说到这里，逍遥游告一段落。自古以来，对于逍遥有各种说法。我们则从文本中可以得出以下印象：

一、逍遥要有一种大气魄大心胸，九万里，掀动或扶摇羊角。逍遥游很难被小知小年即小虫儿们理解。

二、逍遥要超越世俗，要像许由那样，视天下外物俗务如无物，听到了将权力禅让于自己的话则视为耳朵污染、听觉病毒。

三、逍遥要无待，要满足，要摆脱一切外物的干扰——更不要说追求外物了。应该说，这里要求的是绝对的主观精神的无拘无束，彻底自由。

四、逍遥要无所用，为世所用也就是为外物所累，无用则无累，无累则自由。

五、逍遥要与大道合一，成为至人、真人、神人，与大道合一则无所不能，无所能伤，可以超越拔高而不封顶，可以做到藐姑射山上的神人那个境界，做到令唐尧也自惭形秽的地步。

人与人是不同的，能够达到的逍遥的境界与感受也不一样，请勿过分地计较逍遥的定义、去分际真伪逍遥，分辨何者是庄周的逍遥原义，何者是后人穿凿。说得简单一点，你觉得你逍遥，你觉得你自在，你觉得你不受外物的役使也不受物议的困扰，你也就沾了逍遥的边儿了，夫复何求？

齐物论:透视与超越的思路踒平寰宇

一　槁木死灰

生命的真正底蕴何在?人生的真意味究竟是什么?人生的态度又应该如何选择?

一万个人当然就会有一万种答案。概括地说,仍然可以分成积极的与消极的两大类。一类是积极的,有的宗教认为生命是上帝的恩赐,有的主张认为生命的意义在于对社会的贡献并从这种贡献中得到自我的极大实现与弘扬,儒家的所谓立德、立功、立言,科学家之献身科学、艺术家之献身艺术、革命家之献身革命、道德家之献身道德,乃至敬业者之殉职、军人之献身于战斗,都含有积极的意义。

即使不是献身,而是乐生、惜生、慰生、拔一毛而利天下不为也,对自我的生存仍然抱肯定与珍爱的态度。

同时古今中外,对人生,对生命,都有严重的质疑,生老病死之虞、旦夕不测之祸、自取灭亡之蠢、钩心斗角之智,都令有识之士叹息。

认为人生的痛苦在于人自身,在于人的欲望的难以满足,满足以后立即产生新的欲望;在于人的思想与感受,特别是敏感,人的一生充满了自寻苦恼的追赶、希望与失望直至绝望;在于人的思辨、较真、追求真理与弄清是非真伪的努力……一句话,认为人的灵性、灵魂与智慧,认为人之成为人的与万物有所区别的一切,是炼狱般的苦痛的根源，这在佛教中、儒家的教诲中、老子的《道德经》中、叔本华的哲学中，尤其是庄子的《齐物论》中，都有所提及或发挥。这种论调，延伸到了残酷地对于生的实际否定，但又以大彻大悟的形式，摆出一种超凡入圣的神佛姿态。有时，这其实是一种牢骚、一种愤懑、一种悲哀的号叫。有时，则陷入无奈的平静和空虚，如《红楼梦》的主题，叫做一片白茫茫大地真干净。

孔子的办法是承认人生的痛苦，然后把脸转过去，务实地劝导人们先活好活对头了再说。而庄子，在这一类问题上，既有佛的彻底与残酷，又有中国士人独有的逍遥与自解自娱、玩世不恭。

> 南郭子綦隐机而坐，仰天而嘘，荅焉似丧其耦。颜成子游立侍乎前，曰："何居乎？形固可使如槁木，而心固可使如死灰乎？今之隐机者，非昔之隐机者也。"子綦曰："偃，不亦善乎，而问之也！今者吾丧我，汝知之乎？"

南郭子綦坐在桌儿后边，把自己挡了起来，仰面长出一口气，蔫蔫地像是丢了魂儿。颜成子游，站立在子綦面前侍候，问：您这是怎么了？形体原来也可以像干枯的树木，而心儿原来也可以像死灰吗？今天在桌后的您，怎么不像原来桌后的那个您呢？南郭子綦说，你问得真好，这回呀，我把我的自我给丢到一边儿去啦，你懂不懂……

《齐物论》一开始，庄子讲起了子綦的隐几而坐，萎缩在小桌子后面，仰头长出一口气，静止、谦虚、低调，既没有线条也没有式样了；嘘一口气当中却透露出某些块垒、某些自解与自得。这是得道者的标准姿态与表情吗？这是冷冷的骄傲与淡漠吗？这是失望者、悲哀者、麻木者还是迷茫者呢？是活人、病人、半死人、近死人、出家人还是绝望人呢？他是在嘲笑、蔑视世界还是自己？如果真的已经做到了形如槁木心如死灰了，不是可以自闭经脉，自我冷藏，呼吸几近全无吗？至少仅留一丝鼻息还不够吗？而在一仰一嘘之中，是不是子綦老回想起了当年的鲲鹏飞翔之志、之梦、之火焰呢？或者说，这种作槁木死灰状也是展翅九万里的另一种形式呢，是另一种不得已呢？或者说，这样的槁木死灰的描写，恰恰是对于鲲游南溟，鹏动扶摇，大瓠巨树的自打耳光呢？不管你有多么巨大、高明、真人、仙士、圣贤，关键是做到形如槁木，心如死灰湿灰的半死状态呀。已经槁木死灰了，你的身高体重翅长容积覆盖大小与潜水飞翔能力，有用无用之辨，又还有什么意义呢？

形（或面）如槁木，心如死灰，这是至今鲜活如初的语言，庄子这几句写得好狠，绝对化而且冷冻化。后世的小说家言中常常以之形容坚定守节的寡妇或修行变性了的尼姑，有时也可以以之形容绝顶失意的政客。这很妙，这里头包含着弗洛伊德的内容。没有比用这两句话形容，不单单是性欲，且是一切生的欲望的消失与毁灭更生动的了。

庄子是特立独言的，他偏偏以如今用来形容绝望与活死人的说法来规定来命名伟大得道者的基本品质。看来，庄子对于外界的与内心的不安、困扰、诱惑、戕害、折磨是太敏感、太体会强烈、难以忍受了。在那个混乱的、争夺的、血腥的却又是为野心家们提供了极大极多的机会的年代，在那个英雄辈出、奸雄辈出、群魔乱舞、冤魂遍野，如鲁迅所言欲稳坐奴隶亦不可得的年代，精英与自命精英们，谁不充满欲望、恐惧、侥幸、冒险心，谁不垂涎三尺而又坐卧不宁，谁不被外火烘烤吞噬，谁不被内火焦灼催逼？没有这种内外交困、屡战屡败、体无完肤、伤口淌血的痛切的直接或间接经验、体验，怎么可能向往槁木死灰的境界？

聂绀弩有句云："哀莫大于心不死，名曾羞与鬼争光。"有一个诗人朋友给我写的版本则是"哀莫大于心不死，无端幻想要全删"，不知后半句是否他所加。也许他们能正确地体会槁木死灰的道性与道行？但更像是泣血激愤之语、控诉之语。不，这不是修养，而是抗议。

庄子呢？

当真做到了槁木死灰，做到了丧我、忘我、无我，会不会反而快乐起来、膨胀起来、骄傲起来呢？绝难，但是不无可能，这就是我喜欢说的泪尽则喜。这也就是泪即是喜，喜即是泪，大悲才能大喜，大喜才能槁木死灰。《红楼梦》中贾宝玉最后出了家，见到他爹贾政“似喜似悲”，拜了几拜，唱道：

我所居兮，青埂之峰。
我所游兮，鸿蒙太空。
谁与我游兮，吾谁与从。
渺渺茫茫兮，归彼大荒。

哪怕是高鹗的续作，几句唱词仍然有庄子的味道。宝玉未必能有与子綦老的可比性，两个“游”字，鸿蒙与渺茫的形象与解脱而后逍遥的含意却直奔庄周。其实早在第二章“冷子兴演说荣国府”中，贾雨村的评论中已经提出了许由、陶潜、阮籍、嵇康……这些庄子的精神一族的兼具正邪两气（其实就是封建主流与社会另类两种精神价值取向）的“理论”了。

有一位作家说过，只有深刻的悲观主义者才能做到乐观。这话有趣，只有去掉对世界、对他人乃至对自身的不切实际的幻想，才能安顺快乐。

而老子的话是“吾所以有大患者，为吾有身，及吾无身，吾有何患”，我们常说的患得患失，不就是那种肤浅庸俗的对于自身的名利地位盘算吗？如果你自身不那么斤斤计较，你还有什么可以患得患失的呢？

与“吾丧我”接近的还有一个比较正面的词儿，忘我。无论是在革命中劳动中创造中战斗中表演中竞技中游戏中爱情中美景中，人们都可以达到一种巅峰状态、献身状态、专注状态、高潮状态，即吾忘记了自身的存在更忘记了自身的得失的状态。巨大的满足带来巨大的向往、崇敬、依恋、献身趋向与对一切的忘却与忽略。

然而这与庄子的坐忘又大大不同，庄子的坐忘与丧我，是在非高潮的状态下，在虚空无为无心无意绝对自然的状态下的忘却，是对于巅峰与献身的拒绝，是槁木死灰式的丧我，是冷如冰雪的坐忘，甚至是冷如冰雪中的自得其乐：这带有中华文化的独特性。

我们的传统观念之一种，是真人不露相，露相非真人。我们心目中的最可畏的君侯是喜怒不形于色即面部无表情的君侯统治者。而更高的王者角色的特色是虎变难测，据说老虎身上的斑纹是常常变化、难以预测的，所以权越大越要杜绝透明度，令谁也摸不着底。著名影片《周恩来》的开始有一个场面，周恩来对贺龙(?)说，“文化大革命”会怎样发展，谁也不知道。

同时我们的最佳、最玄妙的理念是以静制动、以气胜力、以退为进、以无胜有、以不变应万变、以少胜多、借力打力、韬光养晦、知其白守其黑、知雄守雌、难得糊涂。两千多年前，范雎就是靠装死、越王勾践则是靠装熊装贱取得了最后的胜利。这样的常处逆境中的哲人、能人、阴狠之人或大志盖天之人，锻造出来独特的哲学，自然就可能把槁木死灰当成学道、道行、道性的最高境界。

有学人对于“今之隐机者，非昔之隐机者也”一语特别重视，以为这包含了古希腊哲人赫拉克利特的一句名言“人不能两次走进同一条河流”的思想。不错，庄子也有“与时俱化”的主张，在《秋水》篇中大讲“物之生也，若驰若骤，无动而不变，无时而不移”——或快或慢，一动弹就会变，一眨眼就会挪窝。他肯定变化的无时不在无处不在，嘲笑对于变化的恐惧与徒劳的对于不变的追求，尤其是人应该懂得生命的过程就是一个化生为死的过程，不应该为之悲泣哭闹。但这里讲的今之子綦非昔之子綦，突出强调的是子綦的更上一层楼的精神境界、槁木与死灰的境界、吾丧我的境界。从子綦所讲的“今者吾丧我，汝知之乎”可以看出，昔者，昨者，子綦的修养尚未达到这一步，还未能完全丧我，还有我的残余，汝知之乎，子綦是以通报一项新发明新成就新水准的得意心情讲这个丧我的。这是庄子所主张的一个内心功夫，是一个处变不惊、不受任何干扰伤害的无敌于天下的内功,是个人修养的极致。

类似的说法在《庄子》外篇《刻意》中也屡有涉及:

> 夫恬淡寂漠虚无无为,此天地之平而道德之质也。故圣人休焉,休则平易矣,平易则恬淡矣。平易恬淡,则忧患不能入,邪气不能袭,故其德全而神不亏。故曰:圣人之生也天行,其死也物化;静而与阴同德,动而与阳同波。不为福先,不为祸始;感而后应,迫而后动,不得已而后起。去知与故,循天之理。故曰无天灾,无物累,无人非,无鬼责。其生若浮,其死若休。不思虑,不豫谋。光矣而不耀,信矣而不期。其寝不梦,其觉无忧。其神纯粹,其魂不罢。

说是安适、淡漠、寂寥、虚无、无为,这才是天地的素常平衡状态,是道与德的品质。所以说,圣人休止于此就能够平易自然,平易自然了就能够恬淡虚静,平易自然而又恬淡虚静了,那么忧愁祸患也就无法侵入,邪祟瘴气也打不倒他,故而他的道德之体用保持完整无缺,他的精气神也不会亏损。所以说,圣人之出生是与天同行,他的死去是与物俱(变)化。静止的时候他与阴同样的体用,动的时候与阳同样的匹配。

还说是圣人不作幸福的源头,也不作祸患的成因,不作任何求福招祸的事情。有了刺激了,才有反应。被推迫了,才有运动。不由自主了,才会发动。去掉智谋与巧伪,一切遵循自然的法则,没有天灾,没有外物的累赘,没有人际矛盾,也没有对于鬼神的得罪。他的生存好比飘浮,他的死亡好比休息。用不着思虑盘算,用不着预先筹划,虽然光亮但并不炫耀,虽然说得到做得到却不许诺预约。圣人睡觉不会做梦,醒过来不会发愁。他的灵魂纯净无杂质,他的精神活泼不疲惫。

基本用意类似,但此段的说法比较容易被人接受。不知道是不是后人觉得槁木死灰之说,太过分了,乃有所修正。恬淡之说,儒家也是可以接受的，如孔子讲的“不义而富且贵，于我如浮云”。恬淡就是对外物的浮云主义观。浮云则淡，浮云则变动不羁。浮云则与己无碍，态度够得上恬淡了。孔子讲的“贤哉回也……人不堪其忧，回也不改其乐……”也包含了对世俗所谓的富贵的恬淡态度。而且和道家一致，庄子也提倡其生若浮——浮云。

从恬淡发展到“甘于寂寞”，则是到了今日的中国仍然在提倡表彰的。虚无无为则与儒学不一致，老庄让你恬淡的用意在于皈依虚无、无为的大道，获得精神上的解放、逍遥、优游、闲适，是为了达致生命的最佳状态。而儒学的恬淡则是为了道德精神的升华与纯净，是只讲奉献，不讲索取，只讲义务，不强调权益。

如果说西方在文艺复兴运动以来，注重研究、至少是在口头上与学理上提倡对于人的权利（human right）的尊重的话，那么中国的孔孟，更注意的是人的道德义务（可以说是 human obligation），而老庄注意的是摆脱社会与人群的羁绊，获得个人的天年、逍遥、自在……好也罢，坏也罢，自个儿感觉良好、至少不那么恶劣就行。

> 虚无恬淡，乃合天德。故曰，悲乐者，德之邪也；喜怒者，道之过也；好恶者，德之失也。故心不忧乐，德之至也；一而不变，静之至也；无所于忤，虚之至也；不与物交，淡之至也；无所于逆，粹之至也。

于是将虚无恬淡看做与天地同辉的大德。所以说，哀乐，是道德走上了邪道；喜怒则是道德上出了过错、好恶，是道德的缺失。有心却无忧无乐，这才是极致的道德。抱元守一，绝无变易，才是极致的平静。不在乎挫折悖谬，是虚无的极致。不受外物的任何干扰，是恬淡的极致。不计较顺逆，是精纯、纯粹的极致。

庄子认为，有悲有乐，那正是违反了天之德，且看，天什么时候悲过乐过？有喜有怒，那就偏离了大道，大道恒常，啥时候喜过怒过？有好（喜爱）有恶（厌恶，恶读物），是丢失了天之德。所以说，心里没有忧与乐的分野，是德的到位的标志；心情始终如一，不怎么变化，是既安且静的标志；与万物无悖谬无冲突无妨碍，这是胸怀虚冲的标志；与外物无互动，这是淡泊的极致；没有任何事与外界顶牛较劲，这是纯粹干净的标志。人们能做到这一步，可就太好了，大不一样啦。

天地不仁，这是老子的一大发现，天地与人不一样的地方就在于天与地并不那么讲仁爱、讲感情、讲情面、讲善恶、讲道德，而人们呢，尤其是儒家偏偏把个什么仁义道德强调到无以复加的程度，这正是人类的痛苦焦虑不安的一个根源。不仅天地与圣人是不仁的，同是强调仁义道德的人类，各自对于仁义道德的理解与标准也是不同的，此是一；在仁义道德的坚持后面有阶级利益族群利益的背景，此是二；趋之若骛的仁义道德，由于它的煽情化、时尚化、哄闹化而实际上是伪仁义道德，例如中世纪与第三帝国希特勒的仁义道德，此是三。你说你公道，他说他公道，公道不公道，只有天知道，而老子的说法，天地也并不知道这个仁义道德。为了各自的不同的乃至是互不相容的仁义道德，而发生的族群与族群、学派与学派、宗教与宗教的斗争直至战争，从古至今，难道还少么？

那么如果你做不到恬淡寂寞，虚无均为，你更加做不到槁木死灰一般的对待天下的纷争鼓噪，你会怎么样呢？于是有了各种的哭天抹泪，有了各种的仇恨愤怒，有了冤冤相报与以暴抑暴；有了战争、暴政、造反、人间的永远的敌对与厮杀；至少是有了屈原也有了陀思妥耶夫斯基，有了《窦娥冤》也有了《悲惨世界》，有了“牛虻”也有了“切·格瓦拉”，也有了同样属于拉美的独裁者智利的皮诺切特。于是大多数人的一生都是冤屈的，是被老天爷、社会、历史与他人他族他国欠了账的，是既痛不欲生又死不瞑目的。人生是太痛苦了啊。那么怎么样减少与逐渐取消这样的痛苦与焦虑不安呢？

老庄认为，尤其是庄子认为，只能疑人，屈人，反思人类的荒谬、文化的荒谬、竞争、斗争、战争的荒谬与残酷，要反思人们的一厢情愿，而掉转自己的方向，不再一意孤行，转而从天、顺天、跟着天道走，而不是跟着人心人欲与人们所谓的文化，其实是人的单方面的意愿走。人应该像天呀地呀圣人呀一样的淡漠起来，冷冻起来，无心无意无情无所谓起来，一切由命，不再痛苦，不再抗争，不再牢骚，不再愤怒也不再期待。一句话，愚蠢与渺小的人们啊，你们别闹了，别自以为是啦。人啊人，你们算了吧。

故曰：形劳而不休则弊，精用而不已则竭。水之性，不杂则清，莫动则平；郁闭而不流，亦不能清；天德之象也。故曰，纯粹而不杂，静一而不变，淡而无为，动而天行，此养神之道也。

庄子（或假托庄子之名写庄子外篇的某人）接着分析，形体一味辛劳而不得休息，人就会过早地衰老枯竭。精神精力没完没了地使唤，就会疲惫劳累，而劳累太过，人就完蛋了。让我们以水为范例吧，水的特性是，不夹杂什么污秽肮脏，它自然是清澈洁净的；你不去搅动它干预它，它自然是平静的。人为地去阻挡封闭，被堵塞郁积的水也清纯不了。这些正是天生的德性、天生的规则、天生的特点。所以说，人把自己搞得纯粹一些，而不是芜杂混乱、杂七杂八，人把自身搞得平静恒常一些，而不是忽这忽那，变化无常，淡漠而不急于做什么，运动呢，则是按照天性运行，这就能很好地涵养保持自己的精神啦。

师法自然，这是中华传统文化的一个特色，书画要师法自然；武功，也要师法自然；做人，也要师法自然；这也叫从格物致知中寻找大道（却不一定是自然科学与实用技术）。这里的庄子或者代庄子，对于水的研究还相当认真。水不掺和杂质自然就会清洁透亮；水不被搅动，自然就会平静、保持水平、能较准确地反映出外物的印象，完全不让水流动也不行，该动该流淌还得流淌。

其实毛泽东也受了传统文化的影响，但是他强调的不是静止而是运动，他喜欢列举的说法是“流水不腐，户枢不蠹”，即流水不腐烂变质，而不停地开了关了再开了的门户的那个转轴不会招虫儿。

中华传统文化强调的是万物万象的一致性、自然与人的要求的一致性，这有点自慰自安、自我满足与自我循环的意思，影响了我们对于万事万物的差别性、特殊性的详尽掌握与开发利用。但是它从另一个角度也可以启迪人们对于世界的认识。尤其在分科日益精细、节奏日益加快、竞争日益激烈的全球化与现代化的今天，庄子的这种更强调退让、克制、主观满意，减少对于外物的征服心、使役心、斗争心的主张，虽然不能全盘被接受，却是剑走偏锋，对于人的内心生活有某种补充与平衡的意义。

老庄也是喜欢讲一面理的，其实人类的歧见、讨论、辩论、竞争、纷争、斗争乃至战争，人类的对于自然的种种不适应不满意，既是苦恼的根源也是文化进步的动力。虽然进步会带来新的问题新的苦恼，进步仍然是进步，文化仍然是文化。我们无法使人类回到类人猿时代，文化的进步，价值观念的强化、细腻化与合理化，都是无法扭转与阻挡的。

有一种说法，说是中华传统文化是早熟的文化，早在几千年前，中国的老庄就看出了竞争、纷争带来的负面因素，他们的许多今天看来不无另类的说法，其实有助于人类在自身的日新月异的发展进步中考虑到另一面，从而有所调整、有所控制、有所平衡、有所节制。那可就是老庄之幸、国人之幸啦。

同时，抚今思昔，我们也完全可以想象可以理解清末民初，特别是五四新文化运动中，一心爱国救亡的前贤们对于槁木死灰主义的愤怒与失望。我们今天讲什么传统文化，是经过了五四洗礼的传统文化，是在艰难地但也是胜利地走向现代化的时期的对于中华传统文化的回顾与弘扬，正是五四与现代化的努力与实绩，挽救了中华传统文化。如果时至今日，又以读经来救国，将五四与“文革”相提并论，那么，这种文化爱国主义，就只能走向文化误国主义了。

二　天籁地籁

前一章说到南郭子綦的形如槁木、心如死灰的道行。颜成子游向南郭子提问,想知道他的槁木死灰的新面貌是怎么回事。子綦说他问得好,然后强调他是做到了“吾丧我”。

一般的从语义学上说,吾就是我,我就是吾。但庄子——子綦的妙论十分引人入胜。古往今来,许多庄学大家,极其重视此玄虚深奥的说法,并给以伟大的解释:大致意思是说前边的“吾”是指真我,天生的、自然的、纯粹的、本真的、质朴的、来自大道、与大道相遨游相伴随的那个“很好的”我,而后一个“我”,是指我见,即偏执的、有成见的、不免狭隘与浅薄的、受了人间——后天种种伪劣知识习气的影响的、被染了色的“不那么好的脏乎乎的”我。

很妙,有点深奥。当然有理,世上万物,除了人,谁能自己观察又研究自己?我是认识的主体,我又是认识的对象。除了人,谁能自觉地观察自身、回忆自身、反省自身、分析自身、衡量自身呢?这样一种自我观察、自我反思、自我批判,正是“吾丧我”认识论的基础。

同时,主体的我——“吾”与客体的“我”的一身二用与适当分离,乃是中华传统文化强调的修身的命题所以可能存在的基础,也是许多学科的起点,例如心理学。

然而,把吾解释得那样好,把我解释得比较糟,这显然是学者自己的事,是学者以非常远离老庄的价值观念来硬性填充吾与我的内涵。吾与我可以有所区分,又实际上是一回事。吾当然即我,我无疑即吾。吾丧我,当然就是我忘记了我自己,我忘记了自己的存在,我身处对于大道的领悟、感动、崇信、无间之中,我已经得道而成至人真人圣人仙人,我已经乘天地之正,御六气之辩,游于无穷,根本顾不上、犯不着、不必要再为自身盘算什么。

读到这里,读者始终难免头上生雾水,原因在于,为什么南郭子綦紧接着“丧我”的伟大命题说起籁声的声学——哲学问题来了呢？据说籁的最初的意思是指箫声，是竹子做的管乐器。人籁就是箫被人吹出来的声音，地籁是地上的孔洞即地窍被风吹出来的音响，而天籁呢，恐怕难以讲说天上云里也会出现孔洞窍穴、发出声响吧？那么天籁应该说是天自然发出的声响？

让我们慢慢思忖。

> “女闻人籁而未闻地籁；女闻地籁而未闻天籁夫！”
>
> 子游曰：“敢问其方。”
>
> 子綦曰：“夫大块噫气，其名为风。是唯无作，作则万窍怒呺。而独不闻之翏翏乎？”

子綦问子游道，那么，你知道、你听到过人吹箫啦，当然，可是，你听到过、你知道啥叫地籁即从地的窍洞中发出的声响吗？你听到过、你知道以天为源头的声响吗？

子游很谦虚，他说：不知道，请您给我讲一讲吧，请把您的关于人、地、天三籁的说法讲解给我听听吧。

子綦说，大块大地，吐出气息，打出饱嗝，它就叫风。这种风不发作也就罢了，一发作就万孔万洞齐鸣。你就没有听到过那种大风吼叫的声音吗？

（噫，极可能指的就是饱嗝，但是古往今来的专家没有这样解释“噫气”的，可能他们觉得这样讲不雅。但是，从老庄的观点来看，一切自然的东西都不存在雅不雅的问题。老子讲大道，不断地用牝即女性生殖器为喻，岂不雅哉？无法更雅也，伟大至极也。以人为喻，打嗝比吹箫唱歌更自然而然，更非有意为之也。）

> “山林之畏佳，大木百围之窍穴，似鼻，似口，似耳，似枅，似圈，似臼，似洼者，似污者；激者，謞者，叱者，吸者，叫者，譹者，宎者，咬者。”

说是山林茂密重叠,(一说是山势盘桓曲弯)一百个人手拉手才抱得过来的大树上的洞穴,有的像舂子,有的像嘴,有的像耳朵,有的像房梁上的方口,有的像圆洞洞,有的像舂米用的杵臼,有的像坑洼,有的像浅潭或者烂泥坑。它们发出的声响,像水流激荡,像箭矢穿空,像怒骂发火,像啧啧吸吮,像大声喊叫,像号哭悲鸣,像呻吟怨怼,像唉声叹气……

又进入了文章阶段,绝妙好词,形容比喻,洋洋洒洒,纷至沓来,节拍加快,令人击节。

遇上一位老夫子,带上十几位蒙童,摇头摆尾,拉长声调,将此段落吟诵歌咏,一唱三叹,其乐何如?

“前者唱于而随者唱喁。泠风则小和,飘风则大和,厉风济则众窍为虚。而独不见之调调之刁刁乎?”

这些声响,前后相随,接连不断,你唱我和,你吁我嘘。小风就小小地应和,大风就大声应和。暴风止后,众窍空空如也。难道你们就不能从枝条众物风中的摇摆中听出地窍的声响特色来吗?要不,也可以解释为,你就没有听到那树枝树叶摇摇摆摆的声响吗?

为什么说着说着各种窍孔,又说起树木的因风发声来了呢?庄子得意洋洋地讲了各种孔洞的声响之后,又想起了仅仅孔洞的不全面,捎带提一提人们更容易感觉到的树声?或者,此书本来就是庄子口述的记录,带有口语的非严密性、非逻辑性?于乎喁乎调调乎刁刁乎,还挺押韵。

子游曰:“地籁则众窍是已,人籁则比竹是已。敢问天籁。”

子綦曰:“夫天籁者,吹万不同,而使其自己也,咸其自取,怒者其谁邪!”

子游说,好,那么地籁是地面孔洞的发声(怎么又不提树声了呢),人籁是一排竹子发声(看来,那时的箫更像如今的排箫),我可不可以问问天籁呢?

子綦说,风吹万孔,让它们自行发声。发声各不相同,这是孔洞自己造成的,并没有谁在那里努劲或者激动、激发、刻意地要出声。

天知道子綦——庄子的讲天籁意思何在。子綦的回答根本没有回应对于天籁为何的提问。是说天籁就是风本身吗?按古人思路,当然风是从天上(空中)来的,而不是从地底下钻出来的。风本身有没有籁即声响,这里根本没有涉及,只是说风本意不在号叫歌唱,风没有这个动机也没有使这个劲力。天籁无声,至少是无意有声,是这个用意吗?一开头三籁并提,很有气势,说着说着,地籁独大了,天与人之籁语焉不详矣。

也有可能,天地人三籁说甚为完美辉煌,但何者天籁,子綦也罢,庄周也罢,尚未搞清,自然畸轻畸重,虎头蛇尾。

作为论述,这里确实有衔接不够严密的地方,作为散文诗,也许莫须有的南郭子綦先生有点意识流。强为之解,就是南郭以音响的层次作喻,来说明自己的道性道行所达到的层次非子游之流能够一下子弄明白的。

人籁吹响,吹出调式,吹出情感,吹出技巧,吹出目的——求偶、讨赏、炫技、自娱……最易掌控,不劳说明。天籁本无,有其道而无其声,虚无之籁,然而它是地籁的根源、能源,更是人籁的榜样,人吹竹管,不就是模仿天籁的刮风么?地籁则大可分析描绘一番。

奇怪的是,从南郭的提问来看,他似乎要讲三籁的区别与高下,讲境界、层次之区分即"匪齐",讲人们如子游往往只知其一,不知其二,更不知其三。其侧重点尤其在于:人再吹管,哪怕吹出雷霆万钧之音,地之窍穴再发出花样翻新的声响,哪怕地籁令你如醉如痴,其实都是来自天的无声之籁的驱动。这也是讲井蛙不知观天,夏虫不可语冰,朝菌不识晦朔,蟪蛄不解春秋,不识天籁的人再研究人籁地籁也还是舍本逐末。

行文中庄子老人家兴冲冲地铺陈地大谈地籁,人籁是由请教者子游代说了一下，弄个竹管吹吹就算人籁了吧？子綦未置可否。也许是不值一提。从全书看，庄子对于人籁的评价观感都不会太好，至少是含着一片噪音喧嚣。要只是竹管反倒好了，还有人声包括吵闹厮杀哭爹叫娘，还有弦乐簧乐打击乐，还有挥动皮鞭大刀三节棍以及抽打肉身直到砍头凌迟的声音，现代化以来则有高分贝的枪子儿啾啾，炮弹隆隆，炸弹乒乓哼哧（crash）……

地籁则通过子綦之口写了个漂亮至极，山林之畏佳，大木百围之窍穴，似鼻，似口，似耳，似枅，似圈，似臼，似洼者，似污者。激者，謞者，叱者，吸者，叫者，譹者，宎者，咬者……生动具体，琳琅满目而又玄秘冷清，莫知就里，其铺染模拟之开放性、舒展性、奇异即陌生性，成就了一种文体，漂亮豪华却又不避鼻、口、耳、枅、圈、臼、洼、污、激、謞、叱、吸、叫、譹、宎、咬这些俗字俗相，不是像我们的某些自命精英者的穷酸的形而上，而实际境界是形而下、形而甚下。地籁云云本来很抽象，这样一写却显得很直观乃至于很通俗。三籁本来是一种奇妙的想象，这样一写就变得很亲切。你读柳宗元的《永州八记》、读拙作中篇小说《鹰谷》对于山水林木石花草的描写，都能发现庄子的影响。

人能写文，文也能写人，文气文思文胆文神文情文势文威能够牵着写家的鼻子走，使写家如醉如痴，忘了自己要干什么啦。读书到《庄子》这一段，我的感想走到了这里。

《齐物论》地籁一节，成为文章绝品，但是天地人三籁到底咋样，却只有天知道了——如果是高考作文的天地人三籁论，或槁木死灰论，更不用说是齐物论了，庄子只交这一段当作文试卷，应该算是跑了题，冲这一条这位考生就很难及格。

而且有趣的是，表面上，庄子的意图似应是用天地人三籁说明齐物即众物大同而只有小异的道理，说明争执的无谓、辩论的无聊、是非的并无固定标准。但是从文章来说，“地籁赋”的魅力恰恰在于他所写的地籁之丰富多彩，千音百调，匪齐匪一，多元杂陈。如果是写地籁不过一种，天籁人籁不过与地籁一致、齐一、一齐，天地人三籁是齐不齐一把泥（这是泥水匠的说法），这样的文字还有谁要看呢？

各式各色的地籁，写来洋洋洒洒，读来啧啧称奇，满足于阅读的快感已经不错，勉强找出本题来，则似指地表之窍穴奇形怪状，各不相同，各有成因，因风而出的声音也是千奇百怪，各走一路。千奇百怪却又万变不离其宗，都是大块的吹气喘息打嗝闹出来的。而且，这些千奇百怪的声音都是地穴枝条们自己发出来的，咸由自取，籁音自响，籁责自负。

以此来说明多种声音存在的不可避免性？说明万物由于处境、位置、形状、大小之不同而不得齐焉？说明不齐由于形状，齐由于动力动因？可能吧。识者教之。

至于天籁。是不是不太好说？表面上说，夫吹万不同，而使其自己也，咸其自取，怒者其谁邪？吹的风其实相同，出来的声不同，是它们自己不同，都是天籁，各取所宜所能，窍穴不同，自然声响不同，天籁正是地籁之音之驱动力，同样的驱动遇到不同的装置与定义，就会产生不同的音响。那么庄子——子綦的意思是：天籁本无声，地籁赖以鸣之；天籁本齐同，地籁自行分别之、歧异之、争斗之；天籁本不动情不怒不闹无意兴风作浪，是由于地窍的不同而出现了不同的喧嚣。地籁是如此不齐，人籁还能不乱成一团吗？那么协调众声众生众不齐的唯一办法便是回到统一的、本身无声却又是众声之源之理之驱动的天之籁上去。

这可能还包含着一种暗示，人们各不相同，同样的天命、天道、天理，到了你我他她这里，各有不同的呈现。天籁说的其实是天道，天道有常，天道恒一，地籁是地上的万物万象，万物万象各不相同，可以说这是“地道”（不是地道战的地道）。人籁就是人的命运性格遭际，就是人之道，当然更是各不相同，而且互相斗争得紧。但是我们不可怨天怨道，我们也不可自行包揽主体，以为各种声音完全出自自身，那其实都是天的吹奏。您最多是管乐器，天才是乐手与指挥。咸其自取，庄子的这四个字含义不凡。你倒霉？你冤枉？你命苦？你点儿背？咸其自取！你明白点了吗？你琢磨出点味道来了吗？

人是自取的，人又是不得已的。什么叫不得已？此处尤其是后文，庄子多次讲到不得已三字，是说明人掌握不了自己的全部命运，决定不了自己的全部起止，一切源于天道，在听天道这一点上万物万象并无区别。听命于天道，取决于自身，你的那个洞穴就是与旁人不一样，虽然天道不怒不努（过于发力）不偏不倚，你能发出和旁人一样的声籁来吗？你抱怨谁去？这样想想，人们能不能踏实一点呢？

我们还可以理解为，庄子对于三籁的描写，最大的特色是赋予了声音以生命，赋予了发声的地窍以生命，赋予了地的发声的驱动力——天以生命。天与人一样，它要呼吸喘气，地也与人一样，它有许多的窍孔，会发声。永远拥抱着靠拢着体味着共鸣着天与地的生命现象与生命规律，努力追求着以道性为基础的天人合一，或者叫做天地人三者之和谐，更明白这三者之间的天而后地，地而后人的依存与师法关系，这是中华文化特别是老庄学派思想体悟的最最动人之处，最最富有魅力之处啊。

庄文着力写的是地籁，如今在人们口头书面中流行的词却是天籁，人籁地籁两个词儿已经为人们所忘记淘汰，这样一个接受史上的误差也极有意味。人们用天籁一词形容最美好的声音，天生的美声、天生的乐音、天生的愉悦与动情。叫做此曲只应天上有，人间哪得几回闻？杜甫的名句，也是把最好的音乐说成天籁。而什么地籁人籁云云，早就少有使用的了。

从接受美学上说，这不是由于天籁写得好，不，相反，是地籁写得好。然而天籁这个词构建得好，我们恰恰将之用做人声、乐声，歌唱家与演奏家发出的声音的最佳境界、完美质地的表现。一见天籁一词，你会立即想起春天的鸟鸣、秋天的虫啼、水波的溅溅、松涛的拂耳、破冰的响动、大雨的击打、庄稼的拔节与原生态的山歌，其美何如！至于籁而分三，三而实一，庄子的这些天才巧思、独特雄辩，早已经被老百姓忘到了一边。你是挖空心思，他是望文生义；你是深邃玄妙，他是简单明快；你是层峦叠嶂，他是直来直去；你是巍峨高峰，他是顺手捡拾；你是幽深万仞，他是只取表层。悲乎喜乎，蠢乎智乎，得乎失乎，谁知道呢？

再想想，数千年前的文字，能被世世代代的人阅读、接受、传诵；一个奇妙的思想家，非同寻常的观念与文体，光是生僻的字就一大堆，能被世世代代的读者所喜爱引用，他创造的词语能够变成伟大祖国的语言词汇组成的不可或缺的部分，你还要怎么样呢？即使庄子本人牛气冲天，又怎么可以痴心妄想，读者们在数千年后还保持着对于大作的原汁原味的解读呢？这么一说，即使是被歪曲，被郢书燕说，被深书浅说，被奇书俗说，也是幸运的啊，也是巨大的成功啊。如此这般，这不也增加了老王谈庄的勇气了吗？

姑妄解之，仍然有再解读的空间。

三　大而化之法

庄子在《逍遥游》中先讲了一回"大而无当"。显然庄子是欲进先退，欲擒先纵，先把"大而无当"写成是肩吾谈论楚狂人接舆时对于接舆的批评与质疑，是表明肩吾无法相信接舆关于藐姑射之山上的神人的说法；然后借连叔对接舆的辩护，开展一场儒道之争。大而无当、往而不返云云本来是贬话，是说言语大得不着边际，大话连篇、无的放矢、不解决任何实际问题，是空谈误事蒙人。庄子这样写的用意在于以肩吾作反面教材，暴露儒家的小头小脑，鼠目寸光，只知道鼻子底下那点实用的事儿，叫做"小知不知大知，小年不知大年"。

庄子在这里是为大而无当正名，为常常被指责为"无当"无用、没有准头的大智慧大言说辩诬。

但是"大而无当"四字已经结结实实地流传下来了，人们是按照肩吾先生的贬义，而不是按照连叔——接舆——庄周的称颂之意，来理解、来接受这四个字的。至今,如果说谁谁或什么主张“大而无当”,没有谁会认为这是褒扬,而会认为此人只会搞假大空、空谈至多是清谈。

庄子为“大而无当”正名的苦心,白费了,属于无效劳动。

作为“大而无当”四字的近邻——同义词语,我们会想到“大而化之”的说法。这四个字也常指粗心大叶、没心没肺,不无贬义,却又包含着海阔天空、不拘小节、自得其乐的正面含义。而更多的今人对大而化之的理解是从大处看问题想问题,也就能化解许多鸡毛蒜皮、斤斤计较、争拗纠纷、郁闷焦虑。

甚至我们可以说,大而化之是一种方法、一个法门。我们还可以说,大而化之是一种抗体,专门对付那种鸡毛蒜皮、寄生虫细菌,还有过滤性病毒。

其实首先讲“大而化之”的并不是庄子而是孟子,“大而化之之谓圣”,孟子的原意是说把自己的充实的美善发扬光大,感化世人,这是圣人的特质。几千年后,按孟子原意讲“大而化之”的人少而又少了,按大大咧咧、马马虎虎、粗枝大叶理解语义的人越来越多了。

这两个“大而”都并非按作者的原意接受与流传,这在接受学上又是一个很有趣味的现象。这也足够令古今中外的学人、思想家、精英或自命精英的人们喝一壶的啦。您的费尽心血、自以为很重要很精彩的思想语言判断,无人理睬无人问津固是寂寞不幸,被重视得流传甚至普及了,却仅仅是望文生义、浅尝辄止而歪邪到另一面去了,最后,普及了的恰恰是您费劲地要驳斥的那一部分。你的创造性的语词,从论点上说恰恰帮了对手,而是给自己帮了倒忙,这是好事吗?达到目的了吗?您的语词完全歪曲地、违反尊意地理解与一代一代传下去了,名传而理亡,语传而意亡,形传而神亡,传承到最后被接受的是你的对立面,是你的驳难对象,是你力图消除恶劣影响的谬误,呜呼,这未免晦气得紧。

我个人也有类似的经验,都夸赞我王某人早在上个世纪八十年代就提倡作家的学者化。其实,我从来没有提倡过作家的学者化,作家与学者是两类材料,两路文功。但是我十分担忧一九四九年后的作家的非学者化,即作家的学养越来越差。作为作家群体的非学者化是值得担忧的,同样,作为群体的作家的学者化是不可能与不必要的。也可能到现在我也不能让朋友们准确地理解我的意思吧?

老子说得好,国之利器,不可以示人。伟大与真正高端的思想是难于示人的,高端少知音,普天下都是知音,都与您老人家一致,您的高端思想变成了波普,变成了大众时尚了,您就当您的学术明星去吧,您就成了畅销书作者了,您还恓恓惶惶地孜孜矻矻地掰扯个什么劲?您就在那里享受无为而治的逍遥硕果不就行了吗?

老子也是一样,他的高论曾被人(朱熹)指为“心最毒”。这也是逻辑学上、数学上的著名的“说谎人悖论”。你说:“我在说谎。”那么此话是谎是实呢?你的思想的核心是无为二字,那么你的著书立说算有为还是算无为呢?你们讲知者不言,善者不辩,知者不博……这些话本身是知还是不知?是辩还是没辩?是博还是不博?滔滔不绝而且应该算得上花言巧语(无贬义)、至少是极善言辞的庄周先生,他的迷人的文字是在辩难还是在齐物——叫做不争论呢?

中国人早在几千前就研究起这种悖论来了,并且发明了对付办法:大而化之!

我倒是觉得深得如今所讲的大而化之之道的精髓的是庄子。大而化之是庄子的主要心术心道,是庄子能够获得人生与思想的享受的重要法门,是庄子的魅力所在。

为了言说大而化之的好处,庄子一定要说明小而病之、争之、毁之、执着不解之、抠抠搜搜之的害处。

> 大知闲闲,小知间间;大言炎炎,小言詹詹。其寐也魂交,其觉也形开,与接为构,日以心斗。缦者,窖者,密者。小恐惴惴,大恐缦缦。其发若机栝,其司是非之谓也;其留如诅盟,其守胜

之谓也。

这一段对于世态人情、俗人心态的刻画极为生动。大智慧从容舒展。小聪明锱铢必较。大智慧大而化之,小聪明是是非非。小聪明者都是“事儿妈”。大言说气势如虹,小广播、小报告、小嘟囔,啰啰嗦嗦、叽叽咕咕、支支吾吾。以大贬小,这是中华文化的特点之一,我们常常相信大的比小的宏伟、超越、高尚、长远、厚重。而例如日本人,则以制造小、轻、薄的商品为能事,迷于只有十七个音节的俳句。

不能大而化之,只能小而病之。睡着了仍然精神交错,心思重叠,惦念混杂。一睁眼,千头万绪,心乱如麻。与外物一接触就发火斗气恶言恶语,不是你吃掉我,就是我吃掉你。时而犹豫不决,时而做局设套,时而诡秘阴暗。前怕狼后怕虎,不顺利怕挫折,顺利了怕上套,小事情怕丢脸,大赌博怕崩盘。攻伐旁人的时候易发难收,如射出去的弩箭。顽固死守的时候,紧紧顶住,不成功便成仁。

庄子的这些描写,出尽凡人俗物、钩心斗角的洋相。呜呼,已经几千年了,怎么庄子的描写就像是写今天?我这一辈子硬是见过这样的同人同事乃至小领导,对于这样的事儿妈事儿哥事儿老事儿小儿,你硬是拿他老哥无法是好。

此种描写的生动性切近性精准性究竟是庄子的胜利还是失败?不是胜利,能至今通用,至今被读者拍案叫绝吗?不是失败,能至今对世道人心无效、至今不见作用不见长进而且愈演愈烈吗?

这里恐怕有一个以极端反极端、以悖论反悖论的问题。减少无谓的名词之争、从概念到概念之争、瞎子摸象之争是可以的也是必要的,是有可能逐渐收效的。至于以槁木死灰的姿态杜绝一切表达与争论,则只能存在于庄子的思辨中、幻想中、哲学乌托邦中。为什么说齐物也是悖论呢?既然齐物,齐物与好争好辩本身也可以齐一家伙,争就是不争,辩就是不辩,小知就是大知,小里小气就是大大方方,斤斤计较就是逍遥大化,无道违道与得道行道都不必区分,不齐就是齐,无道也是道,没有道,哪儿出来的无道?没有无道,你又上哪儿体悟大道去？如此这般，有什么区别的必要、掰扯的必要？

> 其杀如秋冬，以言其日消也；其溺之所为之，不可使复之也；其厌也如缄，以言其老洫也；近死之心，莫使复阳也。喜怒哀乐，虑叹变慹，姚佚启态。乐出虚，蒸成菌。日夜相代乎前而莫知其所萌。已乎，已乎！旦暮得此，其所由以生乎！

反过来说，虽然齐物，也不妨碍我们探讨小知与大知的匪齐——区别。齐物并非人人能够做到，不能够大而化之的人不但齐不了也踏实不了，睡不好也醒不好。整天价耗神煎心，熬油伤身，早衰速朽，精神日益耗散提前进入生命的秋冬，靠近死亡，难于回转。他们沉溺于争夺辩论，无法自拔。他们如同被捆绑被堵塞，自我封闭，自我较劲，一个人转腰子，自我灭亡，无法救药。喜怒哀乐、焦躁愁苦、左右为难、进退失据。人为什么要活得这样累这样痛苦？这一切闹心的事情自何而出？如声响出自孔洞，菌类生于地气，虚虚飘飘，莫知就里，不请就来。鸡毛蒜皮乱哄哄，争来争去一场空。“弈棋转烛事多端，饮水差知等暖寒。如膜妄心应褪净，夜来无梦过邯郸。”（以上四句出于钱钟书一九五七年诗，意谓万事不过如此，争来争去，白费劲，即使车过邯郸，也休要白日做梦啊。）从早到晚忙来争去，其实是一无所知一无所获。休矣休矣，你算是只能糊涂一辈子啦。

这一段连同上段有一些小品文的风格。庄子描写小知小言的人的状态，有点刻薄，有点嘎咕（从调侃的意义上说，即一个人有点坏水），还有点幽默。同时透露着庄子的智力的优越感。他算是把小知小言者们琢磨透了，糟改够了，勾勒臭了，耍弄溜了。呜呼，这些小鼻子小眼，小心肠小计较的三流货色呀。这样的精神状态的特点是化不开，就是疙里疙瘩，化不开怎么样呢？就是精神上长了结石，更严重就是精神毒瘤。庄子——我要说他老是不无恶意地描写的这种精神结石状态，是值得人们深刻反省与警惕的。

但是这里有一个问题，我吃不准。大知闲闲，应该是正面的含义，闲闲是宽舒从容的意思。大言炎炎，一定是褒义吗？不可能是贬义吗？知应该追求大，前后文庄子都讲过此意，言要大吗？要那么气势磅礴吗？像前文所说的南郭子綦那样，能够大言炎炎吗？与啰啰嗦嗦的小言、高屋建瓴的大言相比，是不是不言更像子綦老人家的选择呢？庄子的大言炎炎中没有玄机吗？待考。

面对生存的争拗、伤害与疲劳，庄子开的药方就是大而化之。化是汉文中一个极有内涵的词儿。化是变异，是蜕变，是消解，是过渡，是出生（如造化）也是死亡（如坐化、火化），也是一种程度，如化境，是一种得心应手，得来全不费工夫的境界，按毛泽东的说法，化者，“彻头彻尾彻里彻外之谓也”。

精神品格足够大了，“背若太山，翼若垂天之云，抟扶摇羊角而上者九万里，绝云气，负青天，然后图南”了，才能占领精神的制高点，才会接近大道，从而获得一个无穷与永恒作参照系统，才会视渺小诡计、渺小得失、渺小欲求为无物。这样，也就得到了大自在、大解放、大自信乃至于大骄傲。你看着我无用，你看不到我的长处，我正好“树之于无何有之乡，广莫之野，彷徨乎无为其侧，逍遥乎寝卧其下。不夭斤斧，物无害者”，这样的人的精神状态，岂是整天求知遇呀，找伯乐呀，怀才不遇呀、怀忠不遇呀的恓恓惶惶者所能比拟的呢？

大而化之的结果一定是大而无当。这里的“当”首先是承当。缺少承当，缺少责任感，当然不是好话。情或有可原谅的是，东周春秋战国时期，你让庄子这种级别的漆园小吏去承当啥？封建社会的政治是封闭的少数权贵、皇帝与王公大臣、皇亲国戚直至宦官锦衣卫们的政治，没有政治参与可能的士人，是一味要挤进钻进那个有承担更有厚黑、残忍与危殆的圈子里好呢，还是大而无当地好呢？是知其不可而为之，粉身碎骨、夷九族、断子绝孙好呢，还是自我作废，鲲鹏神仙，大瓠大树地大而无当好呢？这就不好说了。一定要说，那就只能说是人各有志，人各有苦，人各有不得已啦。

这样的至人、圣人、神人，就有的吹啦：“若夫乘道德而浮游则不然，无誉无訾，一龙一蛇，与时俱化，而无肯专为……”

当然这指的仍然是精神层面的浮游，不是讲航空航天。掌握了大道，也就是掌握了一切，得到完全的化解，精神上卸掉了一切的担当与针对性、操作性、实用性。这样，才能从必然王国进入自由王国，化成龙也不妨化成蛇，化不成鲲鹏，不妨化成鷦鷯偃鼠。

欧洲人也讲自由王国，他们追求的自由王国是企图依靠社会、体制、人权、科学、技术、生产力组建起来的理想国。他们确实比我们的古人更务实一些，收到的实效也就多一些。

事物发展到今天，我们又看到，外部环境的改善并不一定意味着人的精神结石精神毒瘤的化解，并不意味着人的精神境界一定能够提升和开拓。而东方的这一套精神修养方面的哲学乃至玄学，以之处理国计民生金融实业发展建设外交国防奥运会世博会则不足，用之寻求个人的精神世界的与集团的社区的邦国的和谐与舒畅，寻求克制与解脱，则非无益焉。庄子的思想有利于精神的享受，而未必适用于实用与发展。反过来说，如果一味耽于生存竞争与欲望追求，一味通过高科技高消费来高速度填补欲壑，也永远得不到庄子的鲲鹏展翅、逍遥自由、无誉无訾、物无害者、一龙一蛇、与时俱化的化境。

从实用的观点看，庄子之论是无的之矢、是匪材之木、是零利益的精神资源，从精神享受的观点来看，庄子这一套令人称奇叫绝，不但能大而化之，还能如佛家所说的一笑了之，看穿一切，金刚不坏，自成一绝。

四　物我之辨

用中国人的说法，至少有两个大问题，令人想得“脑仁儿疼”，却难得其解。一个是关于起源与归宿，世界从哪里来，到哪里去，生命从哪里来，到哪里去，你我从哪里来到哪里去？

另一个麻烦的问题是物、外物、外界、世界与我、自我、主体的我的关系。何谓我？何谓物？何谓物我之辨？何谓役于物？（被外物所役使，我因外物在，则失去了自主性、失去了自由与主动。）

这两个令人脑仁儿疼的问题结合起来脑仁儿就得四倍（二的平方）地疼痛了。我从哪里来，我到哪里去？我什么时候、为什么会感受到知晓到我与物的区别？我是怎样地感知到我与物的区别的？我与物是一种什么样的关系？是君臣关系？统治与被统治的关系？限制与被限制、反限制的关系？是相融合、相知相利相补相悦的关系？是清晰的、明白的还是糊里糊涂想下去只能自我折磨的混账关系？

非彼无我，非我无所取。是亦近矣，而不知所为使。若有真宰，而特不得其眹。可行已信；而不见其形，有情而无形。

没有前文所描绘乃至嘲笑的那些生存的辛劳与尴尬，没有那些小知所带来的无限困扰，也就没有我的存在、我的感知与被感知。同样，没有我的存在，这些困扰也就无从感知，无从表现，无从下载。许多古人和今人都是这样解释“非彼无我与非我无所取”的。

但同时，这个彼也可能不仅是指前文，而同样是指后文，指后文也是说得通的：没有百骸九窍六藏（脏），也就没有我的存在与被感知。就是说，没有“我的”（我的身体、我的器官、我的情绪、我的生命、我的年龄、我的时运、我的言语、我的思想、我的著作、我的头衔、我的成就、我的灾难……）也就没有我的存在、感知与被感知。没有客体也就没有主体，没有物也就没有我。主体中又分化为客体，即我中分化出“我的”那些灵啊肉啊喜呀怒呀成呀败呀的玩意儿，分化出一个被主体的我所思考所审视所抚摸所追问的“我”——“我的”来。

而初学乍练的笔者老王，更愿意作更加抽象与概括的解读：非彼无我——没有认识或感知的对象就没有认识与感知的主体。非我无所取——没有认为与感知的主体，就得不到对于对象、客体的认识与感知。是亦近矣，而不知其所为使——这样分析问题已经够切近的了，仍然找不到那个把主体与客体区分开来的缘故或主宰。若有真宰,而不得其眹——好像或假如有这样一个真正的主宰,你却找不到它的征兆。可行已信,而不见其形,有情而无形——这样的缘故或主宰,已经在那里运作着了,主体客体已经在那里区分着了,却令你抓不着一个把手,看不到一个具体的形象,它合乎情理,却不具备具象。

庄子这里讲的本来是彼与我的关系,两者都是代词,一个是指示代词,一个是人称代词,我们完全有理由对于这两个代名词进行更抽象更哲学的分析。

再进一步,是亦近矣,庄子的意思可能是:这么考虑问题,思考而能达到这一步,也就能够靠近终极关怀,靠近大道、靠近真理、靠近根本观念的发现与获得了,然而,仍然不知道是谁在那里指使,谁在那里做主,谁在那里推动、驱动。(西方有一种说法,是上帝推了第一手,然后万物按照牛顿的惯性定律运转不休。)这么大的一个世界,这么焦心的一个主体,总该有一个真宰,即推动者、主使者、决定者吧?但你又得不到它(真宰)的眹——征兆。这个应有的真宰,推动着主使着主体与客体,都在那里存在与运动着,都是看得出来的,这些存在与运动,都是可以检验审视的(可行已信),但是你就是看不见真宰的形体形状。有真宰的情况、情形、情理、表现,但是从来没有真宰的形象。

也许更好的解读是将彼与我看成物与我,即客观与主观。同时,对于彼来说,我也就是此。没有彼也就没有此,没有那也就没有这,没有这也无所谓那。彼此、物我、客主、被动与主动、对象与主体,世界与自身都是相对应而存在。没有物,没有客体,没有对象,没有世界,哪儿来的自我意识、自我感觉?如果除了自我再无一物,没有光影、没有寒热、没有可触摸的一切软硬与形体,没有可感觉的一切能量包括电磁波、红外线、紫外线、化学腐蚀……哪里还会知道什么自己不自己?反过来说,如果没有我,没有感知的主体,至少是没有有感知能力的一个又一个主体,客体的存在、物的存在、世界的存在又被谁被哪一个所感受、所知晓、所传达、所论述?

（按：笔者的读庄手段不是找出庄文的唯一正确的解释，我怀疑究竟能不能找出唯一的与排他的正确解释来，找出这样的解释的思路本身就与庄子的灵动的、注意相对性、注意同一性、注意对立的两面或多面的相通相转化相一致的主张背道而驰。我只是在尽量尊重前贤的解释的基础上，搜索与创造可能的说得通的解释，寻求在释庄上的创意与发现发挥，弘扬与发展新的可能。）

这样的关于物我的讨论，已经紧逼了生命与自我的最最根本的疑难：我究竟是什么？我究竟是哪儿来的？到哪儿去？我与被感知的“我的”一切，中间有什么关联有什么区别？我是我的主体，同时是我反思反观的客体，这个客体即被反思观照的“我”算是物还是算是我？还有此前庄子借子綦的话所说的“吾丧我”，即我可以忘记我，我可以成为无我——今日的说法则是无私……这样的悖论如何才能解决？

前贤或谓主体的、即第一性的“吾”才是真我，而被忘掉的客体的“我”是那个刻意的我、计较的我、被各种成见偏见私心杂念所蒙蔽歪曲的假我，是第二性的我。什么？假我？假我不是我？不是来自我？难道是来自外物？

还有，难道只有“我”被忘记被否定后才能成为客体吗？那么我的对于第二个我的满意与抚摸又怎么样解释呢？

我是我的主体，我又是我的客体，这是关于自我的悖论。例如镜子，你在镜子当中看到的是一个客体的我，而这个客体的我是你的自我即主体的我的相当准确相当及时的映象。你还可以自我欣赏、自我爱恋、自我批评、自我劝导、自我调整、自怨自艾、顾影（照镜子）自怜直到所谓战胜自己。就是说自我有观照自我与干预自我的能力，能够在感知的过程中将自己一分为二。

物与我的分离、互动、龃龉与困惑已经够烦人的了，现在又出来一个真我与假我的分离，第一我与第二我，即主体的我与被观照被审视被爱抚的我的分离、互动、龃龉与互谅互恋互相沉醉，这真是活活地要人命啊!

印度人有一种类似气功与自我心理治疗的瑜伽功,其中一个功法就是(第一个自我)在静坐的过程中设想自己(第二个自我)的意念中有一朵莲花(第一朵莲花),而此莲花中有一个自己(第三个自我),莲花中的自己(第三个自我)心中又有一朵莲花(第二朵莲花),第二个莲花当中又有一个自己(第四个自我)……以至于无穷。

我与物有了一次分离的可能,就有了将一个我视作物(对象)的第二次分离、即分离成两个我的可能,有了分离成两个我的可能,就有了一直分离下去的可能,因为第二次分离的那个对象,完全可以被设想作又有自己的对象即第三个我,以至于无穷。也就是说,主体的我当中既然能够分离出客体的我来,那么客体的我就完全可能具备新的主体性,而再分离出更新的客体的我来。

这很像是两张镜子互相映照的效果,这种效果被称为长廊效应,每一方每一面镜子中都有对方镜子的形象,而对方镜子中都有本方本面镜子的形象,每个本方本面镜子的形象中又都包含了对方对面镜子的形象。

《红楼梦》中的贾宝玉,就是由于在两面镜子中间睡觉,才梦到甄(真)宝玉的,甄(真)宝玉与贾(假)宝玉面貌与环境相同,而人生观价值观始则相同,继则分道扬镳,终于各走各的路。

而人的自我比镜子更加神奇,原因在于,这里不需要两个我,只一个我就可以自己分裂成主体与客体两个方面,互相观照,互相研究,并且是自找麻烦,自己向自己提出一系列难题:

我就是我的感觉与情绪吗?喜怒哀乐、疲累煎熬是可以变化、可以或难于控制的,感觉有时候提醒自己、有时候欺骗自己、有时候令自我欣赏、有时候令自我厌恶。看来,感觉不一定靠得住。但是“自我”要长期与稳定得多。当你想到我太倒霉了,我太脆弱了,我太狭隘了……的时候,你是在反省自我,批判自我。当你想我要开朗,我要乐观,我要坚强,我要清醒,我要经得住风浪考验的时候,你正在调整或者激励“我的感觉”“我的情绪”，那么我就不仅仅是感觉与情绪。我有时大于、长久于、稳定于、高明于“我的”感觉与情绪。

同时，也有另一种情况，主体的我，感觉自己硬是了然不得、解释不得、管不得自我。主体的我还在犹犹豫豫万般无奈的时候，客体的我已经凭本能、凭肾上腺激素、凭感觉决定行事闹出一系列风光来了。有时候恰恰是客体的我、没有想清楚的我比主体的理性的我更加丰富、干练与伟大，更加事迹辉煌。当然，也有自我控制不了的那个自我冒傻气乃至做错了事令主体的自我懊悔莫名的时候。

百骸、九窍、六藏，赅而存焉，吾谁与为亲？汝皆说之乎？其有私焉？如是皆有为臣妾乎？其臣妾不足以相治乎？其递相为君臣乎？其有真君存焉？如求得其情与不得，无益损乎其真。

一百多节骨头、九个窟窿眼儿（五官七孔与二便孔道）、六部分内脏（心、肝、脾、肺、二肾），都存在于主体之中。谁对于形成主体更重要一些呢？一样的重要吗？你都喜欢爱护吗？还是有什么亲疏远近之别呢？如果它们之间并无区别，那么它们对于主体来说，都是主体的下属臣妾吗？都是臣妾间就没有主次与从属的关系了吗？还是互相从属？这当中有主体的主宰者吗？找得到或者找不到主宰者，对于主体的存在、各部分的存在，又有什么影响和损失呢？

在庄子对于大知小知特别是小知者的心态、洋相刻画嘲笑一番以后，他紧接着又谈起身体的各个部件来。骨头节呀、腑脏呀、九窍呀，这里讨论的已经不是彼与我的关系，而是我与“我的”的关系，是人称代词与物主代词的关系了。

是的，没有这些“我的”就没有我，但是我是从哪里出来主宰着这些“我的”脏窍呢？我是我的这些骨节腑脏与窍孔的真君——主宰与主体吗？你能设想你是主人而你的身体各组成部分是你的臣妾随从跟班吗？你的脚疼了，你会说“我病了”，这说明它们与你的自我不可分割。你的病足做了外科手术割除了，而你的自我仍然存在，你只不过会说我残疾了罢了。这说明你的自我与你的身体的某个部分仍然可以分离。

自我与“我的”,既可分离又不可分离,当你死亡以后,“我的”器官就不复存在,但“我的”著作、言语、精神、思想、功业将在不由我来做主的情势下,继续发展、延续、变易。

当然,人无头则亡,心脏停止跳动则死,脑部缺氧严重则成为植物人。但头、心、脑就是头、心、脑,头、心、脑并不等于自我。当你决定吃“脑白金”补脑的时候,当你确定做颅腔手术割除脑瘤的时候,当你得知自己心律不齐或需要吃“速效救心丸”的时候,头、脑、心是自我的对应物,是对象是客体是“物”而不是主体,不是我的同义语。

那么我是什么?是各种感知与情绪的总和?是身体各部位百骸、九窍、六脏的总和?是先有身体与各部位还是先有了自我?如果说是先有身体后有自我,那么这个自我是从哪里来的呢?他或她一出生就知道兴冲冲地吃奶,并为吃得好而高兴,又为饥饿或被蚊虫叮咬而啼哭,他或她的嘴巴、胃肠、皮肤、血管与情绪、表情、哭或者笑紧紧相连。能说自我尚不存在吗?反过来他或她并不为“非我”为另一个孩子的饥饿而悲伤哭泣,你能说他或她尚无自我的意识吗?你能说那些表情只是胃在愉悦或皮肤在抗议而不是婴儿的自我在呼号在反应吗?

或者说,自我是指我的灵魂,那么我要拯救自己的灵魂,如基督教的教义所演讲的,又是什么意思呢?显然,我之所以可能审视、评估、推敲、折磨与救赎自己的灵魂,是因为自我比灵魂更高更主宰更清醒也更能采取措施,更有能动性;是因为灵魂可以成为自我的主体,更可能成为自我的客体,为自我所用所处理所认识所抚摸所戕害所挤压或者予以舒展飞扬。

不能把我定义为自身的生理与心理的总和,总和与部分的区别可能是量的区别,是可以计算与比较的,而我与“我的”处于不同的平面上,它是不可比的。我们无法断定或设想我比我的某一部分哪怕是大脑、是灵魂、是意识或理性大多少，多多少，高多少。

这个问题就像鸡生蛋蛋生鸡的问题一样，是我生了我的，还是我的生了我？这个问题不解决不免茫然，庄子为之抒发了悲情。你不知道你是啥，你不知道前因后果，你不知道谁主谁次，你不知道谁君谁臣，你不知道主体与客体的关系为什么这样不协调这样麻烦。为什么要忙忙碌碌辛辛苦苦于主体与客体之间，叫做物我之间。为什么糊里糊涂地生下来、与此同时又糊里糊涂地走向死亡。谁能明白？谁能无忧？谁能知道自我存在的、思考的、痛苦的与经验的秘密？

这一点与西方的基督教思维模式颇不相同。基督教的核心是为人类找到一个主人——Lord，庄子在这一章里称之为“真宰”，而庄子对于主人的存在存疑。他列举了人的那些个器官设置，都是臣妾吗？轮流坐庄吗？果然有真宰吗等几种可能，目的是否定人格化主宰的存在。老子也讲大道是“生而不有，为而不恃，长而不宰，是为玄德”。就是说，世界万物的真正“主人”不具有主人的品格：你的真正主宰是大道，你的真正主宰是不主宰，是无为，是玄德，是让你“自己”“自取”，是最高的本源与规律，而不是主人。从某种意义上说，老子与庄子的说法有它们的深刻性、宽阔性。其玄之又玄，众妙之门处，有优越于拟人间的 Lord 说的地方。

拧紧老庄的说法，自我的存在的要点在于道，我是道的下载、道的感悟、道的启示。道是万物的本质，也是生命的本质，是思想与追寻的本质，也是“我”与“我的”的本质。道是全部，是一切，是永远也是无穷，是运动也是造化，是本体也是驱动，是本源也是归宿，是客体与主体的统一，是物之齐、论之齐、生死与是非之齐。道又体现于一切，又表现为感知为思考为一切的生动与具体、一切的瞬间与个别。所有的对于“我”与“我的”的思量与感知，都是道心道性的表现。

一受其成形，不化以待尽。与物相刃相靡，其行尽如驰，而莫之能止，不亦悲乎！

一旦一个人禀赋父精母血、阴阳二气、天地之大德曰生，成就了自己的生命形体，他或她的趋向死亡的运动也就开始了，没有死吗？等待着今后死罢了。而且，他或她与外界外物相伤害相摩擦，他或她的趋向灭亡就像跑步走向终点一样，想拦也拦不住，这也太可悲啦。

这个说法甚至靠拢于西方现代主义的生存荒谬说。从卡夫卡的《变形记》、加缪的《鼠疫》当中，我们都能体会到那种刻骨的荒谬感，不同的是，卡夫卡与加缪的荒谬感是社会，而庄子的荒谬感针对的是人生。卡夫卡与加缪的荒谬感是沉重至极的，而庄子的神奇的思路竟然化荒谬为神奇，化荒谬为大道，化荒谬为逍遥与齐物！多么聪明的庄子！多么聪明的中国人！是不是中国人过于聪明了呢？

> 终身役役而不见其成功，苶然疲役而不知其所归，可不哀邪！人谓之不死，奚益！其形化，其心与之然，可不谓大哀乎？人之生也，固若是芒乎？其我独芒，而人亦有不芒者乎？

再说，一辈子辛辛苦苦，把自己累得身心交瘁却得不到成果，最后是一事无成，而且不知道究竟是要干什么，要向哪儿去，哪儿才是归宿，这不是太可怜了吗？这样的人生，即使还在活着，又有什么好处？又有什么活头？

最后有那么一天，你的身体也没有了，你的精神也没有了，这样的生与死可当真是莫大的悲哀呀。是不是只有我才独独感到这样的困惑与茫然呢？抑或所有的人都与我一样的困惑而且茫然呢？

庄子的这一段话，突然脱离了逍遥、潇洒、豁达、开阔、大而化之的至人神人圣人之道，他说得忽然老实起来，我要说是惨烈起来，甚至于疯狂起来，他说得太刺激了！

只有你把自我与道联系在一起的时候，只有当你能够思考（我思故我在）的时候，也就是只有你已经接近了某种灵性、知性、道性的时候，只有你已经庶几成为道的选民，得到道的青睐的时候，你才能思考如下的大问题：彼（物）与我，取（感知）与被取（被感知），情

（情理、运动、作用、被感知、状态与变异、抽象性）与形（具象、实体、量化与鲜明性），形与心（形化——死亡而心与之然——心亡），臣妾与真宰，损与益，役（被动劳碌）与归（回到自由王国），驰与止，芒（茫）与不芒（茫）……能思考到这样的大题目了，能为这样的大题目而不安了，近道矣，近矣！

这样的悲哀惨烈荒谬说明你已经在靠近大道。大道靠近了，更加危险，道魔一念间。人可能在接受大道启发的同时感到了困惑与悲哀、清明与惨烈！因为你的心灵已经因大道的下载而苏醒，你的自我已经因大道而清明。但同时你的眼睛里已经不搀沙子，你也感到了“大哀”，感到了疲役（今天的话就是活得太累），活也白活（谓之不死，奚益？），还有什么芒（茫）不芒的牢骚与怨怼。

庄子在这里用的是将欲取之，必先予之的方法，他是在以退为进。他要去掉你的茫然与悲哀疲累，先替你把各种苦水吐完，然后告诉你：不，大道并不遥远，它存在于你的思考与感悟之中，存在于你的取与所取之中，存在于你的叹息与明白了悟之中，存在于始而哀之、继而茫之、终而明之的过程当中。尽管庄子的这一段说法不无对于人生与认知的悲剧性的叹息，但是它毕竟是通向大道，通向齐物的。它是哀尽而喜，茫尽而明，役尽而逍遥，疲尽而得到了无量无等无间的解脱。它以通向抽象的玄之又玄的对于我、我与物的、物与世界的关系的穷追不舍来制造你的悲苦与茫然，然后引导你：连这些你都弄不明白，还计较什么是是非非？还有啥想不开的？这正如《红楼梦》第二十二回《听曲文宝玉悟禅机……》中所写，宝玉听了一些禅语以为懂了点禅机，便胡思乱想，胡写八写，被黛玉与宝钗发现，于是黛玉与宝钗向他提出一些问题，结果宝玉不能答复，证明宝玉对于禅机的了解还不如二位女性，反过来，宝玉服了输，认识到自己并无资格谈禅论道，并无资格悲观厌世了。

用大白话来说，这就叫恶治，以毒攻毒，请君入瓮，再予全歼。

想得开，这个俗词极妙，想得开，就是想得开放、宽敞、透亮，想不开就是想得狭隘、封闭、黝黯。想开了，庄子使我们走向澄明，走向了然，走向逍遥，走向大而化之。想不开，您就和庄子、和人生的诸种根本问题较劲吧，有你的苦头呢。

回过头来，让我们再咂摸庄子的这个"非彼无我"吧，何必斤斤于前面与后面的叙述呢？彼就是彼方、那个，我就是此，也就是我方、这个。这里最好的解释其实还是老子的"有无相生，难易相成，长短相较，高下相倾，音声相和，前后相随"，没有彼就没有此，没有物，就没有我，没有生就没有死，没有死也无所谓生，没有疲役就没有逍遥，没有逍遥也就没有疲役，没有辩争就没有齐物，没有齐物也就没有辩争。天底下的一切都在互相矛盾，互相依存，互相转化，互为条件，人的悲哀其实在于往往只知其一，不知其二，只知其矛盾，不知其依存与转化。我之所以是我，正因为我对于物有所感受有所困惑有所龃龉，如果一切是百依百顺，是和合谐协，那就与根本不存在物、从而根本不存在我一样。如果贾宝玉与林黛玉中间一点矛盾没有、一点差异没有、一点隔膜没有、一点误解没有，那么两人就都成了对方的购自性用品商店的自慰器具，那也就没有爱情，没有《红楼梦》，没有文学，也没有千古的长叹了。一切的、古往今来的怀才不遇者、失恋者、怨气冲天者、牢骚满腹者，他们的价值、他们的存在的证明，恰恰是由于他们的有所取、有所期待、有所失望、有所迷茫、有所哭泣。但是最终呢？在尝尽了各种苦辣酸甜、愚智昏昭之后，他们能不能明白过来，能不能弃暗投明，能不能自我解放，能不能有所提升有所扩展有所飞翔有所超越呢？

啊，庄子，我们仍然需要你！

五　言语是非

在我这一代人的记忆中，"提意见""有意见"，是流行于解放区的语言，是民主生活的一个初步表现。我最初还以为"意见"是新名词、外来语呢。查查辞源，早在《后汉书》中就有“……意见偏杂，故是非之论，纷然相乖……”之说，《魏书》中又有“……众人纷纭，意见不等，朕莫知所从……”之语。看来，那个时候人们没有把有意见提意见与发扬民主联系到一块，而是看到了意见众多带来的是纷争，是困惑，是混乱无序。

人们的意见是怎么来的？人们的不同意见应该如何对待如何处理？庄子很关心这个问题。

> 夫随其成心而师之，谁独且无师乎？奚必知代而心自取者有之？愚者与有焉。未成乎心而有是非，是今日适越而昔至也。是以无有为有。无有为有，虽有神禹，且不能知，吾独且奈何哉！

人们其实是各有自己的意见（中性词）——成见、偏见（以上二词带有贬义）、主见与互不相同的歧见的。谁都拿着自己的成心——成见当依据当标准作判断，独独谁能没有任何成心——成见呢？谁又需要等待着自己有了见识、有了根基、有了独立思考才形成自身的见解呢？越是傻越有见解啊！并未经过充分的调查研究与思考而已经判断了是非，就像到达目的地——越国在前，而出发在后一样，是颠倒了次序、颠倒了过程的呀。是把没有的东西当做已有的东西，把绝非自己的思考当做思考，把没有任何根据的见解当做见解，把并不存在的是非标准坚持一番强硬一番。遇到这种糊涂成心成见，大禹在世也没有办法可想，何况我辈！

后人往往会羡慕春秋战国诸子百家争鸣齐放的时代。当然，后人在“定于一”的环境下，回顾早年的多元文化与人自为战，觉得颇有看头恋头。先秦诸子的百家争鸣，与后世的陈陈相因、重复背诵、咬文嚼字、一代比一代更加呆头呆脑、人云亦云、只甘心为圣人作注疏、再无创意、再不敢提出新见解相比，谁能不击节赞赏，谁能不啧啧称奇！

春秋战国时期的中国学术，阔多了！

然而，言论自由、学术自由、学术繁荣是要付出代价的。我二十年前就说过，其代价是言论与主张的贬值。庄子那当儿，除了令中华民族骄傲至今的孔孟老庄法墨等大家以外，各执一词，各说一套，吹牛贩卖，狗皮膏药，互相贬损而又自我推销，吆喝震天的才子大话狂，多了去了。有时候说的称了君侯的意，不但能骗吃骗喝，还能出将入相，荣华富贵，鱼肉乡里，横行霸道。有时候违背了君侯的意，落一个车裂腰斩，死于非命的下场。听到看到这样的众说纷纭、莫衷一是的场景，你会不会感到晕菜，感到是一种灾难呢？要知道那时候天下未定于一，未有罢黜百家、独尊儒术一说呀。尊儒呀，与道互补呀，这其实都是后世的事儿。

而那个乱世的权力与资源在握的君侯们，几乎个个都是急功近利的权欲狂，他们热衷的是得到奇策奇计，立马灭敌制胜，会盟称霸。谁还顾得上对于真理、学问（更不要说科学了）、终极关怀的在意？无怪庄子认为这样的百家争鸣无非是各有成心，皆是一面之词，都是在兜售自己的土法上马的江湖野药。那个时代不讲逻辑规则，不讲计算验算，不讲实验或实践检验，不讲实践是检验真理的唯一标准；可不就是各自经销，推广一个个偏执的主张加上花言巧语的包装。这样的学术风气，何必求师？何必去趸那些先入为主的成见？不必师从那些大言不惭的诸子百家了，就是个愚者，就是个傻子，也照样可以有自己的成见啊，自己拜自己为师还不结了！

这里有一个真理，应该说是有一个发现，是庄子道破了天机：越是愚傻，越有成见，越是排他，越是嫉异如仇，越是听不进去道理，越是勇于参加扑灭智慧、活埋真理的战役。想一想耶稣、苏格拉底、伽利略以及一些忠臣、志士、伟人的遭遇，这不是够读者喝一壶的了吗？

这里最妙的比喻是今日适越而昔至也。可惜的是这话竟然没有像庄子中的其他妙语那样流传八方万代。本来今天要出发到越地（绍兴一带）去，而同时（自以为）昨天或头年反正是早就到了越地了。这荒谬吗？非也。这样的事还少吗？这样的事我们自身就没有发生过吗？毛主席不是早就提出过，结论应该放到调查研究的末尾，而不是产生在调查研究的开头吗？他针对的是什么？不就是今适越而昔至吗？

比如说，做了决定再开会，不是先有结论再一起论证掰扯吗？比如说先有了意图再考查，不过是搜集论据罢了，结论是早在考查前已经做出了的。比如，先有了名次再比赛，这样的事也不是没有可能或实际已经发生过的。比如假唱，舞台上装腔作势地演唱，放出来的却是早录好的带子或CD，这样的事不仅中国有，外国也已经“蔚然成风”，据说国外的统计真唱率只有百分之四十几了。而且人们喜欢这样，这样做是习以为常了。这不也是今开演唱会而昔早已唱过了吗？庄子的眼光是何等锐利，他发现的这个悖谬、这个秘密，叫做人人处处皆有，眼中笔下少提的世相、精神相、思维相，何其黑色幽默，何其难于避免，今适越而昔至，这比第二十二条军规还深刻新奇呢！

美国小说《第二十二条军规》是说，军规规定，精神不正常才可以允许退役，但是精神不正常的人是不会承认自己的不正常的，真不正常就不可能去正常地申请退役，而能够判断自己确有某些不正常处，因而能正常地去申请退役，本身就是精神尚正常的表现。

也就是说，第二十二条军规的实质在于，要求你忘越之后再申请去越地——昔忘越，而后，方可斟酌究竟何时适越事宜。

昔已至的故事是针对人的不可能全无的成见的。在某种情况下，征求意见也好，进行论证也好，辩论不休也好，成立专案调查机构也好，其实早有定见，早无待于劳民伤财的研讨辩驳考察！

庄子讲得偏于消极泄气一些，但是它有助于我们在一定的条件下，对于适当的问题的一定程度的看穿与超越。庄子这样消极地对待百家争鸣以及等而下之的各种争论，政见斗争，从宫廷到市井、乡里的各种争辩，还有一个原因，就是他所处的时代，知识的积累与权威、知识的可靠性（尤其是那些关于治国平天下的知识）还缺少积淀，知识系统还相当缺乏建构，人们根本还顾不上去讨论检验真理的标准问题，一无积淀，二无检验，三无体系，四无时间——进行历史的淘洗，才让庄子“钻了空子”，把知识呀师从呀主张呀争鸣呀成心呀嘲笑了个一钱不值。

庄周的这一类说法，有助于克服教条主义与权威主义，克服主观主义与思想僵化，却无助于从人类的知识宝库中寻找智慧与深邃。这同样是如鲁迅讲的叔本华那样，叔氏说读别人的书就是让别人在你的头脑运动场里操练，鲁氏说，听了他的话无非就是让叔氏钻到你的头脑里折腾罢了。

同样，庄子把成心嘲笑了个够，那么他的一套与众不同的高论，算是有成心呢，还是无成心呢？算是师之可也呢，还是绝对不可呢？

无有为有的问题，也是人类认识论上的一个悲剧。与世界与永恒相比，我们的“有”（知识、资讯、经验、探求、结论……）是太不够了，我们不能不承认自己的无有，如苏格拉底所说，“我所知道的就是我一无所知”。苏格拉底的名言当然甚妙，然而它仍然于事少补。你认为你有知也罢，无知也罢，你该说的还得说，该做的还得做，该躲的还得躲，该追的还得追。盖人生诸事不仅是认识与辨识的结果，也是欲望与需要、兴趣与好奇心、本能与反应、力比多与内分泌的结果。哪怕只是假说假设猜测想象，思维活动、学术活动、研讨活动仍然是十分诱人。我们其实常常会以无有为有，以感想感觉代替考察与实验计算。遇到这种以无有为有的情况，如神的禹也一筹莫展。原因在于人的知与不知、有与无本来就是相反相成的，是相依相伴的。知道得越多越会发现不知道的领域之阔大无边。从这个意义上说，毛泽东讲的书读得越多越蠢并非全无道理。读了一大堆偏见成见空论谬论悖论，多谋不断，犹豫不决，进退维谷，满脑袋糊涂糨子，这样的人和事我们看到的难道还少吗？

孙中山讲的也显示出了他的道理：知难行易。知难行易其实也是以无有为有，谁能说得透人生的诸端道理知识，谁能说得清人生是从何处来到何处去？谁又能因不知或尚未知其详便不好好活着？

参加革命或者建设的人有几个说得清说得准说得透革命与建设的道理与资讯？又岂不是成万上亿的人在那里革了命也建了设？人要硬着头皮活下去，写作人硬着头皮写作下去，体育人硬着头皮比赛下去，政治家硬着头皮发号施令，股市硬着头皮死撑……竟也有潮平两岸阔，风正一帆悬的时刻。这样的时候，越是没有越要有，越没有必胜的实力越要有必胜的决心，越没有长生不老的可能，越要有对历史负责（王夫之的说法叫做“论万世”）的态度，读书也是一样，越没有具体考据的工夫越可能会有符合常识与经验的体认，哪怕是姑妄解之。

庄子的重点则在于相反，他要说的是，那些滔滔不绝的讲学者一定有知识吗？他们会不会是强不知以为知呢？那些所向无敌的辩才，一定有道理吗？他们会不会是学术窃贼、政治骗子呢？那些包治百病的灵丹妙药，果真是有效力吗？它们会不会是愚弄大众的假冒伪劣呢？百家相争中，除了提供论辩的平台、才华的展示机会以外，是不是也提供了大言欺世、牛皮冲天、泡沫学术、巧言令色的方便呢？

庄子的此类关于学问与成见，关于有知与不知的论述，归根结底，可以有助于让我们在自强不息、努力奋斗的同时，保持一点清醒与冷静，悠着点，避免极端主义与非理性火气，避免自以为是与一意孤行，避免偏执与霸道，避免自己与自己过不去。舒卷有度，刚柔并济，张弛得法，劳逸兼顾，是养生的原则，也是求知的方法，更是可持续做事的法门。你不一定时时事事全部能做到这一点，做不到也还要想一想，能这样想一想的人即能够作齐物之辨的人已经有些悟性了，有些逍遥了，有些道行了，有些快乐了。一句话，不蠢啦。

夫言非吹也，言者有言，其所言者特未定也。果有言邪？其未尝有言邪？

言说、发表意见不像风吹那样自然而然、轻而易举。言说者的言论、意见、见解，其实并不是那么有把握，并不是那样有清明的见地，言说之前或言说的过程中，他的见地没准尚未定型。甚至于，一个言者，在说话以前，他一定有话要说吗？或者未必，他本来无话可讲吗？他果真说了点什么吗？他其实自己说完了也就忘了吗？谁知道？

这是庄子的又一发现，很多人是说完了话才知道自己究竟要说什么与说了什么的。至少文学作者是这样，他在用笔或电脑言说完毕之前，他或她是弄不清自己要说什么的。从这一点看，两个人或两派争得你死我活，着实可笑得紧。

其以为异于鷇音，亦有辩乎，其无辩乎？

一个人的言论，为什么就异于，就一定与雏鸟破壳而出的本能的鸣叫不一样吗？你有什么根据什么标准来判定人的发表意见与雏鸟的乱吱乱喳的区别？还是它们其实属于同类，同属唧唧喳喳，根本不值得认真对待？

又一发现，人的言说，有时候与刚出壳的雏鸟一样，为出声而出声，为唧唧喳喳而唧唧喳喳。哪有什么认真的意义！

北方农民的话，你说话无非是怕别人拿你当哑巴卖了。

道恶乎隐而有真伪？言恶乎隐而有是非？道恶乎往而不存？言恶乎存而不可？道隐于小成，言隐于荣华。故有儒墨之是非，以是其所非而非其所是。欲是其所非而非其所是，则莫若以明。

大道是隐藏在万物万象深层的，你并没有看到大道，你为什么就要判定真与伪？言词的真实含意也往往是深藏的，你未必弄得明晰，为什么却要分辨个你是与我非？（没弄清什么话就批上了斗上了，这样的事我们见到的还少吗？）道为什么常常是一晃而过，并不固定地守护着你阁下？言论为什么是撂在那里了，却未必被认可被接受？大道被渺小的成见所遮盖（或在细小的进展中隐藏着大道），言论被浮华的语词所阻隔(或在各种飘忽不定的语词中隐藏着箴言)。这样就出现了儒家与墨家的是非争论,你说非的,我要说是,你说是的,我要说不是——非,你果真想驳倒对手,颠倒改变他的是非观吗?那么你能不能更加明白一点、明达一点、不那么拘泥于成心成见呢?

言说者果真在发表意见时具有已经成熟的话语与固定的见解了吗?不一定。很多人都是说完了才知道自己要说什么、会说什么与实际说了什么。而且想说啥,能说啥,实际说了啥,别人的理解又是你说了啥,这四者常有偏差、位移直到南辕北辙。言说本身就常常、不免是言语的驱动闹出来的,词会引出词来,句会引出句来(俗话叫做"话赶话"),连老子、庄子这样的大智者,从他们的著述里也可以看出词语的诱导与关联,为了文气,为了强调己意,为了对仗,为了押韵,为了同义词与反义词的充分使用,为了语法与修辞的丰赡与奇妙(言隐于荣华),为了说法的俏皮与引人注目的效果,说过火了,说得不够火候,说岔了重点,说含糊了直到说走了形等,都是可能的。

何况人们言说与形成自己的意见的时候,还有许多其他的乃至潜意识的干扰。你有利益的考虑,你有情绪,你有好感或者恶感,你有力比多弗洛伊德。你为了与某某作对、竞争,为了出风头,为了一鸣惊人……你的论点之外的许多模糊因素都在干扰着影响着你。

我们还得承认为了言说而言说的事实的存在。这就像雏鸟的声音,并非为了发表学说,坚持理念,而是天然地本能地出声音罢了。不要以为儒呀墨呀什么大家名人的言说,一定比雏鸟的鸣叫更有内容。滔滔不绝,严丝合缝,义正词严,所向无敌的儒家墨家,互相辩驳的儒家与墨家啊,你们怎么想得到,庄子把你们的庄严争辩比作雏鸟的乱叫呢?

庄子叹息说,道是往而不存的,什么意思?道像过客吗?它走过去了,不肯停留。一龙一蛇,与时俱化嘛,道是微妙渊通深不可识(老子)的。道是不可能一劳永逸地被宣称已经在手在握的。道甚至是转瞬即逝的。得意忘言,似无似有。言是存而不可的。道看不见，恍兮惚兮。言可以留下来写下来，可以保存了，却又是众说纷纭，莫衷一是。存下来的言仍然常常不得认可，或者是今天认可过了些时间又不认可了；不得认可的言究竟又有什么意义呢？也许它的意义只在于招引无数的辩论，产生无数的是非，甚至获取怀疑与嘲笑，指斥与抬杠吧？

或许你的言只是有利于几个不成样子的沾光者啃招牌边者与酷评者？道为什么不能让人们明明白白地掌握呢？各种小头小脑小鼻子小眼儿的小算盘小伎俩小得意遮住了自己的眼睛。为什么那么多话那么多主张见解却得不到准确的理解与阐释？不仅如此，有了大道的命题就必然有反题：伪道、反道、歪门邪道。有了言的概念就必然有争辩有是非有无穷的纠葛有大量的空话套话废话蠢话。

（这里又碰到了悖论的暗礁，既然齐物，既然此亦一是非彼亦一是非，何必还要分清真伪与正邪呢？）

人是喜爱争论的动物。人与人间的相争，比任何物种内部的相争都厉害都复杂也都残酷。老虎并不吃老虎，更不会先批斗揭发老虎再处决。你说是的，我要说不是——非，你说不对——非的，我要说对——是。儒家与墨家是这样，你与我与他与她也是这样。能不能用一种更加光明、明朗、明白、透亮的态度对待这些是是非非呢？能不能把是是非非的争论看得光明一些、想得开通一些呢？

争论的人多，明白自己在争什么的不多。斗争的人多，明白自己在为什么而斗争的不多。早在二十世纪八十年代中期，就有人提出企业改革需要多一些明白人，呜呼，难得明白呀！有道是宁与明白人打架，不与糊涂人说话。可惜的是这种说法本身就不算太明白啦。

也许这里同样需要的是中庸？你不必热衷于争论是非，你不要拉山头立宗派，当一个宗派头头；你不要动辄卷入纠纷，是人家的非而非人家的是；你不要变成杠子头，变成自封的狭隘好斗的“思想者”。你要消除派别观，增加明达明彻明白明洁的了然度。尤其不要还没弄清一个名词的来源、前因、后果就陷入混战，如我常常讲的，还没有做认知判断就做出了价值判断。

同时,你不能也不该漠视一切,你的对于是非的超越不是由于你的弱智,而是由于你的超高智商。具有真正的高智商的人,其实并非永远不具有是非真伪的分辨能力与兴趣。无为而无不为。他舍弃的是嘀嘀咕咕,他得到的是微微一笑或轻轻一点,稍一点拨,是非真伪已经了然于胸。也许百分之九十的争论其实是不足挂齿的,是不值得一提的。然而总还有百分之十以下的事情、话题、论点、主张,值得认真对待。你不妨举重若轻地指出虚伪,糟粕其糟粕,精华其精华,不论效果如何,总还要求一个明白透亮。哪怕这个明白透亮只是留给旁人,叫做知其白,守其黑的。

就是说,你讲得明明白白,也可能只是让听者明明白白,你自己其实仍然留着黑洞,留着模糊数学,留着唯惚唯恍,留着调整变化的空间。

也就是说,你发表的意见无论做到了怎样地明达透亮,你还是要留下一点点,也必然留下一点点,不可能不留下一点点深不可识的秘密,这样的秘密你自己也还闹不成个小葱拌豆腐,一清二白。你应该珍藏你的这最后的珍宝,你的良知良能,你的不出户而知晓的天下,不窥牖而见识的天道。你不可能把这些暴露出来,因为它们无法离开你的人格与身心,变成可以传递教授的讲义或者要领。

六　道枢与圆心,永远立于不败之地

庄子教会了中国人说话,给了中国人许多思维的方法与说法。例如,“此亦一是非,彼亦一是非”云云,至今脍炙人口。但是今人讲这句话的时候,指的是公说公有理,婆说婆有理,是非莫衷一是。这样的话往往给人以模棱两可、狡猾世故、逃避责任的感觉。这样地不分是非固然是一个思路一个说法,另样地去分辨是非,认真对待——即疾恶如仇、除恶务尽、是非分明、爱憎火热也是一种思路一种说法,后面的思路与说法比前面的似乎更鲜明、更感人也更强大。

呜呼,是非正误,谁又能说得清晰呢? 一时或可清晰而且无可怀疑,谁又能永远清晰、永远了断分明呢?

然而庄子的原意要彻底得多。哲学是一门讲究彻底的学问,是一门不让你瞠目结舌一口气上不来不会轻易罢休的学问。庄子不但看到了公婆的各执一词,而且从根本上怀疑公婆之分是不是多余,是不是靠得住,是不是假象;而有理无理云云,是不是压根儿就是伪问题。

物无非彼,物无非是。自彼则不见,自是(或谓"知"乃"是"之误)则知之。故曰彼出于是,是亦因彼。

世界万事万物,不属于这边就属于那边,不是彼方就是此方,不是自己一头的就是对应或对立的另一头的,这就叫立场,立场的特点在于非此即彼。人们已经习惯于这样的思路这样的分野这样的模式了。而且人们往往认定:彼方、别人、对立面是不了解自己,是歪曲了自己,自己总是受误解受冤枉被歪曲的一方。而只有站在己方这一头,否定推翻了另一头,才能了解理解同情自己。立场决定认识,这就叫做屁股决定脑袋,你坐到了谁那边,你当然就向着谁。

然而,再想一想,没有你这一头,怎么会将没有站到你这边的他人看做另一头? 没有另一头的对比,又如何产生一个印象叫做你们是这一头? 你看着他是另一头,那么他笃定看着你是他的另一头、对立面、另类。一个巴掌拍不响,彼此的分野,是互为条件,互为前提,互为对立面,互为他者,英语叫做 others,"他人即是地狱"。

是(此)与彼互为对立,互为你我,互为是非:你认为他是,他才可能认为你是,你认为他非,他恐怕也会认定你非,只有个别的少数的彼,你附和他的是非,他也还要找你的岔子,把你推向另类,乃至非把你往死里整不可。同样也只是极个别的,闻过而喜,听非议而不以为非,不但考虑到此方己方,而且能考虑到彼方,兼顾彼此的观点与利益。

不仅彼此，你、我，是、非，认同或者反对，这些都是相对的、相反相成的，没有这一头就没有那一头，没有那一头同样不会有这一头的思量。

庄子，还有老子极端地沉迷于、得趣于概念的相反相成、相悖相生、相逆相连以至延伸于无穷的妙奥。他们的智慧与思绪像风一样自由，来往穿行神游于截然对立的彼此、是非、可与不可以及北溟南溟、鲲鹏槁木、大瓠巨樗……之间，游刃有余，妙趣横生，无往而不胜。这是中国特有的一种循环反复的圆形思维、可逆性思维、循环思维、阴阳五行八卦相生相克互补互制思维。

老子早已指出：有无相生，难易相成，长短相形，高下相倾，音声相和，前后相随。庄子则抓住了（外）物与我、彼与是（此）、是与非的相对性大做文章。物看着我是外物，我看着物是外物。此看着彼是彼，彼看着此才是彼，同时彼看着彼才是此。而世界看到的人自己这个“彼”，恰恰是人自身的“此”。如此这般，何苦那样地彼彼此此，势不两立？

这首先是一种语言感受，是语言、概念（名）、词汇、语法、逻辑的智慧游戏。语言的流通流动流畅流转带来了思想的新发现新路径。其实世界万物远远不只是彼此、物我、是非、有无、难易、长短、高下、音声、前后两组概念、两分天下。对于世界来说，毋宁说是彼中有此，彼中有彼，此中有彼，此中又有此。

例如国家利益中有所谓核心利益一说，那就是此中之此。与大多国家针锋相对的力量中有极端主义、分裂主义与恐怖主义，那可说是彼中之彼。同样的对立面中又有鸽派，温和派，相对能以谈判、能够对话、相对容易沟通与和解的一派势力，可以说是彼中之此。今天的温和势力，由于价值体系或利益关系的冲突，终于无法避免一些根本性的矛盾冲突，终于变成了强硬派，此中又有了彼。

而且，世界上永远会有大量的中间力量、中性现象的存在。非此非彼者有之，亦此亦彼者有之，此而后彼者有之，彼而后此者有之。彼此彼此，此彼此彼，彼彼此此，此此彼彼，可能是绕口令，可能是糊涂账，可能是本无区别，可能是天晓得……更可能是大量的叫做无声的大多数。

但是琢磨出这个“彼出于是，是亦因彼”，即由于把自己看做此，才会把对方看做彼，反之，由于有了对于彼的定位，由于假定对方是与己对立或对应的彼方，才更明确了自身的此方性质，才更要巩固自己人、骨干、铁杆、盟友的团结凝固。这样的琢磨很令人得趣，令人如发现了新大陆。由于人们喜欢或习惯于人分彼此，物分你我，言分是非，利分得失，品分长短……人们、族群、地域、侯国就是这样越来越拉开了距离的，世界就是这样日益走向隔膜、分裂和敌对的。

对于庄子老子来说，一念之差，在应该齐而平之的万物万事上，偏偏热衷于争拗与分别，人类为自身找了多少麻烦痛苦纷争与自取灭亡！上述逻辑虽然感人，却未免有些走火入魔了。思想者们太拿自己的思想当做一回事儿啦。他们以为世界上的一切吉凶祸福都是思想方法、方法论、逻辑运用造成的，却忘记了还有民族、还有阶级、还有地域、还有行业的分野、还有利益的追逐、还有欲望的吸引、还有冲动与血性的煽惑呢。

现代心理学认为，婴儿本来是分不清物我的，要发育一个阶段才能分出物我彼此。《红楼梦》中贾宝玉与林黛玉的许多冲突，也是由于他们坚信既然相爱就应该相知，就应该心心相印，共鸣共享，不分彼此，实际上是只要求对方成为自己，要求物成为我，要求对方像自己一样地看事想事处事；但实际上做不到。而庄子追求的是，等到人长大了，分得清而且势必要分清物我与彼此之后，再通过哲学的思辨与大道的修养，重新回到物我无异，彼此同感，齐物齐论，如婴儿兮的境地。

同时，彼此的区分不仅在于位置、立场、空间坐标上。也在于生死、可不可、前后、变化等时间坐标上。

彼是方生之说也，虽然，方生方死，方死方生；方可方不可，方不可方可。因是因非，因非因是。

彼此之说一旦发生，方生方死之说也就形成了。什么是方生方死呢？一旦你开始了生命，也就开始了死亡。一旦有了此，也就有了彼。生命的彼方就是死亡，死亡的彼方就是生存。存在的彼方就是虚无，虚无的彼方就是存在。同样，认可、认同、接受的开始就是怀疑，就是不接受、不认同、不认可。你认定了某种东西、某种主张、某种道理为是，那么，同样的原因、同样的道理，也会使你认为原来你信仰为是的东西，后来成了非。你认定了某种东西、某种主张、某种道理为非、为错误，那么同样的逻辑也就可能使你开始认定原来认定为非、为错误的东西为是、为正确。

这话太精彩了，太深刻了，且听我慢慢道来。

生其实就是一个走向死亡的过程。从生的那一刻起，细胞的分裂死亡与器官的老化已经开始。同时，死亡的过程也是重生的过程，与你的死亡和老化的过程同在，是诞生、成长、延续、更新、激活的过程。而当你认同（可）某种观念的同时，必然存在着从此不再认同、未必完全认同、逐渐修改认同的趋势。因为你的认同是有理由的，同样的理由可以使你认同，也就可以使你保留、怀疑与否定。例如上个世纪的五十年代的中苏同盟，有意识形态、国际战略、国家利益的考量，也有美国反华政策的原因，同样的原因，又造成了六七十年代中苏的极端交恶。

相知的过程中同时难免有相误解相错位的趋势。相爱的过程中可能有相不爱乃至相厌的元素。越是如胶似漆地相爱，越是由于期望值过高，由于爱的疲劳感陈旧感单调感，由于爱恋生贪欲，贪欲生嗔怨，嗔怨生烦恼（佛家语），尤其是由于你会因同样的理由同样的心态移情别恋，爱的开始才不但是嗔怨的开始，而且可能更是不爱的开始、背叛的开始。越是方可，也就是方不可，只有能够很好地克服相不爱相不知相厌，才能巩固相爱而至于永久。亲家往往也就是冤家，冤家往往也就是亲家。所以《红楼梦》中的宝黛，听了“不是冤家不聚头”一语，竟然如醍醐灌顶一般震撼灵魂。

国际关系上的这种方生方死、方死方生、方可方不可、方不可方可的事情天天发生。除中苏关系外，中美关系、中印关系、中日关系、中欧关系，都有自己的方生方死、方可方不可的轨迹。

同样是非也是如此，认同其为是，说不定是怀疑的开始。你认同A为是，原因在于A满足了你的衡量标准X，而不在于因为它是A。你否定B，你认B为非，不是因为它是B，而是因为它与你的“师”你的成心你的标准X相悖谬。然而，第一，A并不就是你主观上的成心X，A是一种客观存在，仍然是彼而不是此，A与X可能过蜜月，也可能出现龃龉；第二，你的X是发展的变化的，不是一成不变的，你的X会变成X1、X2、X3、X4……在你因X而认同认可肯定A以后，会不会因了X的发展，因了X1、X2、X3、X4而反过来不认可A了呢？当然可能。就像一个钟情的公子，由于A的善良和美丽，由于A的性感和气质而热恋上了A，你怎么能够保证他不会因为同样的善良美丽性感气质的缘由，而移情别恋B、C、D呢？

同样，你的否定B并不是由于它是B，同样也是由于X的作用，当X发生了变化，当B发生了变化，当你对B的感受认识发生了变化，谁知道事情会怎么样发展呢？这样就不仅有爱恋生嗔怨的可能，也有庄子此段所分析的爱恋的缘由变成了背叛的缘由的可能，虽然不是绝对的必然。

你的标准、你的“师”、你的认同，从属于一种观念了，你就会要求此观念的有效性、实用性、逻辑性、完满性、可验证性。你还要求此观念符合你的心思你的要求你的理念你的理想，能够达到你的目的。但是任何观念都不是万能的，都不是绝对理想的。期望值高了，就只能因是因非，因为你觉得它“是”，但它没有能够全部满足你的预期，从而你反过来认为它恐怕仍然是“非”。你期冀它的真理性如太阳般耀眼光明,你期冀它的有效性如神物般无往不胜,发现了半点不足便更易大失所望。你期冀它如硬通货一样到处好使,一遇拒收立马认定乃是假钞。

因非因是,因为觉得它错了,便认定它会迅速自行腐烂灭亡。如果它没有立即腐烂灭亡呢?尤其是,当自己背离了它之后,恰恰是你自己钉子碰得鼻青脸肿的时候,会不会反过来认为它才是千真万确的呢?这样的例子还少吗?越是西方发达国家,越可能产生真诚的与理想主义的左翼分子,真诚美丽的社会主义理想。而越是社会主义国家,越会为一心崇拜西方的不同政见者而头痛。

其实 A 的有效不等于 B 的无效与荒谬,也许 B 更有效或同样有效或庶几有效。A 的无效更不能说明 B 的有效,也许 B 更无效或效果适得其反。但是人的思路往往简单粗糙,人的心态往往感情用事,人的急躁往往颠三倒四。人们一沾是非彼此,一沾选择利害,一沾方生方死,因是因非,更会是一错再错,将荒谬进行到底。中国人多了,世界上的人更多了,有几个能像老庄他们那样看得深刻,想得灵活多面长远?

依庄子的说法,不如减弱与取消 X,减弱与取消对于 A 与 B 的不同的认知,大而化之,齐而一之,无爱恋,则无背叛,无方可,则无方不可,无因是,则无因非,甚至于是:无方生(的欢呼雀跃),则无方死(的悲哀虚空)。

> 是以圣人不由,而照之于天,亦因是也。是亦彼也,彼亦是也。彼亦一是非,此亦一是非。

所以高明的人,得道的人不走这个分裂对立偏执纷争的路,而宁可问道于苍天,也就是以大自然为主要的参照系统,不以自己的成心 X 为参照系统。由于你认为某个东西某个观念是正确的,才会认为不同的一切是错误的,由于你认定某种存在是错误的,才会认定其对立的存在是正确的。由于你认同了这一个思潮、学派、山头、圈子,才会与不同的思潮、学派、山头、圈子处于对立的地位。他则认同了另外的思潮学派……从而与你处于对立的地位。彼有彼的是非观,此有此的是非观。果真有这样的是非标准吗?还是压根就没有这样的标准呢?

庄子喜欢用提问的方式而不是全称判断的方式讨论问题,这是庄子高明的地方,这是庄子启迪人的思维的地方,这也是庄子为文的波谲云诡的风格特色。

> 果且有彼是乎哉?果且无彼是乎哉?彼是莫得其偶,谓之道枢。

当真有这样的对立与分裂吗?如果没有这样的相互对立呢?如果超越了这样的彼此、生死、可不可、是与非的对立呢?如果是一个巴掌拍不响(莫得其偶)呢?如果不去给自己的生命、标准、成心去寻找对立面呢?那就进展到道枢、大道的枢纽的地步喽!

下面是庄子的奇想、高论,奇而且高,是庄子的特色与魅力。庄子的意思是:请不要、千万不要处于极端、端点,请不要认同于、自居于离心力极大的圆周边缘上,那样的话你离被甩出被抛掉不远了。你最好是处于枢纽上。

> 枢始得其环中,以应无穷。是亦一无穷,非亦一无穷也。故曰莫若以明。

你最好选择那个离心力与加速度等于零的圆心,作为你的家园、你的立足点,你要尽可能地与各个点保持等距离,你就尽可以应对无穷的是与非了。是是无穷的,非也是无穷的,无穷的是与非一定争斗上一万年的,但你还是稳坐枢纽,稳视四周,稳如泰山,与各方保持等距离。这里,庄子的道枢的观点、处于圆心的方法,与孔子的中庸的观点有相通之处,甚至比中庸还珠圆玉润,还高妙无极,还出神入化。

它表现了中华经典文化的圆通平衡折中相对的一面。中华文明是在激烈的争斗中奠定了自己的基础的,中华文明追求的是东方不败,是天下不败,是永远主动,永远立于不败之地,是很高的提前量与预应力,是随机应变,是足够的自我调整与发展的空间,道枢论、圆心论,太神奇了。

面对无穷的“是”,无穷的自称是真理的言说著作经典,又面对无穷的非,无穷的被批判被指责被宣称超越的谬论荒唐以及被称做的虚伪、欺骗与邪恶,你千万莫要卷进去陷进去,莫要绑在某个山头的战车上,你要当一个明白人,你要保持清醒,心如雪亮,不要上当,不要晕菜,不要发神经,你要正确地明智地对待不同的观点与山头。你要看得透亮一些再透亮些,你要想得开阔一些再开阔一些。

做到如此的莫若以明,颇不容易。太明白了甚至会显得冷血,叫做水至清则无鱼,叫做脱离群众甚至还脱离了热闹的与有力有利的一切。按中国的集体无意识,仁人志士义士的血都是热的,例如荆轲、专诸、岳飞、文天祥、秋瑾、方志敏、杨靖宇……而智者呢?请问你的血的热度何如呢?

所以始终有所谓对于聪明的中国作家的责备,他们责难中国作家为何至今尚未全体成仁就义。他们认为真正的仁人志士,是不应该不可能活太多的年头的。他们根本不知道社会是怎样发展,文明是怎样进步,文学是怎样有所成果的。

例如一九五七年“大鸣大放”的高潮中,钱钟书有诗曰:

> 弈棋转烛事多端,饮水差知等暖寒。
> 如膜妄心应褪净,夜来无梦过邯郸。

钱教授确有几分或颇有几分庄子的“莫若以明”的意思,有几分居于道枢的意思。他认为世事如弈棋,争胜负,观棋子、调理照明都是多此一举,饮水便知暖寒,其实此方与彼方,半斤八两,此亦一是非,彼亦一是非,谁跟谁都差不多,虚妄的痴心如同一层薄膜遮蔽着真相，遮蔽着自己的眼睛，使你轻举妄动，自取其辱，自找倒霉，还不如在下，虽然夜过著名的古人做梦之地——邯郸，我可是无梦者也。

这样的清醒、这样的智慧、这样的境界与这样的冷峭的诗篇，令人感佩也令人无言。

做一个杠子头即专门与他人作对的人，是可怖的；做一个当真果然地把一切看齐了的人，做一个认为生死善恶是非全是一个毬样的人，会不会也给人以恐怖感至少是冷冻感呢？

> 以指喻指之非指，不若以非指喻指之非指也；以马喻马之非马，不若以非马喻马之非马也。天地一指也，万物一马也。

伸出一根手指来论证它并不就是所有的指，不如干脆用手指以外的东西说它们不是手指。拉出一匹马来，论证它并不是马，不如拉出一头牛一头驴来告诉大家它们不是马。何必故意抬杠？故意较劲找别扭？天地之间，虽然千奇百怪，在处于天地之间乃是大道的作用这一点上一根手指与天地并无区别。万物万象，虽然琳琅满目，其存在与变化的根本道理，也与一匹马并无区别。

指非指，白马非马，是庄子的时代由公孙龙掀起的一个逻辑学主要是概念学、命名学的争论——游戏。指非指，含义历来不明，但是按照白马非马的逻辑，公孙龙可能是说具体的指如拇指食指不是一般的指，不是全体手指。也可能说指出指示等作为动词的指不是手指的指，如坚白石，其实坚是硬度，白是色彩，石是属性，不可混为一谈论述一样。白马则兼而有之，既有具体的一类马与全体马的相异，又有马的颜色与马的物种的区分。公孙龙的本领在于从无分处硬性区分。

说了一回方生方死、方可方不可、彼此是非，来了两句关于公孙氏的指与马的评说，顺手一击，不无突兀，语言简古，费人思忖。

我想来想去，觉得庄子是在反对诡辩。他是在说某些争论其实与争某个手指算不算手指，某匹马是不是马一样地自寻烦恼，自找歧异。与其说某种马不是马，某种手指或某个指（包括指挥指认指示）的动作不是指，你干脆说香肠不是指，或香肠似指，反过来可以证明指不一定似指，指既不一定似指，更不一定就是指；而兔子不是马，或一只兔子跑得如马一样快，证明马其实也似兔子，也就是证明马不一定仅仅似马为马……而这些分析证明，指是指，马是马的逻辑学上的著名的同一律即 A=A 的公式其实并不一定靠得住，岂不更好？

诡辩的力量恰恰在于不说香肠不是指，而说拇指或食指不是指，指导不是指；不说兔子、乌龟不是马，专说白马不是马，不说烂泥不可能是白色的也不可能质地坚硬，专说石头不可能又白又硬。

你以为这是吃饱了撑的吗？未必。例如我们在一些政治运动中，我们的吸引人处"振聋发聩"处往往不在于揪出一个老牌国民党人士说他反革命，而在于专门揪出热衷于革命、倾心于革命的人，参加过长征、抗日、解放战争的老战士，说他们才是反革命。如在"反右"中专批丁玲、艾青等革命作家。如在"文革"中专批刘少奇等领导干部。很可能颠倒黑白有一种特殊的乐趣或者必要性。这个问题说到这里也就齐啦。齐物齐物，齐了不结啦？

政治家与思想家，往往是喜欢与别人抬杠的人，他们的贡献、他们的忧患、他们得罪的对手、他们的政敌与论敌，都比一般人多。

表面上是研究手指与马匹，其实天下万物都是一样的道理，天下万物就像一根手指，一根手指的是非、善恶、彼此、长短，都是诡辩的产物，不诡辩本来万物一体，万象归一，万法同道，万事同理，不诡辩本来天下太平。天下本无事，庸人浑人巧伪人自扰之。

一匹马儿的生死、优劣、白黑、大小、快慢，同样也是人为地比较、较劲的结果，否则，马就是马就对了，能跑能拉车能拉犁就对了，不跑不拉犁不拉车也没有关系。不必管它是白马黑马，这与白猫黑猫，抓住老鼠就是好猫同理。而且，抓不住老鼠的猫照样是猫乃至可能是名牌猫良种猫，现在中外养宠物的人，由于饲猫以专门的猫粮，多数猫早已经不捉老鼠了。

同样的马、手指、猫、狗,分什么优劣洋土黑白?人好辩论,连马都跟着倒霉。世界本来是一个,万物本来都是万物,都是世界的产物,都是大道的下载,万物即一物,万马即一马,从大处看,从道处看,从齐处看,有什么区分高下制造不平的必要?世上的一切痛苦、争拗、仇恨,无非是来自不平之心不齐之意,平之,齐之,一言以蔽之,不就好了吗?

当然这也是一面之词,然而是豁达之词、快乐之词、自解之词,是精神上“欲穷千里目,更上一层楼”的享受之词。

庄子的天地一指也、万物一马也的说法,令人想起美国物理学家理查德·费曼的名言:整个宇宙都在一杯葡萄酒中。费曼被称为二十世纪后半世纪的物理学明星、偶像,被称为天才的魔术师。庄子与费曼不可能互相了解与沟通,但是他们都有魔术师的特色。天才与天才有自己的符码。一来自一切。一切表现为一与一与一的总和。他们从一指、一马、一杯酒中感悟了世界,从部分中感悟了总体。所谓总体,其实是各个部分的总和,你为什么不能够从部分中体悟总体,从一指、一马、一杯葡萄酒的具体中体悟无穷与永恒、大道与世界呢?

我们从他们的智慧中贴近了大道、真理,贴近了使我们能够安身立命的至高无上与大气磅礴。

类似的说法还有佛教讲恒河之沙,恒河一带有无数的沙,而每粒沙中都有一条恒河。还说芥子虽小,却也容得下宇宙之大。宏观微观,都是无穷无尽的,也都是相通的。这是哲学也是数学,是物理学也是神学。这是智慧的诱惑,也是智慧的力量,更是智慧的享受。

七　万物万象的存在权

我们有一个说法,叫做大千世界,意即多种多样、千奇百怪、花样无穷的世界。多样性,是世界的魅力,也是世界上的各种麻烦的一个根源。因为人们往往只认可与自己一样、至少是一致的东西，而可能怀疑、不理解、轻视、异视、反感、矮化、怒视直至敌视与自己不一样的东西。人们可能产生同化异己的冲动，激起类似传教士的热情，一心去拯救他者的灵魂，实际是去消灭异己的存在。人们甚至可能动用某种物质的力量、以暴力去消灭异己，并以为是自己的功德。

两千数百年前，庄周其人，对此已经有了与众不同的思索：

> 可乎可，不可乎不可。道行之而成，物谓之而然。有自也而可，有自也而不可。有自也而然，有自也而不然。恶乎然？然于然。恶乎不然？不然于不然。
>
> 物固有所然，物固有所可。无物不然，无物不可。故为是举莛与楹，厉与西施，恢诡谲怪，道通为一。

为什么你会认同、认可某个事物或言说——观念呢？因为它有它被你认同的性质和道理，因为你有你认同和认可的标准、依据，就是上章说到的你有你的 X。为什么你不同意、不接受某种事物或者言说——观念呢？因为它有它不能被你同意的方面和道理，就是说它违背了你的 X。道，是由于运行、由于它表现出来了，起了作用了；或者是由于你的行为，由于你的试图运用它而被称做道，亦即成就为道的，此话也可以简化，就是鲁迅说的，世上没有路，人走了，也就有了路，路是人走出来的。万物的存在与变化都是道的证明与体现。万物为什么成为万物，各物为什么成为各物？世界万物万象，各有各成为自身的缘由，各有各成为这样那样的道理。你怎么知道了它们的各式各样呢？这则是因为被命名、被承认、被言说，由于认识主体的存在、分析与认同（表现为有所称谓）而成就为万物的。没有什么东西没有它存在的依据、道理、特性、结构与运转变化的规律。没有什么东西不认同、不认可或者是绝对不可以认同认可自己的方式。或是说，没有什么存在的性质和方式是被认识主体、被人类、被所有权利所不予认可的。

在各有其理、其性、其位、其量、其形、其态这个意义上，在同样地体现了大道、下载了大道这个意义上，在各有其存在的权利（我们只知道人有人权，庄子却告诉我们一个观念、一个命题：一切存在都有存在权、存在之道，即谓："物固有所然，物固有所可。无物不然，无物不可。"）这个意义上，即就其"存在权""存在之道"而言，一根草与一根梁柱并没有区别，一个美人——西施与一个丑八怪——厉，她们二位也具有同样的存在的合理、合法、合道性。各种千奇百怪、稀奇古怪都有自己产生的原因与存在的理由——依据。懂得了这个，就通达了，就视万物为一体了，就得到了统一性、整体性、同一性了，就不较劲了，就不会因为世界的千奇百怪、不合己意、不那么听话而怒火中烧、而焦虑痛苦、而发动大炮火箭的战斗了；也就可以少搞一点唯意志论、唯我独尊、剪除异己、霸权专制、逆我者亡、一花独放、好勇斗狠、动辄你死我活、不共戴天了。

把万物的存在的道理，与它们的被命名联系起来，这是老庄对于认识论与本体论的一大贡献。老子开宗名义，一上来就讲道可道非常道，名可名非常名。道是一个名，一个"常名"——恒常的、永远的、根本的名。接受了这个名，就算开始乃至是在相当程度上接受了这样一个道。命名与接受命名乃是认识上的一个标志、一个里程碑。人对于世界认识得越多、越深、越广，给万物万象命的名就越多、越深、越广。人为什么学习？为什么读书？动机之一，过程之始就是为了学会为世界命名，为自己命名，亦即认识世界，也认识自身。

所以庄子说物谓之而然，是说你给它命了名，也就是多少知道了它的定性、定位、定量结构与形式了，知道了它的然——"然"可解释为"如此这般"——即知道它的同一性乃至于合理性即哲学的合法性了。可不是嘛，你都给它命了名了，它还有什么理由不成为它自身而成为它物呢？名既然是大千的、多样的、杂陈的，你有什么理由要求世界为你而变成单一、纯一、唯一呢？你称某种流动的物质为水，说明你已经掌握了水的某些特点，某些如此这般的"而然"，某些存在与运动的方式了。在你学会了对于水的命名以后，你多半已经知道了水的基本上的液体性质、有固定的质量却无固定的形状的性质，你知道水的无色与无味、知道了水为动植物所需要、知道有关的雨雪冰霜与蒸气的物态变化了。你也就已经承认了水是水而不是金、木、火、土的合理性、“而然”——而如此这般——性了。

水可以如此这般，那么煤炭呢？煤炭有没有理由乃至权利成为煤炭的样子呢？你说它黑，它就是黑。你说它 black（英语：黑），它就是 black，你说它 khara（维吾尔语：黑），它就是 khara。为什么一种事物会是这个样子呢？因为它本来就是这个样子。为什么它不是另一个样子呢？因为它压根就不是另一个样子。这种不同，表现为不同的名，也可以反过来说是根据不同的名。

或者，为什么有不同的名呢？因为事物本身就是各式各样的。

为什么鸟能飞上天空，而鱼鳖飞不起来呢？因为它们是鸟、它们谓之鸟、称之鸟、叫做鸟所以会飞，另外的它们则是鱼鳖，谓之为、称之为、叫做鱼鳖所以不会飞。为什么鱼鳖能够潜水而游，鸟儿却不能够潜水而游呢？因为这个它们是鸟类所以不会潜水而游，而那个它们叫鱼鳖所以会潜水而游。

上世纪八十年代有一次在美国，一个美国学者对于中国共产党关注文学工作表示不理解，他说，如果问美国的共和党最不关心什么，他们可能会回答你是文学，怎么中国共产党会抓什么文学运动呢？我笑了，我说，因为你那个党名叫共和党，我们那个党叫共产党，差一个字，不是一个党，自然有各自不同的想法与做法。

一切的一切，万物的万物，都是自身而不是他人他物，都有自己的存在的方式与道理，有自己的活法与禁忌，有自己能够承受的与不能够承受的说法、要求、名分、分析、对待与变化。在这个意义上，千差万别的万物万象，其实存在和运转的道理有它的一致性、相通性，完全可以互相理解，可以双赢多赢。

而人们常常是多么蠢！他们常常是想要把 A 变成 B，要不就是只要 C 不要 D，再不然喜欢 E 高抬 E，贬低 F 排斥 F，不仅如此，他们还要把从 A 到 Z，从 A′到 Z′……分成高下、正负、美丑善恶、敌我、亲疏三六九等，他们将千差万别的物象变成纷争不安、血腥死掐的根由，他们为何硬是闹不懂道通（相通、相一致、相转化、相和谐）为一的道理呢？

一方面是各可其可，各然其然，各不可其不可，各不然其不然，一方面是道通为一，大而化一，这是庄子的妙处与特点。它与欧洲的多元主义相对主义并不相同，它不是承认了多样就完事了。中华圣贤承认多元的目的是化多而为一，从人的主观上、精神上化解歧异，把纷争消化掉或几乎消化掉，却不是欧美式的多元制衡用体制法制和价值原则人为地管住（或管不住）歧异与人性恶。

庄子上述引文的这一组话语颇有同义反复的特色。从逻辑学的角度讲这是同一律，即 A = A，道通为一，根据的就是这个同一律，A = A、B = B……Z = Z，都符合同一律。都符合同一律也就都符合矛盾律，即 A ≠ B，而 A ≠ B 用庄子此章的语言说，就是不然于不然，不可于不可。从哲学的尤其是经验的角度看，然于然，不然于不然，可乎可，不可乎不可，固有所然，固有所可，美国就是美国，中国就是中国，老板就是老板，打工仔就是打工仔。这包含着对于世界的多样性的体认与包容，包含着统治者对于人民、被统治者的放手与尊重，对于与己另类的存在的理解与包容，甚至还包含着对于命运与秩序的安时顺命。被统治者应该安时顺命，不要造反不要闹腾，统治者也要安时顺命，无为而治，不要阴谋诡计不要新招迭出、不要出幺蛾子、不要整人、折腾人民。一个 A = A、A ≠ B，到了中华文化这里，到了先秦那时候，也包含了许多治国平天下的道理。

为什么 A、B 与 C 可能会不一致并且互相攻讦？因为 A 是 A，不是 B 也不是 C，因为 B 是 B，不是 A 也不是 C，因为 C 是 C，不是 A 也不是 B。这些话从逻辑上说等于废话，但是承认这一点的人比不承认的人多了气量，多了胸襟，多了和谐，多了任其自然，多了放手即无为而治,多了对于客观规律对于人性民心的尊重,另一方面老百姓也就多了接受与顺从。

孔夫子致力于正名,即按照他老人家的标准纠正被乱世、被乱臣贼子们歪曲搞错了的名——概念归属、地位归属、性质与价值归属。老子强调的是对于终极的名、巅峰的名、对于大千的名的统一性含义、一致性内涵、特别是相对立的名(高下、前后、是非、美丑……)的相反相成的共生与转化的法则。而庄子,他强调是对名的理解与承认,也就是对世界、对大道、对《人间世》与《大宗师》的理解与承认。庄子的道通为一的命题,其含义应该是靠拢于“理解万岁”。

而一个革命者、叛逆者,可能恰恰相反,他要强调的是 $A \neq A$, $B \neq B$, $C \neq C$:无产者并不注定永远是无产者,剥削者并不注定永远是剥削者,统治者并不注定永远当统治者,他们的革命之道就是要从理论上、从理念上到行动上要无产者丢掉锁链,夺回全世界,要剥夺剥夺者,要把被颠倒的一切再颠倒过来,要实行无产阶级专政,要把老板变成工仔,把工人变成主人,把地主变成被专政的(五类)“分子”,把贫农变成农村的精英和骨干。

但是这样的剥夺与颠倒并不是无尽无休的,一个社会如果永远处于剥夺与被剥夺、颠倒与被颠倒,翻身打滚(《白毛女》唱词:“天翻身来地打滚……”)与再翻身打滚之中,就永远不要想建设新生活,不要想繁荣富强,就永远是国无宁日。所以“文革”中的无产阶级专政条件下继续革命的学说相当离谱,托洛茨基的“不断革命论”也不受欢迎。所以一个社会早晚会有需要稳定的共识,需要承认 ABC 乃是 ABC 的“名”的稳定性,承认可乎可,然于然,不可乎不可,不然于不然的常识,承认重在建设、将工作重点从阶级斗争转变到经济建设上来的道理。

道行之而成,物谓之而然,就更精彩。庄子早在几千年前就接近了存在主义、结构主义的某些思考:行之而成,先有万物的存在、运行、生生灭灭、相互作用,才能追溯到道。这叫“存在先于本质”(萨特）。等你追溯到了大道了，却又可以判断道的有物混成，先天地生，象帝之先……就是说老子不满足于仅仅将道视为本质，而宁愿将道判定为天地与上帝的起源与归宿。抽象化到了道这一个顶级概念、顶级命名之后，能量就是物质，物质就是能量，驱动就是软件，软件、硬件、驱动、二进制等都浓缩为一：道之为物，惟恍惟忽，惚兮恍兮，其中有象，恍兮惚兮，其中有物。这几个字还真有点像是描绘宇宙起源学说中设想的星云呀、黑洞呀什么的一个样。

存在与本质的先后问题，并不是一个死的思路、死的规定。宇宙、银河系尚未形成、尚未存在的时候，已经有了使宇宙、银河系必然生成的大道。万物生于有，有生于无，有最终还要变成无，无此后仍然变成有，这才是大道的要妙——真谛。

而人们对于万物的体认，离不开你的“谓”，离不开命名与语言。尚未命名，也就是尚未发现、尚未进入你的思考半径、尚隐藏在无边的黑暗之中。现代语言学十分重视语言对于思维的规定性。但另一方面，无名才是万物之始，有名是后来的万物之母。

就是说，按老庄的观点，本来道才是本源，物才是前提，行与谓，功用与称谓是派生出来的。派生与原生，却又是互相转化的，在人的认识与行为中，功用与称谓的重要性是无法忽视的。这也是齐物的一种表现。从人的认识上，常常是有了对于万物运行与作用的认识在先，才有对于大道的寻觅与体认，有了万物的名称称谓在先才有对于各种物象的了解即知其然。这个道理也是很有意思的。

同时“谓之而然”的说法，一不小心碰上了唯心唯物之争。按照唯物主义，物的存在是不依人的意志为转移的，它应该是然于然（即自行存在）而不是谓之而然，你称谓不称谓它，它照样存在。

但是我们所讨论的万物，其实往往是离不开讨论我们的称谓。我们说这样是社会主义，那样是资本主义，果然我们说的社会主义都是一样的社会主义吗？就是客观存在的社会主义本身吗？我们所说的资本主义，都是一色的资本主义吗？我们争论过的兴无灭资，反修防修，破旧立新，左倾右倾，全盘西化，教条主义，经验主义，“三自一包”，观念更新……有哪些离得开人们的命名与称谓呢？一个人划成了什么什么分子就成了阶级敌人，他只能低头认罪绝不翻案；改正或平反以后，又愉快地成了共产党员乃至领导干部，这不是谓之而然又是什么呢？

中国是一个常常注重名而有些时候忽略了实的地方。害得从孔夫子那时候就辛辛苦苦地忙于正名，到今天，各种虚名、伪名、枉名、恶名仍然在扰乱着视听，阻碍着真相，制造冤案也制造招摇撞骗，更制造人云亦云、三人成虎、颠倒黑白。强调谓之而然，与其说是夸大了人类主观的决定性作用，不如说是提醒我们冷静清醒地对待千奇百怪的称谓，不要因“谓之”而昏了头、昏了心。

> 其分也，成也；其成也，毁也。凡物无成与毁，复通为一。唯达者知通为一，为是不用而寓诸庸；庸也者，用也；用也者，通也；通也者，得也。适得而几矣。因是已，已而不知其然谓之道。

分离有可能意味着完成，完成有可能意味着毁损。各种物体，其实并无完成与损毁的区别，完成与损毁相通连，本是一回事。只有明达的智者才懂得成与毁的同一性。用不着斤斤于啥是完成还是毁损，有用还是无用，有用无用都是最平平常常的事体情理。平平常常的事物得以存在，能存在也就是有了用了嘛。有了用了也就是能通晓了、讲得通了，能通晓、能讲通也就有所获得。有了获得也就差不多接近于大道了。你跟随着事物的这种存在与变化，却说不出事物这样存在变化的所以然来，那个所以然，那个不知道的所以然，不就是道的作用了吗？

整合固然是一种完成，划分、分离、分解与分割其实也是完成。这样的完成，从另一个角度看，却分明是毁损。一根原木，锯成几块，才成为建筑材料或制品材料，而任何一种材料的产生都是原木的毁失。A 成 B 毁，B 成而 C 又毁了，成与毁是相辅相成的。秦统一了六国，对于秦来说是大功告成，对于齐、楚、燕、韩、赵、魏来说则是自身的灭亡。清兵入关、入主中原，对于大清王朝来说是一大成就，对于明朝来说则是彻底毁损、彻底完蛋。

不论什么事物，成与毁、全与分，是互相通达、本来就一体的。只有通达的人，具有道性的人才明白这个成与毁、全与分的相通相合为一。能把分、合、成、毁看穿看透，看到它们的相通相齐合一，这算得上通达之人喽。通达了就不必太过用心，大而化之，以平常、平庸之心对待也就行了。能存在就是有用，这有点黑格尔说的存在的就是合理的意味，也是合理的就会存在的意思。黑格尔讲的是理，老庄讲的是道，万物庸常，都能存在一时一处，说明他们都合乎道，都是有用的。街角上站立着一个乞丐，你能说他没有用吗？你能说他是只有毁损没有完成的吗？他对于你可能没有大用，他对于他自己与他的亲人、友人，说不定也很重要。他的存在仍然是合理合道的。相反，认为一个社会或一个地区，只存在有用的东西，不存在无用、备用、待用、用毕、有用无用存疑的事物，那倒是不合情理的了。

能平平常常地对待胜负、成败、分合、用废，也就能正确地处理回应各种变化了，也就能通达无碍，不自寻烦恼，不自找麻烦了。而能做到如此，也就有所得了。自然而然地做到了通达，无心无意中做到了的通达才是大道的体现呢。

我们读庄子也与读老子一样，发现他们常常是宏观远大地、抽象概括地、深邃精辟地、苦口婆心地，有时却又是挖空心思乃至花言巧语地劝谕人们，世界是什么样就是什么样，无所谓好，无所谓不好，无所谓生命与长寿，也无所谓死亡与夭折，无所谓高贵与荣耀，也无所谓耻辱与痛苦，歇着吧，您哪，算了吧，您哪，低下你梗着的脖子，复原你挽起的袖子吧，您哪。

为什么硬是这样的消极！要都是这样的消极，活与不活还有什么区别？还不如不活呢，还不如没有你我呢。

逍遥是什么？是不是一种消极乐观主义？是不是一种认输的精

神、服软的姿态，躺倒的闲适与冰冷的静安？

老子说，信言不美，美言不信。叔本华说，世上的哲学，可爱的多不可信，可信的多不可爱。智慧呢？智慧是不是有一种清冷的品格？热情如火、熊熊燃烧、使命感超人、献身意识特强的人是无法接受庄子的。而庄子也不接受自我的过分扩张，主体意识的过分强化。而一般的正常人中庸人呢？各种学说不妨多知道一点，多琢磨一点，学说可以冲洗精神，学说可以满足思辨的趣味，学说可以见人之所未见，闻人之所未闻，谈人之未谈，怎么样去吸收消化判断呢？那就靠读者自身的努力喽。

> 劳神明为一，而不知其同也，谓之朝三。何谓朝三？狙公赋芧曰："朝三而暮四。"众狙皆怒。曰："然则朝四而暮三。"众狙皆悦。

辛辛苦苦，心劳日拙，原因在于世界的不同一，在于我们生活在一个熙熙攘攘、纷纷扰扰、众声喧哗、莫衷一是的世界上。还在于寻找世界的同一性、企图把握那个最根本、最唯一的一而不可得，找不到真理，找不到一致，这样的生活是多么伤脑筋！而人们却忽略了，万物万象，本来是有同样的道理、同样的存在的依据、同样的作为大道的下载的性质。本来是相同的、相通的、相合的，却还要争辩不休，区分不休，劳神不休。

这就好比那个著名的朝三暮四的故事。

什么叫朝三暮四呢？一位养猴子的老汉，对众猴说，我每天早晨喂你们三份橡子，晚上喂四份，众猴大怒，于是老汉说好了好了，那就每天早晨喂四份，晚上三份，众猴都高兴起来。

太漂亮的故事啦，我们这些自称万物之灵的物种，我们是多么酷似这些自作聪明的猴子们啊！

> 名实未亏而喜怒为用，亦因是也。

朝三暮四或者朝四暮三，每天都是七份，数量、名分、实惠，都没有任何区别，叫做背着抱着一般沉，叫做两五当然就是一十，但猴儿们的反应大相径庭。对于朝三暮四，大家愤怒，对于朝四暮三，大家喜悦。

其实不仅猴儿如此，我辈众人也是一样。我们争来斗去，急赤白脸，不常常就是争一个朝三或者暮三吗？

这些话说得又刻薄又幽默，又巧妙又奇绝，令人击节赞赏。

可不是，吾辈大众，至今仍然把成语朝三暮四当做坏话，当做说一个人反复无常、前后不一、办事没有准头、说话不算数、没有责任心的同义语。这本身就与庄子的原意截然相反，却原来，我辈的智商与狙公豢养的小猴儿们毫无二致，我们之坚决贬低、坚决反对朝三暮四，与众可笑的小猴儿们毫无二致。

贾平凹曾经有言，一部文学作品里边的话语变成了成语，这乃是了不得的成就。庄周的朝三暮四已经成语千载了，然而，被理解与传承错了，这究竟是庄子的悲哀还是庄子的成就？这究竟是现在吹得很热的国学的光荣还是无奈？

请研究一下接受与传播的道理，当人们一代又一代地将朝三暮四当做反复无常的同义语的时候，他们究竟有几个人读过庄子的原文？原文并不复杂艰深，读解都不困难，那为什么要拧过来解释呢？都在那儿望文生义，都是浅尝辄止，都是跟着起哄。那个时候并没有网络，但是毛病与有网络的时候并无二样。被接受与传播，这是思想者、著作者的成就，比想出点玩意、写出点玩意却无人问津要神气得多，但同时，接受与传播意味着可能被大大通俗化、简单化、表层化、粗鄙化，而被延伸、发展、校正的可能则很小。许多成语背后都有这样的故事。

理论掌握了群众就变成物质的力量，这很好。理论掌握了群众就被历史的主体——人民所发展深化、丰富充实，这更好，太棒！同时，理论掌握了群众，也就改变了初衷，也就被群众的平均数、平均水准拉下理论的宝座，被百姓的普通生活的经验所修正，以至于面目全非……这样的可能性与现实性也不能被忽略。

老子的命运也是一样，万物生于有，有生于无，这本来是多么哲学的概括！而今，无中生有，却是骂造谣者、生事者的恶话！

再细细想，却也还没有那么简单。朝三暮四与朝四暮三果然毫无区别吗？极而言之，如果这批猴子的生命只够一个上午了，只有吃一次橡子餐的机会了，它们的最后的早餐吃四份可就比三份多了四分之一啊。

这样的朝三与暮三之争，其实到处都可以看到。比如战争中，势力较弱、损兵折将的一方，往往要求先停战后谈判，而势力较强、在作战中占有优势的一方，往往要求先谈判再停战，这难道没有区分吗？再比如现今世界上的先弃核再实现关系正常化与安全保证，抑或先正常化并保证安全再弃核，能一个样吗？先取得共识再宣布放弃武力，与先宣布不武，再争取共识一个样吗？先发展再改革，还是先改革再发展；先普选再恢复秩序还是先恢复秩序再大选；还有是 A 先发制人打了 B，还是 B 先发制人打了 A，这可是关系重大，不可马虎的呀。

我们的改革开放中也有许多说法，一种改革的尝试、一个创举、一个体制改革与管理改革的实验，是先定好了社会主义的性，先戴上意识形态的安全帽才能动弹、才能摸索，还是先干起来、做出成绩，再总结提高到理论层面，再予以庄严命名颁发证书直到奖状奖旗，这也是大大的不同呀。摸着石头过河，与摸完石头画好河流石头地形图才允许过河，也绝非同类行事、同类路线。还有更绝的呢，只准过河，要求或声言三分钟过河，不怕淹死，不准摸石头，不准找路，不准试探深浅，能说他们既然都是过河，就都是一丘之貉吗？

一方面，是朝三暮四与朝四暮三之争，着实可笑与可悲。一方面，是朝三暮四与朝四暮三之间还确有奥妙，确有高手就此做出精彩文章，难以做到完全不予理会。一方面，是庄子的非争论、齐物论着实高明有味道，不争论或少争论，有益世道人心。一方面，庄子毕竟书生，他哪里懂得程序上的花样有多少夹带！

至于从主要方面来说，站得高一点，想得透一点，有利于去掉许多无谓之争、抽象之争、烦琐之争，这倒是事实，这也是阅读庄子此篇的重点。尤其在改革开放的中国，如果陷于烦琐争论，整天国无宁日，民无福日，全民讨论意识形态，那种图景实在是太可怕了！

外国也有精彩的嘲笑烦琐争论的故事，例如斯威夫特的《格里弗游记》（此书中的大人国小人国的故事在我国也是家喻户晓）中描写一国王吃煮鸡蛋时先磕蛋壳大头，扎破了手，乃下令臣民今后吃煮鸡蛋时一律先磕小头，从此此国陷入内争，并成立了民主派的大头党与保皇派的小头党……但仍然不如庄子的朝三暮四故事冷幽默。

是以圣人和之以是非而休乎天钧，是之谓两行。

所以，圣人不那么在乎是是非非的争论，不那么较劲，而相信天道自自然然会平衡均匀这些互相对立、互相争夺的势力，这就叫两行，到了二十一世纪，这个两行就叫做双赢、多赢。

这可不得了，庄子早在两千多年前就提出了两行之道，不是单行路，而是双向路径，这又叫天钧之道、平衡之道、和谐之道，虽然他不可能预见千年后的今日，却抓住了不争论这样一个根本的与永恒的、对于千年之后仍有意义的大智慧。

八　极限思维与齐物境界

先秦诸子当中，庄子有一种比较极限的思维、极限的观念。正像数学一进入极限，许多定义公式都发生了振荡与变异一样，认识论、哲学一进入极限，也都惚兮恍兮，玄兮妙兮，神兮微兮，飘兮渺兮起来。在极限思维中，以极限为参照，人们会得出平日得不出的结论与感受。

无论是屈原的“路漫漫其修远兮，吾将上下而求索”，还是陈子昂的“前不见古人，后不见来者，念天地之悠悠，独怆然而涕下”，或是苏东坡的“哀吾生之须臾，羡长江之无穷；挟飞仙以遨游，抱明月而长终；知不可乎骤得，托遗响于悲风”。都有一种极限或准极限的感受与抒发。这样的抒发令人肃然、悚然、凄然而又巍巍然、飘飘然。老子的对于大道的论述已经够极限的了，然而他有感悟却缺少过程，而庄子做的是已经相当清晰与充分的极限性思辨。

古之人，其知有所至矣。恶乎至？有以为未始有物者，至矣，尽矣，不可以加矣。其次，以为有物矣，而未始有封也。其次，以为有封矣，而未始有是非也。是非之彰也，道之所以亏也。道之所以亏，爱之所以成。果且有成与亏乎哉？果且无成与亏乎哉？

古代也有绝顶的认知、极限的认知，叫做往源头想，溯其本而求其源。他们思考到未曾有物的原初时分，思考到无的原初性与原初的虚无性。到头了，到了终极啦。无法再上溯，无法再往前走啦。然后知道有物了，但还不去分你我彼此。再往后知道你我彼此了，却还不去分别是与非。一争执是非，是是非非一明显，一脱离了源头脱离了极限性思维，大道也就被人们背离和毁损了。大道一背离毁损，爱爱仇仇（爱是仇非）也就出来了。究竟世上的事物有什么成就与亏损的区别吗？还是根本没有成全与亏损的区分呢？

齐物论也就是“非争”论。庄子从根本上提出质疑：世上万物有什么是非可争？有什么成毁——利害、得失、胜负可以区分？如果压根就没有是非、成毁、利害、得失可分可争，那咱们这是干什么呢？咱们不都成了自寻烦恼、自找苦吃、自我毁灭的傻子了吗？

有成与亏，故昭氏之鼓琴也；无成与亏，故昭氏之不鼓琴也。

昭文之鼓琴也，师旷之枝策也，惠子之据梧也，三子之知，几乎皆其盛者也，故载之末年。唯其好之也，以异于彼；其好之也，欲以明之。彼非所明而明之，故以坚白之昧终。而其子又以文之纶终，终身无成。若是而可谓成乎？虽我无成，亦可谓成矣。若是而不可谓成乎？物与我无成也。是故滑疑之耀，圣人之所图也。为是不用而寓诸庸，此之谓以明。

例如昭氏鼓琴，就会顾此失彼，还不如趁早罢手，不再鼓琴，也就没有得失高下的啰嗦了。加上师旷奏乐击节，惠子依梧桐树而与人论辩，三人都是高手，都在某一方面异于常人、高于常人，能够享誉终身。而越是高手，越与众不同，越要显摆自己的与众不同，越要让不同的人知道自己的不同，越会出现像坚白石（将坚硬与白色同石头本身划分，再将坚硬与白色二者划分的主张，据说是名家公孙龙所提出）这样的诡辩，叫做越论越糊涂，越高越玄乎。

昭文之子也搞琴弦音乐，更是终身无成。这样专心于一项业务上，能算是有成就吗？要是这样一技之长就算成就，我也就算有成就的了，如果这样的一技之长算不得什么成就，咱们也就都无所谓成就不成就的了。何必还相争相拗。为此，圣人是要消除表层的、可疑的、混乱而且靠不住的那些光彩炫耀的玩意儿的。与其搞一点哗众取宠的绝活，不如回到常识，回到常人常理，那才算是明白人呢。

这一段结尾部分对专门家的微词，也是见人之所未见，言人之所未言。一个人太有专长了，反而被庄子质疑，轻视技术、轻视专长，看来在中国源远流长。为什么会有这样的高论呢？关键在于高人、才子、专门家能不能尊重常识？确实有些人是由于愚昧而做蠢事、坏事，但也确有人因为才具超人，见识超前，自我感觉超级良好，又专于某一方面，夸大了这一方面，偏偏还要对自己不熟悉的方面说三道四，叫做大言欺世，就必然做出一亩地可以打几万斤粮食的荒唐论断，做出中国语言被五四运动所劫持，必须回到“三言二拍”的老白话去的胡说八道，做出画虎类犬的不智之举。

再举一个咱们都会感到切近的例子吧，“无产阶级文化大革命”，尤其是到了后期批判资产阶级法权，连按劳取酬也批上了……那也是至矣，登峰造极啦，高明至极啦，理想主义啦，振聋发聩啦……后来如何呢？

庄子的这种从非争论到非专论的延伸，对于无专长者一事无成者有很大的安慰作用。专家绝活，对于芸芸众生来说毕竟不多见，毕竟是少数人的活计。专家胡说八道，这样的事例也不在少数。而且，有些可能是要付出代价的，有的还可能付出惨重的代价。例如体育、杂技、工艺的专家，都易得职业病。某些科学家艺术家对于某些俗人的生活快乐的放弃，也常常令俗人触目惊心，例如居里夫人，例如霍金，例如高更，更不要说此段文字中提到的师旷了，《东周列国志》上说，他为了专心治乐，自己竟然用锥刺目，把自己的眼睛搞瞎了。这当然是太过分了。

然而，专业、专门化、社会分工，毕竟是生产力发展、社会发展、文化发展的标志。从近现代历史上看，许多思想家历来批判资本主义条件下专业化造成的人的畸形化、单一化、平面化。同时，他们提出的社会主义、共产主义的理想，都含有人的全面发展的内容。美国的反面乌托邦小说《美丽新世界》就通过对福特公司发明的生产流水线的描写，抨击伴随效率化而来的劳动的专一化、狭隘化、劳动生产的彻底异化。卓别林的影片《摩登时代》中，也表现了同样的内容与讽刺。这与庄子的非专论虽然不同，但是如果我们说庄子天才地预见了专业化绝活化的弊端，则不无道理。

但是庄子这里说得太过。任何人都可以有一技之长，有一技之长无论如何略优于一无所长，至少多了点趣味也多了点饭辙。太专了，太邪了当然会有副作用，但是那不是技术或专业的问题，而是自身的精神状态、精神品格问题。轻专而重普与通，轻技而重论，轻利而重义——原则、精神、品格——说不定这是伟大祖国长长一段历史时期科学技术没有得到很好的发展的重要原因。

今且有言于此，不知其与是类乎？其与是不类乎？类与不类，相与为类，则与彼无以异矣。虽然，请尝言之。

今天先姑妄言之。我的说法，相似的或不似的言语，和我刚刚提到过或非议过的那些奇特乖谬而又专门化、特技化、超常化的见解说法，是一类吗？不是一类吗？如果一类不一类、成类不成类、成样子不成样子都可以相聚合而成为一类，然后讨论之、研究之、评述之，那么这种意见与那种意见，有是非与无是非，胡说八道与真知灼见之间又有什么区别呢？看来我是说不清楚的了，但还是不妨说说看。

什么叫类与不类相与为类呢？你既然独树一帜地参与了百家争鸣了，你既然已经与孔、墨、惠施、唐尧、许由、肩吾、连叔、接舆、南郭子綦、子游……一起白话上了，你也就与他们一样，成为这个时代、这个世界的一个言论者、一个发表意见者、一个理论（此处作动词解）者了。你已经成为诸子百家之一，与同议者、异议者、荒谬者、胡说八道者、诡辩者、矫情者、哗众取宠者、糊里糊涂者、正正经经者与大师大智大圣大贤们一样，成为众声之一，出声者（与沉默的大多数相较）之一，你已经与非你的彼们归属于一类了。

你与你的跟随者、拥戴者归为一类，不足为奇。你与你的反对者可以归入一个共同的类别，这是一个惊人的发现。参与辩论就会与对手趋同，这是庄子的一个天才的也是惊人的发现，虽然这样的结论有其片面性，却也可能是某些人喜欢讲的片面的深刻性。你与某种谬论完全无涉，完全切割清晰啦，也就谈不到反对或者赞同。中国共产党与中国国民党起码都是现当代中国的政党，都表示要把中国的事办好，它们的合作或者对抗才有可能发生也才有意义，才有了两种中国之命运。而中国共产党与罗马帝国时期的一个政治派别就不会有这样密切的合作与对抗的关系，不是对手也就不是一类。

有始也者，有未始有始也者，有未始有夫未始有始也者。有有也者，有无也者，有未始有无也者，有未始有夫未始有无也者。俄而有无矣，而未知有无之果孰有孰无也。今我则已有有谓矣，而未知吾所谓之其果有谓乎，其果无谓乎？

有开头就有开头之前，即尚未开始，那么，再研究一下，还有尚未开始之前的尚未“尚未开始”。有有，就有无，就有有无之前的尚未有无，又有了尚未有无之前的尚未有尚未有无。一下子有了无啦，但是你并不知道有与无之间是有呢还是无呢？是什么有了，还是什么无了呢？没有有，无什么？无个啥？没有无，有什么，有个啥？我今天已经算是有这么一号了，有一套言语说法了。然而让我们试着追问一下，果然我有一套言语说法吗？还是谈不上什么言语不言语，说法不说法，我说的完全等于没有说呢？如果你连有啊无啊地都说不清楚，那么你的对于有与无的讨论本身，算是有了、有过、正在有、尚未有、尚未尚未有，还是无了、尚未无、尚未尚未无呢？

就是说你并不知道是先有了有后有了无呢，还是先有了无后有了有呢？无，然后才有了有？有，而后才有了无？无与有，就像鸡与蛋，是哪个产生了哪个呢？是哪个有了又是哪个无了呢？

这一段是讲逻辑的悖论，也是数学的悖论；讲逻辑的辩证法，也是讲数学的辩证法。数学和逻辑学、哲学一样，是一个穷根究底、终极关怀的学问，一终极，就必然将自己绕进去。一切否定性的论断都怕自身，用到自身上边，否定的论断本身也被否定了，否定之否定，不是重新又被肯定了吗？一切肯定性的论断就怕遇到否定性论断，肯定了否定，不就否定了肯定了吗？你要是想去否定那个否定，你不又是背离了肯定的大方向了吗？

有和无，开始和未开始，就是这样的逻辑冤家。我们说有了，因为我们知道原先是无，我们说有了人类，因为我们认定此前没有人类。如果我们说某人无（死掉）了，是因为此前他或她有即生存过。

我们无法说一个压根没有出生过的天才运动员无了，我们也无法说一个压根就有的例如某些宗教所信仰的上帝或某种哲学所论述的大道是从什么时候什么地方开始有的。老子早就说了，有无相生。但有无一相生就更乱套了，有中有无的契机，才可能无，无中有有的因素，才能变成有，难道不是这样吗？

开始与未曾开始，也是这样一对冤家，开始就是开头，就是最初，最初之前呢，也就是尚未最初，也就是最初的最初，以至于无穷，以至于虚无……

庄子已经意识这个麻烦，你要齐物，齐不齐那个争是非分彼此的物呢？如何去齐那个不齐之论不齐之思呢？你的所说所谓，与那些你不喜欢的一面之词、片面之理、争拗之牵强、谬误之所说所谓——果真也属于一大类吗？你要去齐那种争是非、分彼此、耽于斗争的杠头论，你这不是自己也在那里，争上、分（辨）上、闹腾上了吗？而如果你认为你的齐物论、非争论与杠头论、好斗论，也可以齐到一起，如果你可以任凭杠头们整天忙于是是非非、彼彼此此、分分裂裂……那么还有你的齐物论什么事儿呢？

无为也是如此，不遗余力地提倡无为，批评有为，提倡无为，算不算一种为？这究竟算得上彻底的无为吗？不言更是这样。说出了不言二字，不已经言了吗？肯定中可能包含着否定的因素，否定中包含着肯定的因素，正数中包含着负数的因素，一个正数减去更多的正数，不就变成了负数了吗？负数中包含着正数的因素，负数减去绝对值更大的负数，不又变成了正数了吗？与其说这是悖论，不如说这是辩证法的正理。

庄子在论文中屡屡提出问题，不做回答。他的文章需要标很多的问号，这更像是文学作品而不像哲学作品。他是在抒发他的困惑，但又不限于困惑，他是用困惑作清醒剂，既然这么多的困惑都解决不了。你又有什么把握有什么根据自吹自擂，搞什么顺我者昌、逆我者亡、唯我至尊呢？

天下莫大于秋豪之末，而太山为小；莫寿乎殇子，而彭祖为夭。

庄子果然好作惊人之语。他说公认的细小的秋豪(毫)即秋天鸟类脱下的细毛是最大的，而公认的庞然大物太(泰)山才是最小的。这也是从然于然、可乎可的理论上说事。

如果懂得自己的所以然的道理，秋毫也是够大的，它不会要求自己放大，更大；放大了更大了就不是秋毫而是舆薪——柴禾了。而如果它一心膨胀，泰山也是不能满足的，还有喜马拉雅山比它高，黄山比它秀美，阿尔卑斯山比它如何如何呢。寿命也是一样，珍惜生命，享受生命，善待生命。短短的几年也够你做许多令人满意的事情，而欲壑难填，野蛮麻木，即使像彭祖那样活上八百年又有什么好处？

故意地贬泰山与彭祖，夸大秋毫与殇子，无论如何还是太过分了。刻意出口惊人，忽悠大发了，智者不为也。这是虽智如庄子，亦难免之矫情也。这里有口舌的快意，有思想的犀利感，有夏令时作惊人之论的许多人，尤其是许多才子会有的大话狂，于戏！

天地与我并生，而万物与我为一。既已为一矣，且得有言乎？既已谓之一矣，且得无言乎？一与言为二，二与一为三。自此以往，巧历不能得，而况其凡乎！故自无适有以至于三，而况自有适有乎！无适焉，因是已。

庄子的这一段也很有魅力。他讲了个一、二、三。先是主观与客观的同一，叫做天地与我并生，万物与我为一。既然已经为一并生，也就本来不需要有言语来讨论这个一或者说什么这个那个，包括说什么齐物与不齐物了。既然为一，也就必然要言说、展示与反观这个一，就要用认知的主体来感受与表述这个主体与客体的统一了。

于是,关于此一,我——主体,有思想、有想法、有话说,主体是不甘寂寞的,主体从为一与并生中硬是跳出来啦,这就成了二。这个二再加上一个原有的我与天地的统一为一并生,或者再加上一个新的全部主体客体结合分离与言说的统一,那不就是三了吗?也不妨说有大道是一,有世界是二,有庄子这个大道与世界的言说者见证者是三;大道与世界的结合是一,世界与庄子的结合是二,大道与庄子的结合是三,三者都结合在一起便是四了。有了一就有二,有了二就有三,这样相加下去、复杂下去、结合下去或者分离下去,再聪明的人也不知道会繁杂化到何地,不知伊于胡底。平凡的人呢?更晕菜了。

从无到有,仅仅从观念上分析已经从一变成三了,无是一,有是二,无加有再加对于无与有的体会讲说是三,就这样变化增加下去了,可至于无穷。何况从有再到有呢!

先说天地与我并生,万物与我为一,这是一种境界,人活一世,拥有天穹庐,地毡毯,天地之间有了你这一号,你这一号的环境有了天地的浑然与辽阔持重。天地的浑然与辽阔也就是你的浑然与辽阔;天地的负载与持重,也就是你的负载与持重。同样,天地有了你的灵性,有了你的感知。中国古画最喜欢画的题材之一就是画一个大的山景,雄浑而不无妩媚的山景中有一两个小人、小桥、小屋、小亭。这反映的就是并生与为一的美好感受。人的灵性、人的喜怒哀乐、人的焦虑与困惑,也来自天地,共振天地,献给天地,激活天地,与天地同在。人病了,也就天昏地暗了,天地其实没有昏暗,但至少是给人以昏暗的感受了。

万物莫不如此,并生就是如今时兴讲的共生,有了共生就有共振、共舞、共鸣,生命扩张为万物,万物获得生机于生命的主体。人体是由各种物质组成的,是万物所成,而物质是不会消灭的,它最多不过是改变存在形式罢了。能量同样也是只可能改变存在形式却不可能彻底寂灭。人的精神的影响也是永存的,一个人说过一些话,做过一些事,影响了别的人和别的事,再影响了另外的人和事。新的人和事中包容着、继承着原有的人和事的影响与痕迹。按哈萨克族的人们安慰死者的家属的说法，既然我们都见过他（死者）、记得他、谈论着他，这就说明他还在呢，他还有呢！

再说，天地万物与我，都有相同或相似的新生、成长、壮大、衰微直到死亡的过程，都体现着无所不在、无所不行、无所不用的大道。既然如此，何必叹息天地的恢宏与个人的渺小，叹息万物的永恒与自我的短暂呢？你生存的几十年是你存在的一种形式，你没有生存的与死后的长久，同样是你存在的一种形式。地球、太阳系、银河系的亿万斯年是它们的一种存在形式，它同样有自己的起始与结束。注意，不存在也是一种存在形式。就像传染病的零报告也是一项重要的流行病报告一样。不但你如此，天地万物莫不如此——天地万物都有自身的存在与不存在的存在。

了解了这样的与天地并生与万物为一的道理，还有什么想不通的呢？既然主体与客体能够统一同一，何必再去言说这个同一呢？何必不去言说这个统一呢？一方面是主体与客体的统一，一方面是对于这个统一的言说分析，是主体的凸显与表演，统一而被研究分析，就等于有了二，有了一的反映与述说，有了对于一的其实并不仅仅是一而且是包含了二的认知：主体与客体两个方面嘛。有了主体、客体、言说三个方面了，人顺着统一的思路走，越走越向着一，向着浑然一体而行进；人顺着分离的思路走，越走就越加分离，从无到有都能很快变成三，何况从有到有，从三到多呢？一而二，二而三，三而多，多而更多，多而无穷，无穷便混合为一体，多而一，这正是认知的统一性与分离性的结合。谁能不一？谁能不多？多就是一。一就是多。齐物齐物，先齐一下一与多的物吧。

> 夫道未始有封，言未始有常，为是而有畛也，请言其畛：有左，有右，有伦，有义，有分，有辩，有竞，有争，此之谓八德。六合之外，圣人存而不论；六合之内，圣人论而不议。春秋经世先王

之志，圣人议而不辩。

最初，道并不区分你我彼此，言说，并不强调自己才是正理定论，为了争一个是非，搞得出现了分野。什么样的分野领地呢？有左有右，有伦理有忠义，有区分有辨别，有竞赛有争夺，这就叫八德。对三维空间以外的事情与话题，圣人搁置在那里暂不讨论。三维空间以内的事情与话题呢，圣人论说它们却不评头论足，圣人们对之主要是做认知判断，而不像俗人们那样急于做价值判断。俗人们的特色是还弄不清真相呢，先分辨好事、坏事、美丑、善恶、爱憎。俗人们与圣人们正好相反，俗人们对六合之外的事情是论而不存，即只知无根据地瞎说。俗人们对六合之内的事情，是议而不论，指手画脚却根本不知就里也不知其奥妙。那么，对于春秋天下经世致用的先王们的得失成败，圣人有所议论臧否，但是不制造矛盾纠纷，不因之发生辩论分歧。天下已经够混乱了，已经够叫人费心思的了，如果不但为了现时现世的事而纷争，还为了历史往事先王而争个头破血流，不是更愚蠢了吗？

道也罢，言也罢，并没有铁定的标准与范围。当然，道与言面对的有八个方面，即左与右的天下地上、伦与义的人际关系、分与辨的认识论、竞与争的社会矛盾。这些都是三维空间的事物，都是此岸的事务。那么三维空间以外呢？人间境地以外呢？彼岸即死后的事情呢？六合之外，即人间世之外。三维空间之外，我们只能搁置在那里，可以假定非人间、非世间、非我们所在的三维空间的存在，却无法，也无依据对之说三道四。六合之内，即此岸诸事呢？圣人有所评论，但是不加发挥，不添油加醋，不自作聪明，不妄加解释。对于古典经典的历史与文书，我们可以有所体认讨论，但是不加批评指摘，不搞对于古圣先贤的批判或大树特树。

庄子提倡的是一种在世界与历史面前的谦卑与低调态度，齐物的结果必然是谦卑与低调，只有爱爱仇仇，黑黑白白，以真理的化身自居的人，才会生杀予夺，自我作古，大胆妄为。

故分也者，有不分也；辩也者，有不辩也。曰：何也？圣人怀之，众人辩之以相示也。故曰辩也者，有不见也。夫大道不称，大辩不言，大仁不仁，大廉不嗛，大勇不忮。道昭而不道，言辩而不及，仁常而不周，廉清而不信，勇忮而不成。

五者园而几向方矣。故知止其所不知，至矣。孰知不言之辩，不道之道？若有能知，此之谓天府。注焉而不满，酌焉而不竭，而不知其所由来，此之谓葆光。

分析的结果可能是无可分析，浑然一体。争辩的结果可能是不如不辩，此时无声胜有声。圣人保留着分析与争辩的契机，宁可不去争辩分析。而众人、一般人才通过争辩显示自己。辩是有所不知、不见、不闻的产物。大道不必自诩。大辩不必言说。大仁爱不必示爱煽情。大清廉不必啰嗦。大勇敢不必炫耀。大道忙于显示就不合于大道了、就压根儿不算大道了。言说滔滔善辩，反而说不到点子上了，找不准感觉啦。（“文革”中的大量文字言说高论就是这样。某些装腔作势的文人姿态与文人忽悠，也属于这一类。）仁爱抒情太过，就不是自然的仁爱了。把自己的清廉展示太过、太清晰、太洁白无瑕，反而不可相信，弄不好变成了刘备摔孩子刁买人心啦。而所谓勇敢太违背情理，太出幺蛾子，反而一事无成。

道、仁、言、廉、勇这五方面，你太想做得圆满，反而走向了自己的反面，变得带棱带角，硌硌硬硬。所以说只要知道适可而止，知道遇到自己没有把握的事情就不一味追求一味强化，知道自己本来是有所不知的，不能什么情况下都往前赶、往前冲，这就算是学到家了。谁能懂得不言之辩，不说话而战胜对手，不说道而恭行大道？要知道，到了这个份儿上就是天成的、天才的胸怀与肚量了，这样的容存，往外倾倒多少也不会减少，往里吸收多少也不会满溢。为什么能做到这样呢？不需要说出想出什么缘故。这才是内在的永远的光辉呀！

这也是道法自然，行云流水，过犹不及，不论您是学道行道，仁慈关爱，智慧聪颖，清廉纯正，勇敢无畏，都应该是诚于中而形于外，自然流露，自然反应，不事声张，不做姿态，不摆架势，不搞运气发功炒作声势，而且止于所不知，叫做适可而止，老老实实地承认自己有所不知、有所不能，不热昏，不牛皮，不硬拼，不作状，不哇里哇啦，不蝎蝎蛰蛰，不以闹腾取胜。这很像是对症下药，专治彼时天下大乱、群雄并起、血腥争夺、贩卖兜售中发作的热昏狂躁之症，抑制亡命赌徒心理。邦有道则智，邦无道则愚，当初的乱世中能学点老庄，压压心火，平平躁瘟，良言也，忠言逆耳、良药苦口是也！治世中呢，学学老庄，能不能治得长久一点，稳定和谐一点呢？虽然没有那么简单，至少不无好处吧。

九　把齐物进行到底

> 故昔者尧问于舜曰："我欲伐宗、脍、胥敖，南面而不释然。其故何也？"舜曰："夫三子者，犹存乎蓬艾之间。若不释然，何哉？昔者十日并出，万物皆照，而况德之进乎日者乎！"

说是当年唐尧向虞舜咨询，我想要讨伐宗、脍、胥敖三个小邦，不然我虽称王，委实不觉爽气：他们三个小地方不听我的管理，这算是啥事情呢！舜说，唉，那三个小玩意儿，不过是生活在野蒿恶草之中的野蛮部落，有啥值得介意的？当年十个太阳挂在天上，照耀万物，互不妨碍，何况像您这样德性与太阳同样宽宏伟大者呢！

又是突突兀兀，出来一个尧要征伐三个"蓬艾中的"（不发达的）小小侯国的假托的故事。舜以天有十日的例子规劝尧要容忍。且慢：第一，为什么要突然讲这么一个故事？第二，传说古时候天有十日，尧舜时期已经干掉了九日，不管是不是嫦娥的丈夫后羿射掉的，九日之除并未受到过谁谁的质疑，神话上也说是十日烤晒得受不了嘛。第三,这里是讲齐物的,尧舜的故事则偏于讲容受与戒贪得无厌。这与齐物不齐物的关系安在?第四,不管有多少事实根据,先秦诸子对于唐尧还是比较尊敬乃至是予以理想化的,庄子却偏偏数落之,有缘有故吗?无缘无故吗?

这段文字留下了较大的空白,值得思索。

不能留下几个归顺的小国,不能留下"土围子",扫帚不到灰尘照例不会自行跑掉。你可以从权欲上解释,但当事人、决策人更多地会宣称是为了一定的理念。理念——意识形态可能是夺取政权的斗争的理据与旗帜。另外还有群体的利益,同样也会在一定程度上意识形态化。做不到齐物,就一定要用自己的理念与利益去取代、去战胜其他非我族类,以此胜彼,以是胜非,以先进胜反动,以智慧胜愚昧,以文明胜野蛮,以民主胜独裁,以本族胜他族,等等。可以说,在老庄的价值虚无主义的、未必全部可取的立论背后,隐藏着他对于价值偏执、价值霸权、价值排他的清明预言与警告,这对于人类是非常重要的逆耳忠言。这是一。

天有十日的说法有点多元主义。但这种主张从来就在我国站不住脚。毛泽东在全国革命胜利以后,也曾踌躇满志地说,蒋认为天无二日,我偏要给他再出一个太阳看看。此话语出现在影片《开国大典》中,想来是有据的,也是很有中华文化与毛泽东本人的个性色彩的。这是二。这最多也是一分为二,从一日变成二日的恶斗,然后还是一日。天有十日,有德者容许十日,是中国的多元乌托邦主义萌芽,可惜此后此说不知所终,或是无疾而终。原因是中国的土壤更适合产生与强化天无二日的一元论。

齐物就要"齐人",包括唐尧、虞舜、周公、孔圣人,等等,庄子对他们都不感兴趣,都要时不时地解构一番,有时甚至达到了酷评的地步。只有敢于向大人物挑战,才能显出庄子的立论特色、立论魅力和立论气魄来,也唯有拿着唐尧说事,才显示出庄子齐物论的彻底性或超彻底性来。这是三。

啮缺问乎王倪曰:“子知物之所同是乎?”曰:“吾恶乎知之!”“子知子之所不知邪?”曰:“吾恶乎知之!”“然则物无知邪?”曰:“吾恶乎知之!虽然,尝试言之。庸讵知吾所谓知之非不知邪?庸讵知吾所谓不知之非知邪?”

啮缺向老师王倪问道:“您知道世间万物所共同认可的标准与道理吗?”王老师说:“我上哪里知道去呀?我怎么去知道呀?”“那么,您知道您的所以不知道吗?您知道您究竟有哪些东西不知道吗?”“我上哪里知道去呀?我怎么去知道呀?”“这么说,是不是大家都不知道这些东西呢?”“我上哪里知道去呀?我怎么去知道呀?尽管如此,让我试着与你解释一下,你从哪里去断定我如果说我知道,实际上是不是其实不知道呢?而相反,如果我说我不知道,是不是正是证明我恰恰是知道的呢?”

这里说的是,知与不知其实是说不清楚的。知道万物的共同点?哪里知道?知道你为啥不知道吗?哪里知道?别人也不知道(或你什么也不知道)吗?哪里知道?一大串“吾恶乎知之”,一大串问号,给读者留下了深刻印象,这是庄子作为一个哲人发出的呼唤,也可说是哀叹,也可能是提醒,是大明白话:千万不敢牛气冲天呀,千万不要自以为是自以为知呀,千万不要妄说什么知道这个不知道那个呀……其实我辈人子,所知道的那点玩意,根本就靠不住的哟!

且吾尝试问乎汝:民湿寝则腰疾偏死,鳍然乎哉?木处则惴栗恂惧,猨猴然乎哉?三者孰知正处?民食刍豢,麋鹿食荐,蝍蛆甘带,鸱鸦耆鼠,四者孰知正味?猨猵狙以为雌,麋与鹿交,鳍与鱼游。毛嫱丽姬,人之所美也;鱼见之深入,鸟见之高飞,麋鹿见之决骤。四者孰知天下之正色哉?自我观之,仁义之端,是非之涂,樊然殽乱,吾恶能知其辩!

让我再问问你，人不能在湿地入眠，在湿地睡多了会腰痛偏瘫，泥鳅可没有这个毛病。人呆在树枝上哆哆嗦嗦，猿猴有这样的问题吗？请问：人与猿与泥鳅，三者谁的选择才算居住的正路才算标准呢？（各种是非正误，又哪里有个准头？）

还有吃，人与许多动物习性不一样，人吃家畜，鹿吃畜草，蜈蚣将小蛇作为美味，而猫头鹰与乌鸦则专嗜老鼠，四种不同的食物，哪个才算标准算正宗呢？

择偶与审美也不一样啊。猵狙（狗头猿）喜欢与母猴交合，麋则配鹿，泥鳅与鱼类配对。而为人类喜爱欣赏的毛嫱丽姬，鱼类看见了吓得往深水里钻，鸟类见了吓得往高空飞，麋鹿见了吓得逃之夭夭。哪个才算正路才算标准？

在我看来，什么仁义呀是非呀，越辩越糊涂混乱，我哪儿知道该怎么去判断？我哪儿知道人们在争论些什么，在闹腾些什么！

庄子真能雄辩，连泥鳅、猿猵、麋鹿、蝍蛆、鸱鸦都捎带上了。这也是讲万物尤其是价值的相对性、多元性，没有绝对的价值，只有某一方面的价值。

庄子在这里不小心碰上了、碰对了、碰准了现代很时兴的对于动物植物环境的尊重爱护思潮了。庄子与人平等地讨论泥鳅、猿猵、麋鹿、蝍蛆、鸱鸦们的选择标准，真够先进的，在中国尤其是稀罕的。

人为什么这样喜欢分三六九等？在一般人眼中，不但人要高于动植物，猿猵、麋鹿也要高于泥鳅、蝍蛆，然而庄子是拿它们一视同仁的。这还不算齐物吗？人什么时候能谦逊地客观地将自己看做物种之一，而不是世界的主宰、万物的主宰呢？

啮缺曰："子不知利害，则至人固不知利害乎？"王倪曰："至人神矣！大泽焚而不能热，河汉冱而不能寒，疾雷破山而不能伤，飘风振海而不能惊。若然者，乘云气，骑日月，而游乎四海之外。死生无变于己，而况利害之端乎！"

问：你认定利害都是相对的、不值得计较的，至人高人圣人们呢？

答：至人是超常的神妙的。大泽起火，至人不觉得热。河川冻冰了，至人不冷。巨雷劈开了山脉，狂风掀起了海啸，至人并不惊奇、并不受扰。岂止是利害不在话下，连大泽、河汉、疾雷、飘风等也奈何不了他。这样的话，至人能突破时间空间生命的局限，乘坐着云气，骑乘着日月，遨游到四海之外（遨游到了外层空间），连生死都无需分辨，对于至人，还有什么利害值得一说！

一面是对于凡人是非利害争辩的看穿、看透、解构，一面是对于至人、通道得道之人的赞颂与想象，这就是思想的力量，这就是思想的享受，这就是想象的美丽！伟哉，善哉！

这也是思想的自足性的表演，你什么都没有了，什么都被剥夺了，但是你还有思想，你还可能在思想中获得辉煌胜利，你还可以在思想中百战百胜，无往而不利，成为比皇帝更尊贵的至人、比将军更勇武的神人、比泰山更高耸的圣人。如果你其实一无所长，这种思想上的至人化、神人化、圣人化，就是百分之百的阿Q，只配被鲁迅揭底和嘲笑，或者其实鲁迅也不妨对待阿Q君更理解更宽容些。

如果你确实有一技之长，有思辨的能力，有自圆其说的本领，有文才与辩才，有沉浸在思想中的工夫与快乐，有出色的表达能力，有语言修辞与各类学问的功底，那么，你至少是思想家、文章家、雄辩家、哲人。你是有用之才，不必自惭，不必害怕与阿Q沾亲带故。

如果阿Q先生有机会出一次洋学一点英语加拉丁文，或者上个私塾学点先秦两汉，他照样也可以成为学界昆仑、国学泰斗、研究院院士的。你信不信？

瞿鹊子问乎长梧子曰："吾闻诸夫子：'圣人不从事于务，不就利，不违害，不喜求，不缘道，无谓有谓，有谓无谓，而游乎尘垢之外。'夫子以为孟浪之言，而我以为妙道之行也。吾子以为奚若？"

瞿鹊子向长梧子提问:我听孔夫子说起过,说什么圣人不忙于事务,不追求利益,不躲避灾害,不稀罕喜乐,不高攀大道,从无中,他能看到有,从有中,他能看到无。明明是无,他偏要说是有,明明是有,他偏偏要说是无,还有,有话要说却不一定说,没话可说也不作清高寂寞状。他好像生活在尘世之外。孔子觉得这是冒失话,而我以为这里头有绝妙的道理,您说呢?

不仅是齐物,而且齐态度,齐反应,齐举止;不挑三拣四,不趋长避短,不因为外物的变化而变化,不因为外物的利害而决定取舍。心如古井无波,面若枯木无(表)情。这也绝了。这就叫超越,叫高蹈,叫通透,叫境界,是中国士人讲究的修身之道的一部分或一条路径。

如果硬要抬杠的话,说不定会觉得那样太像死人了。与死人不同处在于思想,他仍然能思想,能得出怪论,能出奇制胜,能高人一头。不是地位高,而是理论高、见地高、境界高。你能不服吗?

长梧子曰:“是黄帝之所听荧也,而丘也何足以知之!且女亦大早计,见卵而求时夜,见弹而求鸮炙。”

长梧子说,这一类问题,黄帝听了也会摸不着头脑,孔子能知道个啥?你也太性急了,看见个蛋就要它打鸣,看见个弓子就等着吃烤飞禽。

这是什么意思呢?是指不该急着去问孔丘?(而应该问他老长梧子?)是指这样高妙的问题根本不必拿出来讨论?是指有些思想自己慢慢体悟也就行了,瞎白话些啥?是指本来就不可能有结论的话题,还啰嗦个什么劲?

这里似乎还有点东方神秘主义——信仰主义、信不信由你主义、感悟与顿悟主义、心灵暗示说、催眠说,非思辨、非对话、非论说、非讲授、非语言直至非教育说。不是所有的问题都宜于去提问、去研讨、去请教的,有些问题,只可意会,不可言传,有些说法,独自咀嚼享受足矣，饶是价白话（到处乱讲），只能讨嫌与丢份儿。

予尝为女妄言之，女以妄听之奚？

然后是姑妄言之，姑妄听之的正宗原本。两个“姑妄”，虽然不完全是原文，却已经流传至今。相对主义虽然缺少担当，毕竟还有几分谦虚，言与听都是姑且，妄则是大胆一回，冒险一把。庄子不作真理的化身状，也不要求人家拿他当上帝或者什么泰斗崇拜。这是他容易取得好感的地方。

话又说回来了，人活一辈子，有多少事能不姑妄？有几成的事是有了百分之百的把握？从理论上说，人类总结出来的道理法则、科学，都是归纳法的结果。而所有的归纳都不是百分之百的准确，一万次的证明所归纳的法则，敌不过一次证伪。西方学者强调科学的定义并不在于它们的已经被证明，而在于它们的可能被证伪。不能证伪的东西多半也不能证明，例如宗教、艺术，等等，所以它们不是科学。多么有趣的命题！

这里的庄子——长梧子以退为进，既然是妄言，怎么说就都是有理、有味道的啦，乃说道：

旁日月，挟宇宙，为其脗合，置其滑涽，以隶相尊？众人役役，圣人愚芚，参万岁而一成纯。万物尽然，而以是相蕴。

为什么不依偎着日月，簇拥着宇宙，追求浑然一体的整合大境界，还要去划分是非贵贱呢？众人忙忙碌碌，圣人简单朴素，任你千变万化，圣人以不变应万变。千变万化，其内蕴却是一样的大道啊。

一方面是一龙一蛇，与时俱化，一方面是愚芚成纯，这就叫变中有不变，不变中有变。这更是进一步齐变化与不变了。中华文化在强调变通的同时，又大讲以不变应万变，就是说我们的古圣先贤，能够从不变中看出千变万化，又能从千变万化中看出亘古不变的根本与本质来。这其实也很高明，甚至于我们可以说，千变万化的结果正是不该变的绝对不变，或者说，亘古不变的结果是能够最好、最顺当地与时俱化、俱进、俱变。

> 予恶乎知说生之非惑邪？予恶乎知恶死之非弱丧而不知归者邪！

庄子把齐物论发挥到了极端，就是齐生死。悦生恶死，贪生怕死，谁能说不是犯傻呢？你怎么能够肯定，悦生恶死这不是小时候流落异地，大了也不知道回老家一样地犯傻呢？

原来死亡是回老家啊。谁又能说庄子说得不对呢？谁能说无不是自己的老家、自个的原籍呢？

> 丽之姬，艾封人之子也，晋国之始得之也，涕泣沾襟；及其至于王所，与王同筐床，食刍豢，而后悔其泣也。
>
> 予恶乎知夫死者不悔其始之蕲生乎！梦饮酒者，旦而哭泣；梦哭泣者，旦而田猎。方其梦也，不知其梦也。梦之中又占其梦焉，觉而后知其梦也。且有大觉而后知此其大梦也。而愚者自以为觉，窃窃然知之。君乎，牧乎，固哉！

就像丽姬故事，她嫁到晋国，享受幸福，但一开始她是极其悲痛的。真到了晋国享了福，与晋王同床共枕，吃香喝辣才知道本不必悲痛。她为当初的哭泣而后悔得不行。

我们从哪里知道，死后的人不后悔当初的贪生怕死、喜生惧死呢？梦到喝酒的人，早晨醒了却哭了一场。梦到哭泣的人，早晨起来打猎去了。梦中的人并不知道自己是在做梦，他是视梦为真、弄假成真。等醒过来了，才知道方才是做梦。醒得越彻底，越清醒地知道了自己醒来以前是大做其梦，人生宛若大梦一场罢了。而愚傻的人，还没有醒过来呢，却自以为嘛都明白了，君啊臣啊地还教导旁人呢！

以此来说生死，来劝人不必悦生恶死，有点太彻底了，而什么事什么道理一旦太彻底，就难免过分了。

第一我们应该承认生命的惜生乐生惧死恶死本能，否则，按丽姬的寓言，杀生就不是罪孽而是功德了。第二，高明奥妙如庄子，知道齐善恶、齐万物、齐是非、齐寿夭、齐贵贱、齐生死，为什么就硬是不知道齐悲喜呢？生了孩子大办喜事，死了人大放悲声，大办丧事，这又有什么需要特别计较的呢？不是通称“红白喜事”吗？都是至情流露，都是人之常情，都是感情淋漓，您何必教导我们反而要去乐死而悲生呢？那不就矫情了吗？

人倒是常常会觉今是而昨非。觉得过去的某些糊涂处如大梦一场。那么，今是昨非会不会又是一场梦呢？什么时候才是当真醒过来了呢？如果今是而昨非，那么到了明天，再今是而昨非，不就是今非而明是了吗？还有明天的明天与明天的明天的明天啊。这可就变成了吊诡——诡辩啦，永远醒不过来啦。

> 丘也与女，皆梦也，予谓女梦，亦梦也。是其言也，其名为吊诡。万世之后而一遇大圣，知其解者，是旦暮遇之也。

孔某人啦，你先生啦，都还那儿做着梦呢。我说你在做梦，又谁敢保险我本人没有做梦？这样的说法，就叫吊诡，就叫怪异，就叫悖论。这样的吊诡问题，一万年后遇到能够解释回答的人，就算快捷便当地如同旦夕成之的速度了。

台湾至今很喜欢用“吊诡”一词，指自相矛盾的悖论，也指怪论或循环论证，永无休止。庄子认为能解得吊诡的人是万世难遇的。

这其实与数学上的那些悖论是一样的，它们是人类智慧的窘态，也是人类智慧的骄傲与享受。智慧使智慧无言以对，智慧拆除了智慧的架构，这难道不是窘态吗？这难道不是伟大与天才的提问吗？能够深入思想并看到悖论的奇异风景的人有福了！

任何一种理论如果太彻底，就反而通向了悖论——吊诡。庄子那么早就接触到这个悖论——吊诡了，他的悖论可以命名为“梦醒悖论”。如果醒来是对于入梦的否定，那么再进一步醒来，会不会又否定了上次的否定即上次的醒来呢？多么值得惊异，又是多么可惜呀，为什么我们的伟大祖国硬是没有在此后发展起伟大的数学逻辑学来？

> 既使我与若辩矣，若胜我，我不若胜，若果是也，我果非也邪？我胜若，若不吾胜，我果是也，而果非也邪？其或是也，其或非也邪？其俱是也，其俱非也邪？我与若不能相知也，则人固受其黮暗，吾谁使正之？使同乎若者正之？既与若同矣，恶能正之！使同乎我者正之？既同乎我矣，恶能正之！使异乎我与若者正之？既异乎我与若矣，恶能正之！使同乎我与若者正之？既同乎我与若矣，恶能正之！然则我与若与人俱不能相知也，而待彼也邪？

然后是齐胜负，齐判断，齐裁决。齐了也就是没了，没有是，当然也就是没有非，没有赢当然也就是没有输。庄子何等滔滔雄辩，势如破竹。你赢了我，我没赢你，就是你正确吗？我赢了你，你没赢我，就是我正确吗？或者是当真有是又有非吗？或者大概其有其是又有其非吗？或者都是是或者都是非吗？

我与你能够知道这个是与非的结论与分析吗？让谁来裁判呢？请与你意见相同的人裁判？既然与你意见相同，他就是你那边的人了，他岂能裁判？反之亦然。请与你我意见都不相同的人裁判，既然都不同，他还来裁判个什么？他已经有了结论啦。请与你我意见都相同的人裁判，既然都同意了，还裁判个什么？我、你、他三方面都不能沟通，还有什么裁判好等待的呢？

不厌其烦，大排比，大进军，一切可能性都接触到了，从 A 到 B 说完了再从 B 到 A 地说，论证所向披靡。但仍然有点玄乎。太强调无所谓胜负是非、无人有资格有可能裁判了，与太强调我说的句句是裁判、是结论一样，恐怕都靠不住。毕竟还有历史、还有实践、还有逻辑、还有实证与实验、还有数据、还有三个有利于的标准嘛。而且还有比较简单的竞争，例如体育比赛，赢了就是赢了，输了就是输了，在篮球场上，思想再深刻有时还不如多投出一个好球呀。

何谓和之以天倪？曰："是不是，然不然。是若果是也，则是之异乎不是也，亦无辩；然若果然也，则然之异乎不然也，亦无辩。忘年忘义，振于无竟，故寓诸无竟。"

什么叫让大自然的功能与表象取得和谐与整合呢？

什么意思呢？不是，其实也是一种是，或者反过来说，是，也是一种不是，不然——不是这个样子，也是一种然——一种样子，或者反过来说，然，即这个样子，也就是不然，即不是（另个）样子。如果是是，自然就不是非，就不需要辩其是与非。然——这样子，就是这样子，不是不同的样子，也无须争论。争论都是相待即相反而相成的，是一个巴掌拍不响的。你不坚持你的是，我不坚持唯我为是，也就和谐了嘛，自然了嘛。自自然然地变化发展，用不着算计时间，也不必受时间限制了，忘记了时间的逝去，也忘记了各种说法，也就融入到无穷无尽无分无别更是绝无尽头的大道中去了。

这一段除了逻辑上的论辩的乐趣，还颇有言语上的类似绕口令的快感，即吃葡萄不吐葡萄皮儿，不吃葡萄倒吐葡萄皮儿的快感。言语的快感与思想的快感常常是相通的，也常常是相互影响、相互促进的。是，不是，或是，不，是，或是不是，然，不然，或然，不，然，或然不然，你这么一捣鼓，出来多少道理，多少快乐，多少奇妙，多少享受啊！

不要小看语言的游戏，戏着戏着就能出点灵感呢。

罔两问景曰："曩子行，今子止；曩子坐，今子起；何其无特操与？"

景曰："吾有待而然者邪？吾所待又有待而然者邪？吾待蛇蚹蜩翼邪？恶识所以然！恶识所以不然！"

罔两责备影子，你一会儿跟着形体走动，一会儿又跟着形体休止，一会儿跟着形体坐下，一会儿又跟着形体起立，你怎么一点独立的操守都没有啊。

影子说，我岂不是有所跟随、有所依附才这个样子的吗！而我所跟随依附的岂不是又有所跟随和依附的吗？我究竟是在跟随依附些什么呢？是像蛇一样地依附并不存在的脚吗？是像蝉一样地依附不断蜕变的翅膀吗？谁知道是这个样子呢，还是不是这个样子呢？

西洋的文学作品中常常以影子与人的关系做文章，中土的这样的文字比较少，但是有庄子，庄子果然与众不同。影子的影子是罔两，与毛主席爱说的"牛鬼蛇神，魑魅魍魉"的最后那两个字同音，毛主席讲的是鬼死了几遭之后变成的魍魉，而这里讲的罔两是影子以后又成为影子的影子的微阴，二者都是越来越模糊，越来越遥远。罔两责备影子缺少独立性，这很有些个哲人的幽默感。这比俗话说的老鸹落在猪身上责备猪黑，要有趣得多。

与影子相比，其实罔两更缺少明确性与独立性，从早到晚，它们似有似无。它们反过来责备影子，上的纲还不低，说是影子——景没有特操，没有独立人格与操守，用现在的话来说就是太跟风，没有做到可杀而不可辱，没有成为良心、良知的代名词，即缺少抵抗精神。怎么这样的罔两责备影子的事万古不绝，于今尤烈，似曾相识，如此令人哭笑不得！

呜呼，人是多么悲哀！你不知道如何来的，不知道如何去，你不知道天外之天也不知道天内之万物，却还要彼此争辩恶斗。你以为你自已是独立？你是不是也像影子一样地随着主人的形体，随着命运与大道，随着历史与气数而行止坐起？反过来说，所谓主人形体是自主的吗？它又是随着什么行止坐起呢？你想过这个问题吗？你能知道为什么人或人的形体要行止坐起吗？你能知道为什么没有另样地行止坐起吗？

这是一直齐到了自主与不自主、自由与不自由上来了，齐到了特立独行与人云亦云上来了。使别物不自由的人自己也是不自由的，这个话有点意思。马克思、恩格斯在论波兰问题时说过，压迫别的民族的民族是不自由的。但是庄子是从哲学、从先验的意义上讲自主与不自主的。这就悲观与消极得太多了。悲观之中不无清醒，消极之中防止了膨胀、夸张、自我引爆。当然，“物”硬是这样地一路齐下去，会不会彻底地不分青红皂白，不分是非善恶，不分祸福利害，不分生死明暗了呢？这样进行到底齐出来的物，也就没有了物，也就没有了齐。请看，万物不存，物已不存，“万”尤其更不能存，人已不存，我亦无存，吗都不存，齐将安在？

也就是进一步齐掉这个齐与不齐之区别，齐就是不齐，不齐就是齐，庄子就是孔子，孔子就是盗跖，盗跖就是圣人、神人、至人，圣人、神人、至人就是猵狙泥鳅，何齐之有？何道之有？何庄子之有？

这样的神奇的思想，可以成为思想的奇葩，也可以成为思想的垃圾，可以成为通达的妙悟，也可以成为无耻的堕落。好人学了庄子，可以更加畅快；坏人学了庄子，可以更加诡诈；善人学了庄子可以更加宽容，狂人学了庄子，可以更加疯癫。神奇的思想就像神奇的山谷，可以在这里欣赏流连，可以在这里修身养性，可以在这里享受大自然，也可能在这里迷失方向直至投河跳崖粉身碎骨！

> 昔者庄周梦为胡蝶，栩栩然胡蝶也，自喻适志与！不知周也。俄然觉，则蘧蘧然周也。不知周之梦为胡蝶与？胡蝶之梦为周与？周与胡蝶，则必有分矣。此之谓物化。

这是整部《庄子》中最潇洒、最凄美的一段。仅仅这一段，庄子就应该名垂千古，感动世界。往潇洒里说，庄周犹如蝴蝶，何必区别庄周与蝴蝶呢？

庄周的文字就是像蝴蝶一样美丽而且翩翩飞舞，或无大用，实为天才。蝴蝶的飞舞是在告诉我们什么吗？还是无所谓呢？至少观之欣然，观之赞叹，观之怃然。

往悲凄里解释，什么是梦，什么是醒，谁又解说得出来？庄周为什么梦见成了蝴蝶就那么适志，那么快乐，而回到了庄周，就那么狼狈，那么局促，蘧蘧然，他为何紧张呢？你以为这只是做文章吗？人生的过程当中，命运的起落当中，恰恰有令人闹不清身为何物，身在何处之感：舒服了不像你自己，像是在梦蝶，不舒服了呢？就一定是你自己吗？不会一觉醒来，己与人都面目全非了吗？卡夫卡的《变形记》也是同样的主题，比庄子晚两千多年，卡夫卡是写一个人突然感觉自己变成了甲虫。那是一个令人压迫的故事，与庄子的风格相差亦远矣。我则早在一九八〇年就写了中篇小说《蝴蝶》，我当时是怎样地为起了这个题名而兴奋呀。

庄子的齐物果然好生了得。岂止是齐物与齐论，还要齐生死，齐寿夭，齐是非，齐悲喜，齐哭笑，齐彼此，齐梦醒，齐一切的一切，人又能将齐物进行到哪一步呢？

十　庄子的内心世界

困难在于我们无法确定当年《庄子》的著作进行情况与结构的本初情况。我们面对的是经过可能不止一次编辑的版本。那么我们至少可以通过一些比较通行的版本（例如本书常常用的王先谦《集解》本）来研讨《庄子》一书中的作者庄子的思路、心路。

庄子所论，借用胡风发明的短语，应该称做“自我扩张”：一上来通过大胆的、超人的想象，寻找通向无穷与永恒，超拔与高端的精神扩张契机。先是北溟即北海，有几千里长的大鱼名鲲。大鱼化作大鸟，叫做鹏。鹏的翅膀若垂天之云。大鱼大鸟，铺天盖地，已经把一切王侯、大臣、将领、说客、精英全面压下去了。完了是对小虫小鸟、蜩、鸠与蟪蛄、斥鴳的嘲笑，也就是嘲笑百姓凡庸。从中可以看出庄子的膨胀与骄傲,应该叫做精神的优越感。可以说一上来就狂补,气冲九天,豪壮南北,主随客(宾、对象)勇,一上来就是巨人的架势。

然后是大树、大瓢、大瓠,一个比一个大。大到无当了,没有用了。这时,庄子多少要费点力气论述大之用需要有大气魄、大眼光,就像防止皴裂的润手药膏,到了一般人手中只能帮助洗衣妇,到了大眼光人(不妨戏称为"大眼客")手中能帮助吴王打胜仗,献药方者能封侯裂土。这其实已显勉强,因为一个外科护肤之药起那么大作用是罕见的特例。而坐上大瓠畅游江湖河海,想象的成分远远多于实际可行的成分。虽然还是补药却已显不着边际,已经从服用虫草、野山参、灵丹妙药改成放眼日月精华,吞吐宇宙祥瑞的偏重于虚幻的心理进补了。

再然后说到人,你是列子,我是藐姑射山神人,又是原地拔高,武功上叫做"旱地拔葱"的路数。列子御风,已经玄虚,藐姑美妙,更似一己的想象,进一步从日月宇宙的滋养进入静坐调理、精神按摩直至梦幻性的自我舒适化了。如果刻薄一点说这是追求一种准迷幻感、准可卡因。

这就叫逍遥,逍遥就是精神的自我完成,精神上的巅峰化、高端化、超越化、超常化、大眼化。庄子果然了得。

一株超大的樗树,却又是不中绳墨,不中规矩,既不能当建材,又不好打家具。不但是大而无当了,而且是大而无用了。庄子在这里留下了玄机,撕开了颠覆的口子了吗?是的,同时也暴露了庄子的无奈乃至愤懑。庄子显然对那个语境下的"用"有保留,有负面的看法。中文中一个"用"字,对于士人有特殊的意义:"为世所用",这个连孔子也羡慕却未能够得着的光辉短语,往大里说是为社会、朝廷、群体、人民、祖宗、后人建功立业,往雅里说是实现自我,实现理念,为价值而献身,而粗鄙点说干脆就是做官发达,级别待遇,光宗耀祖。所谓"为世所用",是多少自命精英的没有实现的理想。于是再自我安慰一下，所谓“用藏在我，舒卷随心”一是美谈，二是聪明，三是无奈，四是阿Q，五是命运过得去，没有一直不为世用，也没有用完了落一个杀头问斩五马分尸的下场。

庄子的大樗无用的说法里不无傲气加酸葡萄，通透加悲凉，高扬却又形影相吊，孤独孑然。这是形补而实泄，形热而实寒的一味怪药，如果打个比喻，可说就像是一味长白山野山参，本极名贵强力，由于进了水，一再发酵，变酸变质，良好的酵母菌与恶劣的酸败菌包括大肠杆菌大量滋生，虽然保留了少量补气的成分，但同时变成了泻药，而且有可能引发急慢性肠胃炎。

大樗的好处不过是能在树下睡个懒觉，由于无用而不至于早早地被砍伐光净夭折而亡罢了。这样的逍遥，美好中包含着超低调，汉族的说法叫做留下我一条狗命，维吾尔族的说法叫饶了我那一勺脏血。它远远少于人生中的可能有的愿望与发挥、选择与机遇、能量与光彩，它其实是对于生命二字的亵渎。名之为逍遥，它能与鲲鹏展翅，九万里，掀动扶摇羊角相比拟吗？命名这样的大臭椿为逍遥，是不是有一点勉强呢？是不是有一点反讽呢？是不是虽说是却道天凉好个秋，却透露出了不尽的愁肠百结，欲说还休呢？

看透了看穿了，什么蝇营狗苟，什么争腥逐臭，什么巧言令色，什么牛皮高调，什么穷奢极欲，什么阴谋诡计，全都是枉费心机，害人害己。远不如在幻想中遨游北溟南溟，扶摇羊角，乘瓠江湖，矗立广漠。

这毕竟是一种审美的境界、一种自我的享受、一种精神的胜利。比阿Q多了一大套说辞、一大套理论、一大套机锋、一大套忽悠。在这些讲说当中，你不能不承认庄子达到了思辨的高端，他能上也能下，能大也能小，能高也能低，他绝对不是阿Q能够望其项背的。就是说，庄子可以做到与阿Q一样的低，阿Q兄却永远做不到与庄子一样的高明、高扬、高大。忽悠也要看文化层次，也显示文化层次，忽悠得精彩了也能出名挣钱上镜做秀。然而庄子毕竟不仅靠忽悠，他还靠匪夷所思的想象力、思辨力、表达能力与审美能力。这时候就更体现出大智若愚，大高若卑，大优若劣，先秦的大哲人庄周若辛亥革命后赵庄的阿Q君来了。

果然，紧接着就宣扬起形如槁木、心如死灰的巅峰境界来了。形如槁木、心如死灰。这可真是“……为道日损，损之又损，以至于无为”了。到了槁木死灰的最高境界，可以是智障，可以是植物人，可以是病重临终，却也可以是穿越通透的结果，是九万里掀动扶摇羊角的结果。如鲲似鹏，与天地同起伏伸缩，也就视天下如无物了，也就对什么都没有新鲜感与吸引力了。通透的结果是什么都透明了，连眼球也是透明的了，按照光学原理，也就是一片黑暗了。当然接下来就是吾丧我了，也就是槁木死灰了。

齐物的前提其实是万物，是多元，是天籁、地籁、人籁，各有其籁，各有其然，各有其是，而且是然其然，不然其不然，是其是，不是其不是，此亦一是非，彼亦一是非。这是相对主义，这是黑格尔所讲的“杂多”，这是绝对的平等民主、自由多元化。但是这也是通向绝对的集中统一，直至独裁霸权的契机。因为庄子的平等民主、自由多元化不是靠任何的实际举措，不是靠制度法律观念的任何保证，而是靠压根儿不承认一切不平等、不民主、不自由、不多元，精神上自行得到了绝对的解放，从此万事大吉。这是大解放还是活见鬼呢？

庄子一到，天下太平，心平则万物平，物齐则众生齐。管他什么新旧“左翼”，新旧自由主义，还有不论无政府主义或是专制主义，从精神上自我享受自我完成，再无纷争，再无追求，再无遗憾，还要怎么样呢？为什么呢？因为一切追求理念到头来不过是一场空妄，不过是大梦不醒，不过是心劳日拙，不过是害人害己、自取灭亡。既然承认各有各的存在理由运行依据，你还有什么可争拗，可不平，可掰扯，可造反起义的？既然各有其理其据其因其是，万物遂化为一，万事遂化为一，万象遂化为一。不承认是非、彼此、物我、大小、久暂、强弱、贫富、寿夭、生死的任何区别，绝对的相对变成了绝对的绝对，只剩下了混沌，只剩下了太虚，只剩下了齐不齐一把泥（这是泥水匠的口头语)。于是一切行为、一切愿望、一切努力都是愚蠢的不必要的。

庄子本人修炼到了这一境界,可以明哲保身,可以逍遥于乱世,可以表现出智慧,忽悠出哲理,玩耍出文采,扬名万代,南华真人。老百姓做到了这一步,可以唯唯诺诺,听喝听遣,安时顺命,只求苟活。王侯做到了这一步也可以少一点纷争,多一点享福作乐——同时也可以以此愚民,统辖万众,齐物齐民,一律听寡人的不就行了吗?

能上能下,能高能低,难得庄周不但能忽悠鲲鹏,也能体贴鷃鹩、偃鼠、泥鳅、蝍蛆,然后干脆认定秋毫之末也可以比泰山更庞大,殇子比彭祖更长寿。关键在于庄子要取消人间的一切不平感。陈毅当年《游卢梭岛》诗有句云:"莫轻一部《忏悔录》,总为世间鸣不平。"多少思想,多少历史转折,多少风风雨雨,都源自对于"不平"的分析与解读,对于不平症的诊断与处方直至手术。而如果彻底消除了不平感,也就没有了汤武革命、法国大革命、美国独立战争了,也就没有了从卢梭到马克思、毛泽东的理论与事业,干脆说就是没有历史了。

中国的思想家确有其特殊性、彻底性从而不无欺骗性。太彻底了就是骗人兼骗己。孔子的一个贡献是对不平的确认、认同与适当节制调节,孔子追求的是树立一个合情合理、无可置疑的规范,这就是君君臣臣、父父子子,如此这般,却被后世的酸儒腐儒们搞成了根死人的不近人情的教条。而庄子更彻底一步,压根不承认不平的存在,不承认有必要去正视、分析、认同或者否定不平的存在。庄子的本领是苦练内功,从精神上观念上达到攻无不克战无不胜的顶峰,达到鲲鹏展翅的高峰,也就是达到了丧我、槁木死灰的极致,绝而又绝,既是绝顶,又是绝灭,一路齐下去,齐到什么都不再存在的程度,齐到高峰就是深谷的程度,齐到智慧就是白痴的程度,堪称思想一绝,另类一绝。难怪鲁迅建议不要读中国古书,说是越读你就越会静下来,全无活气了。

我们已经毫不客气地将庄周往阿Q身上解读过去了。但是，这对庄周公平吗？全面吗？

其实我们也可以将庄周往智者身上乃至叛逆者挑战者身上解读。真正的智者最容易做出“饮水差知等暖寒”的结论。智者易冷若冰霜，愚者易冲动燥热；智者最最不愿意的事就是受骗上当，愚者最不愿意的事则是被冷落晒干儿；智者最怕的是被认为别有图谋，愚者最怕的是被认为头脑简单、并无大用；智者往往躲避，愚者常常冲锋。愚者近忠似忠，曰“愚忠”。智者近伪似伪，曰“巧伪”。任何处所，往往愚者多于智者，而且从王侯的观点来看，愚者至少无害或少害，主流价值标准易于往愚者方面倾斜。封建的忠孝节义等，既包含了动人的美德，也包含了某些傻气。比如《二十四孝》与《烈女传》里的人物故事。

为什么智如庄周却得出的是那么消极悲凉的结论？他甚至于以丽姬远嫁哭泣，事后证明嫁远了更幸福的故事，说明死了有可能比活着的滋味更好。这是骇人听闻的强辩呢，还是杜鹃泣血、鸱鸮哀号、暗含着控诉：杀伐征战、英雄辈出、民不聊生的春秋战国，人民的命运有可能是生不如死呢？

他说的那些争辩、争夺、征战的无谓与齐不齐一把泥，是不是其实是看不惯、看不起士人那种急功近利、兜售炒作、空谈误国而又互相死掐活咬呢？这其实颇有针对性，很“有当”，很实在，怎么说没有依据？他说的那种在这种地狱般的乱世享其天年、无忧无虑的愿望，又怎么能说不是一件值得大书特书的大事！

庄子这样能思善辩，他的思想如太上老君（就是老子的神化）的炼丹炉，什么难题放进去，都化为稀水清汤，铁水铜汤。他无所不能，却终于无奈，一无所成。他不急于去求用求官，或者是求用求官受挫，便毅然走“独立知识分子”的道路，走逆向思维，专门杠头的道路，走另类行为与为人的路子，终于留下洋洋洒洒的大块文章，巧思妙喻，高谈阔论。不亦中土之福，华夏盛事，也算是不亦乐乎吗？如果没有庄子与老子，今天高入云端的欲被大力弘扬的中国的传统文化将缺少多少异彩，缺少多少趣味，历代中国士人文人，将增加多少自戕疯狂极端分裂恐怖式的“三种势力”“五种势力”！

自我拔高而骄傲超拔，骄傲超拔而穿越通透，穿越通透而空虚苍茫，空虚苍茫而悲凉消极，消极麻木而智慧齐天，新奇巧妙而洞察万象，至清不但无鱼而且视世界为无物，大彻大悟而智语永存，而朝三暮四、彼此是非、姑妄言（听）之的故事与妙论存焉，出奇制胜、与众不同的思想语言存焉。

庄子的内心世界堪称内宇宙，堪称大周天小周天，堪称奇绝，纵横驰骋，流星满空，鲜花遍地，电光石火，波纹巨浪，高大卑微，智智愚愚，疯疯傻傻，大块噫气，野马尘埃，像风一样自由，像雾一样弥漫，像湖海一样茫茫，像高山一样耸立，像罔两一样模糊，像朝三暮四与朝四暮三一样狡猾，像混沌一样难得糊涂，翩若游龙，疾如闪电，奔如脱兔，巧若织锦，坠若天花，彩如云霞。他是宏论滔滔，诡辩矫矫，天上地下，生拉硬扯，抡得圆，甩得开，想东就东，想西就西，邪正雅俗深浅良莠善恶虚实，想怎么来就怎么来，骇人听闻，新人耳目，火爆却又潇洒灵动，冷峻却又无可无不可，巧辩却又意识横流，并无逻辑程序，深邃却又旁敲侧击，不求甚解，以及俯视睥睨，仰视谦卑，神神叨叨，嘻嘻哈哈，玄玄妙妙，尖尖刻刻……无所不至其极！这样的文人，我中华数千年历史，只出现了这么一个！

到这时候了，喝出点味儿来了，哲人也罢，思想者也罢，文化传承也罢，文学创新也罢，不是有些时候也只不过是无用之用、漫游之用、忽悠之用、消闲之用吗？真正修身齐家治国平天下的理论，哪里是庄子与各种“子”们精英们的本业呢。扬州有名联曰：“从来名士皆耽酒，自古英雄不读书。”一语道破了天机，读孔读孟，读老读庄，读辞读赋，读欧罗巴读美利坚，又有哪个对取天下、争霸权的英雄业绩派得上用场？

庄子做到了，大智又是大愚，大忿又是大顺，大言又是低小调、涩变调,冷嘲热讽,却又是无可无不可、无言无不言。大悲,既是哀莫大于心死又是哀莫大于心不死,所以又是逍遥大喜真人、圣人、至人、神人,得道养生、出世入世、救世却又遗世而独立,悲哉、乐哉、圣哉、智哉、巧哉、妙哉、矫情哉、逍遥哉、自在哉、一无所用哉、大无害哉、大无益哉,什么都全了的,什么都没了的,十全不补反而药用清泄的我们亲爱的庄周先生啊!我爱你!

养生主：游刃有余、哀乐不入

一　态度与境界：庄子论养生

老子讲摄生，庄子讲养生，这反映了他们对于生命的珍重。庄子一方面讲人无须爱生惧死，其实主要是不必惧死，而要将死亡作为与生俱来的道象、道理、道通为一来欣然接受，一方面讲养生、讲保身、讲全生、讲尽其天年。

其实先秦诸子都是重视养生的基本要求的，孔子讲过八种情况下的不食，不吃不合乎卫生要求的东西，又讲少年、青壮年与老年三个时期的卫生方面的禁忌。孟子则有养气的准气功一说……但明确提出摄生养生概念的是老庄。

而且老庄是把摄生养生提高到世界观、大道观、人生价值与人生境界的高度来讨论问题的：

> 吾生也有涯，而知也无涯。以有涯随无涯，殆已；已而为知者，殆而已矣！

说是我们的生命是有限的，而知识与智慧是无穷的，以有限的生命追逐无穷的知识与智慧，这不是荒唐的吗？已经知道了这是荒唐的，却还要不依不饶地去求知求智，不就更荒唐了吗？

这更像是讲认识论，而不是养生。以有限的生命去追求无限的知识,这样一种痛苦与局限,是人所不免的。既知此苦,仍要求知,还要更加苦上加苦,这又是谁能避免的呢?

这正是中国哲人与西洋哲人的区别所在。西洋人求知就是求知,注意的是真知还是伪知,而不是整体的人生与知识间的张力与痛苦。中国哲人太重情与整体感受了。西洋的思维方式是分割、分析的,它讲医药卫生体育就是讲医药卫生体育,甚至医药就是医药,抗菌素就是抗菌素,维生素就是维生素,止痒就是止痒,止疼就是止疼;卫生就是卫生,公共卫生就是公共卫生,经期卫生就是经期卫生,厨房卫生就是厨房卫生;体育就是体育,田径就是田径,球类就是球类。而中国讲一个养生,从生也有涯这一永恒的、无所不包的叹息说起。中国的文章,哪怕是论文说明文,也总在追求一种一唱三叹的风格。

这是什么意思?他为什么要迎头一棒,让你先老实一点、知足一点、饶了自己吧、别瞎使劲啦……

一者,可能这意味着庄子认为人的不知足、人的贪知多虑费心伤神,一句话是人的精神不得平衡安宁正是戕害自身的生命的根本原因。你想养生吗?先给我踏实下来、给我静谧下来吧。

再者,可能是对于养生本身就不必抱太大的期望值,养生乎、摄生乎、卫生乎、乐生乎,我们只能粗线条地讨论对待,追求太多、太细、太认真本身就不符合大道就只能适得其反。请看,名为庄子内篇的一章,《养生主》的篇幅只有《齐物论》的七分之一与《逍遥游》的五分之一。又要谈养生又要马马虎虎对待之,这就是道行啦。

为善无近名,为恶无近刑。缘督以为经,可以保身,可以全生,可以养亲,可以尽年。

做好事不一定马上得到美名成功,做恶事不一定很快遭到报应制裁。与其等待自身的天佑或恶人的天谴,不如遵循自然的规律养生,可以保全身体,可以使生命全面运转,可以赡养亲属(有的则解释为养其真神、说亲是元神之意),可以尽其天年,不夭折于非命。

这几句话也够突兀的，难道是说，行善行恶与养生无关，无论善恶反正血液在任脉督脉中正常流转，就能维持住生命，而这根大血管（主动脉或主静脉）血液畅通。就能保住身体，就能维护生命体征，可以涵养精神情感，可以尽其天年。

或者，不知道这一段是否有下列的含义：养生关键在于精神状态，保持平和中正，具体操作，对了错了，并无立竿见影之效。

为善为恶之说不无愤懑，更多是说事实，是说大道的功效并非立见。善恶报应，从因到果，都有一个过程或一段时间，不能急。知也无涯，所以不能狂妄，不能期待或自诩过高。牛皮与急躁都足以伤生。或谓是指做好事不要追求立马有收益，但难以解释成是做坏事也不必急着防报应。也许可以泛指遇到坏人做了坏事，也不能急着让他速得报应。“活着才能看得见”（前南斯拉夫影片《瓦尔特保卫萨拉热窝》中的名言），即使是为了励善惩恶，接受天意，享受正义，也要养生，要有一定的时间，去考验善恶，明白天网大道，天日昭昭，死而无憾。另一方面，只有不急，就能利生养生而不是焦虑自戕。

庄子的许多话有利于心理平衡与治疗。

前文可以分三部分，一个是讲生也有涯，知也无涯，别紧赶慢赶地去跟随追逐啦。我称之为认㞞的哲学。这是老庄的核心思想之一，叫做退一步海阔天空，叫做吃亏是福，叫做避其锋芒，叫做保存有生力量。

而美国人喜欢讲的是你能或我能，奥巴马的竞选广告是：

> One voice can change a room. And if it can change a room, it can change a city. And if it can change a city, it can change a state. And if it can change a state, it can change a nation. If it can change a nation, it can change the world. Your voice can change the world.
>
> 一个声音（话语、选择）能够改变一间房室。如果它能够改变一间房室，它也就能够改变一座城市。如果它能够改变一座

城市,它也就能够改变一个州郡。如果它能够改变一个州郡,它也就能够改变一个国家。如果它能够改变一个国家,它也就能够改变世界。你的声音能够改变世界。

这是美国人的逻辑,鼓励你去干,去起作用,明明是夸大你的作用也在所不惜。汉学家费正清博士曾经指出中国的“诚意——正心——修身——齐家——治国——平天下”的逻辑不严整,从小的预设条件得出了太大的结论(无限上纲),奇怪的也是有趣的是,从奥巴马的演说中我们也看到类似的论辩轨迹:一个声音——一间屋——一个城市——一个州郡——一个国家——整个世界。

而按照庄子的《养生主》的逻辑呢,我们应该认识到:

世界上不只你一个国家,即使你改变了一个国家,你也无法改变世界,最后你这一个国家也改变不到哪里去。(让我们回忆一下列宁和斯大林曾经面对的一国能不能取得社会主义革命与社会主义建设的成功的讨论,反对派用的就是上述准庄周观点。)一个国家不止你一个州郡,即使你改变了一个州郡,如果此国家没有变,这个州郡也改变不到哪里去。而一个州郡不止有一个城市,即使你改变了一个城市,如果这个州郡没有改变,你也改变不了一个州郡,最后你这个城市也改变不到哪里去。一个城市不止你一间房室,即使你改变了一间房室,你也改变不了一个城市,那么你这间房室也改变不到哪里去。一间房室,不止你一个声音,即使你发出了老大的响动,你也改变不了一间房室,你的声音其实等于零。你不如干脆什么也不干,你最好靠边歇着。歇着吧,您老!

直到现今,“歇着吧您”,仍然是北京的饱含无奈和精明的俗话之一。

一个你能,一个你不能,对此二者不必急于做出价值判断。但我们可以说奥巴马是行动哲学、进攻哲学,是竞选动员或变革动员,是在野党的宣传鼓动。而庄周的殆矣、难矣、疲困矣、危险矣的理论,是谨慎哲学、后退哲学、保命即绝对不冒险的哲学、一慢二看三也不一定通过的哲学。许多情况下,奥巴马的说法是鼓舞人心的,但是他掌权以后,调子未必如此之高,免得将了自己的军。庄子的说法嫌太消极,但是在特别恶劣的处境下,不失为一种耐心与等待的成熟。

第二段是突然来一段为善无近名,为恶无近刑。这与知不知,生短知长有什么关系?应该仍然是对于人生短暂的遗憾。一方面人生如此短促,一方面报应或回报如此缓慢,您再不养生,还能明白点什么呢?而如果你猴急猴急,还怎么养得了生呢?

第三段正面讲养生。他提出了保身全生养亲尽年的理念,这样的理念确实不如成仁取义死谏死战的理念崇高,也不如殉情、殉道、殉事业者火红浪漫,但总算是初步体现了一种对于生命的珍视,尤其在那个征战如火,而人命如草芥的时代。

> 庖丁为文惠君解牛,手之所触,肩之所倚,足之所履,膝之所踦,砉然响然,奏刀騞然,莫不中音;合于桑林之舞,乃中经首之会。

屠夫庖丁宰完了牛,把牛大卸八块,不费什么力气,手一摸,肩一靠,脚一踏,屈一腿而跪,膝盖一顶,稀里哗啦,嘁哧嗑哧,刀进刀出,节奏如歌如舞,恰恰踩中了点儿。

庖丁解牛的故事脍炙人口,手肩足膝,触摸、倚傍、站立、压膝,都像那么回事,庄子写宰牛,是有生活依据的,是有普遍意义的,不仅是庖丁,谁来屠宰也要触倚立踦。庖丁的特点在于将劳动艺术化音乐化舞蹈化浪漫化与诗化了,他宰牛的响动如同奏乐,读到这里似乎听到了它的清脆利落,咯咯作响。劳动而有节拍,合乎乐律舞律,让人陶醉享受。这样的描写,正是马、恩预言了共产主义社会中劳动不再是谋生的需要,而成为乐生的首要因素的例证。或者用另一个中国化的词儿来说,庖丁的宰牛,已入化境。歌颂鲲鱼鹏鸟的庄子,突然能这样地歌唱一个未必雅致的屠宰劳动,而且描写得这样出神入化,值得赞美。

把劳动艺术化,这也是当年苏联小说喜爱的一个主题。我就读过大概是纳吉宾的一篇这样的小说,说是一个泥瓦匠,他砌成的壁炉(苏俄应是火墙)烧起火来能发出小提琴的音响。

写得很夸张也很迷人。迷人,是庄子的与众不同的文风的力量所在。

> 文惠君曰:“嘻,善哉! 技盖至此乎?”
>
> 庖丁释刀对曰:“臣之所好者道也,进乎技矣。始臣之解牛之时,所见无非全牛者。三年之后,未尝见全牛也。”

主人文惠君说:好棒啊,你的技术都到了出神入化的程度了呀!

庖丁放下刀回答说:在下追求的是大道,它已经比技术问题超越了一步,前进了一步。想当初,我宰牛的时候,看到的都是整个的牛,干了三年,再也看不到整牛啦。

这里的讨论立马进入了形而上的道的层面,而不是停留在技(巧)层面。现象上这是技,叫做雕虫小技,反映的却是大道。应该叫“无间道”。如老子所说:“天下之至柔,驰骋天下之至坚。无有入无间。”

从表面来看,牛是无间的,一条牛不会到处露着缝隙空当,无间之牛,即是全牛整牛,这里的全牛是完牛、整牛、无间之牛的意思,这时的牛具有它的全部牛性,皮毛肉骨筋腱俱全,是没有间隙可以下刀的,是庞然大物,是无懈可击的对手、对象。物质的形而下的世界是靠五官来看视触摸操刀解之的。但是富有形而上思维的道性的此位庖丁先生,却很快超越了对于解牛的形而下阶段、感官反射的阶段,而进入了以神遇而不以目视的阶段,这是一个理想的阶段、浪漫的阶段,举重若轻,游刃有余,迎刃而解(这八个字即是来自《庄子·养生主》的,已经成为我们民族的一种文化心理格式),以天下之至柔,驰骋天下之至坚,以无有入无间,这是解牛的化境,这是修齐治平的化境,这也变成了养生的化境。

应该说，这还是对敌斗争、战争的大道，要战胜敌手，就要将敌手视为可以分割、可以解析、可以从无间中拣出觅出无数的、有余的间隙的工作面、工作对象。本身是完整的，是全神贯注的，是以神遇、如有神助的，而对手只是具体的几个块块、几个疙瘩、几个局部、几个即将土崩瓦解的松散结构。这种说法妙极。

“方今之时，臣以神遇而不以目视，官知止而神欲行。依乎天理，批大郤，导大窾，因其固然，技经肯綮之未尝，而况大軱乎！良庖岁更刀，割也；族庖月更刀，折也。今臣之刀十九年矣，所解数千牛矣，而刀刃若新发于硎。彼节者有间，而刀刃者无厚；以无厚入有间，恢恢乎其于游刃必有余地矣。是以十九年而刀刃若新发于硎。”

如今呢，在下宰牛全凭综合感悟而不必靠睁大了眼睛，器官知道该在哪儿停顿，精神明白什么地方应该继续行进。按照天理——公认的无可置疑的理路、纹理，将刀劈进大窟窿，捅进大缝子，依据的是牛本身的天生结构特性，就是牛身上最最筋头巴脑、盘筋错腱的地方也难不住我的刀的推进，更何况那大大的骨头棒呢。

一个好厨师，一年换一次刀，他用的是割肉法，一般一点的厨师，一个月换一次刀，他用的是砍切骨头法。而在下的刀已经用了十九年啦，我宰牛达到了几千头啦，而刀就像新磨砺出来的一个样。

又一段格言警句：牛的骨节之间有缝子，而锋利的刀刃的厚度接近于零，以锋利的近于零厚度的刀刃，伸进明显的缝隙之中运行，宽宽敞敞，叫做游刃有余，这样，十九年了刀刃自然是锋利如新！

编纂的章节命名为“养生主”，庄子通过文惠君之口说的也是“闻庖丁之言，得养生焉”。其实万事万物莫不如此。世上并无易事，你想做好一件事就像庖丁想把牛肉与牛骨解——卸离一样，到处是硬骨软腱，是筋头巴脑，是皮革毛层，无处下刀，下刀则毁。但是你如果掌握大道，也就是掌握一切自然之理自然之分析，叫做掌握天理，掌握一切关节接触之处的恢恢有间，目无完牛，只见得刀路之现成、之宽敞明亮、之不必费力不必寻找，稀里哗啦，一齐活啦。

天下本无难事，看你会不会。万事同理。那么大一个大门，同时踢进二十球也挡不住，你这个队太差才不进球嘛。你那么大权力、那么多资源、那么多人才，你本应政绩如鲜花着锦，烈火烹油，除非你干得太差，才搞得不作为，挨足了骂！世界上有那么多能源，人类的需要本来有限，是人类没有出息，才会出现什么能源问题……

这是理想，这是美梦，这是人类的劳作与行为的最高级状态，是熟能生巧，是会者不难难者不会，是掌握了客观规律，如入无牛之境，一般说是如入无人之境，无障碍，无麻烦，无歧路，无浪费，无劳费力。

其实我们也可以举出其他的例子，比如杂技家的走钢丝，常人吓破了胆，而越是大家越是好演员越会走得轻松愉快，对于这样的杂技家来说钢丝恰如坦途，不但可以走过去走过来，还可以在钢丝上倒立，可以假作欲坠状、失足状，作足噱头，赢足掌声。

庖丁怎么做到了这一步了呢、怎么修炼成了这样的道行了呢？庄子没有说。其实除了游刃有余之类的模式，我们的传统文化中也不乏另外的格局：勤学苦练，夏练三伏，冬练三九，拳不离手，曲不离口，吃得苦中苦，方为人上人，劳其筋骨，饿其体肤，书山有路勤为径，学海无涯苦作舟，等等。

“虽然，每至于族，吾见其难为，怵然为戒，视为止，行为迟。动刀甚微，谍然已解，牛不知其死也，如土委地。提刀而立，为之四顾，为之踌躇满志，善刀而藏之。”

其实庄子在讲完了庖丁的神乎其技其道之后，也觉得要找补一下，全面总结一下：“虽然，每至于族，吾见其难为，怵然为戒，视为止，行为迟，动刀甚微……”庖丁也有另一面，叫做难为——充分估计困难，叫做怵戒——有所警惕，有所自我控制，叫做止迟——放慢速度，拿捏斤两，叫做精微——仍然是心细如发，现在仅仅细如发已不够用，要微至纳米。这样的心态现在更习惯的用语叫做戒慎恐惧，戒是控制自己不敢放肆；慎是小心翼翼，不敢粗心大意，必须集中注意力；恐是处于紧张状态，时刻提醒自己到了最危险的时候；惧是想到一切风险，做好不成功的预案。正因为做到了戒慎恐惧，下边才是“谍然已解”，稀里哗啦牛已大卸八块，而“牛不知其死也，如土委地。提刀而立，为之四顾，为之踌躇满志，善刀而藏之。”

明明是艺术夸张，写得却滴水不漏，甚至不忽略解完牛即将牛大卸八块之后庖丁踌躇满志与善（珍爱）刀而藏之，而收好。顺便说一下，庖丁解牛就是宰完牛后将牛大卸八块，而大卸八块是我的河北老乡骂人咒人最狠的话。把屠宰艺术化，不知是否把凶狠艺术化，这可能是庄子不小心碰上的一个命题。他底下说“牛不知其死也”，客观上有点黑色幽默。原来善杀者利落起来，被杀者不知其死，如林彪名言：脑袋掉了不知道怎么掉的。这未免给人以毛骨悚然之感，只是不知道林彪在温都尔汗折戟沉沙之时是否知道自己的脑袋是怎么掉下来的。

庄子的养生也不像前面分析的只是认㞞，只是吗也不干，他树立的是庖丁这样的标杆，常人难及，既能高明熟练无懈可击，又能轻松快乐，养生娱生，这敢情好！

好则好矣，你够得着吗？不必绝对，一生中有那么一两次你能举重若轻，你能庖丁解牛，你能迎刃而解，你能宰牛而使牛不知其死，你已经是一等一名，你已经超凡拔俗，你已经不受邪祟，你已经立于不败之地，很可以飘飘然这么一把，也算悟道得道用道，也算不枉为中土人物了！

文惠君曰：“善哉！吾闻庖丁之言，得养生焉。”

公文轩见右师而惊曰：“是何人也？恶乎介也？天与，其人与？”曰：“天也，非人也。天之生是使独也，人之貌有与也。以是知其天也，非人也。”

这才归结到养生上，要没有这里的文惠君的此话，还以为是讲屠宰、讲劳动的技艺要炉火纯青呢。为什么这就是养生呢？师傅领进门，修行在个人喽。

突然说起一个假想人物，他受到刖刑后只剩了一只腿。公文轩见到一个只有一条腿的人右师，吓了一跳，问道：这是什么人啊？怎么只剩下一条腿？这是天生的吗？这是人为造成的吗？说道：天生的，不是人为造成的。就像人的长相，不都是天生的吗？长相是天生的，双腿或单腿也是天生的呀。

可以假设这是公文轩的自问自答，也可以设想是另有什么人作答，这并不重要。重要的是本文要宣讲的是一切皆天生的观点。受刑也好，杀头也好，都是命，都是天生。受刑的原因可能多种，不论是由于本人错误、疏失、受诬、中计、入局，而这些原因又有其原因，如任性、骄傲、施刑者的残暴、做局与使计者的恶毒……这些原因继续追索下去，就都成了无法解释的命运、巧合、该着（读 zháo），最后都必然使得他丢掉一条腿，都成了无法预防和改变的天意，都只剩下了安时顺命一个办法来回应。而说到了安时顺命，似乎又回到养生的主题上来了。

值得研究的还有这篇文章的结构，充满跳跃性，空白多多，起起落落，摇曳多姿。

泽雉十步一啄，百步一饮，不蕲畜乎樊中。神虽王，不善也。

沼泽里的野雉，宁愿过那十步一啄、百步一饮、自找吃喝的辛苦生活，也不愿意被豢养到笼子里，养尊处优，神虽旺而不快乐。

这也是讲的养神才能养生，尤其是自由感最养生。吃喝诚可贵，神王（旺）价更高，若为自由故，二者皆可抛。

老聃死，秦失吊之，三号而出。弟子曰：“非夫子之友邪？”曰：“然。”“然则吊焉若此，可乎？”曰：“然。始也吾以为其人也，而今非也。向吾入而吊焉，有老者哭之，如哭其子；少者哭之，如哭其母。彼其所以会之，必有不蕲言而言，不蕲哭而哭者。是遁天倍情，忘其所受，古者谓之遁天之刑。适来，夫子时也；适去，夫子顺也。安时而处顺，哀乐不能入也，古者谓是帝之悬解。”

秦失去吊唁朋友老子之死。哭了三声就出来了。弟子（谁的弟子？多半是秦的弟子而不是老子的弟子，老子似不执教，与孔子大不同）觉得秦先生太简慢了，问他就这么哭几声也算吊唁吗？于是秦先生大发议论，说是原以为老聃也是平常人现在明白了，他可不是凡人啊。吊唁他的人老者如哭儿子，少者如哭母亲，来吊唁的人太多了，难免有溢美之词，溢哀之泣，这样的过分的表现实不符合老子的理念。把个丧事搞得太过，就不合天然天意天心了。老子人家是应时而来，顺变而去，该来就到，该走就去，什么悲呀喜呀的都不过是表面现象，不影响实质内容。古人认为，人活着有许多痛苦，如被倒悬一般，顺天而去，这才是上帝解除了你的倒悬之苦呢！

这一段的所谓“哀乐不能入也”之语，非常有名。哀乐不入，与老子的更动人的所谓宠辱无惊，都是一个人的修养到了顶峰的表现，叫做刀枪不入，金刚不坏之身了，变成了特殊材料制成的啦。

但整段描写却不无生硬乃至矫情。死而泣之，生而喜之，这其实也很自然，就连一个动物也是如此，羊临屠也会落泪，牛临屠也会悲鸣，人之常情、羊之常情、牛之常情、万物之常情，何必费如许多的言语去辩驳呢？另一方面说，哀乐莫入，不可能是毫无哀乐之分辨，倒是哀而不伤，乐而不淫更实在。人是会哀的，也是会乐的，有哀有乐，才是人生，自我能够调节，哀乐毕了，还得好好活下去，该干啥得干啥。不能因哀而伤身，而导致心理疾患，不能因乐而狂躁，而导致妄自尊大。哀这么几天也就该平复了，乐那么几日也就该冷静下来了，这也就行了。

庄子也是极而言之罢了。

说到这儿本来点评已经可以结束了。但是我们可以进一步琢磨一下，说哀乐不能入于心，没有人会不佩服，不赞成。说到生死的事太冷静了则嫌矫情,这反映了理论与实际、原则与细节方面的不可能完全一致。

也可以说,人们对于自身精神境界的期盼,往往会偏于理想化,希望自己很高明,很大气,很坚强,很纯洁。哀乐莫入,当然好,没有这样的修养、功夫、道行,还算什么得道。还算什么至人、真人、神人?但生活又是具体的,人有生老病死,情有喜怒哀乐,事有悲欢离合,运有祸福通蹇,谁能绝对地无动于衷?谁能永远地槁木死灰?哀乐莫入是标杆,哀而不伤是通变,这就叫好自为之。

指穷于为薪,火传也,不知其尽也。

薪是有限的,火却可以一棒一棒地传下去。几千年来,薪尽火传,薪火相传,已经变成了耳熟能详的成语。贾平凹说是文学作品成了成语,是伟大成就。一本《庄子》,成就了多少成语,成就了我们民族的思想与表达方式,太了不起了。

指即脂?是不是指天下,前头不是说过:天下者一指也?这并不重要。倒是薪火之喻又通俗又深刻,耐人寻味,感人至深。世界上既有不断生生灭灭的万物,也有一棒棒传递下去以至于无穷的火苗、大道、智慧、觉悟、理念与真理。如果着眼于熊熊燃烧的光明之火,也就可以不必为某一根薪柴的燃尽而过度悲伤,而虚无主义,而消极悲观。火种不会熄灭,火焰美丽依旧,无穷的生生灭灭造成了光辉的火焰的恒久永存,可歌可泣,可赞可叹,可悲可喜,壮哉伟哉,哀哉痛哉!你想终极眷顾吗?你想明哲智慧吗?你想悟道成佛吗?你想养生欢喜吗?你想哀乐莫入吗?就从观察与思考这样一个薪尽火传的现象做起吧。

诗曰:

灭灭永无灭,传传犹更传,灭传皆是道,传灭任天然!
薪尽火无尽,火传生意传,六合共三界,光明在心田!
何愁薪渐尽,应念火恒传,海陆山峰谷,代代火相连!
薪柴香四海,火炬照九寰,光照普天下,温热留人间!

薪柴期化火，火种寻薪燃，燃罢养巨树，火在薪岂寒？

庄子的养生与今天的养生啊卫生啊大有不同，今天的养生概念，偏重于生理方面物质方面，包括医疗保健、饮食营养、体育运动、生活方式，等等，与这样的养生观相比较，我们几乎可以说庄子侧重的是心理养生，或者将庄子的养生主称为“养神篇”。

第一，庄子将养生视为价值论的一个组成部分，今天的人所说的养生，则属于实现价值的手段。庄子将养生视为人生观中的一个重要的直至首要的价值追求，有它的切实感，即脚踏实地的感觉，当然还缺乏崇高感。正常情况下，你总应该善待生命，求其天年。说得通俗一点就是，你既然是个活人，就要活得好，而不要做不利于生命、戕害生命的事。

第二，他告诉我们不要以有涯穷追无涯，不要总是处于一种捉襟见肘、疲于奔命、力不能及、勉强挣扎的状态。作为生存状态，庄子希望人们生活得更加轻松自然一些，此话应算是金玉良言。

第三，他说是不要急，不要急于近名近刑，而要缘督以为经，顺大道而尽天年。

第四，他其实是通过庖丁解牛的故事讲人要善于寻找生存的空间、大道的空间、技艺的空间、利器的空间，成功运作而不损刀折刃，做到游刃有余，迎刃而解，举重若轻，从容有定。

第五，讲安时顺命，一切顺其自然，听其自然。

第六，哀乐莫入于心，达到金刚不坏的最高境界。

第七，讲到薪尽火传，参透生死传灭，成为得道真身。

这些话都有道理，都有心理抚慰、心理治疗与智力高扬、智力追索的价值，更有美言、美文、成语与故事的趣味与幽默、深思与妙悟的价值。喜读庄子的人，读得通庄子的人心胸应该容易豁达，见解应该容易高超，语言应该容易畅快，生活应该容易逍遥。不无小补，直到不无大益。虽然，以此规划全部人生，还差得远。

人间世:用于世的精妙与终无咎的神明

一　理念 VS 威权

《庄子》的《人间世》一章,一上来就讲了一段假托的颜回要去卫国的故事。

> 颜回见仲尼,请行。曰:"奚之?"曰:"将之卫。"曰:"奚为焉?"曰:"回闻卫君,其年壮,其行独,轻用其国,而不见其过;轻用民死,死者以国量乎泽若蕉,民其无如矣。回尝闻之夫子曰:'治国去之,乱国就之,医门多疾。'愿以所闻,思其所行,则庶几其国有瘳乎!"

颜回去见孔子告别,孔子问:你要上哪里?答:去卫国。问:干啥去?答:听说卫国国君正值年富力强,做事独断专行,轻易地使用本国的资源与民力而看不到自己决策方面的失误。动不动就牺牲人民的生命,枉死的人充塞了一国,就像草籽儿填满了大片湿洼地一样。老百姓没有办法活下去了。

颜回要以治病救人的宏愿去帮助卫君走上正路。他引用孔子的教导说,治理得好的国家你可以离开,治理得混乱的国家,你恰恰要去,要拣重担去挑。这就像越是良医,门口聚集的病人就越多一样。(这个例子很精彩,但略有倒装,应该是良医老是主动去找病人才对。你颜回自诩良医，但是病人卫君并没有来找你呀！也许这正是此地的颜回搞颠倒了的地方。）我既然听说卫国有了问题，我难道不应该帮助他们、使他们得救吗？

理想主义与献身精神，可感。可惜没人来找你治病，你的自我感觉可能过于良好了，可叹。

仲尼曰："嘻！若殆往而刑耳！夫道不欲杂，杂则多，多则扰，扰则忧，忧而不救。"

可是孔子不以为然，他毫不客气地说你这一去，凶多吉少，自找倒霉。治国平天下的道理怕就怕太杂。杂了就多，多了就乱，乱了就焦虑而且悲观，又焦虑又悲观了，也就无可救药了……孔子的意思是，现在以治国平天下自居的人士够多的了，你去了就更杂更多了。

怕杂惧多，原来早在先秦就有这样的理论，这当然有它的道理，所以我们有一个说法叫做不争论。我们历来喜欢质朴，喜欢对上要忠，喜欢敏于行而讷于言，喜欢众人一条心，黄土能变金，喜欢天下定于一，统一思想认识政策行动；而怕的是众说纷纭，喋喋不休，高调鼓噪，乱人心目，分裂恶斗，国无宁日。

然而，杂多又是世界的一个特点，大国更杂，民智越开发，教育越普及，生产越发展，"道"就越是花样翻新、各有一套、千奇百怪。孔子懂得和而不同的必然性、君子性，其实还有优越性，但做到和而不同谈何容易！仅仅反对或惧怕杂多不但没有用而且可能走向反面，变成一言堂与专制主义。问题在于面对杂多，你有没有整合与平衡的能力，能不能搞得成和谐社会，和谐不了也没有关系，至少要遇事有法可依，搞个法治社会。就是说庄子已经给国人提出了下列任务：要承认杂多，但不要搞乱。

问题在于，如何去建立承认杂多、集思广益、事事有章法、有权威的机制，具备多元制衡的能力，把效率、民主、正义结合起来。而在一个没有成熟的法制、成熟的程序、理性的思路与遵守游戏规则习惯的地方,杂多带来的不仅仅是空谈,而且是内乱内战,是忘记了为什么而斗,只记得彼此势不两立,非争个你死我活不可,结果是民不聊生,是四分五裂,是血流成河,是天下大乱。

我写过一篇袖珍小说,题为《孝子》,就是说有一个老汉,偶得风寒,结果几位儿子大孝、至孝、奇孝、极孝等各自提出救父疗爹妙方,并认为他的兄弟们的其他方案乃是忤逆弑父、别有用心。结果他们的用心集中在论证不同的方案的万恶性上而不再考虑怎样治疗对老父有利。他们彼此恶斗,今天大哥胜了,用一号方案给老汉治病,几天后二哥胜了,改成完全相反的二号方案,然后三四五六,没有一个方案能完成一个疗程,治得老爹欲活无路,欲死无门,最后吓得出逃,隐姓埋名,长期潜伏,再也不敢接受孝子们的孝敬。

中国近百年来,在救国的主题下,国家民族的孝子们内斗得还少吗?道不欲杂,敢情庄子那时候已经体会到这样的困难,发出这样无望的泣血呼唤了。

(其实真的不杂了,连庄子的这奇美的文章也就出不来、更留不下来了。正确的说法是道的研究争鸣绝不畏杂,政权的决策操作则必须简明有效,有法有制可依。)

这段故事表面上是讲不要轻易出手出头的道理,内里边却颇有些酸甜苦辣。它表现了古代"人文知识分子"在权势面前的尴尬、无奈、自嘲、自解、躲避与超脱。

"古之至人,先存诸己而后存诸人。所存于己者未定,何暇至于暴人之所行!"

孔子接着论述,要想立人,先得自己站得住脚。至人,做人到位的人,必须本身立于不败之地。如果你连自身的脚跟都立不牢,如果你自身还做不到充实、稳定、有信心、有把握,你还为卫君的横行霸道操个啥心!

孔子这里讲的是常识,是经验之谈,但与近现代西方世界盛行的个人主义思潮有相通之处。西方世界的说法叫做“各人管各人，上帝管大家”。只管自身不管社会国家群体，当然不对，至少是缺少集体主义、公民意识与社会责任。不管自身却只盯着旁人，所谓“专门利人”，也不可思议，至少是太稀罕。正常情况下，一个公民管好自己的身心健康，言行规范，维护权益，遵纪守法，道德自律，精神正常，恪尽职守，敬业乐群，完粮纳税……乃是对社会对亲属对朋友也是对国家的很大贡献。一个国家或地区的居民大多数能做到上述种种，这个国家或地区就已经相当幸福先进富强文明。至少这样的居民在群体中起的是正面的稳定的健康的作用，不是负面的病态的扰乱的作用。孔子为什么劝阻颜回去卫国，就是因为他认为颜回到了卫国，连自身都保不住，自身都保不住了，你还能保卫国的江山和百姓吗？那不成了瞎掰添乱了吗？

> “且若亦知夫德之所荡，而知之所为出乎哉？德荡乎名，知出乎争。名也者，相轧也；知也者，争之器也。二者凶器，非所以尽行也。”

再说，你懂不懂，德行为什么会受到冲击，而智谋会出头露脸、大行其道？德行受到的挑战来自虚名，智谋的被启发诱导是由于互相争斗。有了虚名，就有了竞争倾轧。有了智谋，就有了相斗的武器暗器。这二者，虚名与智谋，可不能让它们畅通无阻呀。

这段关于德与名的说法，与其说是孔子讲的，不如说是庄子跳出来讲的。这一段的用意就在于规劝类似书中颜回这样的人，以崇德、慕名、尚智、争辩是非的名义，去做一些蠢事。假托的孔子提醒颜回，不要被德呀名呀智呀争呀裹胁住。切切记住此意！

德怕出名，德与名一联系就会走样。因为名紧连着利，一够上名利啦，德行就可能变成包装作伪，曲线谋私，德行就走向了自己的反面。刘备摔孩子，自己求德之名，而得到的评语是刁买人心。知（智）怕相争，知一相争，就走向反面，变成伤害对手的利器损招阴谋诡计，变成浅薄的妇姑勃谿，变成恶性的争斗混乱之源。好东西却要炒作扬名，好品质却要恶斗对决，那还能叫好吗？只能叫恶，叫凶，我们应该逃而避之，拒而绝之。

麻烦的是，一个正常的社会群体，总要有激励德行、推动智育的机制，也总要有惩戒社会不良乃至大忌的行为的机制。总不可能反过来要成员们无德缺德丧德，也不能让成员们无智弃智少智缺心眼儿。而任何激励都会引起伪饰，任何惩戒，都会引起诬陷——将社会要惩戒的罪名强加在对立方。怎么办呢？怎么办呢？

孔子这里有点对颜回诛心，你到卫国去干啥？是不是要显摆你的道德智慧，挫败你的对立面？一有此心，已入魔障恶境，你已经玄（悬）了，危险啊，徒儿！

“且德厚信矼，未达人气，名闻不争，未达人心。而强以仁义绳墨之言，术暴人之前者，是以人恶有其美也，命之曰菑人。菑人者，人必反菑之，若殆为人菑夫！”

孔子接着劝颜回，就算你忠厚信用，未必能与卫国君王权贵们声气相通，你虽然不争名夺利，却未必能与卫王情投意合；你跑到那儿去硬要宣讲仁义道德，显示一番，只能招人讨厌，被认为是妖言惑众，扰乱人心，你成了不祥的带来灾害之人，成了祸根。人家觉得你对他们有害，必然会反过来加害于你。这不是自找苦吃，自我制造灾难吗？

“强以仁义绳墨之言术暴人之前”，硬要将你的仁义规矩的一套讲述给暴烈的卫王，只能自取其败，自取其辱而已。这一盆冷水，泼下来，够中国历代人文知识分子们喝一壶的了。

“且苟为悦贤而恶不肖，恶用而求有以异？若唯无诏，王公必将乘人而斗其捷。而目将荧之，而色将平之，口将营之，容将形之，心且成之。是以火救火，以水救水，名之曰益多。顺始无穷，若殆以不信厚言，必死于暴人之前矣！”

孔子继续发挥说，如果卫君分得清正误好赖，就用不着别人去说服教育。何用你去死皮赖脸地加一套与他原有的不一样的另类说辞？而如果你没有什么说辞，他就会反过来显示他的巧言，压你一头，加上他的面容目光气色巧计用心言辞说法，或是加上你的神色不定等窘态，那么你去是在说服他呢？还是在接受他的说服外加压服，反过来只能为他加油添醋，加码添威呢？你最后不能不听他的，还得帮他的忙，帮他的凶，你去卫的结果不成了往洪水上加水，往烈火上加火了吗？你顺着他吧，没完没了，你说实话吧，自找倒霉，死路一条！

这是经验之谈，这种经验带有刻骨铭心的沉痛意味。笔者老王完全不明白只做过漆园小吏的庄周从哪里来的这种尴尬经验。自以为是“独立知识分子”并掌握了治国安邦之道的士人例如颜回，跑到虽然未必讲多少孔孟之道，却同样能言善辩、威重如山、可杀可生、喜怒无常的卫君那边厢去，谁能说服谁呢？谁能引导谁呢？谁怕谁呢？谁听谁的呢？如果卫君压根儿没有把孔孟之道放在眼里，而是要你与他一起粪土孔丘，糟粕孟轲，你能怎么办呢？在政治生活中，是权力屈从道德的时候多还是道德屈从权力的时候多？理念 VS 威权，谁能胜利，谁将败亡，谁听谁的？思之忧之，能不长太息以掩涕乎？除太息与掩涕外，您老还能做些什么呢？

例如数千年后即今天的伊拉克，萨达姆留下了他的铁腕统治的印记，乔治·布什也留下了美国巡航导弹与航空母舰的印记。这里究竟有什么余地可供颜回式人物去讨论道德伦理问题呢？这里的种种情况，难道是理念之争的结果吗？是学派还是教义之争？去一个今日颜回式的“老九”，萨达姆时期能不受萨达姆的影响吗？（或是被萨达姆处决？）布什时期能不受布什的引导吗？跑到那里去讨论诸如民主、社会主义、伊斯兰教与基督教教义、仁政、暴政、价值观……能有多大作用，又有多大危险？

这里还有一点值得注意，卫君并不是草包，他能“乘人而斗其捷”，他也能因势利导，他也能显示聪明，他很可能把你姓颜的制服，让你服服帖帖，让你“而目将荧之（只剩下眨眼的份儿了），而色将平之（一脸的顺从听喝表情），口将营之（注意多说好听的话），容将形之（表情也日益符合威权的心意），心且成之（也就与卫君一条心了）”，把你打造培育成一副从里到外忠顺讨好的坯子。庄子——假借孔子之口，说得多么生动，又多么真切！

“且昔者桀杀关龙逢，纣杀王子比干，是皆修其身以下伛拊人之民，以下拂其上者也，故其君因其修以挤之。是好名者也。”

虚拟的孔子把公认的忠臣烈士关龙逢、比干定性为“好名者也”，这很惊人。例如《封神演义》中，就痛写比干的忠良。这里说的“修其身以下伛拊人之民，以下拂其上者也”，即注意修身形象，注意争民心选票的亲民效应，动辄以顶撞老板来树自己的形象的人物，我们也似曾相识。“其君”抓住好名者的爱惜羽毛的弱点而排挤之，驱赶他们去靠边站，更是大实话也。

贾宝玉的逻辑与庄周相同，他说的是：

“……竟何如不死的好！必定有昏君，他方谏，他只顾邀名，猛拼一死，将来弃君于何地？必定有刀兵他方战，猛拼一死，他只顾图汗马之名，将来弃国于何地？所以这皆非正死……那武将不过仗血气之勇，疏谋少略……那文官……念两句书汙在心里……浊气一涌……可知那些死的都是沽名，并不知大义。”

封建道德中确实包含着“好名者也”的因素，例如为了提倡杀身成仁，舍生取义，我们当然要讲流芳百世、留取丹心照汗青的荣耀。但这一类语言太多了，也完全可能诱发出血气之勇，叫做疏谋少略、两句书汙在心里（此话又刻薄又幽默），浊气一涌，沽名而不知大义地闹将起来。

然而公平地、全面地说，忠臣烈士仍然是确实存在的，否则都变成了明哲保身，更不要说可能变成的是奴颜婢膝、助纣为虐，亦即庄子此节所说“以火救火，以水救水”的坏蛋，历史与现实岂不更加黑暗了吗？把一个个为了某种理念而不惜粉身碎骨的人全部以好名之名诛其心，这是不公正的，这只能为汉奸叛徒们寻找理论根据。

> “昔者尧攻丛、枝、胥敖，禹攻有扈。国为虚厉，身为刑戮，其用兵不止，其求实无已。是皆求名实者也。而独不闻之乎？名实者，圣人之所不能胜也，而况若乎！虽然，若必有以也，尝以语我来！”

说是早前唐尧去攻打什么什么地方，夏禹去攻打什么什么地方，把人家的国土夷为平地，对人家的人民实行屠杀，用兵不止，谋利不休，这是又求名又谋利。你没有听说过吧？一个名一个实利，就是圣人也不能不动心，不能免俗的呀。何况你呢？当然，你已经考虑过一番了，一定有你的根据，给我说说你的想法吧。

孔子似乎还要进一步“引蛇出洞”，以退为进，让颜回再“暴露暴露”，好进一步深入批判，全歼颜回的理念至上主义。

唉，一个虚名，一个实利，其诱惑连唐尧虞舜这样的圣贤都无法拒绝，你颜回的仁义道德、价值理念、原则规范，又能起多大作用！

庄子太厉害了，他的一双 X 光毒眼，看穿了以儒家为代表的精神范式在威权面前的终无大用，甚至看穿了理念的实利化是不可避免的。到了几千年后，到了市场经济的时代，也许人们更加认同这样的结论：名实者，圣人之所不能胜也，而况若乎！

但是这里有两个问题值得我们深思，第一，为什么那么多好东西：理念呀、道德呀管不住人类？第二，当人们依仗威权，追求虚名实利还要振振有词地打扮自身，叫做把好话说尽，满嘴的光辉灿烂的时候，人类应该怎么办？

仁义礼智信也罢，民主自由人权普世价值也罢，如果完全与人的难免逐利的本能不搭界，其生命力会变得可疑，会越来越脱离生活，脱离实际，变成空话。中国人讲了几千年的仁义道德，但是又有几个封建皇帝是把仁义道德放在首位，而不是将威权将实力暴力放在首位呢？

而同时，道德的魅力、精神的魅力却又恰恰表现为它们的非名利性、非利己性，乃至反名利性、无私性、自我牺牲性。非名利、反名利的道德精神或人文精神，一旦被宣扬表彰尊崇和普及，那么非名利反名利的人文精神反而成了取得名与利的终南捷径。这是理论上更是实践上的一大悖论。早在《孟子》一书中，就已经进行了义利之辨了，辨不清楚的，它充满悖论。

道德家、真正讲道德实行道德的人，而被视为假道学、伪君子、巧伪人、假面具的；与另外的满脑子巧伪、沽名钓誉、装腔作势、虚情假意、酸溜溜做秀，成事不足、败事有余，却被起哄捧为人文楷模的，恐怕是半斤八两，都不在少数！

这也是老子所讲："世人皆知美之为美，斯恶矣，世人皆知善之为善，斯不善矣。"总括起来，义必须承认利，又必须能够脱离利益考量，对于利有所控制和规范。否则关于义、关于人文精神、关于道德理念的说教，就会变成自欺欺人的空谈和废话！

当然，利与义一样，都不是万能的。金钱绝非万能，大道理也不万能，宣扬儒家理念的颜回之流，其作用应该估计个恰如其分。至少在中国的封建社会，威权们并不怎么拿理念当一回事儿，只是在理念有助于强化威权的时候，才会大声强调理念。于是闹得书读多了食而不化的浊气汙住者，即除了子曰诗云并不怎么懂人间世事的书生们，也自吹自擂、忘乎所以起来。

而对于恶性的名利追求，更重要也更有效的治理举措与其说是理念教条的重复歌吟不如说是现实的法律约束与制裁。庄子所写的虚构的孔子与颜回的这段对话很有趣，但太单一。单一的讨论，不但反映了书中的所谓颜回的天真，甚至也反映了孔子与庄子的天真。

假托的卫国的命运，其实不可能完全决定于卫君的理念观点思想修养还有卫君与其臣民或者与外来说客的言说与道德互动，一个诸侯国的政治社会状况如何，哪里会仅仅是领导人的道义水准问题与理念研讨问题呢？更多的应该是这个地域与族群的利益、经济与军事实力、权力分配与运作、管理体系的有效性、管理人员与族群成员的素质，等等。

其实《庄子》一书，客观上已经在这里提出了一个威权的使用、制约尤其是人文理念如何对之施加影响的问题，当然，他解决不了，他的药方是从威权面前迅速撤退十万八千里。

颜回曰："端而虚，勉而一，则可乎？"曰："恶！恶可！夫以阳为充孔扬，采色不定，常人之所不违，因案人之所感，以求容与其心。名之曰日渐之德不成，而况大德乎！将执而不化，外合而内不訾，其庸讵可乎！"

颜回说，端正而又谦虚，勤勉而又专一，还不行吗？（孔子）答："你说啥？那怎么能行呢？卫国国君骄横亢奋，膨胀猖狂，表情变化无常，一般人谁敢与他作对？他又压抑与他不同的说法看法，以使顺我者昌。这样的人你即使小打小闹地慢慢用德行来引导他规劝他，也是不管用的，何况大德大谏大提意见急于求成呢？他更大的可能是固执己见，不容纳旁人，不改变自身，即使表面上与你应付着，他也根本不可能听你的，你还有什么可以不可以可说！"

这一段文字略嫌拖沓。靠个什么端正谦虚努力专一去推行新政，这种说法太一般了，即使是就任一个副科长，光说自己端而虚、勉而一，发表这样的就职演说也远远不及格。大德渐德，巨变渐变，都不中用，则是大实话。

这一段可取的是所谓孔子形容的卫君的形象神态与行事，传达出几分横行霸道者的神韵，堪称栩栩如生，如见其人。拿这样的君侯，你有什么辙！

“然则我内直而外曲，成而上比；内直者，与天为徒，与天为徒者，知天子之与己皆天之所子，而独以己言蕲乎而人善之，蕲乎而人不善之邪？若然者，人谓之童子，是之谓与天为徒。外曲者，与人之为徒也。擎跽曲拳，人臣之礼也，人皆为之，吾敢不为邪！为人之所为者，人亦无疵焉，是之谓与人为徒。”

颜回乃进一步发挥，说是他能做到内心耿直，而外表顺从，援引见解，引经据典，而攀挂古人。什么叫内心耿直呢，就是与天道合一，与天道同一，那么我与卫君就都是天之子，都是受天承运，都有自己的天命，天命在上，我怎么可能还去介意我的什么意见被接受什么意见不被采纳呢？外表顺从呢，就是与人情世故一致。鞠躬作揖、跪拜行礼，这是做臣子的礼节，别人都这么办，我又怎敢不这样办呢？随大流干别人干的事，别人也就不会说你的坏话了，这就叫与人情世故一致啦。

这里的所谓颜回也还真有两下子，他提出了几个有一定深度也有一定可操作性的想法。外曲内直，即如今所说的外圆内方的讨论至今仍有意义。用天之徒的说法自我鼓舞，如同今日用科学、历史规律、事业、使命、责任来给自己打气，有点出息。颜回与卫君，都是上天之子，都是自然人，谁也不比谁怎么样，用不着怕卫君，论个人条件，也许颜回比卫君强不少。但另一方面，卫君是君，有君权，颜某必须尽“人臣之礼”，如何跪拜，如何行礼，连姿势与手足形态都大意不得。呜呼，伟大的圣人第一高足，贤哉回也，你面对权势仍然是不无尴尬。“人皆为之，吾敢不为邪！为人之所为者，人亦无疵焉，是之谓与人为徒。”闹了半天颜先生也只能随大流。

见了君王，握笏行礼，谦卑顺从，至少必须作顺从状，这样随大流我还能有危难吗？他吐露了实言，他心里不完全是滋味，否则这样的话他根本不用说的。比如说他每天吃饭拉屎，他每天侍候父母、照顾妻儿（如果他有父母妻儿的话），这还用说明吗？为什么要声明自己随众向君王行礼呢？你颜回心虚了吗？

“成而上比者，与古为徒。其言虽教，谪之实也，古之有也，非吾有也。若然者，虽直而不病，是之谓与古为徒。若是则可乎？”

引经据典，上挂古人，继承古人遗志，遵循古人教导，借古喻今，点拨君侯，这种做法自古就有，并不是我的发明。我能做到这样，虽然耿直，但并不惹人生厌生怒。这就叫遵循古法，继承古志。这回该行了吧？

把自己的进言包装成为继承贯彻古人遗教，做出忠于古人、忠于基本教义的姿态。想不到这样的方略至今并不老旧陈腐。为什么比起今人来，人们容易接受的是去尊重古人先人，那是因为，任何一种理念，在最初提出时，一般比较纯洁、比较有新意、比较感人、富有鼓动性与吸引力，是后人立言行事的重要的精神资源，而经过一段时间的实践，最伟大的理论信念也难免有所走形，有所折扣，有所失色。人应该学会把自己的见解挂靠到古人先师那边去。只有在极特殊的情况下，或自己犯傻，才动辄摆出与古人先师为敌的架势。

仲尼曰：“恶！恶可！大多政法而不谍。虽固，亦无罪。虽然，止是耳矣，夫胡可以及化！犹师心者也。”

孔子说，什么呀，行什么呀，进言呀改革呀新政呀，各种方案各种说法多了去啦，都不是那么有效，其实仍嫌一般般，倒还不致因此获罪。不过如此，谈不到移风易俗，改弦更张。说来说去，不过是自己说服自己，在自己心里操练，书生议政，秀才治国，内心活动罢了！

孔子的话里充满了老道的悲观，不知道是越老道越悲观，还是越悲观越老道。

借古讽今，庄已有之。庄子说孔子认为颜回这些伎俩没有什么用处，但也相信他不致因此获罪。这说明那时的政治环境仍然不算是特别恶劣。

综上假托的孔颜对谈,作为靶子的颜氏讲得很多,一套套的,有点理想主义,懂得一些基本教义便跃跃欲试。而充当反方(在书中却是正方)的孔子并没有讲出多少道理,只是说不行啊,没用啊,干不成啊,做不到啊……这算什么呢?

孔子强调的只有一点,卫君是强势的、能言的,反过来要征服你的,原因在于他有气势,有权力,有爱憎,有主见,有人拥戴呼应。如果颜回也算个什么人文知识分子的话,以人文知识理念与权力气势对话,理念 VS 威权,你颜某人不是对手!

很可惜。这里的所谓孔子,没有讲是非,没有讲原则,没有讲大义凛然、杀身成仁,而是只讲利害与胜负,对你不利,再优秀再正义亦不可行,注定失败,再优秀再正义也不可取。于是,只能是威权主义、只能是趋炎附势或避炎逃势、只能是放弃理念,只能是如老子说的:勇于不敢,而不是勇于敢。呜呼哀哉!

这不算道理,不算学问,没有创意,甚至不算认知,然而具有某种大实话的粗鄙兼真实兼经验之谈的老狐狸品格。绝少有人公然喜爱粗鄙,但有时粗鄙比高雅真实。如王国维感叹,哲学嘛,“可爱的多不可信,可信的多不可爱”。你可以对此地的所谓孔子高呼痛哉,痛批孔子的人文精神失落也,却无法不正视它,而且最好你能先正视自身的粗鄙的那一面,你一面眨眼一面谄笑的那一面。当然,今天的自命“思想者”的人会声称轻视庄子笔下的孔颜的形而下与实用主义,但是面对威权,你能确信今天的轻视老庄、孔颜的人们表现得比孔颜尤其是比老庄更好吗?

二　虚室生白

面对颜回要去卫国的困难局面,并无良策的孔子能够提出什么方略来呢?

颜回曰:“吾无以进矣,敢问其方。”仲尼曰:“斋,吾将语若。”

颜回说:我没得办法啦!孔子说:“听好(犹言:立正),我现在要告诉你!”(或是:“你先斋戒,我再与你讲。”)

孔子作要发表重要讲话状,先要颜回做好准备,或谓是要让颜回斋戒,亦可。在《庄子》此书中,斋与齐通,斋可以是立正站好着正装,也可以是沐浴斋戒。

“有心而为之,其易邪?易之者,皞天不宜。”颜回曰:“回之家贫,唯不饮酒不茹荤者数月矣。如此,则可以为斋乎?”曰:“是祭祀之斋,非心斋也。”

(孔子说)有个目标,用心尽心去干,谈何容易!如果此事容易做,那就不符合天理了。颜回说,我家里生活困难,不喝酒,不吃肉已经好几个月了,这能不能算是斋戒郑重呢?答,你那是祭祀所要求的斋戒,不是内心的斋戒。

家穷吃不上就是斋戒,这倒有点歪打正着的意思。斋戒的目的是正式化严肃化,而且包含着敬鬼神的虔诚,穷了就严肃,就能通鬼神、与上苍对话?活活饿死,不就更是超级庄严了吗?不更是走近上帝了吗?这甚至有点黑色幽默了。

回曰:“敢问心斋。”仲尼曰:“若一志,无听之以耳而听之以心,无听之以心而听之以气!听止于耳,心止于符。气也者,虚而待物者也。唯道集虚。虚者,心斋也。”

颜回说,我可不可以问问关于内心斋戒的含义呢?仲尼说,你先做到一心一念,聚精会神,绝无杂念,不是用耳朵听取外界的信息,而是用心去谛听,然后不再用心谛听,而是用气接受。耳朵听的是声音,内心辨别的是符号,是符号与外部世界的符合与否,只有气是虚冲的，它空无虚旷纯净，以待外物。只有大道才能集合精神，形成虚旷之气。只有做到虚静、虚空、虚无、虚旷，才算得上内心的斋戒。

此章名“人间世”，人间世的事儿似乎很难办。孔子对于颜回的关于去卫的思想准备状况进行了一番调研、讨论和批判之后，读者会感到，师徒二人仍是一筹莫展。颜回提一个想法，让所谓孔子否定一回，干脆不去了不了结了吗？不知为什么还是非去不可。没法子，庄子通过所谓仲尼之口，把问题从形而下拉到形而上，从具体提升到抽象，从与环境与卫君的互动变为内功气功心斋修炼，这叫做自我完成，封闭循环。

这样，可入佳境？

在饱受冷水浇头之后，颜回只好告饶，承认自己已经无咒可念。孔子乃要他斋戒，不是不吃荤的祭祀斋戒，也不是由于家境贫寒而产生的自然斋戒或饥饿斋戒，而是心斋。祭祀斋戒，仅仅是表面的礼数。而仅仅是饥饿斋戒，说不定实际上更会馋欲攻心，饥火万丈。

什么是心斋呢？就是破除一己，超越感官。例如对于外界声音，不是用耳朵聆听，也不是用心谛听，而是用气虚听。“气也者，虚而待物者也。唯道集虚。虚者，心斋也。”这几句话脱离开关于听觉的生理学内涵，也脱离开关于听觉的心理学内涵，直接进入东方神秘主义，带几分闹神闹鬼的色彩——深思进去，当真得其三昧了，却是登堂入室、唯精唯微、唯玄唯妙。

读这一段，你或者是进入大道，进入高飞高扬而又槁木死灰般的超然境界；或者干脆读不懂这一段就此放弃算了；或者，弄成野狐禅，走火入魔，胡打镲，也完全可能。

我则愿意解读为：你应该相信你不但有身心耳目，更重要的是一股抽象无形的气——元气、真气、虚气。你应该忘记你的身心耳目，拒绝各种表面的、包含许多误差的感觉的干扰，甩开浅层思维与廉价成见，抛掉内心的喜怒哀乐、欲望恐惧。你应该忘记你的思虑见解即成心成见包括周围的集体无意识，你应该只剩下一股若有若无、虚无缥缈、集合纯正的气，就凭借这股气，回到这股气，守住这股气，应对诸事，走遍天下，战胜自己，不惧任何危难纷繁。

中国哲学思想中关于气的说法五花八门，包括自然之气：气体物质、天气气候、湿气瘴气；多种无形的存在：气数、晦气、运气；世界的本源：阴阳二气；生理心理与临床体征：气血、肝气、疝气、脾气、脚气、气虚、气功……还有生命的与人体的本源与本质；还有文化道德精神范畴的无形存在：浩然之气、正气、邪气、戾气、文气、骨气、语气……我闹不明晰。

看来中国人喜欢将形体不固定、感受不清晰、说也说不明白的东西看做生命的本质与本源，看做生命的精华与核心。越是明确的具体的东西，如心肝脾胃肾四肢，越是显得局部局限。中医对于骨、血就比对于五官五脏四肢重视一些，但骨、血毕竟有形，人们更重视的则是无形的气。古人早就感受到注意到了气体包括其名曰风的存在，注意到人与动物的呼吸是它们生死的分野，称死亡为断气，称状态尚佳为得气。但是人们那时不可能懂得气体的物质性与对之进行定量定性的分析的可能，故而对气有一种崇拜敬畏。

中国式传统思想方法的特点之一是整体主义，它不主张小打小闹、头疼医头、脚疼医脚；它喜欢抓的是气，是心，是道，是本源、本质、全局。庄子的这一段对“心”亦有疑义贬义，这在别处不多见。是不是庄子独树一帜，对于人的内心世界有所反省觉察，他感到了内心生活、心理机制与心理现象中包含了某些不健康不客观不正面的东西，他提出来心也要斋，心也要为太虚之气所替代呢？有趣。

此处，我个人则宁愿将气解释为无形的自我、本初与本质的自我、真纯的自我、核心的自我、自我的提纯与抽象化存在。这样的“真我”“纯我”并不完全脱离你的身心思虑感觉，但又毕竟远远逸出你的已有的感官与心灵（中国古代认为那是思维的器官）的成见、叫做成心。什么是成心？我们今天则可以释之为：经验+既成理念+主客观条件+私欲私利。这些东西加到一块儿，便是主观世界对自身的限制性。人不但受客观条件的限制,也受主观世界的限制。农民认为共产主义就是楼上楼下,电灯电话;北非的基督教教堂里,画像中圣母的肤色是偏黑的;毛泽东说《红楼梦》的主题是阶级斗争;老子认为风箱里什么东西都没有,但是越拉风出得越多,证明大道的无为而无不为。这些都极带主观特色,而都与实际情况有点距离。

孔子乃要求颜回放掉一切包袱,丢掉一切条条框框,放弃一切先入为主的观点,无耳一心明,无身一心空地去卫国或任何地方。这里的耳、心与气的最大区别在于,耳指的是自己的听觉器官感知器官的诸种局限,例如人耳可能只听得到地籁与人籁却听不到天籁,例如今天的科学也明确证明了听觉只是对于一定的频率的声音才有感应。心的内容指的是主观定见、欲望、规划、一己的日程表与可能受到的外界的影响等,所以从老子时期就要求"圣人无常心"或"常无心"。气却是自身生命与偌大世界的客观存在,开放的存在,无形更未定义的存在,富有弹性与高度灵活性、神秘性的存在。认为生命是"气聚而生""气散而死",叫做人活一口气,树活一张皮,人死了叫断气咽气,气是生命的本质、生命的关键所在。气的特点是若有若无,非刚体,无固定形状,无色,无重量,非物质(那时候的中国哲人不知道其实气体也是物质,也是有重量的),无法被确切地认知,却又能够被人清楚地感觉到、体悟到,乃至从呼吸导引中控制到。气既是实在的,又是感受的。例如我国道士特别喜欢讲究要将呼吸传送沉积到脚后跟上去,歌唱家也讲发声的共鸣使劲要及于脚跟。其实单纯从呼吸上讲,人吸的气不可能进入脚跟,共鸣也到不了脚跟,但是气功与发声能够使你感受到穿行于脚跟之气。

这种气也与老子讲的"道"一样,叫做道之为物,唯恍唯惚,惚兮恍兮,其中有象,恍兮惚兮,其中有物,窈兮冥兮,其中有精。东方神秘主义从哲学、从抽象思维到养生、中医临床与保健,从修身养性到练功搏击,都崇拜世间与生命体中的恍兮惚兮、窈兮冥兮的元素,认为那才是精华,才是关键,才是最有效的法宝。武侠的功夫最迷人之处不在于练五官、练肌肉、练举重、练田径、练搏击，而恰恰在于练气，内练一口气，外练筋骨皮，内决定了外，一口气当然比筋骨皮重要得多。中华料理也认为那些黏黏糊糊、形状（物态）不固定、口感不明确的准气状食物为最高的营养，并认定它们补气，如海参、白参、燕窝、鱼翅、银耳直至淮山药。

如果作比喻，以耳听之就是通过一个狭小的路径去接受四面八方多媒体的信息，以心听之就是以满满堂堂的数据库与全部定义悉数完成的电脑去接受信息并做出计算，而以气听之就是以方才初始化的电脑，以空白的硬软盘与无限量的内存，以与世界同一的内存与硬盘去接收与处理信息——虚而待物，就是不以耳朵，不以自己的头脑心智，而以整个世界为自己的硬盘与内存去和世界打交道。以世界认识世界，以天地把握天地，以大道感悟大道，种豆得豆，种瓜得瓜，求仁得仁，以实求实，这样的同义反复，这样的逻辑上的同一律——以 A 求 A、A 就是等于 A 的强调，正是先秦诸子与中华传统文化的最爱。

还有一点亦似有趣，为什么庄子这里只讲了听，却没有讲观看、嗅觉、味觉与触觉？可能的解释是，真气无色无气味无滋味无软硬滑涩的区别与感觉，但是气有声，它与外界交换信息的渠道是通过声音与听觉进行的，是通过天籁、地籁、人籁进行的。这倒与西方的某些心理学理论契合：有一种说法，认为听觉的重要性超过视觉，极而言之，如果要在听觉与视觉中只选择一种，人们应该宁要听觉，不要视觉，宁作盲人，不作聋哑。

庄子假所谓孔子之口的心斋论、唯气论，与其说是用来指导颜回赴卫，不如说是大而化之的万应灵丹。比如作战，你可以说，不仅是用兵器打，不仅是用身体打，也不仅是用智谋打，而是以虚气胜之。一场体育比赛我们也可以说，不仅有体能体力智力的斗争，还有虚气集合能力的较量。甚至于一篇文学作品，你也可以非常中华文化地、非常庄学地讲，其优劣不在于题材体裁语言结构手法……而在于集虚之气。这么一说,就玄妙化抽象化形而上化恍兮惚兮化了。

颜回曰:“回之未始得使,实自回也;得使之也,未始有回也,可谓虚乎?”

颜回问:我在没有得到您的引导以前,想的是我颜回,得到了您的引导之后,干脆也就忘掉了我颜某了,这样,称得上虚静了吗?

历代庄学家注疏此段,都是把“未始得使”与“得使之也”解释为颜回受到还是没受到所谓孔子的心斋教导。但这样解释是不是显得教育效果来得太快了?真是立竿见影,判若两人。孔子的两句话就使颜回来了个脱胎换骨?可能吗?

有没有可能这个使与不得使包含着别的意思?中文尤其是先秦的文言文,简古浓缩,有较大的多义性与含糊性,更与今人的语言习惯拉开了距离。这带来了众说纷纭与争执不休,带来了汗牛充栋的学问与考据,有时这种学问与考据压得一般读者抬不起头也直不起腰来;但这也带来了创造性地发挥阐释的巨大空间。我们阅读《庄子》常常感到这样的吊诡,一方面是文风汪洋恣肆,文气一气呵成,妙喻珠联璧合,议论新奇自由;另一方面是文字生疏费解,前言不搭后语,主、谓、宾语并不连贯,含意跳跃。即使读到了很认真很有信用的详尽注疏与流畅的白话译文,仍然是摸不着脉络,理不清头绪。

这里,我们必须想办法让我们对于庄子的解读与体悟活起来,庄子的文风活泼生动,庄子的思想纵横开阔,庄子的讲述千姿百态,庄子的语言熠熠生光,我们必须尽可能地恢复它的活力、它的美丽、它的自由与它的光辉。庄子字里行间留下的空白,留下的未必衔接,不怎么严丝合缝,正是充分发挥解读的可能性,开拓讨论的新天地的好条件。

此地的“使”与“未始”,还有“未使”,应该是一种动态、一种变数、一种比喻、一种能指与所指的关联的松松紧紧。它们可以是受到教诲与没有受到教诲,可以是自己想通与尚未想通,可以是某种感悟的前后不同，甚至于也可能是设想规划与真正去干的不同，即讨论去卫与当真去卫的不同。我们都有这个体会，预案越是设计得周到细密，无所不包，头脑越是容易发晕，人越是恐慌、心神不安。真开始做起来了，进入状态了，逃已经逃不掉了，只得听天由命，只得放手一搏，只得看平常的积累与素养，就靠条件反射，靠冥冥中的神人或者大道相助，靠自身的修养千日，用于一时，一切反而置之度外，随机应变信如神了……当然，碰壁、倒霉、无助也就只能认头认㞞了。

不论怎样解释，心斋的说法仍然独辟蹊径，新人耳目，影响深远。我们如今爱说思想准备，其实，没有准备不行，准备得太多太复杂了，也未必就好。治大国若烹小鲜，你能为烹小鲜而准备上一车皮吗？为赛一个球先向运动员讲解三个月，有好处吗？所以庄子提出了心斋一说。高考也是一样，最聪明的办法是第二天考试，头一天嘛也不想，足足地睡上十个小时的觉。不知道我的这种主张与心斋云云，有没有相通之处。

肉体上的斋戒，世界各地都有，伊斯兰教与基督教都有类似斋戒的规矩与时限，佛教某些派别的斋戒则更加长久更加严格，不吃肉不结婚不饮酒不吃辣椒等。当今世界，为了治病为了减肥，也都注意采取一些类似斋戒的做法，限制饮食行房烟酒辛辣。印度甘地讲的“简朴其生活，高深其思想”，也是斋戒物质而不是斋戒头脑。心斋之说，则似是中国独有，始自庄子。

中华传统文化的一大特点、优点与弱点就是遇到难题干脆向内转，致力于心功内功，叫做反求诸己。此说很特别，也很有效，我个人的体验是你如果真能够搞点“心斋”，收拢自己的各种念头，平息自己的种种不安，让人平顺，让人舒服，无欲无虑，无悲无喜，可能帮助治疗慢性病尤其是失眠，还可能帮助练习书法、国画、围棋、太极拳与内功鼻烟壶等精密工艺。但同时，对于学者仁人志士来说，心斋的说法说不定也很有毒害，它放逐心灵尤其是头脑，放弃思想与通向真理的必经之桥：怀疑与探求，满足于混沌，满足于质朴，满足于浑噩；它闭目塞聪，难得糊涂，不但愚民，而且愚己，自觉地剪裁与压抑自身的灵性知性，自觉地禁锢自身，力求缩小而不是扩展人们的精神空间。他们齐物的结果有可能是无物。先秦以降，我们的头脑太缺少创造性、质疑性与进一步追求的突破性了，此与心斋说是否有关，愿识者教之。

夫子曰："尽矣。吾语若！若能入游其樊，而无感其名，入则鸣，不入则止。无门无毒，一宅而寓于不得已，则几矣。"

孔子说，行了，够了，齐了！让我告诉你……

底下的话更加玄妙而充满趣味：

"……若能入游其樊而无感其名"，你颜某进入卫国那个圈子、那个樊篱，但是不要与那里的名——语言系统、符号系统、荣誉封号系统互动，不要为那里的一套一套说法尤其是头衔、幌子、威仪与形式所俘虏！呜呼，即使这不完全符合庄子的原意，我也认为这样解释比较有内容有启发，自树一帜，供您参考，或可一哂，欢迎批评校正。

底下是"入则鸣，不入则止。无门无毒，一宅而寓于不得已，则几矣"。是说听得进去说得进去，你就鸣放一番，说不进去听不进去，你就歇菜。"无门无毒"，难解一点。无门或指不留通道，不走门子，不必痴心不死没完没了地再搞什么对话交流进言通信上书，不必搞太多的无聊的公关，同时不留空隙，不让人钻进空子抓住辫子，不必四门大开八面来风见人就交心。

由此可以想见当时的政治局势与社会局势是何等的险恶。毒可能是标志或增厚或壁垒的意思，也可能通窦，仍然是门路的意思。无毒便可理解为不让自己成为对象靶子，不要把你的进言的事态扩大，不要造成事件，使自己成为典型大案；也不必刻意与社会为敌，把自己包装遮蔽个纹丝不透。

我们见过不知多少为自己求门路而多有丢丑的庸人。蝇营狗苟，吮痈舐痔，多有不堪。

我们也不是没有见过这样的智者，以智避祸，防线一道又一道，城府森严，其实又未能完全脱俗，喜谀厌诤，妒贤嫉能，欺软怕硬，遇到危难时损人利己，难免矫情沽名之讥。

“一宅而寓于不得已”，一宅是一其心，不要杂念杂虑。回到自己的心宅之中，要明白一切的不得已：别以为你能自由行事，你既然进了人间世，进了卫国的樊篱，遇到了那样的强悍而且自以为是的君侯，当然不得逍遥，不得展翅。九万里不行，九厘米也未必。够惨的了，但仍然比惹祸丧生为好。

或者，庄子多次强调的“不得已”三字是为了提醒人们皈依大道，人并不是绝对自主的个体，而是大道的下载、大道的寄寓。人应该时刻考虑的是如何与大道一致，而不是自己的好恶。

所谓的孔子这位老师，倒也很有人情味，他说的是安全第一，办事第二，使命走着瞧，护命才是真，一慢二看三通过，看着不行，干脆不通过，咱不练活了，回家卖红薯去。（豫剧《七品芝麻官》有云：当官不为民做主，不如回家卖红薯。）

“绝迹易，无行地难。为人使易以伪，为天使难以伪。”

“绝迹易，无行地难。”干脆不干（不去、不出头等）容易，干了去了出了头了却没有了进退的余地，这就难死活人了。拒绝人间世是容易的，与人间世共舞而不失其尊严与道性的底线就难了。或释为不留下脚印就难了，含义不好自圆其说。也许还包含着与人间世共舞而不强求，不炫己，不求名，不求利，不为自己辛辛苦苦地搭桥铺路，出淤泥而不染——当然不易了。

“为人使易以伪，为天使难以伪。”强一己之所思所欲所能容易作假，与人间世打交道容易作伪，易伪就是一不小心就伪了，叫做极易“滑到”虚伪中去，也就丧失了真实真诚了。自自然然，听天由命，替天行道，唯天是听，走到哪儿说到哪，哪儿说的哪儿了，这就真实了。

不妨理解为：一个人既要能入世也要能出世，古代的有名的说法叫以出世之心行入世之德之业绩。你要在人间世做点好事，不说建功立业，也总要略尽绵薄之力，起一点好作用，做一点善事好事助人之事而不是害人之事，不做坏事恶事。但你不要有甚入世之心，不要求权求名求利求官职求奖项求选票求封号求待遇，而是随时准备退隐山林，乘樽江湖，逍遥彷徨，全无所谓，进退咸宜，用藏俱适，不累心，不伤神，不争执，不大患若身，这才叫做立于不败之地。

“闻以有翼飞者矣，未闻以无翼飞者也；闻以有知知者矣，未闻以无知知者也。”

听到过由于有了翅膀而飞翔的东西，没有听说过由于并无翅膀而能够飞翔的东西。听说过由于有知识有智力而变得有智力有知识的人，却没有听说过由于没有知识与智力而获得智力与知识的人啊。

什么叫不长翅膀也照样飞翔，没有知识信息来源也照样什么都知道什么都掌握呢？靠的是道心；靠的是良知良能（天生的知天生的能），心功心斋；靠的是虚而待之，无感其名，不入则止。没有别的办法，只能反求诸己，让自己取得精神上的自由与逍遥，让自己返回道心与道性。

庄子真能干，靠一己之精神，上天入地，御风解牛，穿越宇宙八荒，驰骋古往今来，避祸养生，逍遥齐物，大知小知，大年小年，他靠自己的精神就全齐了。他的精神能力包括想象、思辨、幻化、表达、语言、叙述、虚构、取譬……都太发育太强大太登峰造极了！他属于那种言语通天，一语可以改变世界扭转乾坤呼风唤雨的哲人，他的语言与思想构建了天堂宫室，也制造了迷魂阵；你无法望其项背，你不可领略透彻，解读明晰；你很难与之讨论对话，你更不可能辩驳他摧毁他。你根本不是个儿。

“瞻彼阕者，虚室生白，吉祥止止。”

“瞻彼阕者，虚室生白，吉祥止止。”这十二个字颇美，像《诗经》上的四言诗，又有点《周易》的风格。瞭望（思考）那巨大的空无（或自来的缺失）吧，谁的一生没有为这虚空而震动过，谁的人生为这缺失而没有痛苦过，谁的一生没有为这虚静而赞美过或者迷醉过呢？把自己交给这令人战栗、令人开阔，也令人崇拜的虚空吧。那么你的心境就会像一间虚以待人待物的房子一样明朗宽敞，光辉洁净，这样的空无才是最大的吉祥，才是吉祥的根本、吉祥的内涵，止于此矣。

这十二个字像诗，像祷词，像神咒，像箴言。这是灵语。历代注家不少人疑“止止”有误，欲改为“止也”“止之”，我没有这方面的ABC知识，只是从朗读的角度上，我觉得“止止”超过“止也”“止之”百倍。如果是以讹传讹，那么此讹就是天意，天才的错讹，好棒啊！

> “夫且不止，是之谓坐驰。夫徇耳目内通而外于心知，鬼神将来舍，而况人乎！”

“夫且不止，是之谓坐驰。”有的专家将这两句解释为反面的话，即如果坐下来仍然心神荡驰，做不到吉祥止止的话，如何如何——恐怕是只能责任自负，费用自理了。这很可能是解释得对的。我没有意见。但是加上点个人爱好，加上点自由联想，我个人倒宁愿理解为坐下来，其实精神更自由更活跃更可以上天入地、掀动扶摇羊角，这仍然是正面的意思。对于庄子，最好的办法是把他的槁木死灰说、心斋说、齐物说、养生说与逍遥说、鲲鹏说、藐姑射仙人说整合起来理解。

这样，也就更容易与上文联结。你做到了虚室生白，吉祥止止，凝神塞关（关闭五官五关。官即关也），自然能与鬼神交通，可以与鬼神通话，鬼神都能归附于你的心舍，听从你的驱遣，更不必说是一般人了。

按天主教的说法，罗马教皇是唯一能够与上帝直接交流的人，而他的交流，也是在虚室生白，不受外界干扰的前提下。

"是万物之化也,禹、舜之所纽也,伏戏、几蘧之所行终,而况散焉者乎!"

这才叫做与万物互相感应、互相理解、互动变化进入永恒、进入大道,是夏禹和虞舜、伏羲和几蘧所向往、所珍惜的核心规范,更不必说是一般人等了——一般人更要向这个方向努力的了。

颜回去卫的故事,前面几大段是山重水复疑无路,到了最后,却是柳暗花明又一村。这又一村、另一种境界、另一种符码,其实发展到了虚室生白,吉祥止止的程度,已经不是人间世而是仙境、仙人世,至少是半仙半人之世了。谚云:戏不够,神仙凑。不只是戏,人生不够、人间世不够、哲学不够、理念加威权都不够用的地方,人们必须要召唤神仙,召唤道性道术道心,要召唤天国与上苍,要召唤幸福混合着悲凉、抽象思维混合着童话精神所构建的形而上大厦,那是凌霄之宫,那是碧落之殿,那是以大道为四梁八柱构建的精神乐园,呜呼哀哉尚飨!

庄子的著作有时是人类灵性的睿智与才情的发挥,有时是扎根于无可奈何之乡、强梁霸道之世的奇葩,有时又像是标明可以服用飞升的仙药奇符灵丹。服了仙丹,你是麻木不仁,是冬烘结石,是抱月凌风、羽化登仙,是鹤发童颜、尽数了然,还是痴迷错乱与精神分裂,这就看读者的体质与悟性再加服用仙丹的方法了。死解者迂,匍匐者迷,修炼者拙,炫己者丑,自我捉迷藏者荒唐,小头小脑者隔庄子岂止十万八千里。只有体贴并向庄子的汪洋恣肆、纵横驰骋、尴尬无奈、深谙世事、飘然转身、智高三筹、不拘一格、气象万千、文才倾泻的人格特色靠拢、再靠拢,才能庶几笑纳庄周,啸傲人间世,知乐知鱼,逍遥大宗师,读出点趣味,尝出点品德,增长点见识,提升点境界,虚室生白,吉祥明净起来呢。

三　阴阳之患与恶化定则

讲完颜回去卫的故事，再讲叶公子高使齐的故事。如果说颜回赴卫的故事的核心难题是人文与威权的较量，那么叶公子高的困难则在于他本人的压力，他的不自由、不逍遥感，尤其是其中关于阴阳之患的讨论，颇有新意。

> 叶公子高将使于齐，问于仲尼曰："王使诸梁也甚重，齐之待使者，盖将甚敬而不急。匹夫犹未可动，而况诸侯乎！吾甚栗之。子常语诸梁也曰：'凡事若小若大，寡不道以欢成。事若不成，则必有人道之患；事若成，则必有阴阳之患。若成若不成而后无患者，唯有德者能之。'"

叶公子高在出使齐国之前，请教孔子，他说：这次，王给我的出使齐国的使命非常重大，而齐国是有一定之规的，它可能给你以礼遇，但不会当真给你办事的。齐王不慌不忙，不理不睬，你拿他有什么办法？别说齐王了，就是一般老百姓，你有求于他，他不拿你的事上心，你不也是没辙吗？我叶公子高如何能不心肝儿颤呢？孔子您对在下讲过，大事小事，都要依道而行才能成功。一个事办不成了，你会受到人主之道（人间各种规则）的诟病惩罚。一个事办成了，你会受到阴阳之道（天道尤其是生理病理之道生命之道）的厌恶惩戒。能够做到似成似不成，说不上是成不是成了，或者不管它成还是不成，反正不因为办事当差而受惩戒找麻烦，那就要看你的德行与修养了，那就要真功夫啦。

这段事写得相当实在，叫做贴近日常生活贴近人世间现实贴近经验，不像出自神妙玄秘的《庄子》，倒像出自市井或中低层官场的谈论。受命于王，不得踏实，当差不自由，自由莫当差，自然如此，莫不如此。说"齐之待使者，盖将甚敬而不急。匹夫犹未可动，而况诸侯乎”，显得别致而又平实，也是人人眼中所有，哲人笔下所无，是庄子头一遭这么说出人际关系的某一个方面。先秦的诸子百家，都是义正词严，臧否分明，是就是是，非就是非，不留回旋余地，都是讲大道大德大话大道理大帽子，都在那儿为天地立心，为生民立命，为万世开太平，从来没有说过某某侯国国君“甚敬而不急”的老实话、无奈话，形式与内容相悖的话。甚敬，当然是好话，是传统文化，是“礼”。不急，是事实，是不可能按照对方的要求办事。你要办的是你的事，是你在急，他急什么？

其实今天的一些人际关系、公司际关系、地际省际关系、国际关系的特点也是甚敬而不急。公关或外交礼节总是要讲究的，满足你的要求，办成你希望办成的事，不会急的。所谓急人之所急，多半是套话而不是实际的操作。庄子能体会这种侯国之间的甚敬而不急，这其实是总结出了一条规律，点破了一条尴尬。

更有创造性的说法则是“事若不成，则必有人道之患；事若成，则必有阴阳之患”。这就叫两难。事办不成了，受主子或群体或同事的物议、埋怨直至惩罚，你会陷入人际规则的麻烦。这比较易于理解。是的，因为你既当差就得办事，你与人世间诸人诸团体诸权力集团已经结成了权利与义务的关系，你有责任完成主子与群体的嘱托。不然，你肯定自找倒霉。谁能不在乎这样的办事的压力呢？

事成有阴阳之患，则是庄子的一大发明、发现。什么叫事成有阴阳之患呢？任何一件事功的完成，都是为人世间注入、添加一个新的因素，你会打破原有的平衡，你会引起各种不平衡，引起类似阴阳失调的麻烦。还有，一件事办成了，你也必然付出了应有的代价，耗费了你的脑力体力金钱与各种资源，你自己也会感到类似阴阳失调的麻烦与疲劳，包括生理病理上的若干问题。事成，还会引起进一步的贪欲野心，你会渴望得到更大的成功，更大的承认纪功褒奖酬劳晋升名誉，使你自己阴阳失调，虚火上升，失眠躁郁乃至感染炎症。

所谓没有功劳也有苦劳，没有苦劳也有疲劳；所谓阴阳不调、气血两亏(或两亢)、内热外寒、邪气郁积……所谓枪打出头鸟,木秀于林、风必摧之;所谓能者多劳与能者招妒;所谓月圆则亏、水满则溢、盛极必衰、合久必分、人无千日好、花无百日红都是阴阳之患。这方面的麻烦,除了庄子,中外还少有哲人从此角度讲过。

而且事情办成了,你满足了老板的要求,却说不定伤害了另一些人,此得彼失,此喜彼怨,老板希望你成事,周围呢?同人呢?更不要说对立面了。他们因为你办成了事而不平衡,那就不仅是你自己阴阳失调,连世界都因某事之成而产生出新的不平衡来了。

比如一些无知小儿经常闹腾什么为什么中国无人获得诺贝尔文学奖,为什么当代中国没有鲁迅没有大师。果真有人得到诺贝尔文学奖了,果真有人被尊为当代鲁迅、大师了,你以为就天下太平了吗?不,绝不可能,只能是更不平衡了,更闹起阴阳之患来了。

办不成事是一种灾难,办成了事却消不掉阴阳之患,是另一种灾难。

产生阴阳之患,也是大成若缺的一个构成部分、一个必然表现。

"若成若不成而后无患者,唯有德者能之。"这一句话泄露了天机,若成若不成,太妙了,你不能执著于成与不成,你不能太计较于成与不成,你要了解办事在成与不成之间还有许多空间,还有许多中间状态,可能是部分的成,同时具有部分的不成,可能是有意种花花不开,无心插柳柳成荫。不要以为办事只有成与不成两种模式,即零和模式。例如,你去了齐国,没有完成侯王给你的使命,但增加了相互了解,或者你在那里发现了重要情况,发现了重要的可用的人才,那也是成。你压根就不必那么在乎成或不成,成与不成之间其实可以互换互变共生。成又如何?登得高跌得重,成功大发了就像把气球吹得太大,快要爆裂啦。不成又怎么样?不成了你牛不起来了,说不定能过两天太平踏实的日子。若成若不成才是最佳境界,不理论不介意成不成才是阴阳调理的最好结合点。

当然当初庄子未必想得这样多,但是若成若不成的提法能够给我们很大启发。真是比狐狸还狐狸呀。

比如运动员，特别是那些大有希望、成绩卓越的运动员，输了落埋怨，不必解释。赢了呢？更不踏实了，压力更大了，伤病杂症、媒体舆论、鲜花奖章、风言风语，如果没有成功的心理减压，如果不是在奋勇拼搏、更高更快更强的同时有胜败乃兵家常事，塞翁失马安知非福的广阔思路，还真够他们呛啊。

为什么说“而后无患”证明有德呢？成与不成的考验，并不是谁都经得起的，你经历了胜败，你经历了成与不成，你经历了人道之患与阴阳之患的碾压，你还囫囫囵囵，全须全尾，平常正常，自得其乐，这是何等的坚强、何等的豁达、何等的老练、何等的不可战胜！你没有德，谁还算得上有德？

“吾食也执粗而不臧，爨无欲清之人。今吾朝受命而夕饮冰，我其内热与！”

叶公子高说，我平常吃东西很粗糙清淡，从来不上火。可这一回，早晨得到委派，晚上就吃冰块(喝冰水)了。我有了内热了吗？

这话说得幽默。令人想起“王老吉凉茶”的电视广告片，一个人脑袋瓜上冒火苗，一大群人脑袋上冒火焰，冰与冷水从天而降，拿起凉茶来痛饮，人间世，人间世，是虚火之世、浮躁之世、高烧之世啊。请看美国人的餐饮习惯，不论吃什么，先来一大扎凉水，并且在大扎里堆满了一半冰块。他们怎么肝火这么旺！庄子其人其书，是比王老吉还王老吉的精神与智慧的冰茶啊。

“吾未至乎事之情，而既有阴阳之患矣；事若不成，必有人道之患。是两也，为人臣者不足以任之，子其有以语我来！”

却原来叶公子高还没有到达目的地办事，已经闹起阴阳之患，即生理之患来了，而办不成事的话，更会有人道之患、官场之患，两者都不消停。我身为人臣，却完不成任务，能不麻烦吗？您老能给我说点什么吗？

不是如孔子所说事办成了闹病或遭遇灾祸，而是一听任务就阴阳不调起来，这又幽默上了。却原来，有些时候、有些事情、王命本身就是阴阳不调的产物，就是病患或者灾祸的根由呀。然而这种牢骚是不中用的臣子的牢骚，或旁观的孔子的葡萄酸，换一个角度，例如王侯们老板们，会怎么讲呢？

仲尼曰："天下有大戒二：其一，命也；其一，义也。子之爱亲，命也，不可解于心；臣之事君，义也，无适而非君也，无所逃于天地之间。是之谓大戒。"

庄子又借孔子的口讲自己的大道理了，天下最大的两条戒律、两个压力来源、两方面的义务、两项基本原则、两大伦理系统，一个是天生的（血缘的）关系，一个是人文的关系。子女敬爱双亲，这是命中注定的，不可脱离，不可转移，不可丢在脑后。臣子侍候君王，这是道德所要求的，也是不能转移不能逃避的，走到哪儿都不能忘。所以说，这是最大的戒律、最大的管束。

正像如今的欧美人动辄讲人权一样，先秦诸子喜欢研讨的是人（之义）务，这里的所谓孔子把人务分成天生与人文两种类型，倒也不差。我们今天不但同样重视人对于血缘亲属关系的尊重与责任，也增加了人类对于环境、对于物种、对于大自然的尊重与责任。同时这里有一个"走私"的地方，他把事君说成与爱亲一样的不可动摇怀疑，似乎同样是命中注定，则不无可以商榷之处。至少今人，已经大大地从这个事君的框框里解放出来不少了。

"是以夫事其亲者，不择地而安之，孝之至也；夫事其君者，不择事而安之，忠之盛也；自事其心者，哀乐不易施乎前，知其不可奈何而安之若命，德之至也。"

所谓的孔子接着讲解，事亲事君都是无条件的。父母不论在何处，或处于什么境地；君侯不论有什么事务，给你出什么题目，你都要无所挑拣地、不讲价钱地去完成你的义务，使父母平安快乐，使君王心安理得。这才叫孝得当当响，这才叫忠得呱呱叫。孔子说到这里出了一个新词，“不择”与“自事其心”，也就是说，所谓能够做到无条件无挑拣，心甘情愿地尽孝尽忠，其实只是一个如何自己尽到对自己的内心义务的问题，一个关于安排服侍自己的内心状况的问题。

瞧，好一个孔子仲尼老爷子呀，一下子，责任就归于你自身了。父母如何，处境如何，任务如何，难题如何，君王如何，他们的要求的合理性可行性如何，都不重要，都不是根本，你的内心状态、你的内心取向，才是根本问题之所在。你想服侍好双亲与君王吗？先服侍好调整好你的心态。你安排好服侍好你的内心，你的道德义务需要，就不会把一己的悲喜哀乐放到事情的前边，知道自己的不得已，知道自己的无可奈何，而安之若命，现今的说法则叫安之若素，这样的德性，就算是到了家啦。

国人干什么事都把调整好自己的心态放在第一位，足球输了总认为是心态问题，其实心态再好也赢不了欧洲与拉美的强队。

“为人臣子者，固有所不得已。行事之情而忘其身，何暇至于悦生而恶死！夫子其行可矣。”

为人臣，为人子，本来就是身不由己的事儿。专心去尽你的义务，办你应该办的事儿，应该完全不考虑其他，忘掉自身，连考虑自己的生啊死啊都顾不上，更何况你喜欢什么不喜欢什么……你就这样做去就行了。

无私方能无畏，敢情庄子那时候已经有这样的道理在宣讲了。这个说法在理论上是完全正确的，它的力量在于它的彻底性，你想，“行事之情而忘其身”，只考虑做事情的情理，不考虑自身的得失，连患得患失的闲工夫都没有，谁还会去考虑个人的生死呢？连生死都无暇考虑，谁还会去考虑什么这患那患呢？

其彻底性正如老子所说："吾所以有大患者，为吾有身，及吾无身，吾有何患。"太彻底，太绝对了，可不是吗，及吾无身，叫做身无命无己无悲无喜无得无失无，说吗吗无，吗吗皆无，无吗无患，无患无吗，当然就百分之百地无私无畏了。可惜的是怎么样才能做到无身呢？五脏六腑、气血筋骨皮、五官七窍、四肢神经，要吗有吗，头脑中枢意志思虑，莫不牵连着记挂着此身此命此生此事，莫不保护着此身，照料着此身，爱惜着此身，也管束着此身。除非自杀，怎么能做到"无身"呢？

然而老子此话仍然是名言至理。我想我们可以从风度上理解，从胸怀上掌握。女（汝）固有身，人皆有身，你不能脱离开众身只考虑你那一身。你不能过分地身呀身，私呀私，己呀己的没完。你要懂得必要时轻身舍身的可能性与正义性，将正常情况下的爱身护身与考验时刻的轻身舍身结合起来，它的道理就完全了。

这一段关于为人臣人子的不得已处的教导，倒真像孔孟之言而不甚像老庄之语了，中华呀中华，它的精神渊源还是有它的统一性的。

> "丘请复以所闻：凡交，近则必相靡以信，远则必忠之以言，言必或传之。夫传两喜两怒之言，天下之难者也。夫两喜必多溢美之言，两怒必多溢恶之言。凡溢之类妄，妄则信之也莫，莫则传言者殃。故法言曰：'传其常情，无传其溢言，则几乎全。'"

这里又讲了一段非常实在的话，表面上看谈得很具体乃至于还有点技术含量。说的是传话的事，侯国间的交往，离得近的靠信用或信件，离得远的靠语言。言语靠使臣传递，而传达双方的或喜或怒之言语，这是天下的难题。双方喜悦了，说话都会和悦美好，双方为点事发火了气愤了，必然会有过分的恶言恶语。一过分就显得荒唐，荒唐了就不可信，人家不信，传话的使者便遭了殃，就变成了传话者的罪过了。因此，《法言》一书或格言中说：传达它们的正常情理，不要传达那些过分情绪化的东西，那就差不多可以保全自己了。

表面上，这说的是传话，实际上可以说是当时的政治生活、社会生活、人际关系上的一个“路线”选择问题。你如果喜欢兴风作浪，挑拨是非，如果你是个好事之徒，秉性乖戾，巴不得有事闹腾，巴不得天下大乱，你好浑水摸鱼，投机取巧，乱中取胜，就像“文革”中的“三种人”那样，造反起家，打砸抢烧抓，黑心害人。而如果你本性善良，你会宁愿息事宁人，和为贵，宁作鸽派，宁愿大事化小、小事化无，哪怕自己平平淡淡，默默无闻。喜欢起乱子，利用乱子的人往往带有赌徒心理，砂锅砸蒜，一锤子买卖，大起大落，当暴发户，也会陡然灭亡，当替死鬼，不得善终。善良者有时显得无能，得不到足够的喝彩与选票。而庄子选择的是后者。

> “且以巧斗力者，始乎阳，常卒乎阴，泰至则多奇巧；以礼饮酒者，始乎治，常卒乎乱，泰至则多奇乐。凡事亦然。始乎谅，常卒乎鄙；其作始也简，其将毕也必巨。”

这又是一个新定律、新发现，我愿称之为复杂化——恶化定则。

这是庄周的一大发现。在人际关系中，在人间世诸事务中，情态常是随着时间的逝去而变坏变恶。

比如巧力角斗，始乎光明正大地斗智斗勇，终于阴谋损招，做过了头就玩邪的了。按照一定的礼节饮酒，始乎彬彬有礼，终于胡醉乱闹，喝过了头就放纵无度了。一起办什么事也是这样，一开头还能互谅互让，往后却变得粗鲁鄙陋起来。万事起头的时候往往比较简明单纯，发展着发展着就复杂化严重化了。

除了庄子这里，我还很少看到人们讨论这个时间与人际关系的恶化复杂化的关系。庄子举的这些例子并不艰深，毋宁说是司空见惯的俗事俗务俗情，这一类事情可以说是人人眼中所有，学者笔下所无。我们还可以补充许多。例如下棋，头几局，双方往往比较文明、守规矩，连下五局，不分胜负，肯定开始有人悔棋、耍赖、讹搅或用言语讥刺对方。例如男女恋爱，开始时多么美好纯情，而发展下去，不堪入耳入目。盖越是夫妻越是熟稔，没有距离，没有文明礼貌，各自显出了最最不堪的那一面。亲子兄弟朋友，开始时亲密无间，后来反目成仇，如孙膑庞涓的故事，多了去了。国民党在黄花岗七十二烈士时期，何等崇高壮烈，后来呢？一个政治家、一个官员，开初时也是心怀壮志理想，随着时间的流逝却可能变成贪腐或滥权分子。我们闹文学的也是如此，开始拿起笔来时如醉如痴，崇高伟大，呕心沥血，字字珠玑（至少主观上希望如此），后来呢，争名逐利，文人相轻，作敲门砖，攀缘权贵，虚情假意，无病呻吟，卖弄风骚，丑态百出的也不是没有啊。

这可能是成长发育的代价，孩童是美好的，但他或她总要长大成人。这可能是由于人性的弱点直至险恶，所谓人做点好事并不难，一辈子做好事就不容易了，所谓保持晚节大不易。喜新厌旧，亲戚远来香，君子之交淡如水，就是因为太熟识太亲近了容易放松对自己的控制，就会大显原形，而当初显示的往往是自己最好的那一面。

这可能是文化发展的另一面，人往智谋化直至阴谋化上发展，你无可奈何。

这可能是理想主义的悲剧，理想如此美好，理想常常被现实修理得面目全非。无怪老庄喜欢婴儿，喜欢远古，喜欢结绳记事、无舟无车无交往的时代。你可以说这是老庄对于历史的反动（此反动不含政治上的贬义），历史在前进，社会在前进，文化在前进，我们当然需要向前看，谁也拉不住历史与时代的脚步。但也不是不允许实事求是地，学理地理性地时不时来一个回头看，明知看到历史的前进运动中付出那么多惨重代价，从中追求新进展，珍惜已有的美好，防止前行中的颠簸与污染，减少不必要的代价。

至于把这个恶化定则放在这里讲，则有慎始慎终，物极必反，不要追求太过（下面就要讲了）的意思。说不定还有急流勇退，不要恋栈，该上就上，该下就痛痛快快下的意思。善哉，此乃金玉良言也。

> “言者，风波也；行者，实丧也。夫风波易以动，实丧易以危。故忿设无由，巧言偏辞。兽死不择音，气息茀然，于是并生心厉。剋核大至，则必有不肖之心应之，而不知其然也。苟为不知其然也，孰知其所终！故法言曰：‘无迁令，无劝成，过度益也。’迁令劝成殆事，美成在久，恶成不及改，可不慎与。”

言语可能兴风作浪，行为可能患得患失。有了风波就容易轻举妄动，有了得失就会产生危殆的思虑与现实。怒火中烧不一定有什么了不起的缘由，一句过分的不讲道理的言辞就能搅动人心。就像一头野兽，临死也就顾不上吼声的掌控了，它连喘出来的气都含着怨怼，自然会挑起吞噬伤害之心。为人为政太苛刻了，说话做事太过分了，也会激发起不正常的心态。某人某时为此种苛刻过分而做出反应，自己都不知道自己为啥要这样反应。这其实与野兽听到厉声就要吃人是一样的道理。而如果你连自己（或旁人）为什么有异常反应也搞不清楚，你又如何能控制这种异常反应的危险后果呢。所以《法言》有道是，不要（轻易或擅自）改变命令，不要（过度）去劝导促进办成一件什么事情。过了度就增加了麻烦，修改命令，撮合成事，都是有危险的，做好了固然能记录永久，做砸了只恐怕想改也来不及改了。你可要小心从事啊。

这一段用现代语言来说，就是“外事工作，授权有限”，从事这类人间世工作的人最忌添油加醋。无怪乎手机段子有言：

“有一句说一百句，是文学家，那叫文采；有一句说十句，是教授，那叫学问；有一句说一句，是律师，那叫严谨；有两句说一句，是外交官，那叫风范……”

更深一步则是探讨言语与心愿的陷阱。言语的失当会造成意想不到的灾害，用心太过，也会恰恰走到原意的反面。尤其是当差公务的人，社会上的有机知识分子，能不慎乎？

这些地方说明了庄子的敏锐与犀利，世相人心，安危成败，入世深深、入木三尺，逃不过庄子的超强监视、透视、扫描、存储与信息处理。庄周其人，厉害呀！他如果去做官，应该不乏精明，他不做，一是没有机会，二是太精明了，也就太高明了，也就绝对不会、死活不会孜孜求官，而宁愿选择无之用，逍遥养生啦。

“且夫乘物以游心，托不得已以养中，至矣。何作为报也！莫若为致命，此其难者。”

不如你能随着外物的变化而变化，以优游潇洒的心态度过每一天，依据着各样的不得已、不得不在意的戒律来自我控制，保全自身的适中适度，也就很好了。不必考虑那么多后果与回报，传递君命，不加私心，这又有什么为难的呢？或者，这不已经是难能可贵了吗？

这里又有点大隐隐于朝的意思了。叫做外儒而内道，叫做以出世的心态完成入世的使命。人的处境各样，有的人难免要入世当差，但只要保持清醒冷静，保持警戒而又主动的精神状态，不使自己陷入患得患失、恶化定则、招惹是非、阴阳之患、人道之患，更能急流勇退，内心逍遥，你就得救啦！

回顾这一段，它的结构颇具匠心。先说叶公子高的出使工作压力。他虚火上升，盼成怕不成。孔子对他的安慰不是说必成，而是说成不成都有麻烦。孔子用来取代叶公子高的零和模式的虚火的不是双赢模式，而是双输模式，不是 double win 而是 double lose，成不了事，固然要倒君王的霉，成了事，还要倒老天爷的霉。双输虽然晦气，但是能使你冷静，等于让你喝点冰水，不必盼一个怕一个想一个躲一个，不是投机，不是押宝，不会瞬间大起大落，没有胜负生死之争，只有此亦一倒霉，彼亦一倒霉，背着抱着一边沉，压根不必因过于介意而起虚火。

然后，这位所谓孔子，同样是用消极的论点来取代你的恐惧与焦虑。事君事父，都是无法逃避的，是不得已的跑不掉的义务，你明白了这一点以后，反倒踏实了许多，败火了许多。而且归结为事心，你的心就是这样长的，要对君父尽义务，还有啥可说的？没有价钱可讲，没有得失可以商量。面对君父没商量。前面是个崖，你也给我跳下去吧！这也是置之死地而后生。没商量的事，你还焦虑个啥？得失个啥？

此论甚为绝门，提倡与动情地讴歌逍遥游的庄子大讲人间世的不得已性、非逍遥性。这也是世人皆知美之为美，斯恶矣。世人皆知逍遥之为逍遥，斯不得已矣；世人皆知不得已之不得已，斯逍遥矣。既然知道是不得已了，也就服了，顺了，老实了，低头认账了，坚决照办了，不想逃避不想超脱不想在这样的事君事父的大戒中搞什么逍遥自在了，不想搞逍遥自在了，而且进一步明确这正是自身内心的需要，事君事父最终其实仍然是事自己的心，事心，也正是曲线逍遥啦，这就叫无奈中的逍遥，逍遥中的无奈。不无奈，何来逍遥之渴望，无不得已，何来自在之心声，不渴求逍遥，哪儿来的对于不得已即无奈的深刻体认直到跪拜服膺？正像老子讲的高下相倾、前后相随一样，逍遥自在与无奈不得已也是孪生兄弟一样，形影不离，长相厮守。

话锋略略一转，当官差也要注意息事宁人，人间世并不那么好玩，玩着玩着就会恶化起来，莫名其妙地为一句话为一个恶声就想吃人……千万不要挑拨是非，不要当真掺和太过，不要只进不退，不要恋栈无已，掌握好自己的分寸，别拿自己太当回事，别越位，别将自己往君王的战车上绑得太紧，进要进得聪明，退要退得潇洒。即使在公务是非种种不得已之中，还要维持自身的超脱与逍遥。

从人间世看逍遥游，我们体会到，人们是：因不得已而求逍遥，因逍遥而知其不得已，知其不得已而逍遥之，知其逍遥而不得已之，知其不得已而（顺从）不得已之，是知其逍遥而得以逍遥之的前提。知人间世的恶化原理而更加做好逍遥——退步抽身——的准备，以逍遥游之心而处人间世诸事，这也是处理人间诸事的“众妙之门”喽。

四　与天杀共舞

庄子讲入世、用世的故事，与其说是在讲修齐尤其是治平之道，讲怎样理政安邦，不如说是侧重讲多方面的自我保护的道理与方法。自身都保不住，全须全尾不了，你还能干什么？

个中的核心问题是，一个或几个清高或自命清高、实际上不比旁人高多少的读书人，学了点道理，不无成功立业、吾辈岂是蓬蒿人（李白）的抱负，又深信或浅信以德治国、天下唯有德者居之的理念，面对实用得多也刚愎强硬得多的权威，他或他们到底能干什么？

庄子的回答非常低调，叫做能保住命就不错。

第一个故事说颜回打算去卫国，辅助与引导刚愎自用的卫君，这很难办，看来是颜回自己要去，颜回的使命感未免太过。所以孔子给他讲了一回心斋、心功、心法与虚室生白的高论兼空论，却又玄妙迷人。第二个故事是叶公子高被派遣去齐国，不是自己要去，而是官差在身，压力很大，孔子给他讲了些如何减压，如何收敛调理做人之道，免遭人际关系的祸患，还有阴阳之道，即免遭阴阳之患的道理，尤其是传授给他"恶化与复杂化"定律，劝诫他见好就收，急流勇退，忌恋栈，忌久拖，忌不知其止。同时，这个所谓孔子讲了些既然不得已，只好顾不了许多的话，这在《庄子》中相当罕见。这些都是好话，也都是并无良策的无奈的话。

然后这一回呢，是颜阖应聘要给卫灵公太子做老师，是高规格的荣誉，但颜阖比较清醒，于心惴惴。三个人的入世用世，一次比一次抬得高，更难于拒绝，一个人比一个人更清醒，做好了最坏的准备，却无青云直上的浮躁与骄矜。

颜阖将傅卫灵公太子，而问于蘧伯玉曰："有人于此，其德天杀。与之为无方，则危吾国；与之为有方，则危吾身。其知适足以知人之过，而不知其所以过。若然者，吾奈之何？”

颜阖这次问的不是孔子了，是贤大夫蘧伯玉。既是贤大夫，就有更多的实际政务经验体会而不仅仅是圣人或导师的理念。他的提问很典型：碰到一位老板、主子，其德天杀（天杀一词，突然出现，直愣愣刺入咽喉，怪异哉），其为人如同被天厌天惩，或他这人天生爱杀爱砍，满脑门子残忍，怎么办？

西谚：上帝让谁灭亡，就让他疯狂。中国的骂人的话：“天杀的！挨千刀的！”何等生动的凶恶！古已有之，洋已有之——而且比温柔敦厚、温文尔雅要生动得多。在前文明的人眼中，一个人一味温柔敦厚、温文尔雅，这根本不算是一个男人。

我个人有过这样的经验，我确实见过满眼杀机、满脸杀气的人，甚至本人还是文人，文人沾上点小权术当上个避马瘟（古时候有没有禽流感猪流感闹不清，可能闹过马流感吧？）后发起神经来也可能嗜杀。给这样的老板当老师，险矣哉。无原则地对待老板，危害侯国，危害人民。有原则地对待老板，危害自身，被忌恨终生。你要在害国害民与害己害身中间进行选择，这是何等的痛苦，何等的分裂呀！

颜阖的这位老板——卫灵公太子的特点也有趣，也典型，你说他笨吧，他善于看到旁人的缺点，眼里不掺沙子。你说他聪明吧，他从来看不到自身有什么毛病，或从来不知道任何一种他人的毛病的详细就里。这样的智力，颇具代表性。

但又不像是单纯的智商问题，适足以知人之过，很生动准确，就是说谁的言行不符合我的利益我的旨意我的脾气，我立马看得出来，立马收拾你。而不知其所以过呢，有哏了，我不管你的动机，不管你是善意还是恶意，不管是不是情有可原，反正触犯了我就不行。这里包含着蛮横与霸道，包含着“天杀”之戾气，这应该是“知人过不知其所以过”的潜台词。

蘧伯玉曰："善哉问乎！戒之，慎之，正女身也哉！形莫若就，心莫若和。虽然，之二者有患。就不欲入，和不欲出。形就而入，且为颠为灭，为崩为蹶。心和而出，且为声为名，为妖为孽。"

这里的蘧伯玉大夫进行场外指导时，先肯定颜阖的前来请教，善哉问乎，问得好，懂得请教老师的人就有希望，怕的是什么都懂的万事通。戒之慎之，不可掉以轻心，不要行错脚步，叫做"战战兢兢，如临深渊，如履薄冰"，然后你每一步都一定要走得端正，立得稳定，和参加体育竞技一样，首要是永远保持住重心。外表上要迁就随和，当然啦，对老板你敢叫板吗？内心里要平和、和合，致中和，养和气，而绝无意气、脾气，争一日之短长之傻气、躁气。即使如此仍大不易，仍有危险：迁就了凑合了容易陷进去，你与他一起暴躁、疯狂、灭亡、完蛋。而你与一个满脑门子杀气的人共事，自己却又那么和合平和温和，你的内心状态与为人行事，与他那种乖戾专制暴躁的区别就显露出来了，你有意无意地暴露了自己的另类性，众人与太子本人都会看出你的不同来，你变成了贤士名人、鸽派代表，誉噪一时，在他和他的近臣眼里你可就是牛鬼蛇神，涉嫌动摇背叛，变成他们的眼中钉了。

这讲得太好了。周总理对付"四人帮"，不就是这样地难办吗？《红楼梦》中的平儿协助王熙凤管家，不也有类似的顾虑吗？她连贾琏的求欢，都要以凤姐待见不待见为圭臬来衡量之。怎么办呢？不能就之欲入，是不是要就而不入呢？唉，谈何容易，就多了，他喜欢你了，你又不入他那个圈子他那个团伙，在天生杀气的老板看来，你岂不就等于二心、潜伏、靠不住直到反叛？

而不能和之欲出呢？怎么办？和而不出，若无其事，更难了。

这里提出了很高的要求，类似老子所讲的"大方无隅"，类似今人还在说的外圆内方。

应该说这是庄子的一分为三的思想的萌芽，他希望的是，就而不入，不入而必就，他希望在就而入之（一）与抗而（受）刑之（二）之间选一个三。

"彼且为婴儿,亦与之为婴儿。"

如果你的老板喜怒无常任性如婴儿,你也就跟着他如婴儿好了。

这里的老庄有别,在《道德经》里,婴儿是完美的大道的体现,而在《庄子》的这一段,婴儿却是无知无识、难以调理的代表。

"彼且为无町畦,亦与之为无町畦;彼且为无崖,亦与之为无崖。"

如果他做事无分寸无界限,如田地而无划界,你也只好跟着没有什么界限底线了。如果老板不知安危与自我保护,你也只好跟着乱来。这样才能不落毛病。

庄子写下或说下这几句话的时候不觉得丢人吗?这样的话,独立性啊使命感呀不都没了戏了吗?

说了半天还是只能就和,不能切割,不能保持距离,不能掬诚谏言,更不能对抗。恶人最烦的就是你与他保持距离。在一个没有多元制衡的思想或体制萌芽的时间与地点,奢侈地谈使命与独立性,难免某种尴尬。

"达之,入于无疵。"

达之,入于无疵,做到了这一步,或者是使老板做到了某一步,你也就没有缺陷危机了。

这六个字给人安慰,无疵不仅是无疵,而且是没有危险,没有问责,没有诽谤,没有麻烦啊,然而,再细想想,却又有些令人头皮发麻。

究竟什么样才算达到了或引导到了无疵呢?老板咋样你就咋样,那岂止是无疵,你干脆无了人了,连自己的存在都没了,更不要说独立性了,人格了,全都无了,全等于零了,荡然无存了,成了人影儿皮影儿了,成了泥塑木雕的俑儿了,当然无疵,人之不复,何疵有之?

“汝不知夫螳螂乎？怒其臂以当车辙，不知其不胜任也，是其才之美者也。戒之，慎之！积伐而美者以犯之，几矣。”

蘧伯玉接着教诲说：你不会不知道螳螂吧？螳螂发起火来，伸出它的细细的小胳臂去阻挡大车的前进，它竟然不知道它挡不住！是因为它过高地估计了自己的力量，这对于螳螂来说也就够美好的了，它还以为它能胜任呢。小心点吧，警戒着点吧，如果你自以为是，你洋洋自得，再触犯了那位其德天杀的王子，你的下场也不会比那只挡车的螳螂好到哪里去呀！

一个读书人与“天杀”的共舞，会尴尬到什么程度呢？叫做如螳臂当车。螳臂当车的有趣故事就是这么来的。这个成语在被接受与普及以后又变了味儿，变成了全部贬义的嘲笑否定的话。说一个什么人螳臂当车，当然是骂他羞辱他。例如革命阵营就常常宣布反动派反对派是螳臂当车，只能在革命的人民洪流面前化为齑粉。庄子此处的描写叙述，我们的螳螂主角似还没有那么可笑可耻，一个弱者的奋不顾身的反抗，毋宁说是带几分无奈的豪迈与悲凉，虽然庄子也不提倡螳臂当车。

从当车的螳螂来说，可以只是过高地估计了自己的力量，也可能是它只问是非，不问利害，只问这车走得是否合理，是否侵犯了螳螂族类的国土主权的完整，只问该不该去阻挡，而不管是否阻挡得住，叫做知其不可而为之，但问耕耘，不问收获。这只螳螂说不定只是为了保家卫国，不能眼瞧着蛮横的装甲车碾压祖国的土地。这带几分悲情，带几分壮烈，带几分大义凛然。这样的故事带几分美丽，几分美德，如果全世界的螳螂都来抵抗强梁与侵略，如果成千上万的当车的螳螂尸横遍野，也说不定能挡一挡战车的去路，螳螂国还真是十分了得。

但是庄子又警告世人尤其是士大夫知识精英们，不要骄矜于自己的美德美知，你的实力不行，你那条小细胳臂差堪与螳螂一路，你挡下去,只能自找倒霉!

然而这又是多么悲观。一个读了一辈子子曰诗云的腐儒,一个一肚子正义原则价值名节的书生,一个被元朝(一僧二道三官四吏五皂六隶七娼八优九儒十丐)与后人排到“老九”(“文革”中有地富反坏右叛徒特务“走资派”八类“坏人”的说法,民间则加上第九位的知识分子,以为调侃。或谓毛泽东称知识分子为臭老九,非是)位置的人,他们的小胳臂不但挡不住战车牛车驴车,也挡不住一条小狗一只兔子一只老鼠。一个清醒地认清了自己的胳臂只是螳臂的人,他或她的下一步该做些什么呢?

看来他只能低头不语了。

低下头却仍然有话,有滔滔不绝的美文的,当为庄子。

成语反映的是民族与公众的共识,是文化传统的积淀,是久经考验与淘洗的智慧。但是成语与成语又常常互悖互谬。同样是说以小抗大以弱抗强吧,愚公移山、精卫填海、杜鹃泣血、窦娥喊冤、水滴石穿、绳锯木断、铁杵磨针、宁死不屈、用我们的血肉筑成新的长城……就相当正面感人,令贪者廉而懦者勇。而像螳臂当车、以卵击石、蚍蜉撼树、化为齑粉、人心不足蛇吞象、痴心妄想、自取灭亡等,表现出的形象则是可笑乃至可憎的丑角。这样的负面说法让你一下子冷静了不知凡几。螳臂当车,这是笑话,同样又可以被认为是悲壮。悲壮一解构就成了笑话,笑话一拔高就成了悲壮,人啊人,可怎么说你们好!

弱小的善良遇到了强大的凶恶,正义受压不得翻身而邪恶猖狂不可一世,遇到这样的“人间世”可怎么好呢?你的实力无法与威权者抗衡,你到底该怎样自处?成仁取义、知其不可而为之,还是去就之和之并且仍有危险?抑或是达之而且无疵?螳螂何罪而生为虫豸,被编造出“当车”的笑话被势利眼的两条腿的人耻笑至今。破车何德,而轰鸣前进,所向无敌!恸哉!

“汝不知夫养虎者乎？不敢以生物与之，为其杀之之怒也；不敢以全物与之，为其决之之怒也。时其饥饱，达其怒心。虎之与人异类而媚养己者，顺也；故其杀者，逆也。”

你不知道养虎者的故事——伎俩吗？不敢给虎吃活物，因为扑杀活物会使老虎激起杀机，不敢给它吃整物，因为撕裂整物，会逗起老虎威风破坏的火气。要时时刻刻摸清老虎的饥饱情况，要时时刻刻弄准老虎的火气情况。为什么老虎与人不是一类却能乖乖地讨好养虎者呢？就因为养虎者知道怎么去顺着老虎。而为什么有时候被豢养的老虎会杀气腾腾呢？就因为你戗着它啦。

伴君如伴虎，中国的这个有名的俚语，不知道是不是来自上面这一段。庄子告诉读者，对于杀机无限的老板，不要逗引他刺激他也不要暗示他诱惑他。你需要把它弄顺当了，弄顺当了，表面上看是你顺着它，结果却是它会喜欢乃至讨好驯养它的饲养员，结果是它听你的。讨好是双向的，尽心为之的结局是它听了你的，乃至于为你服了务。顺从其实也是双向进行的。同样，与它对立，拂逆它，它就会不高兴，它就会显出猛兽的杀机，拂逆与对立，同样是双向的。

直到这里，庄子是透露了一点天机：顺从老虎的目的是让老虎“媚”你；顺从它了，它才可能顺从你；驾驭、管理、服务、侍候、抬轿、效忠、大树特树，都有可能变成双向的互动，在启动者那里，其实更多的是为自身的利益，越是表面上的百依百顺，越是着眼于自己的所得。佞臣佞臣，归根结蒂是佞自己。

但是，这毕竟是不平衡的互动、不对称的交易。养虎者弄好了，能使虎驯服那么几回，最终，不知什么时候，养虎者被虎撕裂吞下的可能性仍然百倍千倍于老虎被养虎者制服乃至坑骗的可能性。

盖君王是有威严的，威严的来源之一是他的杀机与暴力手段。马克思主义的说法就是国家机器：军队、警察、法院、监狱……没有哪个国家没有这些玩意儿。为了推翻这些玩意儿，叫做必须用革命的暴力反对反革命的暴力，仍然是离不开暴力。不仅国家与国际，社会上、群体里、社区里、家庭中，都无法绝对地避免与摒弃暴力。有些表面的民主自由和谐幸福，背后仍然有待用的暴力手段，准备一旦遭遇外敌侵略、刑事犯罪或其他不测时使用。这种备用的暴力手段，可以称之为潜暴力。这说明，人性中就包含着暴力与潜暴力，正像人性中也包含着仁爱和平温柔细腻，二者都是人性，不要以为人性是单行线，不要以自作多情的甜蜜与楚楚动人当做普遍人性来欺骗自己。而读书人、士人、知识分子之流，最缺少的最没辙的就是暴力，与暴力对阵，知识分子拥有的只剩下了细小的螳臂。

庄子的毒眼看明白了这一点，提醒人们要顺虎性行事，他也许只是自我安慰，顺好了它说不定还能顺从你小人家呢……因顺从而使之顺从的例子也不是没有，但都是恶劣负面的例子。例如宦官刘瑾、魏忠贤、李莲英之属，例如中外都有佞臣宠臣，最后牵着昏头昏脑的国王走的事例也是有的。被顺从的人有没有这个眼光，有没有警惕因自己总是被顺从，从而产生了自己变相被驯服的危险，能够想到这一步，当君王的就相当清醒了。

《红楼梦》中的花袭人也是一个顺从的范例，她一切都顺从宝玉，包括与他同领警幻所训之性事，但在价值取向上她又绝对不对宝玉盲从，原因是这方面她要顺从封建社会的主流文化，她要顺从太太王夫人与老爷贾政，她达到了既服务周到又反过来对宝玉对有关局面有所控制的程度，她的顺从学堪称达到了博士后的学历了。最后呢，却免不了与贾家一起灭亡。

顺从的极致仍然免不了令人叹息。

“夫爱马者，以筐盛矢，以蜄盛溺。适有蚊虻仆缘，而拊之不时，则缺衔毁首碎胸。意有所至而爱有所亡，可不慎邪！”

再讲一个爱马者的寓言故事。暴侯如虎，贤侯如马，倒也不至于是封一个侯就多出一只老虎。

说是有这么一个爱马者，预备下筐子盛马粪，再预备大贝壳去接马尿,赶上马虻来叮咬爱马,爱马者赶紧去抚摸驱逐擦拭,结果把马闹惊了,马会挣脱弄坏笼头鞍绳,再不然会踢坏养马人。你的用意是爱它、表现爱心,结果是马的被惊吓与发生事故,能不小心吗?

一味地就和讨好也不见得就对。为了表达你对马儿的爱,你行事不当,使爱走到了反面,你对马的效忠示爱变成了白痴行径,这样的马夫的形象,甚至还不如当初壮烈当车殉职的螳螂。

有点可笑。我们就没有做过这样可笑的愚蠢的事吗?如果人人媚马,能造就出好马来吗?

这也是我喜爱说下面一句话的缘由:理解比爱更高。

这几句多少有点思想解放的意思,用不着一味地见马就迎之奉之拍之跪之诵之,事马要符合马的自然之道,过犹不及,弄巧成拙,画蛇添足,徒令讨嫌罢了。

同属于《人间世》一章,这一段讲的与开篇时讲的颜回赴卫一段和后来讲的叶公子高使齐一段比较,不无矛盾。不是说只要做到心斋虚静就可以虚室生白,吉祥止止,无翼而飞的吗?不是说无私便得无畏,忘其身便何暇说(悦)生而恶死吗?怎么到了颜阖将傅卫灵公太子之时,仍然是动辄得咎,或无意而招惹虎威,或过度而遭遇马蹄,越走路子越窄?

意欲引导、启悟、陪伴、教授,或是出使,反正是要与威权人物打交道,不可能一辈子不与他们打交道,庄子深知其难,深知如何如何之千万不可。他洞察许多人在这一类问题上的愚蠢、幼稚、混乱、轻率与自取灭亡,他说的都对,都生动贴切。然而,他其实完全解决不了人间世的问题,他并无太成熟的药方,他此段讲了些对威权人有所了解有所顺从或者能与之建立某种互动的可能,比较起来,这一段讲得还比较有可行性。此外他只能劝告你逃离,回到内心,回到虚静、无言、无为。这是聪明吗?这是沉痛已极了吗?这是知其不得已而为之吗?

他已经说了很多了,他已经想尽办法了,你还想要他怎么样呢?

他其实是见了威权与天杀人物,根本没辙。

五　凤歌笑孔丘

说来说去,又说到大而无用之树上来了。

早在《逍遥游》中已经说过了大樗,“广莫(漠)之野,彷徨乎无为其侧,逍遥乎寝卧其下”,几分豁达,几分悲凉,几分无奈,几分诡辩。到了《人间世》结束的时候又说起各有特色的大树来了,看来,大而无用之树的形象对于庄子的刺激很大。大而无用之树是庄子思想的一个代表性符号,是庄子回味自己一生的形象与比喻,比鲲与鹏更刻骨铭心,比藐姑射山仙人的形象更贴近生活。鲲与鹏的形象是振奋人的,仙人的形象是迷惑人的,可惜它们或高高入云或深深潜海,或吸风引露或云气风龙……与人间世不搭界。而株株大树,写在纸上,树在眼前,疼在心里,句句呻吟,声声喟叹,成就了无用的逍遥。

匠石之齐,至于曲辕,见栎社树。其大蔽数千牛,絜之百围,其高临山十仞而后有枝,其可以为舟者旁十数。观者如市,匠伯不顾,遂行不辍。

弟子厌观之,走及匠石,曰:“自吾执斧斤以随夫子,未尝见材如此其美也。先生不肯视,行不辍,何邪?”

一位石姓木匠到了齐国,到了曲辕,看到一棵大栎树。这棵树被供奉作社(氏族、乡里)之神。它大得可以为几千头牛遮阴,抱而量之,达到数百围,高度靠近山峰达十仞以上才长出自己的枝丫……然后是一些更夸张的描述:树大得可以用其制造十几艘船只,观看这棵大树的人像是赶庙会赴集市一样摩肩比踵。可木匠师傅从早到晚看都不看它,停都不肯一停,就从它旁边过去了。师傅的徒儿们观之不厌,问师傅说,自从我们提着斧头锯子追随师傅以来,从没有看到过这样华美的巨树,您为什么不屑一顾呢?这是怎么回事?

极言树之大之美，众人之喜爱，更突出了木匠的冷淡。这是上苍的戏弄吗？因为是专家丰富的行业经验隔离了他的正常观照后的可悲的审美冷淡吗？他反而无法感受一般人间世的喜悦。为什么偏偏要让伟岸变得无用，让美丽变得不材，让残疾与乖异变成智慧与道德呢？这是庄子在与读者较劲，还是老天在与人间世较劲呢？

> 曰："已矣，勿言之矣！散木也，以为舟则沉，以为棺椁则速腐，以为器则速毁，以为门户则液樠，以为柱则蠹，是不材之木也，无所可用，故能若是之寿。"

木匠师傅说：算了吧，您就甭提它了。它的木材没有用场。这样的破木头，做舟船，一下水就会沉底；做棺材，腐烂得飞快；打家具，极不结实；做门户，它会流渗浆水；做梁柱，它会招虫子。它干脆就是不能用的非材之散木。正因为它一无用途，才能长这么大活这么老呀。

这一段与《逍遥游》结束时讲惠子所讽喻的大樗"无所可用，安所困苦哉"的寓意一样，不必重复，只是多了一点趣味和怪话。看来庄子不连写几株美而巨大、稀奇古怪、一进入实用层面就恶心人的无用之树，他就硬是过不了瘾。

> 匠石归，栎社见梦曰："女将恶乎比予哉？若将比予于文木邪？夫柤梨橘柚，果蓏之属，实熟则剥，剥则辱；大枝折，小枝泄。此以其能苦其生者也，故不终其天年而中道夭，自掊击于世俗者也。物莫不若是。且予求无所可用久矣，几死，乃今得之，为予大用。使予也而有用，且得有此大也邪？且也若与予也皆物也，奈何哉其相物也？而几死之散人，又恶知散木！"

姓石的木匠回家后梦到大树向他托梦……你拿什么树与我相比呢？是不是去比较那些有纹理有章法可说的有用之材呢？山楂呀、梨呀、橘子呀、柚子呀，都是果树，果子一熟就被采摘。一受采摘树木就受委屈，大枝断折，小枝落地，这就叫自己的能为害苦了自己，也就不能终其天年而是中道夭折了。是它自身的特色招惹了打击。世间诸物都是这样，都是自找背运。而我呢，早就追求没有用的品格了，在通向无用的大路上几遭失败而断送了生命，直至今日才终于做到了彻底无用化。对于你们来说无用，对于我自己可就是大大的用处喽！如果我对你们变得有用，还能长这么大吗？再说，咱们俩彼此彼此，你怎么看我我也可以怎么看你，你看着我是散木——无用之木，我还看着你是散人——将死速死之人呢。像你那样的无用之人，又哪里有资格去思考我这样的无用之木？

王按，石木匠是很了解大树的，早就说了它无所可用，故能若是之寿，大树向他再托梦，实属啰嗦。它本应向石木匠的徒弟托梦才对。但人的特点是只喜欢与理解自己同情自己的对象交流，应该说是只喜欢自己与自己交流、与应声虫交流，自己说服感动自己。莫非大树也怕不了解自己的徒弟们不爱听自己的唠叨，还是怕遭到徒儿们（例如八〇后九〇后们）的嘲笑与攻击？

但是大树关于木匠是“几死之散人”的说法极其开阔舒畅，人切切不可自以为了不起，以人为中心说这个有用，那个没有用，这个有益，那个有害。如果改换一下评说主体，人会怎么样被定性被定论呢？天知道！例如二〇〇九年在全球肆虐的甲型 H1N1 流感，一开始被称做猪流感，但迄今，世界上只有人将病传染给猪的病例，却少有或没有猪将流感传给人的病例，猪如有言有权有卫生组织必会将此流感命名为人流感，并制定防范直至扑杀人类的措施……呜呼，夫复何言？

庄子还有一个特点，乃至是中华文化的特点，一切的噩运、一切的天外飞来的横祸，都反求诸己，都认为是自己招来的。真是的，没有能力改变人间世，只能有劲往自己的内心使呀，往有用无用的定义与诡辩上使。

匠石觉而诊其梦。弟子曰："趣取无用，则为社何邪？"

曰："密！若无言！彼亦直寄焉，以为不知己者诟厉也。不为社者，且几有翦乎！且也彼其所保与众异，而以义喻之，不亦远乎！"

木匠醒后诉说自己的梦：一株全无用处之大栎树，却被封为社神（一个氏族或乡里的神明）。徒弟问石木匠师傅：它既然追求无用为什么又身负重任，成了社族的神灵，这代表了什么呢？

师傅回答说：保密（或译闭嘴）！——王注：有哏儿别问啦。那不过是暂寄此身于社族罢了。惹得那些不了解自己的人对它非议。它不在社族里取得一个名义名分，不是太容易被剪除伤害了吗？它这种自保的办法确实有自己的特色，它是另类。你们用通常的廉价的观点去评说它，纯粹是驴唇不对马嘴……又有几个人能够理解它的处境与选择呢？

妙哉，庄子其实是太了解人间世了。庄周先生泄露出了用世、出世、混世、自保、逍遥的各色天机。其中一种像这株大栎社树，由于体形庞大，连蒙带唬在社里挂一个空名，虽说是高高在上，享受顶礼膜拜，却是有名无实，有衔无权，有"级别"无责任，真是自我保护的妙法呀。即使挨点骂，也还是不可放弃的呀。这样巧妙地保护自己享受"树生"，又怎么能不挨点骂呢？

当然，并不是所有的树都有这样的条件与运气。

中国自古就有一些辩证绝伦的说法，所谓小隐隐于野（山寨），中隐隐于市（闹市），大隐隐于朝（廷）。中国人留下了这种说辞，他们中的最幸运者参与政务，参与一切的红火热闹荣华富贵，而又保留下自己的心灵的一片净土，时而消失隐没，时而若有若无，时而礼数周到，时而拈花微笑，想尽一切办法避免危险，保证安全，同时尽可能的逍遥自在。

全世界再没有别的国家的人像中国士人这样做了如此多的研究探寻，总结如何保身于乱世的经验。所谓"宁武子邦有道则智，邦无道则愚,其智也可及,其愚也不可及”——宁武子此人,侯国政治清明他就很有才智,能够献计佐政,侯国乱了套了,不按正理办事了,他老人家就傻了,两眼发直,头脑短路,变成废物。连孔子都叹息,学习宁武子的聪明劲还好办,要想学到他那个傻乎乎的劲还真难,硬是学不像。(结果“文革”中把“愚不可及”当成孔子污辱劳动人民的话来批,总算是做到了真正的愚不可及喽。)再如“大乱避城,小乱避乡”,也绝了。政治性大动乱,你需要避城而住,一进城,全是政治,你躲也躲不开。小乱子,什么民族械斗呀,土匪绑票呀,传染病发作呀,你应该避乡而居,当然了,这种事上城市治安卫生之属可能会维持得好一些。笔者在“文革”中侥幸待在了新疆伊宁县巴彦岱红旗人民公社二大队第一生产队,居然在大乱中毫发无损。证明了上述避乱术的颠扑不破。更简单的概括则是“穷则独善其身,达则兼济天下”。处境坏的时候,把自己照顾好,自己不做坏事不留恶名不种恶因,这就叫阿弥陀佛;处境顺当了,则可以出头为公众办点事了。

如此种种,倒也说明中国历史上的政治环境是何等的险恶,保住脑袋与屁股是何等困难,民族精英的多少智慧心术放到了保头与保臀的艰苦奋斗之中,伟大的中华民族在经历了早期的辉煌以后,为什么相当一个时期停滞不前,积贫积弱?有没有此方面的缘由?不亦痛哉!

这不,又来了个“大隐于朝”的典范:大栎树。一无所用却又不拒绝社树美名。

遁入山林荒郊,名为隐居,只算小隐,因为你很容易被找到,你那是明隐,甚至是作隐之状,说不定啥时候闹个东山再起。中隐于市,有点道行了,混迹市井,结交黑白两道,熟谙三教九流,和光同尘,含而不露,嘻嘻哈哈,与沉默的大多数并无二致,也就能享受愚氓百姓的幸福生活,如天津的电视剧《杨光的幸福生活》一样,幸福指数之高,谁人赶得上杨光兄弟?

而大隐巨隐呢,隐于朝,为什么要隐于朝呢?不完全说得通。可能你已经锋芒外露，光耀人间，想隐已隐不住。一方面是隐的自觉与强烈决心，一方面是名声在外，身不由己，欲韬光养晦而不得，乃入朝当差，却又保持距离，随时准备淡出归隐。这至少已经说明道行不够，你若真得隐道真传，怎么会露出自身的光环来？要不你是特殊背景，命运不允许你退隐山林？例如此株栎树，长得太大了，自是成为候选目标的原因。但庄子强调的是，它不仅块大，而且更可贵的是无用，大而无当无用，才最吉祥，才能又有足够的虚衔，又不卷入太多的杂务麻烦。

我们也不能完全不怀疑大树的私心，它的动机谁知道？隐于朝，安富尊荣，吃香喝辣，舒舒服服，嘻嘻哈哈，无益无害，有用也一定要变成无用才好。何况压根就派不上用场呢？

而朝廷也需要个把或最多是三个五个这样的无用——大用之士，可作花瓶，可作盆景，可作谈话伙伴，可作句读（标点）与异体字顾问，可一道附庸风雅，可作留影道具，可供观赏，可供说说笑笑，可以赞颂膜拜，也可以权充本朝礼贤下士的样板……就是嘛实际用途没有。

但是你千万不可忘乎所以，不要不知深浅，不要动不动一口浊气堵到那里，叫板较劲，自取灭亡。这就是大栎树的风格，这就是大栎树的幸运，这也是大栎树的狡猾与成熟。

庄子怎么会深通此道？这方面庄子与老子也不同，老子确实是高头讲章，立论如虹如峰。而庄子呢，他其实上上下下，进进退退，关节分寸，里里外外，什么不懂？

尤其妙的是，庄子还通过姓石的木匠之口说，大栎树的命运会遭到“不知己者诟厉也”。可不是，你又鼓吹无用，你又鼓吹出世，你又获得“社树”的殊荣，什么好事都归了你啦，什么坏事你都推给别的树，你不是过于聪明了吗？你不是油滑市侩吗？而其他树类弟兄呢，往上靠，当不上社树牌位，往下连，当不成蔓草荆榛，这么倒霉，能不骂娘？

却原来庄子了解情况、贴近生活、贴近市井、贴近官场、洞明世事、练达人情，而又高高超越、远远距离、信口雌黄（无贬义）、挥洒皆趣、荒诞怪异、如花似锦、天上地下、忽悠砍抡、怎么弄怎么漂亮……庄子是真正的人精，庄子是真正的东方不败，古今中外，打遍天下无敌手，而且他又是真正的一无用处！

读庄是真正的享受、智慧的享受、思想的享受、文采文风的享受、耳目一新的享受、悟性与慧根的享受！拥有庄子，阅读庄子，领悟庄子的中国人有福了！

南伯子綦游乎商之丘，见大木焉，有异，结驷千乘，隐将芘其所藾。

子綦曰："此何木也哉？此必有异材夫！"仰而视其细枝，则拳曲而不可以为栋梁；俯而视其大根，则轴解而不可以为棺椁；咶其叶，则口烂而为伤；嗅之，则使人狂酲，三日而不已。

南伯子綦到商丘游览，看到一株与众不同的大树。庄子不厌其烦地写各色无用大树，到了这一段，写得更加夸张，大到什么程度呢，能将千乘兵马纳于树阴之下。

子綦感叹地说：真是独树一帜啊，这样的树是多么与众不同！但是仰头一看，树的枝子是弯曲的，不能盖房，树干是打结的，做不成棺椁大板。舔一下树叶，口角溃烂，嗅嗅它的气息，则昏迷三日。在无用上狠做文章，把无用进行到底，登峰造极，惊心动魄。

这里，应该感觉得到观察家庄子行文的汹涌澎湃，他是句赶句，词赶词，形象追着形象，修辞推着修辞，第一个夸张激起了第二第三第一百个夸张。风吹动了浪，浪涌起潮，潮激浪更高，风浪潮掀动了整个海洋！把一株树的无用写到了不堪的程度：舔则烂嘴，嗅则昏迷。这是在写大树吗？庄子明明是在糟践自己与众"老九"们。我们向威权投降，我们向威权发布我们的彻底无用宣言，都到了什么份儿上啦！您老还要赶尽杀绝吗？

子綦曰:“此果不材之木也,以至于此其大也。嗟乎神人,以此不材!”

子綦说:不成材料呀,却长成了这样大的一棵树,唉哟我的老天爷,我的神仙呀,为啥这棵伟大的树却又将它弄成这般的无用!

天意不欲材,天意不求材,这是一个很好的安慰。树大难为用,这个道理应该能品出点味儿来。

宋有荆氏者,宜楸柏桑。其拱把而上者,求狙猴之杙者斩之;三围四围,求高名之丽者斩之。七围八围,贵人富商之家求椫傍者斩之,故未终其天年,而中道之夭于斧斤,此材之患也。

宋国荆氏那个地方,适宜长楸、柏、桑等树。有个工具把子粗了,被养猴的人所看中,砍了它去拴猴子。三围四围粗(三四个人抱得起来粗的),被豪宅消费者砍了去做栋梁、修高屋去,七八个人才抱得过来的,富贵之家砍了去做棺椁。这些树都是不等老迈就夭折于斧下,这就是成材中用的祸害呀。

这一段与前文相比,无太多新意。只是对不同粗细的树木的用途的写法相当生动细致,有生活气息。大道理不放弃小细节,这是为文之道。

故解之以牛之白颡者与豚之亢鼻者,与人有痔病者不可以适河。此皆巫祝以知之矣,所以为不祥也。此乃神人之所以为大祥也。

从这样的无用至巅峰的大树,联系到白额头的牛、鼻孔上翻的猪、长了痔疮的人,他们由于自身生理上的缺陷,反而解脱了被丢入河中祭祀河神的命运,能够多活几年。白额牛、翻鼻猪与患痔人,这可能都是当时认为不祥的晦气的表现,是无用的表现。然而,从神人的观点来看，它们才是最最吉祥的。

看来，不只是孟子，先秦诸子都够雄辩的，都能强词夺理。正常情况下、普通情况下，长痔疮当然不是吉祥美事，因长痔疮而保住了性命，没有投到河里祭神，这是极端的特例。这就如同说一个人赶飞机，误了机没有起飞，这当然不是大吉大利，正赶上那架飞机出了事故，你保住了性命，你的误机变成了奇瑞，变成了福大命大，这样的几率微乎其微，可忽略不计。再有，这样的举例没有什么启发指导意义，你能够为了无用与安全，而主动去感染恶疾吗？

唯一的意义是如果你遇到倒霉的事，不妨从另外处想想，不妨向另类思路靠拢，解解心宽，亦殊不恶。

> 支离疏者，颐隐于脐，肩高于顶，会撮指天，五管在上，两髀为胁。挫针治繲，足以餬口；鼓筴播精，足以食十人。上征武士，则支离攘臂而游于其间；上有大役，则支离以有常疾不受功；上与病者粟，则受三钟与十束薪。夫支离其形者，犹足以养其身，终其天年，又况支离其德者乎！

这位名叫支离疏的人，他的颜面收缩到肚脐下边去了，他的双肩高过了头顶，他发束朝天，他的五官集合到上端，他的两条大腿紧贴肋骨。他给别人缝洗衣服，足够温饱，他要是给人家筛糠舂米，可以养活上十来口子人。上边征兵了，支离疏敢于大摇大摆地游走在市井乡村之间，上边派下徭役来了，支离疏由于有疾病没有这个任务。上边发下救济病人的补助时，他是又领米又领柴。却原来，形体支离破碎的人照样能够保养自身，何况那种德行残缺不全的人呢！

这里的对于残疾人、畸形人支离疏的描写恐怕失之于夸张过度，引起一些恐怖直至厌恶的负面感觉。但是这样的写法与此前写及的关于痔疮与翻鼻孔的猪，丰富了我们对于审美的认识，扩大与深化了我们对于美好事物的感受。我们不能简单地说什么什么由于丑恶不美就注定是不可入画入诗的，例如庄子就硬是要翻痔疮、翻鼻孔、畸形的案。对于儿童,苦味辣味都是难以接受的,成人就难说。病态与畸形,对于临床来说是需要矫治的,在庄子笔下就另有妙处。

可惜的是,支离疏被庄周搬出来,畸形了个空前绝后,最后不过是论述他不服兵役,不出工,享受救济,留下了命,在通篇《庄子》中,写得不算成功。

支离其形与支离其德的关系,用意何在,值得掂量。支离其形之说好办,仍然是在强调无用之用,无用最平安。支离其德呢?有的专家解释为世俗德行也不必计较太过,但这里的世俗二字是解者加上去的。宁可解释为,不论身体上还是德行上被认为有缺陷不完整都未必是坏事。一个人如果支离其体其形,如支离疏这样,自然免用免灾,可以养其天年。一个人如果被社会被公众被威权方面认为德行亏损,同样可以免用,既然免用,自然免灾。庄子的这个关于支离疏的夸张失度的故事,或有拯救士人之心,一代又一代,多少士人因其不见用而哼哼唧唧、哭哭啼啼、丑态百出、愁肠百结呀,他们要学学庄子,也不至于落魄到那步田地!

> 孔子适楚,楚狂接舆游其门曰:"凤兮凤兮,何如德之衰也!来世不可待,往世不可追也。天下有道,圣人成焉;天下无道,圣人生焉。方今之时,仅免刑焉。福轻乎羽,莫之知载;祸重乎地,莫之知避。已乎已乎,临人以德!殆乎殆乎,画地而趋!迷阳迷阳,无伤吾行!郤曲郤曲,无伤吾足。"

孔子到了楚国,狂生接舆来到孔子的门前,唱道:凤呀凤呀,咱们的世道德行怎么这样一落千丈噢。未来的好日子谁能等得上?过往的好日子,再也追不回来啦。天下有道,圣人的事业应该可能成就。天下无道,期待着圣人的出现。方今之世,圣人能够保住自己不受刑罚也就不易了。福所轻如羽毛,却无法承载,灾祸比大地还沉重,却无法躲避。算了算了,再没有人以德行对待旁人了。危险啊危险啊,人为地画出一个名利的小圈圈就都往里挤。迷阳(荆棘)啊迷阳啊,不要挡住我的行路。郤曲（刺榆）啊郤曲，不要伤害我的脚丫子！

早在青年时代读过李白的诗《庐山谣寄卢侍御虚舟》：

我本楚狂人，凤歌笑孔丘。
手持绿玉杖，朝别黄鹤楼。
五岳寻仙不辞远，一生好入名山游。
…………
登高壮观天地间，大江茫茫去不还。
黄云万里动风色，白波九道流雪山。
…………
闲窥石镜清我心，谢公行处苍苔没。
早服还丹无世情，琴心三叠道初成。
遥见仙人彩云里，手把芙蓉朝玉京。
…………

庄子的原作、李白的诗，都非常好。庄子这一段写楚地狂生接舆，作凤歌而叹息世风日下，人心不古，道德沦丧，既回不到过往的盛世，又管不了未来的艰辛，等不到来日的光明灿烂。并说天下有道，圣人才能成就一番事业，天下无道，圣人本来应该应运而生，或圣人只能维持生命而已。却原来圣人拿天下无道也无计可施。天下有道还是无道，与你这里出没有出孔圣人、大师、弥赛亚、鲁迅没有直接关系，毋宁说，是天下无道之时才会产生圣人、文学大师、弥赛亚与鲁迅式的精神领袖，因为越是天下无道，混乱崩溃，山雨欲来风满楼，越是会产生对于圣人救星的期待，越是容易接受圣人救星的怒风狂飙点火燃烧。而一个社会如果基本运转正常，各安其业，小康中康，越是会各顾各地发财过日子，而不会产生对于圣人救星的期待与狂喜。天下无道，圣人生焉，也许这样解释才更深刻更有道理。

天下太无道了呢？见到圣人大师弥赛亚鲁迅，见一灭一，见圣封喉，容易出圣人吗？恐怕也不行。古今中外，这样的灭圣的例子同样俯拾即是。

（同时，天下无道，天下有了矛盾，就会出现给群体带来灾难的假圣人，装模作样，大言欺世，成事不足，败事有余。庄子未及论述。由老王补充在这里。）

接舆唱道：方今之世，即使有圣人出现，能做到免除刑罚之苦，也就不容易了。这是庄子的一句怪话，叫做不合时宜之话，叫做牢骚之语，叫做令人顿足扼腕。

底下是真正的语言艺术，将牢骚痛苦写得华美潇洒，飘飘然而又凄凄然："福轻乎羽，莫之知载；祸重乎地，莫之知避。"乱世英雄起四方，有枪便是草头王（《沙家浜》中胡传魁的唱词）。越是天下无道，越是给天下英雄豪杰、仁人志士、独夫民贼、光棍野心家们提供了呼风唤雨、撒豆成兵的舞台，谁还顾得上承轻福而避重害？对于凡人来说，不战而退、不玩就认输、没有活够五十年就告老还乡……这也太难了点儿！

"已乎已乎，临人以德！殆乎殆乎，画地而趋！"算了吧，算了吧，多多地积德行好吧，危险啊危险啊，被人为地画地为牢，硬是解脱不出来。从此改弦更张，去险留德。莫问前程事功，但得平安是福。这，你才算是个明白人！

"迷阳迷阳，无伤吾行！郤曲郤曲，无伤吾足。"人生多歧路，世间多陷阱。荆棘遍地，能不能清醒地选好自己的道路呢？灌木满山，能不能不伤害我的双脚？这几句说得颇有感情，是人间世大不易之语，但也饱含着无奈之中仍然期许着平安与无伤之意。接舆先生向自己与世人做出了最良好的祝愿，但愿人长久，但愿人平安，好人一生平安。楚狂人也罢，他是多么善良天真快乐无邪！

这就叫文学，一个人如庄子，太多的思想、辞藻、幻想与感触，智慧如天，才华如电，言语如利刃，清明如泉水，妙喻如星，念头如奇花异草，而又没有为社会做事的起码条件，又不甘人云亦云地随大流，他必然转向文学，最富有的语言艺术，最贫乏的事功业绩。

总觉得这一段就该结束此章《人间世》了，这样子结束多好，多文学，多诗！但是庄子更关注的还是哲理，他满怀叹息地说：

山木自寇也，膏火自煎也。桂可食，故伐之；漆可用，故割之。人皆知有用之用，而莫知无用之用也。

山木生得太漂亮，才招来了盗伐者。树脂树胶，燃点太低，才招惹上了山火。桂子飘香，才引来砍伐。油漆好用，才招来割皮引流输浆失护。

有点啰嗦了。说到最后还是回到切切不可有用，不可自以为有用，不可抱怀才不遇之恶俗心态，不可以等待伯乐的千里马自居，弄不好等来的只是屠马人。不可躲避轻如羽毛的幸福——注意，幸福总是轻飘舒适渺小的，而悲剧才会放大自己，莫非天也嗜杀嗜悲——而去认领独吞比土地山岳还沉重的祸殃。

有用之用，皆是祸事，皆是自戕。无用之用才得平安。让我们以支离疏为榜样，做一个健全的残疾人，正常的畸形者，揣着明白装糊涂，佯狂佯愚，邦无道则愚，大智若愚，愚人自有愚人福吧！打倒一切聪明知识与求用心理服务愿望！把傻化无用化废品化进行到底！

这些话虽然过分，想想我中华历代读书人求用之心之烈之苦之狂，想想贾谊之夭、李商隐之悲、李斯之刑、东林党的头颅掷处血斑斑……却又觉得它是庄子处方的一味超前良药秘方，对症之药。

庄老其实不同。老子追求的是真理，是哲学，是天道，是与孔子一样的一言而为天下法，匹夫而为万世师。而庄子，理论上大的方向与老子是一个路数，但他有着太多的文采感情，他写起来如山洪奔放，如油井喷涌，如电光石火，如机枪扫射，如大风起兮云飞扬，四方猛士兮全扫光，它抡得浑圆，夸张极致，溅射四面八方。他的文字如钱塘江涨潮，后浪前浪，你推我涌，浩浩荡荡，势不可当，它有一种将现有一切的期待淹没冲刷的辉煌与恐怖。

有点“白茫茫大地真干净”的意思了吗？

德充符：永远立于不败之地的自我守持

一　《庄子》与《红楼梦》

来到《庄子》"内篇"的第五章《德充符》，我想起了《红楼梦》。

原因是此篇一上来先树立了一位圣人王骀，他的圣明伟大，在于他把一切凡俗的喜怒哀乐全部淘汰，建立了超稳定的心理架构。这使我立马想起了那部集现实的喜怒哀乐之大成的天才小说。《红楼梦》表面上与《庄子》相反，它渲染了、活灵活现地展示了人间的那么多悲欢离合、爱怨情仇、奇正通蹇、沧桑变故，读之热泪如注；但它们又是相通的，不仅《红楼梦》二十一回中贾宝玉读了《庄子》的《胠箧》写下了心得文字，而且整部"红楼"也在宣扬着"好就是了，了就是好"的相对主义的齐物主旨，《红楼梦》一开始，作者借"石头"之口说道：

> 所以我这一段故事，也不愿世人称奇道妙，也不定要世人喜悦检读，只愿他们当那醉淫饱卧之时，或避世去愁之际，把此一玩，岂不省了些寿命筋力？就比那谋虚逐妄，却也省了口舌是非之害，腿脚奔忙之苦。再者，亦令世人换新眼目……

这不是与《庄子》的意旨颇为相通的吗？庄子的说法是：

> 鲁有兀者王骀，从之游者，与仲尼相若，常季问于仲尼曰：

“王骀，兀者也，从之游者，与夫子中分鲁。立不教，坐不议。虚而往，实而归。固有不言之教，无形而心成者邪？是何人也？”

鲁国有个跛子王骀，师从他求学的人与师从孔子的人数相仿。常季问孔子，王骀不过是一个跛子，认他作老师的竟可与您老人家分庭抗礼。他既不站起来授课，也从不坐下来研讨，可是他的学生们去的时候空虚无物，回来的时候收获充实，满载而归，莫非世界上真的有不讲话的教育，不具备任何形式的心灵感染式教育吗？这算什么样的人物呢？

庄子用几个残疾圣人作例子说事，他喜欢用这种极端方式述说自己的观点。一个人的德行是否充实，是否够得上一个美德的标志（符号），不在于他的外表，而在于他的内容。这很好。但反过来太贬低体态健美乃至性感的意义，似是中华古老文化的偏执点之一。

仲尼曰：“夫子，圣人也，丘也直后而未往耳。丘将以为师，而况不若丘者乎！奚假鲁国！丘将引天下而与从之。”

常季曰：“彼兀者也，而王先生，其与庸亦远矣。若然者，其用心也独若之何？”

仲尼曰：“死生亦大矣，而不得与之变，虽天地覆坠，亦将不与之遗。审乎无假而不与物迁，命物之化而守其宗也。”

孔子说，王骀先生，那是圣人！我本人很后悔没有及时去求教。我愿意以他老人家为师，何况那些赶不上我的人！岂止是鲁国，我会带领天下所有的人去向他学习。

常季震动了，他说，他一个跛子（为啥没完没了地说这个什么兀者——缺一只腿脚的跛子？莫非那个时候的人认为缺腿人就当不了老师？孙膑不也是那时候的大将吗？他是被挑了膝盖的呀！）而能令先生服膺，太不一般了。他的特点究竟是什么呢？

底下四句话是所谓孔子对于王骀的心理素质的描绘，也是庄子对于圣人精神条件的总结：

生死之事也就够大的了，但是他并不为之变色变心；即使天塌地震，他也不会丧失自我——自己的主心骨。他明辨万物自然而然地发展变化的道理，却不跟随着变化而动摇迁移震荡，他永远沉得住气。他认同与理解万物的变易却守护着自身的宗旨与根本。

常季从表面上看到一个缺脚的王骀，能令孔子折服，乃相信此人定是大贤（略感势利眼，谁师从谁，谁尊敬谁，并不就等于谁比谁更贤）。贤在哪里呢？孔子的解释令人不免困惑，却原来用现今日本人的说法，这位王君富有“钝感力”：生死、灾变（天翻地覆）、岁月冲刷、迁移变易，都对他毫无影响，毫无作用，他能够保持恒常稳定，与日月天地同在，与大道玄德同存。

常季曰：“何谓也？”

仲尼曰：“自其异者视之，肝胆楚越也；自其同者视之，万物皆一也。夫若然者，且不知耳目之所宜而游心乎德之和；物视其所一而不见其所丧，视丧其足犹遗土也。”

再具体发挥，如果你太注意差异，肝胆之间的距离就会像楚国与越国那样遥远。而你从大道的观点来看，全世界正是浑然一体，万物间并无高下远近亲疏的区别。做到了这一点，谁还管什么耳目感官的印象，而你的心思、思虑早已升华到了和合的德行之中。他看到的是本质的同一，而不是谁缺什么谁多什么，那么少一只脚又如何呢？不过就是少了一块泥巴罢了。

王按，说得太过了，令人不无反感。用来鼓励已经陷入某种不利境地的人，如残疾人、犯过什么罪而刑满释放者、严重受挫者，则有意义。同时，如果我们不拘泥于是不是少一两只脚，而是把缺脚少手仅仅作为一个比喻一个象征来研究，跨越对于手脚的具体感受，而是想想，人孰无缺陷，人孰无遗憾，人孰能完美无缺？有的人事业成就，但家庭生活不幸；有的人金钱无虞，但悟性欠佳，属于糊里糊涂之属；有的人少年得志,后续连连碰壁;有的人有德无才;有的人有才无运;有的人有运无才,终于只能落下笑柄。有缺憾方才是真实人生的表现。做假花的人,为了乱真,必须做几个将凋的、被虫蛀了的、被霜打了的花与叶,才有生气,而如果一枝枝全部花朵怒放,反而笃定是假花。

从另外的启示人心的意义上说,王骀失去一脚,我们应该看到,这正是他圣明无比的一个代价,也是对他的心智应有的一个驱动,一只脚的失去使王骀的境界更上几层楼,失人之所未失,方得人之所未得,见人之所未见,言人之所未言。如果王骀万无一失,尽善尽美,八面玲珑,左右逢源,从不失言、失物、失策、失足、失手……他最多是一个谨小慎微的油光庸人,是一个六星级酒店的大堂经理罢了。对待自己的得失,尤其是失落,能有这样开阔豁达的境界与认识,能不令人佩服吗?

古今中外都有这样的伟人奇人。因残疾而更加奋发图强,卓有建树,令人分外佩服感动。

不要怕失去什么,而要问如何能做到"死生亦大矣,而不与之变;虽天地覆坠,不与之遗;审乎无假而不与物迁,命物之化而守其宗",干脆是要做一个具备金刚不坏之身之心之人。这可就说得太宏大太伟大了。

常季曰:"彼为己。以其知得其心,以其心得其常心,物何为最之哉?"

仲尼曰:"人莫鉴于流水,而鉴于止水。唯止能止众止。受命于地,唯松柏独也正,在冬夏青青;受命于天,唯尧舜独也正,在万物之首。幸能正生,以正众生。夫保始之徵,不惧之实。勇士一人,雄入于九军。将求名而能自要者,而犹若是,而况官天地、府万物,直寓六骸,象耳目,一知之所知,而心未尝死者乎!彼且择日而登假,人则从是也。彼且何肯以物为事乎!"

再问,王骀的个人修养很好,他能理性地、知性地做主自己的心境，有了平静坚强的心境则进入了恒常无忧的大境界。但这也还只是他个人的修为啊。为什么众人就聚集到他的周围呢？

这里的孔子的理论不无深邃。他说人照镜子是照静水而不是照流水。水自身是静止的，才能反映出万物的本来面目而不会在乱动中丧失纯净。（他的意思在于人应该保持自己的清澈与冷静，不可以在不安、动荡、混乱中考虑事务，做出决策。）同样受命于地，获得生命于泥土，只有松柏才能冬夏常青。（由于松柏的端端正正、沉沉稳稳、气质非凡。）同样受命于天，只有尧舜才能立得稳正。（因为尧舜坚守自身的良知良能。）松柏尧舜，成为万物的首席，这不是偶然的，因为他们自身符合正道，才能率领众生走正道。一个求名的军士，不过是保持了本初的纯真特色，也就不会知道畏惧为何物，可以入九军而逞雄。何况一个有道性的、与大道相通、与天地同在、与万物同理、以六骸（形体）为寄寓、因耳目而成万象、具有透彻的良知良能、心灵具有无限活力的至人圣人呢？他也许不日就会飞升得道，进入超凡脱俗的境界，人们怎么可能不去师从他，他又如何会对外物包括自己的跛脚斤斤在意呢？

庄子讲的仍然是传统中华文化所推崇的身教胜于言教，个人的修养境界高于一切具体或专业知识，本初的纯洁质朴高于优于后天所受的教育与影响的观念。而修养境界的核心是心功，心如止水，无私无惑，无骄无赘，清可鉴人，明洁永远。一个人身如松柏，正直阔大，就能成为人们的榜样。德如尧舜，则垂范永远。（此前庄子喜欢拿唐尧开开玩笑，并未如此敬重过，不知有何奥妙。）王骀是这样的人，这样的人就是超人、至人、圣人，直通神人。是神人自然使万众心服口服，桃李无言，下自成蹊。它不睬具体，着重整体，不睬细目，而着重主纲。中华式整体主义、本质主义、抓纲治国主义、找到主要矛盾次要矛盾便会迎刃而解的信念，都表现出来了。这与儒学的理论、中医的理论、太极拳的理论，与中学为体西学为用的理论都通着气。

作为思辨，这种理论极其迷人。作为求知，尤其是实用，用以富国强兵致富创业发明创造，这种理论则时时显得可疑乃至乏效。同时再乏效也仍然有思辨的价值、哲学的价值。当然，现代性、生产力、科学技术、理性与实证、价值理念与道德理想，孔夫子都不是万应灵丹；那么老庄，《易》更不是万应灵丹。不是万能，不能直接解决战争胜负与生产发展，但仍然是思想奇葩、理念异果、想象绝顶、比喻极致、哲学大观、文学的绝妙好词。

妙矣哉！空矣哉！唯妙唯空，唯玄唯微。你说他是忽悠，他就是忽悠，你说他是智慧，他就是智慧。庄子的智慧令一切忽悠者退避三舍，颜面扫地。你说他是空谈，他就是空谈，然而庄子令如今的空谈家尽显贫乏寒碜，无法混下去。今天的空谈家全部连接起来也够不着庄子的脚踵。你完全可以大骂庄子的荒谬，但是你仍然消除不了庄子的冲击力。你完全可以抱怨庄子的凌乱，但是你永远抹杀不了庄子的钱塘江海潮一样的南华汜兮、山花烂兮、群星灿兮、巧笑倩兮、智惊天兮、言漫涣兮！

中华古典式的才能、大家、大师。伟哉，悲哉，奇哉！

申徒嘉，兀者也，而与郑子产同师于伯昏无人。子产谓申徒嘉曰："我先出则子止，子先出则我止。"其明日，又与合堂同席而坐。子产谓申徒嘉曰："我先出则子止，子先出则我止。今我将出，子可以止乎，其未邪？且子见执政而不违，子齐执政乎？"

申徒嘉曰："先生之门，固有执政焉如此哉？子而说子之执政而后人者也？闻之曰：'鉴明则尘垢不止，止则不明也。久与贤人处则无过。'今子之所取大者，先生也，而犹出言若是，不亦过乎！"

再讲一个缺脚人的故事，他叫申徒嘉。他的缺脚可能是由于受到了刖刑。他与郑子产同时师从伯昏无人。（他为什么名"伯昏无人"，是不是说他已经年长，不计细节，浑然一体，有教无类，爱谁谁？）郑子产官大，与申徒嘉谈论谁先出去谁不出去或等会再出去的事。(什么意思？是值班吗？是与什么任务有关吗？是中国人特讲究的一个名单次序问题吗？)子产对申徒嘉说，我要是先出门，你就等一等，你要是先出门，我就等一等。第二天两人又坐在同一间屋子同一张席子上，又说了同样的话，并说，我现在要先出门了，你为什么不能留下呢？难道你要和我这样一个执政大臣平起平坐吗？

反正郑子产想让申徒嘉听他的安排。而申徒嘉不服。申徒嘉说，在老师这里，还要分什么执政不执政的官职吗？我们总该听说过这样的成语：镜子明洁的话，尘垢就不会附着，而尘垢一附着，镜子也就不会明洁了。经常与贤人在一起的人，不可能也不应该有许多过失。现在你在这里师从老师，以老师为尊，却说出吹嘘自己官职的话来，这未免太过分了吧！

申徒嘉的论据有一点"先进"，叫做在真理面前人人平等，在贤师面前人人平等，同期同学之间不应有高低贵贱之分。而且申徒嘉很文学，他的照镜子的比喻令人印象深刻。

> 子产曰："子既若是矣，犹与尧争善，计子之德，不足以自反邪？"申徒嘉曰："自状其过，以不当亡者众，不状其过，以不当存者寡，知不可奈何，而安之若命，唯有德者能之。游于羿之彀中。中央者，中地也；然而不中者，命也。人以其全足笑吾不全足者多矣，我怫然而怒；而适先生之所，则废然而反。不知先生之洗我以善邪？吾与夫子游十九年，而未尝知吾兀者也。今子与我游于形骸之内，而子索我于形骸之外，不亦过乎！"子产蹴然改容更貌曰："子无乃称！"

子产说，就你这副样子还敢与大人物争高下吗？你也不反省反省自己？

申徒嘉说，让一个刑余之人说自己的遭遇和过错，认为自己冤枉倒霉、不该受到任何惩罚的人良多，不提自己的过失是无妄之灾、也不为自己辩白的人少。命运是无可奈何的事，安危得失，泰然处之，不怨不怒,宠辱无惊,只有有极高的德行的人才能做到。一个人倒了霉,这就好比进入了神射手羿的射击目标圈子,你也就活该被羿的箭所射中,也有不中的,那是命运的特殊宽容、网开一面。人的一生,进入了历史与地域的(侯国的、政治的、战争的……)射击圈子,你如何能不被击中呢?除非你有特别的命运。一般人会以自己双足完全而笑话我的缺失,这曾让我很生气。到了贤老师这里,心境平和,一切懊恼一风吹过,吗事也没有了。真不知道我是怎么样接受了他的善德的洗礼,或者是我自己终于明白觉悟过来了。我跟随贤老师学习做事已经十九年了,从来没有计较过少一只脚多一只脚的事宜。如今呢,我与你共同学习身形内里的精神品德修养,你却专门打量我的身体外形方面的问题,你不是太过分了吗?

一番话说得子产面红耳赤,他赶紧赔不是说:"请您不要再说下去了。"

这个申徒嘉同样具有少一足的遗憾,但是此段与上一段讲王骀的故事不同,王的故事重点在于虽"失足"仍然有齐生死、同物我的大道行,有了大道就有境界,有了境界就有了吸引力与凝聚力。其着眼在于一个"大"字。而申徒嘉的故事着眼于一个"忘"字,面对命运的神矢,(鲁迅诗曰:灵台无计逃神矢,岂羿之矢乎?)面对历史与地域的绑架,面对你付出的应有的或不应有的代价,你能心平气和吗?能心平气和就能安顺,能够安顺就能忘却你的不平之气、怫然之怒,就能达到一个超高级的忘我境界。

这里所讲的忘却,与前面庄子喜欢讲的槁木死灰一样,不是活死人,不是痴呆弱智,而是一种超然不群的对于有害信息、垃圾信息、有害意识、心理病毒、黑客入侵以及各种无聊无知无意义的包围与干扰的涤除;是精神上、意识上的无为、无知(未尝知吾兀者也)、无(成)心,这也是坐忘,然后方能逍遥、齐物、养生、德充、符验,与日月同辉,与天地同存,与大道同行,与玄德同载,进入永恒与无限的终极状态、终极巅峰、终极自由大境界。

这里，庄子提倡的状态，是世界观，是整体的与根本的理念、核心理念，是大道与玄德，是修身养性，是自我心理调整、心理健康的自我维护，是文学性情感性的升华的想象，也是宗教性神学性的修炼与神秘，是从精神升华到超越凡尘的飞升，乃至是得道成仙，成神成圣。

鲁有兀者叔山无趾，踵见仲尼，仲尼曰："子不谨，前既犯患若是矣。虽今来，何及矣！"无趾曰："吾唯不知务而轻用吾身，吾是以亡足。今吾来也，犹有尊足者存焉，吾是以务全之也。夫天无不覆，地无不载，吾以夫子为天地，安知夫子之犹若是也！"孔子曰："丘则陋矣！夫子胡不入乎，请讲以所闻！"无趾出。孔子曰："弟子勉之！夫无趾，兀者也，犹务学以复补前行之恶，而况全德之人乎！"

还有第三个缺足者的故事，他干脆名叫无趾，脚指头因受刑被砍掉了，他只能用脚后跟走路来到孔子跟前。孔子说，唉，还有什么可说的呢，你不能谦虚谨慎，犯了罪，受了重刑，现在再来找我，又有什么用处呢？

无趾说，早先，我不识时务，不懂得爱惜自身（轻易投入一些事情），丢了脚趾。我来请教您，是因为我相信毕竟还有许多人懂得爱惜与保护足趾嘛，我还可以从这样的人身上学到一些东西来弥补我自己嘛。或者也可以解释为，我还有比足趾更尊贵更重要的东西存在着嘛，我还有保全它们完善它们的可能性嘛。看，天没有它拒绝覆盖的东西，地没有它拒绝承载的东西。我还以为您老像天地一样恢宏包容呢，您怎么会是这样的啊。

孔子不好意思了，他说，对不起，是我见识浅陋了。请进请进，给我讲讲你的遭遇与想法吧。

等无趾走后，孔子对他的弟子们说，请看，这位缺了脚趾的人还是这样孜孜好学，以弥补此前他犯下的过失，何况你们这些全活儿人呢？可不敢懈怠呀！

自《人间世》一章以来，孔子的形象基本正面，但如庄周者不会不找机会解构调侃一下孔丘的，这不，孔子到了这里，“陋”起来啦。

老庄的看家本领是遇到问题抬出天地、自然来。师法天地、师法自然，与法自然的大道同格同质，道、自然、终极，三位一体。三位一体的具象化就是天地。天地是无所不包不覆不载的，所以少几根脚趾根本不足为忧，更非耻非罪。对于天地来说，你就是死了仍然属于它一袖，仍然被它一袖所接受，立论高入太空，孔丘之属，能不认输？

我想起了我的家乡河北省南部的农村，人们喜欢说“说下大天来也不行”，老庄的特色就是说下大天来，然后就行啦。说下大天来，或涉嫌是花言巧语、言过其实，是忽悠下大天来。但是老庄是境界胸怀到了那一步，他们的智慧与思辨的含量容量、承受力耐受性容受性容受度已经到了“齐天”的程度。俗话说的“洪福齐天”多半是夸张的谀词，而智慧齐天、心胸齐天、境界如天，则是可以逐步靠拢的目标。

《红楼梦》也是说下了、写下了“大天”来了，它写宝玉黛玉还有别的少女少男的喜怒哀乐，写贾府的盛衰兴亡，但是它更要写大荒山无稽崖青埂峰的荒漠与长久，更要写女娲补天，以及补天时已经留下了悲情的种子。《红楼梦》的路子是说尽人生的不可心、不中意、不称意，（如李白诗：人生在世不称意，明朝散发弄扁舟。散发弄扁舟，这是最早由庄子提出的乘大瓠而浮乎江湖的幻想的再现。）具体而微，愁肠百结的贾府宝玉，从而看破红尘，超越生死悲喜。包括男女情欲，也是先让宝玉到秦可卿房中——太虚幻境中，尝试体验一番，再看破、放下、丢开。先体验，再拜拜。这是文学的路子也是人生的路子。这是将坐标放到时间的纵轴上，让你体验尽人间的种种鲜花着锦、烈火烹油、青春无限、儿女情深、恩恩怨怨……再体会衰落、悖谬、分离、土崩瓦解、死灭沉亡，得大寂寞、大虚空。从有到无，这是一个庄严和悲戚的过程，又是一个津津有味、催人泪下、耐人咀嚼、永难忘怀的过程。

庄子呢？则是通过思辨，通过概念的掂量推敲，通过智力分析的游戏，通过树立至高至大至纯至精至朴的参照物——天、道、自然，通过至人圣人神人系列的伟大命名过程，让你步步登天，一步登天，扶摇直上，进入无穷。然后鸟瞰世界，视万物为无为零，俯视人生，视生死为一：把生或死更不消说有没有脚丫子脚指头啦，都看得无足道。庄子的虚无观坐标是设立在空间的横轴上的。主要不是通过过程而是通过比较：一个有涯，一个无涯；一个鲲与鹏、一个泥鳅与蝍蛆、一根散木、一个散人……悟出万物的相对性、齐一性与各种具象的渺小乃至虚无。庄子否定了生死、是非、可与不可、寿夭、大小、长短、有无等的一切区别。当然也就否认了有，甚至也否定了无，不但有其实是无，无同样也是无。同样是从有到无，再到无有，再到无无，这是一个自我解放、表面豁达、实质无奈却又颇含大道理的过程。

《红楼梦》的虚无观出自经历、出自凡人琐事的堆积与发酵，通过世俗的悲欣怨恨，情成虚话、家成废墟，富贵荣华都是转瞬即逝，乃得出好就是了，了就是好——这也是一个齐物命题——的结论。而《庄子》的齐物通过棒喝，通过顿悟，通过雄辩与洋洋洒洒的论说，通过大概念的命名，直奔虚无的主题。

同时我们也看到，不论《庄子》还是《红楼梦》，它们所写到的有与无是相对相生的。《红楼梦》的要点在于从有到无，然而荣华富贵之后仍然有永远的大荒山，永远的大荒山，亦有亦无。高鹗的续作则再加上虚晃一枪的再次从无到有——所谓兰桂齐芳，家道复苏，更反衬出原来的富贵青春欢乐亲情爱情已经不复存在。人生况味、文艺精髓全在这有与无之间。没有结结实实、牵肠挂肚，就没有从有到无的天翻地覆、柔肠寸断，更没有无以后的静谧深沉、苍茫雄伟与无限回味。

同样，没有此后无中仍然可能生出有——不论是不是此贾家的后代——来的预估，没有下一轮“有”的萌生，当初宝玉黛玉的一轮从有到无，也就失去了被书写、被咏叹、被思量的任何可能。如果贾府覆灭的故事发生在世界末日，发生在地球毁灭、太阳系消失之际，《红楼梦》又哪里有存在的可能？

《庄子》内篇的核心命题是齐物，齐了物，齐了是非、用藏或用废、寿夭、大小、美丑、物我、彼此……直到生死，自然无往而不逍遥，自然能够应对人间世诸事务，能够涵养充实完美的道德，能够体悟大道而成就真人，也就能够养生享其天年。它以被强调了的相对性消解有的意义，消解彻底了，也就同样消解了无。无来自有并将变作有，有与无的关系就跟鸡与蛋的关系一样，相生相异相连，如一圆环，无始无终。无用方为齐物与逍遥的大用，有用反成害世戕己的无用。无知（智）方通大道，有知（智）徒成荒唐。无为而无不为。有为（有时候）只能是自取灭亡。混沌无器官与功能方得生命，倏与忽为报恩每日给混沌凿出一窍，待凿成七窍，则混沌只能死亡。无情无知，槁木死灰方为至人，有情有知，一切的追求、向往、欲望其实都是自欺欺人。

当然无趾的故事还增加了不因自己的往事往刑往咎而背包袱的阔大含意。

仅仅说下大天来也未必足取，精神上接天盖地，才是人生一乐。

> 无趾语老聃曰："孔丘之于至人，其未邪？彼何宾宾以学子为？彼且蕲以諔诡幻怪之名闻，不知至人之以是为己桎梏邪？"老聃曰："胡不直使彼以死生为一条，以可不可为一贯者，解其桎梏，其可乎？"无趾曰："天刑之，安可解！"

意犹未尽，庄子还要通过无趾之口糟践一下假设的孔子。这时抬出了老子。无趾去问老子：孔子的火候不行啊。他还得频频来向您讨教嘛。而且他喜欢自己杜撰一些奇谈怪论来扬名。其实至人，修养得到家的人，是将这些奇谈怪论与名声看做精神的桎梏的。老子于是建议向孔子推广齐生死、同可否的高层智慧，以解除孔子的精神枷锁。无趾叹息说：唉，孔子的坯子是上天形成的，谁能拓展他的精神局限呢？

几千年后，我们会觉得孔子平实、合情合理、略显一般化；老庄神异、多奇谈怪论（无贬义）。而这里庄子却说孔子是奇谈怪论。一是奇谈怪论也是相对而言，你瞅着我奇谈怪论，我必定会瞅着你奇谈怪论；二是当时孔学远未取得主流位置，也不过是百家中的一家；三是例如《红楼梦》中的贾宝玉，他就完全可能认为孔学是奇谈怪论：放着生动美丽的女孩子不去热爱体贴，放着可悲的短暂人生不去哭泣叹息（被贾政骂为“颓丧”），放着令口角沁香的《西厢记》《牡丹亭》不去吟读，一句话，放着自自然然的活人的真性情真心话不允许发表、展现与完成，而去搞什么孔孟之道、修齐治平、死谏死战、禄蠹官迷……这样的圣人，实是毫无想象力、毫无真诚、毫无激情可言，是在闹虚伪教条主义，暴露无遗的是这种人的庸劣不堪，那一套当然是匪夷所思，违背人性的奇谈怪论呀。

世界上有许多习以为常的东西，已成定论的东西，其实开初不过是一家之言、一得之见，是后来人为地膨胀起来也僵硬起来的。孔孟之旁有老庄，正人君子之旁有宝玉，四书之旁有“红楼”，成仁取义、流芳百世之旁有逍遥齐物无用方为大用，谨小慎微的庸人之旁有几个高智商的跛子，贞节牌坊之旁有风月情种，后来则干脆有了猛男辣妹，纪功碑与钦赐封号之旁有废墟与大荒山无稽崖青埂峰，《正气歌》旁边有《杠凝眉》，“学而时习之”旁边有了“道可道非常道”与“北溟有鱼”……这才是人生，这才是世界，这才是大道，这才不会把世界堵死，把活人憋死呀。

二　至人的完整性

为了多方面地表达庄子对于做人与修为的理想，庄子时时转换不同的角度，从多方面对所谓至人——就是修养到了顶级的人——加以描述与塑造。下面一段，他侧重的是讲至人的吸引力与凝聚力、至人的人格魅力。

与鲲鹏展翅不同,更与槁木死灰不同,这里假托鲁哀公提到的"哀骀它"是一个面貌奇丑的人,虽然写得也很极端,但更强调的是他的几近神奇的魅力:

> 鲁哀公问于仲尼曰:"卫有恶人焉,曰哀骀它。丈夫与之处者,思而不能去也。妇人见之,请于父母曰:'与为人妻,宁为夫子妾'者,十数而未止也。未尝有闻其唱者也,常和人而已矣。无君人之位以济乎人之死,无聚禄以望人之腹,又以恶骇天下,和而不唱,知不出乎四域,且而雌雄合乎前。是必有异乎人者也?"

鲁哀公说的这位丑恶之人哀骀它,男子与他相处,不愿意离开他。尤其重要的是,有十几个女子表示,宁愿嫁给他做妾,不愿嫁给他人为妻。他从来不提倡什么东西,没有任何创意,只不过是应和他人的主张而已。他没有君王的地位权力去救助人民于死亡困顿,又没有钱粮财富能引起人们的口腹期待,并且他丑陋得骇人听闻,应和而无创意,见闻不出方圆之内,而连雌雄动物都喜欢他,无顾忌地在他眼前行雌雄之事。他一定有点异于常人的地方?

这是一种个人的、人格与人性的魅力,而不是大道、玄德、为教为师、言语见识、奇形奇功的魅力以至神力,如前面讲过的藐姑射山真人、王骀、申徒嘉、无趾等那样。

这可了不得了,中国的老年间,一个妻一个妾,差老鼻子了,妻是主,妾是奴,请看《金瓶梅》,西门庆一死,妾们就由西门妻吴氏做主卖掉了。女人愿意给哀骀它做妾,胜过与他人为妻?在我的印象中中国的文学作品中从来没有这样的描述,只能解释为,哀骀它不但学问好、境界好、看事好、主意多、处世好,而且他是极其性感迷人的男子。这与他面貌丑不丑的关系并不十分密切,丑男性感,性事出类拔萃,在拈花惹草方面创出惊人的业绩者,我不是没有见过。

哀骀它真奇人也，十几个女人宁愿给他做妾……这句话，听来惊心动魄。

这个哀骀它，从来不当出头椽子，善于倾听与调动旁人的智慧经验，这样的人容易让旁人觉得舒服。尤其如果他是有志于为官用世，和而不唱（倡），比一大串创意强。如果他是搞科研或文艺创作，和而不唱就只能是三四流从业者。看，他没有高位与权力，无法杀杀生生，他没有财富资源，无法满足饥民的需要。他并无经天纬地、呼风唤雨、奇门遁甲、能掐会算的本领。他平平和和，与禽兽相亲，动物们毫无顾忌地当着他的面行事，或解释为人间男男女女都往他这儿来，按前一种解释，或嫌突兀，按后一种解释，则与前文重复，未免累赘。我个人宁愿取动物交合解。阴阳之大德曰生，雌雄之事，在庄子年代没有丧失它们的神圣感，更不可能被认为是肮脏亵渎。

其实庄子是喜欢特立独行、另类形象、反调奇谈、与众不同、雄辩滔滔的。但是他这里塑造的哀骀它仅仅是相貌上奇丑骇异，性格上却充满了亲和与吸引力，平凡却能服人。他是一个不露锋芒却又极富魅力的至人。和而不唱，不倡，这与老子宣扬的不敢为天下先的原则一致，却与庄子的奇谲恣肆的文体不完全一致。他的文体，如《逍遥游》更多的是表现出神奇的与众不同，是超凡脱俗的想象力与思辨力。

这可以说是"智者悖论"。如果是智者，他应该明白亲和的好处、不争的好处、沉默是金的道理、和光同尘的效用，还有时时保持多数派地位、保持"选票"、时时能团结百分之九十五孤立一小撮的效益。同时智者又常常与俗鲜谐、与众不同、个性超常、立论独特、放到哪儿就像皮球扔到水里一样——你死按了半天硬是按他不下去，确实没有庸众那么踏实可靠与令人放心。老子已经说过，善者不辩，辩者不善；知（智）者不博，博者不知（智）。但是此话一出，已经是与善辩喜辩甚博者的辩论，是对于万事通的"知识里手"的警告与批判了。像老子这样"老奸巨猾"，照样可能因自己的奇谈妙论而惹祸得罪人。

那么一个智者强调自己的和而不唱,这究竟是智语还是昏话呢?如果人人都是和而不唱、不做出头椽子的,那么你的和而不唱论就没有任何智慧含量可言,不过是集体无意识、愚笨或懒惰的表现而已。如果人人皆有扩张欲、表现欲、自我作古、强不知以为知欲,那么你的和而不唱本身就是变调独唱,奇曲大唱了。

世界上许多事都最怕用到自己身上。庄子一面提倡齐物,一面与惠施、与孔丘、与子产、与许多人雄辩不已。同时他一面雄辩惊天,一面幻想着奇丑而吸引男女、和而不唱、雌雄交于前、与世无争、漫涣无心反能治国理政,而且是人见人爱的人生风格。这是庄子的悖论,不争而争,不唱(倡)而唱,齐物而独树一帜,无为而无不为,无知而无不知,特立独行却又人见人爱。

当然,与其去讨论庄子的智者悖论,不如去讨论庄子的对于悖论的超越。西洋人重视的是逻辑规则,是 A 即 A,A 非 B,A 是 C 就是 C,不是 C 就不是 C,不能同时即 C 非 C,叫做同一律、矛盾律与排中律。而中华圣贤的追求恰恰是亦 A 亦 B 亦 C,非 A 非 B 非 C,是此亦一是非,彼亦一是非,是有无相生,高下相倾,是对于二元对立命题的超越与泯灭,是有与无的同出而异名,叫做玄之又玄,众妙之门。国人在哲学问题上,与其说是喜欢遵循逻辑推理的规则去发现真理,发现事实与公式,不如说是更喜欢张开想象与联想的翅膀,以诗意的、审美的、感觉的、情绪的——应该说常常是煽情的方式去声明、认定、创造真理,自称是"为天地立心,为生民立命",自称是至人圣人神人,自称是无待而可御风,入险境而安危无恙,至少是,即使面貌奇丑也照样迷倒一切男女雌雄。

"寡人召而观之,果以恶骇天下。与寡人处,不至以月数,而寡人有意乎其为人也;不至乎期年,而寡人信之。国无宰,寡人传国焉。闷然而后应,氾然而若辞。寡人丑乎,卒授之国。无几何也,去寡人而行,寡人恤焉若有亡也,若无与乐是国也。是何人者也?"

越说越神了,哀公找了哀骀它来一看,果然奇丑无比。但鲁哀公渐渐将哀骀它视为挚友,而且托之以国,不足一个月,佩服于他的为人。不到一年,哀公就完全信任他,任命他做宰相,他闷声闷气,似乎接受了,却又漫不经心,似乎不想干。哀公说:"我太惭愧了,留不住他,他走了,我感到失落,似乎再无乐趣了。你说,这个哀骀它是个什么样的人呢?"

前面说到哀骀它的性感,可能一些老同胞接受不了。但是我要说,在我的人生经验中,我知道性感的组成元素中不仅包含着生理的特质、生理的资源,同样也包含着精神的心理的特质与资源。聪明、幽默、勇敢、豁达、决断、热烈、承担、自信,都是男性的性感要素。我在给一些"高管"人员讲课时曾经简而言之,一个男人,一要担当,二要幽默,否则就没有资格娶妻生子,更没有资格做爱谈情。一个女性,除上面所说大致也需要外,当然我们还会想到温柔与美丽。这里说的美丽也不纯然是外形,而更重视的是精神品位的含义。

或者,由于习惯的关系,我们也许不必大谈性感,而换一个词,叫做活力、生命力、人性化与人情味儿吧。这里包含面容与形体,更包含性格与精神境界、精神能力。这方面好的人物,不仅吸引异性,也给同性以巨大的表率、鼓舞、启发和快乐。所以富有活力的哀骀它不仅吸引异性,也凝聚同性。

我早就有一个说法,叫做智慧也是一种美,而愚蠢、浑噩、蛮横是最最丑陋的。我同样也有这方面的经验,一个人本来外表完全过得去,却由于他的装模作样、穷凶极恶、阴谋诡诈与制造麻烦而确实表现出一副令人作呕的举止风度。

可以假设,哀骀它有极可爱的性格与亲和力。

仲尼曰:"丘也尝使于楚矣,适见豚子食于其死母者。少焉眴若皆弃之而走。不见已焉尔,不得类焉尔。”

“孔子”又讲了一个令人一怔的故事:说是在楚国,他看到一群小猪在死了的母猪身上吃奶,很快意识到母猪已死,慌忙离去了。原因是母猪已经不像小猪一样有活气了,已经与小猪不是同类了。

这个故事很极端很刺激,有点“后现代”。也许我们的电影导演愿意制造一点这一类的电影画面。庄子对于形神关系的论述也喜欢极而言之,他强调的就是轻形而重神,轻形式而重内涵。他忽略的是形式反过来也会影响内涵,形反过来也体现着神,一头母猪死了还能吸引一群小猪来吃奶?去你的吧!我个人愿意与养猪专家们讨论,这样的事情我不相信可能发生。

“所爱其母者,非爱其形也,爱使其形者也。战而死者,其人之葬也不以翣资;刖者之屦,无为爱之;皆无其本矣。为天子之诸御,不爪翦,不穿耳;取妻者止于外,不得复使。形全犹足以为尔,而况全德之人乎!”

庄子分析说,小猪爱母亲母猪,不是爱母猪的外形,而是爱使这个外形成立的生命活力。例如在战争中死亡的人,并不需要棺椁装饰,受刖刑失去了脚丫子的人,无须再爱惜鞋子。没了根本,它的附庸还有什么意义?这就与死猪的猪形丧失了意义是一样的道理。(而俗人们总是为外形外在的一切操心。)你是为天子所使唤的女人,就不要再剪指甲扎耳朵眼,因为容貌要符合身份。内侍娶了媳妇啦,宫里也就不再用了。仅仅为了外形上的完美无缺,已经有这样的讲究,何况一个全德即道德上完美无缺的人呢?

庄子强调内涵比外形重要,实质比现象重要,精神比物质重要的道理。他的举例满天飞舞,他的雄辩淋漓酣畅。他的用意仍然在于指出,人们为了形体的完整会有许多努力,许多讲究,却不知道如果没有精神、才德的完整,那些对于形体的完整的努力其实都丧失了意义。而具备了精神上的完整以后,对于形体上的完整的计较,就更没有任何意义了。没了脚丫子再爱惜鞋子,在战场上壮烈牺牲了,再搞装饰棺木的一套玩意,大可不必。宫廷里对于当差的男女的一些外形上的讲究,也纯属瞎掰。让我们还是把心思集中到维护精神的完整、教具与德行的完整上来吧。

> "今哀骀它未言而信,无功而亲,使人授己国,唯恐其不受也,是必才全而德不形者也。"
>
> 哀公曰:"何谓才全?"仲尼曰:"死生,存亡,穷达,贫富,贤与不肖,毁誉,饥渴,寒暑,是事之变,命之行也;日夜相代乎前,而知不能规乎其始者也。故不足以滑和,不可入于灵府。使之和豫;通而不失于兑;使日夜无隙而与物为春,是接而生时于心者也。是之谓才全。"

如今哀骀它先生没有说什么话就取得了信誉,没有功业上的成就却变成了哀公的近臣,使得鲁哀公将国家交给他管理,还唯恐他不接受,这就说明,他是有完备的德性才能,却不具备足够美好的外形,即他是虽有大德大才,却并未外在化,他是具有大德而没有彰显出来的那种人啊。

说是鲁哀公问:怎么样才能算是"才全"——人格、资质、才能,即精神品位精神能力达到了完满理想的境界了呢?

"仲尼"即孔子的回答是:任何人的一生,都免不掉死生、存亡、穷达、贫富、贤与不肖、毁誉、饥渴、寒暑等的面对与考验。外物在这样相对的两极中变来变去,这就是变化,这就是命运。这样的事体如日夜之交替,而人们常常会觉得,从一开始,叫做压根自己就无能为力,自己的智力掌握不了规划不了这样的规律与命运。在这种情况下,人的精神能力的首要之务是保护住自身不因无常的世事而遭受侵害,反而能经常保持住通畅和悦健康快乐,不因变化而失去自己的平和喜悦。

这就叫自身精神的强大与自足，是与万物接触而不受干扰，接受万物的变化而与时俱化，是一种无切割、无中断、无震荡的通达连续状态，如日接着夜，夜接着日一样自然而然，是一种与万物的关系像春天一样和煦而且充满生机的状态。

庄子的这种自我保护第一主义，既有它的实惠性、实用性与豁达性、超越性，又是显得多么无奈、多么可悲呀。

庄子的特色之一、本领之一是以最高级的名词修饰自身的最低调的目标。请看他发明创造了多少好词：逍遥、大知、大年、绝云气、负青天、游无穷、神人、旁礴、大樗、大树、天籁、真宰、道枢（大道的枢纽）、环中（圆心）、两行（“双赢”）、以明（做明白人）、圣人、天府（善于包容）、至人、大圣、解者、天倪（自然均衡）、无竟、物化、神遇、天理、踌躇满志、安时、处顺、县（悬）解、心斋、坐驰、内通、虚室生白、吉祥、乘物以游心、托不得已以养中、鉴明、颓然而返、务全、和而不唱……美哉庄子，优哉庄子，壮哉庄周！到了这里，庄子又通过所谓孔子之口提出个“才全”的概念。读庄子做人的这些个理想主张，直如花港观鱼、洛阳赏花，漫天星斗，遍地春风，目不暇给，美不胜收。

细细一想，又生狐疑，高明到了出神入化的程度，无非是图个全生、尽年、豁达、平衡、不遇横祸、不遭刑戮，用鲁迅的话说是“暂时做稳了奴隶”而已。汪洋恣肆、天马行空的庄子，他给自己与人们定下的目标，怎么会是这样卑微！

……再想下去，我们又怀疑自己的感受，我们毕竟不可以以今人，以社会主义者、爱国主义者、民主主义者、公民、知识分子、有机知识分子即现代人的观念与对社会环境的认知去要求或裁判两千多年前的庄子。在春秋战国时期，多少人争权争利、求财求官、称王称霸，在所谓立身扬名、光宗耀祖、修齐治平的幌子下大做蠢事、大杀异类、大祸惹身、大害民众。可以说春秋战国时期的杀杀伐伐，表现的是价值的异化，是社会政治斗争尤其是战争的异化、非人性化、非人文化。老子幻想过以他的无为之道来治国平天下，但从无这样的范例。庄子干脆把重点转移到以自身为本上来。庄子更注意的是拯救自我。这可以解释为阿Q式的精神胜利,这可以解释为中国式的犬儒主义,这可以解释为一种清高与明智,这可以解释为真正的以人为本与珍惜生命,这可以解释为人生的审美奇想。

见仁见智,全在一心,受益受害,全在一己。

> “何谓德不形?”曰:“平者,水停之盛也。其可以为法也,内保之而外不荡也。德者,成和之修也。德不形者,物不能离也。”

问:什么叫德是不着形迹、不露痕迹、未可表现的呢?为什么会是这样的呢?

答:比如水,完全停止了运动就可以达到平整的极致。达到了平整的极致,也就可以成为依据、成为法度了,可以保持自己的性能而不受外力之激荡了。(是不是庄子那时候已经有了建筑工人使用的类似水平仪的工具?)德是一种和谐与完成的状态,这样的德体现为万物,万物自然也与德无法须臾地分离,德即万物,并无自己的形迹。

中国先哲这样重视静止、平静,而将运动视为相对的假象式的东西。这不能说不是中华文明的一个特点。当然有它的道理,宇宙万物,都是既有变动不羁的一面又有恒常、守恒、万古如一的一面。变动往往比较表面,容易看得出来。比如一个人,几十年不见,面目全非,须发皆白,但是他的基本性格可能还与昔日无异,叫做江山易改,本性难移。当然也有的时候表面一切如旧,内心正酝酿着大风暴大变化,比如前苏联之解体,没有发生三次世界大战,没有发生武装政变,竟然在一九八九年末来了个稀里哗啦。比如二〇〇八年的国际金融海啸,似乎是突然发生的,似乎是说着说着竟弄假成真了!

要能够在表面的恒久中看到正在起变化的因素,在表面的风驰电掣中看到恒常地起着作用的因素。不因为日新月异而眼花缭乱,更不因之而头昏脑涨。不因为天如此而看不到新的危险新的可能新的变化的契机。这就算有点道行了。

以静止保持平整，保持清醒，保持判断的客观性全面性准确性一贯性。以平衡与静止的状态保持身体各功能的正常运作，从而保持免疫力与健康通畅，保持体力、智力与耐力的最优化，这是可取的，这也是读《庄子》可能获得的一个启发。

同时完全可以也必须敏锐地注视着变化与变化的先兆，有所准备，有所预见，使自己立于不败之地。这二者应该是不矛盾的。没有适当的运动变化，平静就会变成郁积，和谐就会变成掩盖，恒常就会变成矛盾的酝酿与激化，直到爆发冲突，无法收拾。没有应有的平静和谐，变化就会成为恶性的瓦解崩溃混乱灭亡。一个人靠整天平静、端坐养生，说不定会搞得发疯。一个人靠整天运动锻炼比赛求健康，当然只能是活活累死。一个国家朝令夕改、什么都没有准谱，扰民害民，难以长治久安。一个国家几十年几百年如一日的呆板僵硬，停滞落后，陈陈相因，前途自然也是不妙。

哀公异日以告闵子曰："始也吾以南面而君天下，执民之纪而忧其死，吾自以为至通矣。今吾闻至人之言，恐吾无其实，轻用吾身而亡其国。吾与孔丘，非君臣也，德友而已矣。"

哀公在另外的场合告诉闵子说，当初我南面称王，君临天下，掌管百姓的纲纪，为他们中的某些人犯了死罪应杀而焦虑。我以为我够通晓道理、够能干的了。我后来听到有关至人哀骀它的一些讲述，才明白恐怕自己并没有达到自己的预期，恐怕我还是使用了自身而伤害了吾国。我与孔丘的关系并非君臣上下的关系，我们是修德之友伴啊。

中国人喜欢哲学玄学，喜欢掰扯大道理，说得越概括、越难以做到，甚至难以说清才越好。庄子虚拟的仲尼论至人之德一段，使哀公的仁政观念、常识观念、管理观念自惭形秽，我们只能与之共同拜倒在孔丘与哀骀它的面前，顶礼膜拜，只剩下歌颂赞美的份儿啦。

闉跂支离无脤说卫灵公，灵公说之；而视全人，其脰肩肩。瓮㼜大瘿说齐桓公，桓公说之；而视全人，其脰肩肩。故德有所长而形有所忘。人不忘其所忘，而忘其所不忘，此谓诚忘。

又是极其极端的近乎矫情的例子。一个贤人，甲状腺肥大、连嘴唇都没长全、跛足驼背，然而却由于内在的美好而为卫灵公齐桓公喜爱，他们甚至看着正常的人脖子太细。（这有点忽悠了。）

所以说，德有自己的优势长项，形体有自己的应该被忽略的地方，如果一个人该忽略的地方他不忽略，不该忽略的地方他偏偏忽略了，他才真是糊涂健忘，智力太差呢。

一个问题，如果两位君侯没有看中这位伟大的闉跂支离无脤先生呢？究竟是闉跂支离无脤先生的贤德在起作用还是两位君侯的权威在起作用呢？

倒是接下来讲的忘记与记住的道理颇有意思，人总得学会衡量，学会观察也学会忽略，学会记住也学会遗忘。什么都注意，什么都记住，就像一个电脑失去了删除、压缩、抗干扰、抗有害信息、抗垃圾邮件的功能，失去了重新格式化的功能，失去了替代与合并的功能，只具有输入、储存、接受信息的功能一样，那就无法工作了，只能报废。

中国的古人早就知道过于明察秋毫了，是不祥的。你的眼睛如果能够把最小的灰尘也看个清清楚楚，你就无法在卧榻上入睡，无法从盘碗中进食。《列子》上的故事说，伯乐推荐九方皋给秦穆公寻求好马。九方皋告诉穆公找到一匹好马“牝而黄”，即黄毛色的母马，牵来一看，恰恰是黑毛色的公马“牡而骊”。秦穆公不满意，伯乐对此反而极度赞扬，说是：“若皋之所观，天机也。”“视其所视，而遗其所不视，若皋之相马，乃有贵乎马者也”，也是这个意思。

故圣人有所游，而知为孽，约为胶，德为接，工为商。圣人不谋，恶用知？不斲（斫），恶用胶？无丧，恶用德？不货，恶用商？

四者，天鬻也；天鬻者，天食也。既受食于天，又恶用人！

所以说圣人游走生活于天地之间，以智谋为造孽，以约定为强粘硬连，以施惠德于人为公关手段，以工巧为商业牟利。圣人不耍心眼，不用智。请问，你不砍断什么，又哪里用得着胶粘？没有什么遗缺，哪里用得着故意去施惠积德？不谋利，也就不用为商。不用计谋，不用合约，不留缺失，不求利益，做到这四点就是享受了天飨，获得了天飨，还要向人间求什么呢？

这几句话写得很漂亮，生活就是悠游，如维吾尔谚语所讲，人这一生，除了死亡以外，都是悠游——塔玛霞儿。而所有的麻烦，都是人自己制造出来的。什么事都实实在在，有啥说啥，搞那些个阴谋诡计做啥？什么事都自然互助，信任爱心，还订什么合同？尤其是男女之间，全靠一片真情，怎么可能需要一纸文书与法律条文？大家都是各安其位各得其乐，谁也不欠着谁的，谁也不求谁，谁也用不着给谁施恩行好。同样也就不必算计利益得失赔赚交换。人活一辈子，这是老天爷给的呀，老天爷给了你生命生活下去的可能，你们人类自己把自己的生活复杂化个什么劲呢？

这是理想，这是把生活与生命高度提纯的结果，这是哲学，这是文学，这是文章文气修辞加逻辑，然而这不可能完全变成事实。事实是天地不仁，以万物为刍狗。人活着就有欲望，有得失，有竞争，有冲突，有烦恼，有嗔怨，不但需要思虑，而且需要约束直至强制……呜呼，有你受的呀！

哈哈，正是因为有烦恼嗔怨争夺不满足，才越是应该想想庄子讲的这方面的道理呀！许多人知道的是那个“不斗行吗”的理，当然有理，确实某些情况下你得奋力一搏，不能一味退让。但就算是搏了斗了拼过了，也要知道，同时老庄这边还有个“不争，故莫能与之争”的理，这同样也是金不换的钻石定律。

有人之形，无人之情。有人之形，故群于人，无人之情，故是非不得于身。眇乎小哉，所以属于人也！謷乎大哉，独成其天！

惠子谓庄子曰："人故无情乎？"庄子曰："然。"惠子曰："人而无情，何以谓之人？"庄子曰："道与之貌，天与之形，恶得不谓之人？"

而且庄子给你开了处方，有人之外形，能够合群，能够和光同尘，不要脱离大众，与世对立，那也是故意较劲。又能够超越人之常情，超越一般俗人的欲望心、争夺心、计谋心、胶合心、行好心、利益心，而与天道，与大自然，与大道合而为一。你很渺小，因为你是人形，你又很伟大，因为我即天，天即我，身即道，道即身。大哉圣人！

惠子问庄子，人是无情的吗？庄子说，就是。惠子说，人没有情感，这怎么能算人呢？庄子说大道给了他面貌，老天给了他形体，怎么能说不是人呢？

庄子的意思似乎是在说，大道与老天并没有给他情感。

惠子曰："既谓之人，恶得无情？"庄子曰："是非吾所谓情也。吾所谓无情者，言人之不以好恶内伤其身，常因自然而不益生也。"惠子曰："不益生，何以有其身？"庄子曰："道与之貌，天与之形，无以好恶内伤其身。今子外乎子之神，劳乎子之精，倚树而吟，据槁梧而瞑。天选子之形，子以坚白鸣！"

接着上面的话惠子提出了疑惑，既然叫人怎么能无情呢？庄子说，你说的无情不是我说的无情，我所说的无情是不因一己的主观好恶而使自己内心受伤害，正常地自然地生活着而不给自己的生活添加什么外物。惠子说没有生活资料的添加，怎么能够使自身存在？庄子说，道给了面貌，天给了形体，不必因主观好恶、喜怒哀乐而使内心受伤。如今像你这样，你神气流失，你的精力辛劳，靠着树还在琢磨劳神，倚在枯萎的梧桐树干上打盹，不知珍惜自己的天飨天形即自然而然的生活道路，却忙着去进行坚白之类的心劳日绌的辩论。

人能够无情吗？这里弄成了烦琐辩论。庄子所说的情与惠子所说的人而无情何以谓之人的情之概念不在一个平面上。庄子的定义是不因个人的好恶喜怒而伤身，一切自然而然，不必人为地去增加麻烦。于是有情无情之争，便变成了“自然乎抑人为地去努力乎”之争了。庄子联系惠子的实际，说他是劳精散神，不知内敛不听其自然，不知天意不去与天合和，庄子的非情论至少在概念运用上并不能说服太多的人，他的用意还是听其自然四个字。不过他形容与批评的惠子的倚树而吟，据槁梧而瞑：靠着树吟咏或倚树琢磨、凭几而闭目休息，仍然比今天的思想者辩论者生活于电脑麦克风手机书报资料之间听起来要舒服一些。如果惠子生活在今天，他的处境、他的生存环境，说不定会更恶劣得多呢。

无论如何，庄子在这里提出了一个新的命题：无情，此前，似乎少有这种说法。不要因个人的好恶来内伤其身，这是庄子对于自己提倡的无情的解释，但没有展开。有了或者过于注意自身的好恶，对自己、对本性会造成伤害，这个说法似乎远远没有引起庄学家的重视与研讨。

怨而不怒、哀而不伤、乐而不淫，这都是情的规范，孔子要求的是情的中庸化、适度化、非极端化。此类说法还有“发乎情，止乎礼”，以礼、以文明规范来约束情，说明孔子也看到了情的可能的泛滥的消极后果。而庄子提得彻底：无情。这个提法客观上与后世被引进中国的佛家的一些说法接近。爱欲、烦恼、嗔怨，都是情。佛门剃度，要剪断三千烦恼丝——削发，应该说这是无情化的一项操作程序。也许情是对心智的一种干扰？是对老子所提倡的虚静心态的破坏？从中国历史来看，过多的情面、人情、私情的讲究甚至于有害于廉政建设。绝对的无情难以做到，警惕滥情警惕因私情而坏政务……也许我们有可能从庄子的这一说法中得到一些启示。

大宗师:坐忘达通的自信与苦笑

一　真人论

一个天一个人,一个个人和一个群体——社会——他人,一个个有灵性有意识有自觉的个体,和一个浑然的万物万象的自然——世界——宇宙,其中的奥妙吸引着不知多少哲人的关注与思考。是人定胜天?是天意难测?是天地不仁?是人生如梦与并无意义?是未知生安知死?是存而不论?

> 知天之所为,知人之所为者,至矣。知天之所为者,天而生也;知人之所为者,以其知之所知,以养其知之所不知,终其天年而不中道夭者,是知之盛也。

知道天是怎么样运作、人是怎么样运作的,就算齐了。知道天的运作,是遵循天道、倾听天道而产生的了悟。知道人事运作,是以人类的所知,弥补人类的所不知,能够做到终其天年,不至于半道上夭折,也就是智力与知识的发达有效了。

毛泽东称世间的知识只有两种,一个叫生产斗争,一个叫阶级斗争。庄子也说,世间的知识、智慧分两种,一是知天,即掌握与了解天道、天意、天时、天机、天良、天心、天命、天之所为;一是知人,即掌握与了解人事、人文、人运、人和(人际关系)、人心、人欲、人道、人群、人众、人的动机与行为。有了这两方面的知识智慧，就算到了头啦。

能够懂得天之所为（命运、吉凶、变异、生死与各种天象……），是天生的、自然而然的，这样的人，是天才、天资、天命的接受者，是听天由命者。这看起来很难，但不要忘记天的根本、本质、特色是无为而无不为，你只需无知也就无不知了。天怎么为都是道，都是英明伟大不可避免不可批评不可抱怨的，你只需乐天知命，你只需顺天而行，你不可逆天乱为，齐啦。

庄子讲得不多，倒是老子讲道讲得多些，万物生于有，有生于无，有与无同出而异名，一曰大，天无所不包，二曰远，恒久性的，三曰逝，变易性的，四曰反，物极必反，否定之否定。因此要清静无为，不要轻举妄动，不要枉费心机，不要贪得无厌，要慈要俭，不为天下先，等等。做到这些了，加上庄子喜欢讲的槁木死灰，加上齐物，加上游刃有余，加上逍遥与无用之用，您就算知天、合天与天生了。

知人呢？如何才能知道人的所作所为的缘故、规律与后果呢？庄子讲得绝妙的是：以其知之所知以养其知之所不知。专家解释说，其字后面的“知”作“智”解，相信这是有道理的。但是既然汉字曾经“智”“知”不分，我们就可以既注意到智与知的区别，也可以整体主义地去体察它们的统一。庄子未分知与智，我们为何一定要分？知识就是智慧，智慧就是知识，这才算回到了庄子本义。

那么庄子的意思是：用你的知识和智慧所掌握了的一切，去保养、帮助、调理、安慰、平衡、发育、托举你的知识和智慧认定你尚未掌握的那更多的东西。

上面这句话虽然有点绕，但是其味无穷。顺便说一下，这里的“养”字经过我的挖掘铺排，可能其含义已经王蒙化地扩大了，这正是我在本书中要做的事，尤其是我的解读中的“托举”二字，是王某所理解的以知养其不知的核心。

人没有全知全能的，谁都是在半知半解，半聪明半糊涂的状态中生存和活动的。说一个正常的非智障者绝对地无知，与说一个智者无所不知,是同样荒谬的、不可信的。人的无知感、无奈感、不确定感像一口铅锅一样地压迫着自身,只有靠已有的知与智把无力感无定向感闷葫芦感托举起来,才能缓过一口气,才能有所作为,才能逍遥养生齐物游走于人间世。

一个人的选择、决策、有所行为或有所不为、有所接受或有所拒绝,都是根据他或她对自身的知与智的把握程度,其中包括着自己对于没有把握的部分的感知与内心预计。如果是做一个游戏,游戏中让你做出某种选择,虽然自己所知有关设证与后果只有十分之一,你也是敢于去尝试的,因为你不认为你所不知的那一部分有多么严重、巨大、恐怖。如果是认购一种股票,其实并没有谁能具有百战百胜的把握,你就要多研究研究,你知道的是资料、记录、可能的前景、总体金融与经济情势,你不知道或知道得不全面的是市场动态、变数、风险、陷阱。如果是参加一次政变,你就会慎重得多,哪怕你已经知道了许多有关政变的原因、力量对比、计划、预案,原因是你相信你不知道的那一部分更加严重、巨大、恐怖。

但人总要活着,要决定一些事情,要行动或者不行动,所以人其实常常是以其知之所知,养其知之所不知。这就好像进一个餐馆,你知道的是它的名气、品牌、菜系、口碑、价位、地点、门面、营业时间、历史、存车方便与否、过去数次在这里用餐的经验,等等,你不知道的是今天的菜肴到底会烧得怎么样,口味到底会怎么样,材料的优劣到底会怎么样,哪怕你头一天刚刚在这里吃过,你仍然是有所不知,可能头一天是它的头号大厨掌勺,而今天轮到他歇班,可能它昨晚刚刚进了一批劣质原料和假酒。但是你仍然要参照你的已知,弥补着与预计着你的未知,决定进或不进这个餐馆。

一切都是如此,报考一所学校,应聘到某个企业做事,购买一套房屋,你不可能等到知晓了一切的一切后再做,那样肯定是什么做不成。你也不可能拍脑袋就做,那样肯定是轻举妄动,自找苦吃。

为什么是以其知之所知养其知之所不知呢?所不知,也是一种知,一个企业知道它的市场的不确定性,与不知道有不确定性,运营的方略肯定有所不同。已经知道了一些基本信息了,从这个基本信息出发,已经对不确定、没把握、变化中、叫做无常的那一面有所估计了,该出手了,照样要出手才对。

家庭婚姻也是一样,你知道了对方的年龄容貌身体状况收入性情及各种情况,你已经知道对方确实对你有所爱恋好感了,但是你仍然不知道婚后你们会怎么样,你不知道生活不协调时他或她会怎么样,争吵时会怎么样,习以为常以后会怎么样,养育子女后会怎么样……你就更需要以知养不知了,没有以知养不知的习惯或思路,任何婚姻都不可能成功。

以知养不知,这是庄子的一个颇有新意的发现,应该命名为庄周的以知养不知定律。而且,不知也是一种知,对于一切不知,你其实依靠你的知已经有所估量准备了。

我们还可以说,人生就是一个托举着不知,依靠所知来生活的过程。越是年幼年轻,知之越少,因为简单地说,人知道的是过去与现在,其实连过去与现在也是一知半解,糊涂与明白共存,说不定是糊涂大于明白。人生的魅力恰恰在于你的不知,你十岁时不知道二十岁与二十岁后的你的情况,你二十岁的时候不但不知道你三十岁七十岁时的情况,甚至连二十一岁的情况也不敢说准铁定。反之,如果你已经洞察未来,十岁时就已经预见了你今后几十年的每年每月每日将要发生什么事,你还活个什么劲呢?活着的动力之一是求知,至少求知自己与自己的周围,活着就能看得见,“期待看见”是一个生活的动力。所以说以其知之所知养其知之所不知,是人生的根本规律之一。掌握了这个规律有利于终其天年。终其天年,竟然成为那时的知之盛也的标志,说明那时的死于非命的人如何之众。

或者,上述关于以知养不知的说法都是老王的自作多情,不知,就是生命啊,以其知之所知以养其知之所不知,终其天年……就是说的养生嘛,养生的结果当然是终其天年而不是别的。好吧,既然是两千多年后的解读,我们就有一种乐趣,从绝妙的字里行间的空白中努力做出更有趣更深邃的解释与发挥,我们有这个权利,也有这个义务,除非谁能提出绝对不允许更多解读的铁证。

> 虽然,有患。夫知有所待而后当,其所待者特未定也。庸讵知吾所谓天之非人乎?所谓人之非天乎?且有真人而后有真知。

还有麻烦,知识与智慧是有所期待的,它们有待于检验与论证,经过了检验与论证,它们才能被认为是恰当、正当的。靠什么来检验与判断呢?谁也说不准。你怎么知道你所说的天生、自然,不是人为地去认知去推广的结果呢?你怎么知道那个所谓人为地追求的东西不正是天意正是自然规律呢?何况,只有有了真人才有真知呀,谁才是真人呢?

知与不知的检验标准是什么?知人与知天的标准是什么?直到两千几百年后庄子的祖国还在讨论检验真理的标准问题呢,何况庄子那个时候,生产力还很低下,科学还不发达,学科还没有正式形成,那么谁来考究这个知或不知呢?

庄子问得尤其好的是,天与人,又有谁能加以区分呢?天何言哉,所谓天意不天意不都是活人说出来的吗?我们说的人为,是不是可能正是天意呢?胜者王侯败者贼,历朝历代,哪个取胜者不认为自己是受命于天、顺天应时呢?同时他们哪个会不说对手是逆天逆时、气数已尽、遭到天谴、自取灭亡呢?而失败者也同样会宣称不是对手优于自己,而只不过是他们有运气,楚霸王说得好,天亡我也,非战之罪也。世界各国各代,有多少升降沉浮兴衰治乱,有几个人出来承担人之责,又有几个胜者不是借天唬人,败者不是借天赦己!

于是庄子倒因为果,提出来"真人"才是判断检验是否真知的唯一标准。

何谓真人？古之真人，不逆寡，不雄成，不谟士。若然者，过而弗悔，当而不自得也；若然者，登高不栗，入水不濡，入火不热。是知之能登假于道者也若此。

庄子一个跟头从人生哲学翻到玄学神学上去了，他的真人接近神话，不能不说这只是一种想象、空想，最多是理想。

亏他想得这样美，而且叫做“古之真人”，仍然显现出中国文化喜欢向后看的特色。不逆寡，有的解释为不欺负少数派，这个思想就太先进了。因为民主的要义不在于少数服从多数，任何不讲民主的地方都可以做到以权力掌控多数，剪除消灭少数反对派，真正的政治文明、民主要义要看对少数的态度。但是我老觉得这样解释未免过于超前，先秦诸子中再无强调不要违逆“寡”——少数派的主张。我乃怀疑，也许“逆寡”是一个同义词组，是一个情态语，如高兴、愉快、愤怒、悲伤一样，逆寡就是逆人心而动，而变成孤家寡人。一己偶想，录以备忘。

不雄成，不因成就而牛气冲天。不谟士，不用计谋不斗心眼。做错了或错过了时机不吃后悔药，做对了赶上点儿了不会得意洋洋。登到高处不紧张，没有恐高症，掉进水不湿衣裳不下沉，投到火里热不着不发烧。他的知识智慧已经达到了这样的境界。

又是刀枪不入的神功了。可以把它理解成功夫，变成准义和团；也可以理解成境界，不受内扰：逆寡、雄成、谋事（即谟士）、悔与自得，不受外扰：高、水、火。高、水、火也可视为比喻，是能指，高表达一切的升迁、发达、权势、地位等，高处不胜寒的是常人，不是真人，既是真人，低了不伤其贱，高了不晕其贵。水表达一切的流动、趋势、走向、财富、时运、起伏、浪潮，喝水窒息、沉底的是常人，真人则若无其事，既可随波逐流，也可弄潮破浪，还可逍遥沧海，其乐无穷，什么风什么流照样甘之若饴。火可以是表达人气、势头、诱惑、欲望、闹热、种种酒色财气，常人容易陷入而不能自拔，真人则视若无物，超拔九万里。这些才是所指。

这里的对于真人的描述，以功视之则为功夫，以邪视之则为邪魔，以修炼视之则为教派秘修秘炼，以道视之，则为得道真谛。

> 古之真人，其寝不梦，其觉无忧，其食不甘，其息深深。真人之息以踵，众人之息以喉。屈服者，其嗌言若哇。其耆欲深者，其天机浅。

再往具体里说，真人无梦，原因是真人无过度的思谋焦虑期盼或关切。这其实不符合心理医学。现代心理医学告诉我们，做梦是心理发泄的渠道之一，长久无梦，弄不好是抑郁症的前兆。无忧，很好，这是“普适价值”。老子讲“绝学无忧”。孔子讲“仁者无忧”“君子坦荡荡”“人不堪其忧，回也不改其乐”，等等。其食不甘，绕一点，解释为吃饭不求甘甜，解释为粗茶淡饭，糊口则好，还是有道理的。讲到其息深深，练气功练到了以脚后跟呼吸的程度，我们可以半信半疑。在媒体上，我也听到过气功师与佛道宗教人员讲他们的静坐，可以达到用踵——脚跟呼吸。从解剖学的角度看，很难从脚踝上找到气泡气囊气管气道，但是感觉上应该能够做到呼吸深深直达脚踝。就我所知，连教声乐的老师也有教学生唱歌共鸣到脚后跟的，虽然从物理构造上找不出脚踵里的共鸣箱来。声乐家的解释则是，脚后跟虽不共鸣，但你要全身努力发声，包括脚后跟也在起着动员你的情与声的作用。

调理呼吸有它科学有效的一面，举重运动员、跳水运动员，在从事关键一搏的时候是要深深吸一口气的。一个人遇到重大挑战或危难或做出一个重大决定时，他会深呼吸，调理气息，这都是不鲜见的。而平常养成深度呼吸、腹式呼吸、自我感觉直达脚踵的呼吸习惯，对于做事与养生，都是有好处的。

其实庄子也很喜欢举日常生活中的例子，努力使他的高妙无双的理论贴近日常经验。他说一般俗人，一生气，就喉咙噎堵，这是人人都有的经验，庄子将之解释为一个人的嗜欲越深，呼吸就越浅，就越加容易气恼堵噎。庄子的这个体会与分析很好玩。原来庄学也有这样贴近生活、贴近世俗、贴近鸡毛蒜皮的一面。妙哉！

古之真人，不知说生，不知恶死；其出不欣，其入不距；翛然而往，翛然而来而已矣。不忘其所始，不求其所终；受而喜之，忘而复之。是之谓不以心捐（损）道，不以人助天，是之谓真人。

底下说的问题很重要也很困难，但是经过努力是可以做到的。用今天的语言来说，就是对待人生诸变抱一个潇洒的态度。不因生而过分喜悦，不因死而过分悲伤。不因出生而欣然，不因入死而拒绝。（或不因任何事的发生而欣喜，也不因任何事情的不如意，任何人的失落而窝囊。）潇潇洒洒地来了，又潇潇洒洒地离开。不忘记自己是怎么来的——是从无处来的呀，是从大自然中生出的呀，也不追求一定要如何如何终结完成自己的生命。来了，高高兴兴，走了，不过是回到原初你的未有状态。不因心有所爱憎，而罔顾、捐弃、损害大道，也不因已有所知就自命顺天助天其实是干扰天道。这就叫真人了。

这是理想的境界，也是最最纯真的境界，是人的本来面貌，这样才叫做真人。真人者，没有受到人间的种种伪劣之风习影响、合乎本性、发乎内心、天真无瑕之人也。

若然者，其心志，其容寂，其颡頯。

真人的定义继续发挥开来，庄子做文章也是铺排的好手。这样的真人，心是坚定充实的，（或谓其心志乃其心忘之误，他的心态如同忘却了一切俗务私利，寂兮寥兮，虚兮白兮，也行，二者都可参照，反正都是参照。）他的表情是寂然的，无喜无悲，无嗔无怒，无欲无虑。他的额头宽宏阔大、光洁智慧、深邃透辟、阅尽沧桑。

这样的容貌还是当真有的，掌权者很难做到，权力使人产生一种管关官的威力与思忖，最好的情况下是一种自信与自负，举手投足，自然有派。有钱人也难于做到这种表情，钱财使人得意与设防，而且时时有一种追求计划的打算。确实在极少数高僧、道士中，确有出世之思之体之神的人物当中，我看到过这样的寂然而又宏伟，大度而又谦虚的风度。这一段描写是接近现实主义的。

但仍然存在着另外的思路。一个人，甚至是一个真人，可以做到虚静寂寥，槁木死灰，水波不兴，这当然很伟大。也可以做到该喜则喜，该悲则悲，喜而后寂，悲而后静，怒而后平，乐而后坐忘一切，这也是潇洒。

就像奥运会上的一个强队强运动员，拼搏时奋力拼搏，胜败后自有反应，反应完了一笑解千愁，败了的向对手祝贺，胜了的向对手安慰与致意，这样的思路反而比较合情合理，既有风度，又有潇洒，又有真情真味。总之该记则记，该激动则激动，该忘则忘，该超越便超越，该冷静则极冷极静。不要认为只有时时冷静天天冷静月月冷静年年冷静的人才是冷静的，不，那样的一分一秒地冷静百十年是太奇特太不自然了，倒是怨而不怒、哀而不伤、乐而不淫，同时拿得起来放得下，不论遇到何种麻烦困扰，都能最后做到一笑了之，浑然忘却，这是一个更可信可行可亲可爱的目标。

> 凄然似秋，煖然似春，喜怒通四时，与物有宜而莫知其极。故圣人之用兵也，亡国而不失人心；利泽施乎万世，不为爱人，故乐通物，非圣人也；有亲，非仁也；天时，非贤也；利害不通，非君子也；行名失己，非士也；亡身不真，非役人也。若狐不偕、务光、伯夷、叔齐、箕子、胥余、纪他、申徒狄，是役人之役，适人之适，而不自适其适者也。

这样的真人像秋天一样凄凉孤傲，又像春天一样亲和温暖。他们的喜怒哀乐与四季相通，与外物与世界相适应而变化无穷。

所以圣人用兵，灭亡了别国或兵败亡国，仍然不失人心，他为万世万代谋利，但并不是专门去喜欢谁。有意识地与外物打交道的，不算圣人。讲究亲疏远近，就不是“仁”。算计时运机会，就不是贤明。区分利害，不是君子人。行为与名义不一致，也不能算士人，比如狐不偕等人，实际上是为他人所使役，是去符合他人的意愿，而失去了自己的主动性的人。

底下的所谓冷寂如秋，温暖如春的说法甚至使人想起雷锋的名言：“对待同志要像春天一样温暖，对待工作要像夏天一样火热，对待个人主义要像秋风扫落叶，对待敌人要像严冬一样残酷。”估计雷锋的名言未必受到过庄子的直接启发，但是雷锋同样受到包括庄子在内的中华文化传统的修辞手段的影响则是必然的。而这种以自然季节表达人的品质的思路与自古就有的天人合一思想又是分不开的。学习修养，说到底最重要的是师法自然，不仅绘画与音乐，人的道德品质状态，也要学自然学四季学天地学日月山川。这样的思路有它的魅力。

圣人用兵以下的一大段，按闻一多主张是误入，闻说甚有道理，就不多作解读了。这一段不论是从论点上、结构上、文气上，都显得别扭，但也不妨姑妄读之，姑妄解之。

古之真人，其状义而不朋，若不足而不承；与乎其觚而不坚也，张乎其虚而不华也；邴邴乎其似喜也，崔崔乎其不得已也，滀乎进我色也，与乎止我德也；广乎其似世也！謷乎其未可制也；连乎其似好闭也，悗乎忘其言也。以刑为体，以礼为翼，以知为时，以德为循。以刑为体者，绰乎其杀也；以礼为翼者，所以行于世也；以知为时者，不得已于事也；以德为循者，言其与有足者至于丘也；而人真以为勤行者也。

故其好之也一，其弗好之也一。其一也一，其不一也一。其一与天为徒，其不一与人为徒。天与人不相胜也，是之谓真人。

底下的庄子像一架自动开掘机一样地往纵深开阔处掘进。他说真人是高耸而不畏葸，巨大而不崩坏，虽不完满、有所不足、有所缺失，却没有承受压力的直不起腰来的狼狈，他是特立独行的，却不强硬较劲，他是恢宏空阔而不花里胡哨，他是欣然自己舒舒服服，似有喜悦，不得已而动（不妄动，只做迫不得已之事）。他是积蓄充实而颜色可亲，他的德行宽厚，富有亲和力，令人归附。他的心腹开阔装得下一个世界。他的精神世界高傲自由，不受辖制。他黯然少语，似乎闭关修行，他满不在意，似乎忘记了要说的话。下面几句话所谓以刑律为根本、以礼仪作辅助、以智慧审时度势、以道德为标准，应该是讲的治国。有些话与庄子的通透思想有悖，怀疑它们是误入误植。这样的怀疑有理。但也可以理解为，庄子先讲一般性的对于治国之道的认识，再讲真人在这样的全然不同的事务上是怎样做、怎样处理的。以刑律为根本，那就要大开杀戒了。以礼仪为辅助，那就要把礼仪推行天下，使礼仪成为普遍规矩，只有人人接受服从礼仪的条件下，礼仪对于治国才能发挥巨大的作用。那其实是不易做到的。以智慧来判断时势时机机遇，正说明很多事情由不了你自己。做什么不做什么都要经过智力的筛选审批，这正是人的行为的困难可悲之处。至于说什么一切遵循德行的标准，就和说走路上山要靠脚丫子一样，纯属大实话废话说了与没说一样的话。偏偏世人以为勤于行走的人才做得到。可以解释为，只要勤于走路，谁都是可以做得到的，还在那里谈论鼓吹个什么劲？

说着说着，果然又神妙抽象起来了。一个人（或谓是说真人，不像）有什么事物，有什么说法，他可能是喜欢的，有什么事物，有什么说法，他可能是不喜欢的。喜欢的是一路，不喜欢的是另一路。本身一路一个样子的是一路。一个这样的一个那样的，互相不一样的，其实概括起来仍然是一路或一种说法。

比如说刑呀礼呀智呀德呀，说起来好像是四个概念，其实是一个概念，治国平天下罢了。嘲笑这个装模作样的刑礼智德，与提倡信奉这个刑礼智德，看起来是不一致的啦，其实也是统一的，一个有为，一个无为，讨论的都是为不为的问题，目标都是治与不治的问题，不治而治，考虑的仍然是治。无为而无不为，目的仍然是为，用刑礼智德就能治的主张，求其治也，认为越是求治越是闹腾什么刑礼智德就越自找麻烦，不如像老子说的“我无为而民自化。我好静而民自正。我无事而民自富。我无欲而民自朴”。这是两种针锋相对的主张，其实如一个硬币的两面。阿凡提的故事有云，阿凡提到邻居家讨一点油，邻居给了他，他由于心疼邻居的油并没有倒净，他把装油的碗倒过来，想用碗底那部分装没有倒净的那一点点油，结果不用说，一满碗食用油洒到了地上。一个碗，正着装油例如一市斤，反过来还是同一只碗，还能装五钱，装了五钱丢了一市斤，这是从区别上看，从统一上看，以碗盛油，怎么盛也是此碗盛的油，老子的说法，是谓玄同。不能因为丢了多数的油便否认此碗盛来了油。得了大头便失了小头，得了小头便失了大头。捡了芝麻会丢掉西瓜，捡了西瓜会丢掉芝麻，芝麻西瓜，大头小头，何者为轻，何者为重，何为区别，何为统一，就看你怎么分析了。善于认识同一性的是跟着天道走，是天之徒。善于发现不一致的是跟着人事走，是人之徒。而真人的特点是不把天道与人事对立起来，能够从高度融合处观察天道与人事，使天道与人事本身成为天人合一的体现。这可以说是成为真人的关键。真人的特点说到底是混然而一，合成而一，变易而一，浑厚而一，掌握了这个统一性的人是真人，只知道是非、真伪、天人、道术、生死的分际与悖谬的人不是真人。真人真人，能够概括一切、混合一切、调适一切、通达一切的才是真人。真人的基本特点是混一性与通达性，是平衡性与自适性，是快乐与稳定性。

从庄子对于真人的勾画可以看出中华传统文化对于修身的重视，儒道皆然。庄子首先重视的是人的内心的稳定与和谐。不悦生，不恶死，不受外物的影响，老子所谓的宠辱无惊，乃至一直夸张到不怕火烧不怕水淹的程度。人的内心还要宽容与谦虚，因为真人更重视事物的同一性而不是矛盾性差异性，不争，不较劲。庄子不喜欢感情冲动，他倾向于把喜怒哀乐视为破坏心理健康的负面因素。庄子强调的是内在的自由感、逍遥感、齐物感、大道感与舒服自在的感觉。

同时庄子也注意风度、面容、表情。他提倡的是亲和，是恬淡，是镇静，是稳重，是冷峻，是举手投足一颦一笑的含蓄与内敛，他不赞成极端、放肆、夸张、发泄过度，他坚决唾弃歇斯底里。他主张用辩证的道理约束自己。身躯可以高大，同时要警惕高大者容易出现的不稳定感。自视可能不无遗憾，但是完全不必现出一副触了霉头的瘪三相（不足而不承），人可以特立独行，我行我素，但是犯不上与他人叫板作对，等等。

理想理想，而中华文士，除了对于社会对于环境有所理想有所期待以外，还特别对自身有所理想有所期待有所努力。如果说托尔斯泰追求的是个人的、自我的道德完成，那么庄子追求的是个人的自我的智慧完成，是精神生活内心世界的美好与自由的完成。我们没有理由把改造世界与改造自身对立起来，我们没有理由把斗争性与谦和性对立起来，我们没有必要把社会环境的理想性与个人品德操守风度的完美性割裂开来。毋宁说，社会的幸福与进步是个人的幸福与发展的必要条件，而个人的完满与境界的提升，将大大有助于去缔造一个更美好的社会。

二　得道的欣喜

人为什么需要哲学，需要老庄，需要讨论类似道呀、世界的本原与本质呀这一类的大问题？

个体的人越是渺小越是需要扩充自己的视野与知性，努力与宇宙的宏大相联结。个体的人的生命越是短促，越是需要追问前因与后果，倾心于过去与未来，和历史与永恒相联结。个体的人越是痛感死亡的痛苦而又难以避免，越是需要明白就里，超越生死，接受大限，与涵盖一切高于一切主导一切的大道相联结。

死生，命也，其有夜旦之常，天也。人之有所不得与，皆物之情也。彼特以天为父，而身犹爱之，而况其卓乎！人特以有君为愈乎己，而身犹死之，而况其真乎！

庄子说，死与生都是命中注定之事，并不取决于你自己的愿望，就像白天必然会被黑夜代替，黑夜必然会被白天代替一样，恒常如此，常理常情，人掺和不进去，干预不了。一般人将天视作自己的父母，去爱慕它，何况天的卓越的本原、天的卓越的本性——大道呢？对于大道不是理应更加爱慕服膺信仰听命了吗？一些人由于承认君王高于自身，宁愿为君王献出生命，那么为了天，为了道，不是更应该顺从谢恩无怨无愠了吗？

生死的问题是激动人心的，甚至于可以说是一个死结，尽管庄子的这一段文字写得很漂亮，你仍然会感到庄子的无奈。“人之有所不得与，皆物之情也”，“不得与”是不得参与、不得干预、万般无奈的意思。

问题就在这里，如果得以干预，谁又能不悦生而恶死，谁能不千方百计地延续生命与回避死亡呢？皆物之情也，可以解释为这些都是外物的情理，也可以解释为生生死死悦生恶死都是世间的常情。没有办法的。

人很可怜，但也很聪明，完全无奈了，他便不再闹腾、只有接受了。从恐惧躲避，从乱来胡闹（如秦始皇之派五百童男童女去寻不死药）到硬着头皮面对，从硬着头皮面对到坦然接受，坦然中仍然带着苦笑与伤感，再从苦笑的坦然到欣然。就像大足石刻中的那头牛一样，让它接受佛法，要用缰绳强拉它的鼻子，等到修炼常情以后，明月清风，它从必然王国进入自由王国，随心所欲不逾矩，与佛法合为一体了。

同时庄子帮助我们想出一条出路、一条光明大道：就是有比生命个体更重要、更尊严、更强大、更永恒的东西在，有个体生命愿意敬而畏之、信而仰之、奉而献之的参照物在。例如天,仰望苍天,仰望星空,仰望日月,哪怕是仰望雷电暴雨,谁能不心怀敬畏与信仰之情?《战争与和平》中写到安德烈受了重伤之时,特别刻画了他仰望苍穹的心怀与感受。

还有君王,按照封建社会的制度与意识形态,人们是敬畏君王的,想想那种叩头出血、三呼万岁的场面吧,忠于君王,可以唤起何等的激情与勇气!为了比自己更崇高更恢宏更有价值的存在,人们会勇于受死,那么面对大道呢?它比任何具体的人和物,比苍天更根本更永恒更神妙更无所不包,当你感受到接纳了大道之后,死亡又有什么可怕的,生死又有什么了不起的呢?

泉涸,鱼相与处于陆,相呴以湿,相濡以沫,不如相忘于江湖,与其誉尧而非桀也,不如两忘而化其道。

又是一个庄子发明的绝妙的与凄美的故事。泉水干涸了,鱼儿来到陆地上,互相吹湿气,互相吐沫子,互相湿润于万一。这很动人,却不如生活在江湖海洋之中各自过着幸福自由的生活,互相遗忘更美好。

相濡以沫的成语就这样世代流传下来,成为中华文明的一个组成部分。鲁迅赠许广平诗云:“十年携手共艰危,以沫相濡亦可哀;聊借画图怡倦眼,此中甘苦两心知。”其令人感动处恰恰在于用了以沫相濡的典故。而相濡与相忘之辨,更是庄子的一大发明。艰苦环境下的老友,在清明顺利的环境下反而可能少讲点友情交情,这并不值得伤感,却应该感到庆幸。庄子太懂得人情世态啦。他并不拘泥于道德化的幸福观。艰苦、险殆、压迫之下,也许会激活更多的友情义气,正如家贫出孝子,国乱显忠臣,而幸福的与正常的生活条件,也许人们更多地去注意自己。这个相忘定律又是庄子的伟大发现。直到今天这个发现仍然有效,现时就有这样的看法,认为战争时期饥饿时期的中国人民的社会风气比小康时期好得多。一面是生产力的巨大发展，一面是社会风气的严重堕落，这是许多人的认识模式。如果他们多读一点庄子呢？

从这里联想到尧桀之争，则逻辑上的跳跃性嫌大了些。只能这样解读：称颂唐尧，贬斥夏桀，只能说明社会本身问题太大，而越是政治清明，君王有道，人民幸福，越是不需要考虑政治与管理的得失是非。人民忘了君王与管理，君王忘了管理与百姓，一切自然而然，这才是理想，而唐尧虞舜之类的贤明主子的彰显，正说明了天下的治理出了毛病。这是道家的理想，虽然可操作性不足，但对于苛细政治、烦琐管理、包办代替、婆婆妈妈的领导，倒是一剂良药。对于烦琐的政治学管理学与旷日持久的政治主张管理方式之争，也算是给了点颜色。

但庄子的这一段的逻辑不在于讲顺境与逆境，也不在于讲唐尧与夏桀，他讲的仍然是生与死。庄子说，生是局促的，生的可恋温馨在于相濡以沫，死了就可以相忘于江湖了。生的血性志气在于夏桀与唐尧之争，进入了永恒，作古仙逝之后，也只能两相其忘。这个说法未免惊人，然而这确实是一个重要的说法。聂绀弩诗云：哀莫大于心不死，莫非庄子在提倡心先死吗？

> 夫大块载我以形，劳我以生，佚我以老，息我以死。故善吾生者，乃所以善吾死也。

千古美文，豁达贯通地概括了人生的全部历程：大自然给了我形体与生命，用辛劳的工作充实了我的人生，直到逐渐衰老才给了我以安逸的可能与正当性，然后，以死亡送来了我的安息。所以说，喜爱生的人，正因为喜爱生活，也就应该喜爱死亡——善待生命，也善待死亡，说得更明白一点，一个得道之人，应该能够好好地活，好自为之地活，尽可能有质量地活，也要好好地死，好自为之地死，尽可能有质量地死。例如可以理解为活要活得逍遥、自然、开阔、平安、充实、明白，死也要死得豁达、自然、开阔、平静、安详、美丽……

多么崇高，多么动人。它与达·芬奇的下列文字异曲而同工：

勤劳的生命带来愉快的死亡，正像劳累的一天带来愉快的睡眠一样。

当我想到我正在学会如何去生活的时候，我已经学会如何去死亡了。

再没有比时光易逝的了。但是，能收获荣誉者，必然是播种道德者……生命如果是勤劳的，它也就必然能够是长久的了。

伟大的思想家、智者、仁者、"真人"，必然会多一分高远、多一分阔大、多一分自信——包括在生死这样难解的问题上的自信，多一分气象。庄子与达·芬奇在生死问题上的思考殊途同归，是不是也可以算作普适价值的一例呢？

用愉悦的心情对待生死，二者一致，但是又有区别。达·芬奇强调的是勤劳、荣誉、道德，是生得好，也就死得无憾，生命是勤劳的，所以是永久的，这样的名言光明灿烂。而庄子的生死观的魅力在于"大块"一词，形体、生活、衰老与死亡都是大块，都是大自然、世界和宇宙的事，都是大道的下载与驱动，都体现着无限宏伟神妙美好崇高又带几分令人敬畏的庄严与玄秘。庄子甚至不考虑不计较你活得怎么样，是勤劳有道行有荣誉，还是残疾还是一事无成——无用之用，乃至是夭折，因为庄子认为，不论是彭祖还是殇子，其实并无区别。

大块的说法也极纯净美丽。什么是世界？什么是自然？什么是宇宙？什么是天地？就是一个大块，无所不包无所不容的一大块，块头大得老了去了，叫做老大老大，比天大比地大比世界还大。李白讲阳春召我以烟景，大块假我以文章。人的一切，生命、灵感、悲喜、才华、文章、寿夭、通蹇……全部来于大块。如此这般，想起来还真有几分舒畅快乐！

夫藏舟于壑，藏山于泽，谓之固矣。然而夜半有力者负之而走，昧者不知也。藏小大有宜，犹有所遁。若夫藏天下于天下而不得所遁，是恒物之大情也。

把一条船藏在山洼里，把山头藏在湿地湖泊中间，你以为是很牢靠了，其实仍然有更强大的力量：可能是时间，也可能是其他怪力乱神将它们改变迁移，而我们认识不到，不知就里。把小东西藏到大范围中，本来是适宜的，但仍然会走失，仍然有被藏与包藏的区别，藏与被藏能分离，也就是藏了也靠不住。而如果藏与被藏合而为一，把天下藏到天下中，那就是永恒的存在与包藏，永恒的合一，也就没有什么区分，也就永远不会走失。

庄子的理想境界是人与天的合一、人与自然的合一，是人的思想境界的真正的扩充、再扩充，庞大、再庞大。乃做到人与大道的无间、合一、交融、互动、互补、互保、互藏。叫做藏自身于无限，置自身于永远，进入无限，衔接永远，使小我徜徉于高山密林大海大漠大城大乡大道，于太空于天外于众星。关键是大道，身道合一，形神合一，事理合一，气韵合一，主客观合一；永无错位，永无龃龉，永无烦恼嗔怨悲情仇恨乖戾，永远与禽鸟共飞翔，与鱼鼋共遨游，与花草共缤纷，与日月共光辉，与风暴共振奋，与严冬共肃杀，与春风共温煦，与黑夜共入梦，与群星共绚烂，与江河共奔流，与海洋共起伏，与浪涛共呼吸，与山岭共蜿蜒……

特犯人之形而犹喜之。若人之形者，万化而未始有极也，其为乐可胜计邪？故圣人将游于物之所不得遁而皆存。善夭善老，善始善终，人犹效之，而况万物之所系而一化之所待乎！

人为自己（碰巧）获得了人形，有了人体——生命而欢喜，其实这种人的形体、人的生命，千变万化，并无终结，你的欢喜且没有个完结呢，你才欢喜不过来呢。所以说圣人，并不特别在意这个形体的被你得到，圣人要的是神游于从不会失却的大道、大自然。人应该善于年少,人应该善于年老,人应该善于开端,善于结束,这样的好好地度过自己的从少到老从头至尾的一生的人,是值得效法的,更不必说是决定万物的存在与变化的那个大道了。我们怎么能须臾离开、忘记这至高无上的大道呀!

庄子的高超的也是奇异的甚至是大有道理的思路是将人的一生当做一个更大的存在的变化的一个特殊阶段来看:只是在某一个阶段,你具有了、你遭遇了人的形体——生命,这样一个具形具体的生命存活只是永恒的千变万化的一段,前不知其始,后不知其终。这个话其实很简单实在:你对你的祖先能了解多少呢?你能考究或者推测到远古时期的一只猴子、一个单细胞生物或者是上帝造出的第一批人或是伊甸园里的哪个遗传基因或是女娲捏的哪个小泥人是你的起源吗?你能预言你死后,究竟是到哪里去了呢?好吧,你没了,你进入了虚无,进入虚无以后呢?你又何必仅仅为了这一小段且不满百的几十年而欢喜,为今后的无穷而悲伤或为此前的不知所始而困惑呢?反正前面是无限,后面也是无限,千变万化,却无顶端或终点。前不见古人,后不见来者,念天地之悠悠,独怆然而泪下。这是唐朝前期的陈子昂的诗句。前自有前缘,后自有来象,前自有来历,后自有发展,念天地之伟大,独欣然而神旺,独欣然而逍遥,独欣然而物化。这就是庄子的歌曲。我们还可以说是,如果能够像庄子一样思考世界和生命、大道和自然,你也就可以像鲲一样地畅游于南溟北溟,像大鹏鸟一样地背负青天,抟扶摇而上九万里……欧美人希望通过科学而使人成为巨人,而庄周要的是大道,然后无所不在、无所不能、无所不灵……这是非常中国式的抓关键,抓牛鼻子,一通百通,一劳永逸的整合性、统一性思想方法,这种思想方法既神妙灵动,又天真可爱;既富有想象力,富有自慰力与吸引力,又常常会变成空谈,耽误了许多实际事务:包括工农兵学商、天文地理政治经济、数理化文史哲直到衣食住行吃喝玩乐。

如果是为阅读而阅读,为快乐与欣赏而阅读,为通达与智慧而阅读，为雄辩与文章的华彩而阅读，我愿向读者首推《庄子》，为了实用呢？用什么与该学什么您还就得攻读什么。

夫道，有情有信，无为无形；可传而不可受，可得而不可见；自本自根，未有天地，自古以固存；神鬼神帝，生天生地；在太极之先而不为高，在六极之下而不为深，先天地生而不为久，长于上古而不为老。

豨韦氏得之，以挈天地；伏戏氏得之，以袭气母；维斗得之，终古不忒；日月得之，终古不息；堪坏得之，以袭昆仑；冯夷得之，以游大川；肩吾得之，以处大山；黄帝得之，以登云天；颛顼得之，以处玄宫；禺强得之，立乎北极；西王母得之，坐乎少广，莫知其始，莫知其终；彭祖得之，上及有虞，下及五伯；傅说得之，以相武丁，奄有天下，乘东维，骑箕尾，而比于列星。

上边一大段我称之为“道颂”或“道情”——恰恰陕北有一种民歌称做“道情”。（一九五〇年，我国歌手李波就是凭一首《翻身道情》在世界青年联欢节上赢得了金质奖章的。）它歌唱大道，它的铺陈、渲染、勾画、联想、抒发，达到了超豪华的程度。它充满了激情、喜悦、美梦与向往。请看它是这样说的：

啊，大道！你是真实的存在，你的效验毋庸置疑。你并不有意识地要做什么，你也从不显露自己的外形。你也许可以传达感应，却无法教授讲解，你也许可以被体悟获得，却无法明晰地予以表现。你是根由的根由，你是本源的本源，早在天地形成以前你已经自来存在在那里。你使得神灵与上帝得以成就神力帝力，你使得天空与大地得以产生天宇与地面。你虽然早在太极阴阳二气之前已经开端，却不会觉得你是多么高远，而即使是在六合三维空间以下你仍然安之若素，也不会觉得你低下。你虽然是先天地而存在却谈不上久远。你历经上古而并没有变老。（你就是无穷，你就是永远！）

太古的帝王豨韦氏得到了你，就可以统领天地。伏戏（羲）氏得到了你，就可以调理元气。北斗星得到了你，便拥有了自己的永恒的运转轨迹而不会错失。日月得到了你，就可以拥有自己永远的光辉而不会黯淡。堪坏神得到了你，就可以入主昆仑。冯夷河神得到了它，就可以导引河川。肩吾得到了它，也就得到了泰山。黄帝得到了它，就可以登云而升天。颛顼（黄帝之孙高阳）得到了它，就可以得到玄宫居处。禺强得到了它，耸立于北极海洋。王母娘娘得到了它，就可以端坐在少广仙山。无始无终，无生无死。彭祖得到了它，从虞舜到春秋五霸他都能亲历亲见。商代贤臣傅说得到了它，不但能够从一个奴隶做到辅佐武丁帝治理天下，而且死后能够乘坐着东维星，骑驾着箕尾星，与众星比肩而发出自己的光辉！

这是漂亮的文学篇什，这是散文诗，这是贝多芬的第九交响乐的合唱：《欢乐颂》。这是鼓足想象的风帆，抡圆了的对于世界更是对于世界的根基——大道的礼赞，不知为什么，它一再使我想起王尔德的童话《快乐的王子》中小燕子对于它要去的埃及的描写：

> ……他们正在尼罗河上飞来飞去，同朵朵大莲花说着话儿，不久就要到伟大法老的墓穴里去过夜。……那儿的河马在纸莎草丛中过夜。古埃及的门农神安坐在巨大的花岗岩宝座上，他整夜守望着星星……黄色的狮群下山来到河边饮水，他们的眼睛像绿色的宝石……太阳挂在葱绿的棕榈树上……还有躺在泥塘中的鳄鱼懒洋洋地环顾着四周……粉红和银白色的鸽子们一边望着他们干活，一边相互倾诉着情话……那些红色的朱鹭，它们排成长长的一行站在尼罗河的岸边，用它们的尖嘴去捕捉金鱼……司芬克斯，它的岁数跟世界一样长久，住在沙漠中，通晓世间的一切……那些商人，跟着自己的驼队缓缓而行，手中摸着狼冶做的念珠……月亮山的国王，他皮肤黑得像乌木，崇拜一块巨大的水晶……睡在棕榈树上的绿色大蟒蛇，要二十个僧侣用蜜糖做的糕点来喂它……到那些小矮人，他们乘坐扁平的大树叶在湖泊中往来横渡，还老与蝴蝶发生战争。

这样的丰赡、这样的五光十色、这样的琳琅满目，又使我想起安徒生的《海的女儿》的描写：

> 宽阔的舞厅里，墙壁和天花板都是用厚而透明的玻璃砌成的。成千成百的草绿色和粉红色的大贝壳一排排地站在四边；贝壳里燃着蓝色的火焰……可以看到无数大小的鱼群向这座水晶宫游来……一股宽阔的激流穿过舞厅的中央，海里的男人和女人唱着美丽的歌，就在这激流上跳舞……

啊，海洋！啊，埃及！啊，小燕子与小人鱼的善良、爱心与天真！啊，庄子的大道，无所不至其极的大道啊！

而在泰戈尔的《吉檀迦利》（冰心译）中，这位印度诗人是这样赞颂生命与神——大道的：

> 你已经使我永生，这样做是你的欢乐。这脆薄的杯儿，你不断地把它倒空，又不断地以新生命来充满。
>
> ……我用我的歌曲的远伸的翅梢，触到了你的双脚，那是我从来不敢想望触到的。
>
> ……在歌唱中的陶醉，我忘了自己……我的心渴望和你合唱……你使我的心变成了你的音乐的漫天大网中的俘虏，我的主人！
>
> ……这正是应该静坐的时光，和你相对，在这静寂和无边的闲暇里唱出生命的献歌。

庄子缔造的是神奇的效用，使世界获得了它的伟大、美丽、多样、平衡和包容了一切不完满的完满。王尔德歌颂的是神性的唯美，是绮丽与遥远，是儿童——小燕子式的幻梦，而且具有那样沉重的背景。安徒生歌唱的是善与美的光芒，是可以目睹的辉煌的享受。而泰戈尔谦卑地顺从地歌唱造物主的安排，他侧重于大德曰生与生生不已，而将死亡看得如腾空一只酒杯一样的普通，以普通对待普通，这也是道。“而我的心变成了你的音乐的漫天大网中的俘虏”，这是印度——孟加拉式的天人合一论的表达。

综观这一段，庄子以道的崇高开篇，以天与王作比喻，要求人们服膺生与死的大道。承接着的是忘，忘了自己，忘了生命，相忘于江湖，才能得到真正的唯道方有的广阔与自由。再进一步，是善——这里的善的含义在于好自为之，叫做善生善死，善乃无忧无惧，无哀无虑。应该说这是中国式的安乐死的思想与诉求，它思考的不是法律与医药，而是人心，是道性，是体悟。

再往前进行，庄子要求人们扩充自己的境界，延伸自己的精神，达到恒物之大情，达到藏天下于天下而不得所遁，也就真正做到了天与人的混一。再往前，庄子告诉你你的有生之年只是你的存在的一个小小部分，你要考虑的是久远与永恒，存在就是永远，短暂衔接永恒。如此这般，怎么能不好好地将大道与天地——世界赞美一番呢？

这是哲学、这是神学、这是心灵、这是终极的眷注，这是敞开了的魂魄，这是世界的迷人。不论你称终极是“主”还是“道”。这是精神的巅峰。这是文学的殿堂，这是智慧的奇葩。这是包容着科学与真理的敬畏之心、崇拜之心、追求之心！这是想象与感受的极致，这是生命的张扬与归依。这是祷词，这是宗教情怀，这是赞美诗！它崇高而又贴近，有效而又无迹，玄妙而又和光同尘，与你我同在。它永生宏大而又伴随一切渺小与具体、短暂与卑微。

但是中国人又确实不同，对于老庄来说，终极是主宰却又不是宗教里的我“主”，它无始无终，它源而不主，主而不管，终而不息，息而不灭。因为它无名无为无心无缘故又无意愿，不得而亲，不得而疏，不得而利，不得而害！（以上四句见《老子》）它从不人格化意志化道德化主管化。它无为而无不为。它无名，而万物万象万德万美无非是道，皆是大道之名。它不仁而大仁。它自然而然，却又包容着人的智慧与悟性。它是一切又不是一切，它不是任何“一个”又包容着所有的“一个个”！它与一切追求与倾向都不矛盾，它与一切理念信仰相容，它与一切存在相生相容！他就是王尔德，他就是泰戈尔，他就是安徒生,他就是古远得多的庄周先生!

三　学道的历程

请看,庄子那样无以复加地、感人至深地歌颂着大道,这样的大道又是从哪里学到手的呢?学这样的大道,要有什么样的精神的历程呢?

南伯子葵问乎女偊曰:"子之年长矣,而色若孺子,何也?"曰:"吾闻道矣。"南伯子葵曰:"道可得学邪?"

一个人物南伯子葵问另一个人物女偊:你为什么能做到鹤发童颜?答:由于我得知了、获得了一些大道。问:我也能学道吗?

这是一个有趣的中华文化传统观念:健康的问题、养生的问题、面容气色的问题,不是一个医疗卫生、生理科学、营养与生活方式问题,而是一个道性问题、修身问题、修养问题、精神高度问题。国人尤其是古人,热心于寻找这个"一",即同一和统一,中华文化还有一个说法,叫做混一。近代以来各种学科的发展,越来越致力于研究世界与人的多样性、区别性,它们注意的是多而不是一,是越分越细,越研究越专,学问越做越复杂,而且隔行如隔山。但是中国的老祖宗们认为东西既然混杂在一起,这就叫一。一碗腊八粥或八宝粥,煲一锅十全大补汤,十几、二十、三十几样粮食或汤料熬煮在一起,就成了一、混一、万物皆备于我的一。寻找与把握到这个一,然后就能够一通百通,一顺百顺,既能治国平天下,又能经天纬地、保境安民、琴棋书画、养生练功、技击防身、把脉下药、行房酿酒……这就是万能万灵万应万有的大道。

古人云:"不为良相,便为良医",这样的思路绝非外国所能有,对于国人来说,不仅良相良医,而且良师良臣、良工良匠、良商良贾、良优良娼、良官良吏、良兵良将,直到明君圣人,其关键其主心骨都是一致的,都是道或德或仁或其他的一个最最重要的字。一字定乾坤,一字定天下,一字定各行各业,一字定论定评价。这是多么高妙、多么天真、多么迷人的思路啊。

从近年来关于大师的讨论上也可以看出,我们对于大师的称号的要求不是或首先不是在相对标准明确的业务上、专业上,而是在人格上、在这个"一"上、道上、德上——我国规定的选择干部的标准是德才兼备,以德优先,其思路也是源远流长。这样一方面人们痛感今日无大师,一直发展到认定中国没有知识分子至少没有合格的知识分子,于是纷纷骂中国的读书人。另一方面,又很容易被一些没有明确界定的情况态势所迷惑、所误导,而滥封大师。如一个人高龄、相貌(长相忠厚或美髯,或如女偶的鹤发童颜)、常露脸、风趣、才艺(不是指学术或文艺成就,而是指诸如博闻强记、冷门独得之秘等类的半噱头事迹)、公关(与人肉搜索相对应,我愿称之为人肉缘分、人肉好感)、对异性态度、领导评价,诸方面的好的记录,都可能枉给人戴上一顶大师帽子。

曰:"恶!恶可!子非其人也。夫卜梁倚有圣人之才而无圣人之道,我有圣人之道而无圣人之才,吾欲以教之,庶几其果为圣人乎!不然,以圣人之道,告圣人之才,亦易矣。"

答:不行,那怎么行?你不是学道之人啊。就说那个卜梁倚,他虽有圣人的才能,却没有圣人的道性,而我呢,虽然有圣人的道性,却没有圣人的才能。我倒是想教授他,能够勉勉强强让他成就为圣人吗?不行的。仅仅是以圣人之道去传授给圣人之才,说起来很容易。

借着虚拟的卜梁倚的例子,讲至深至微的对于大道的领会和感悟。一个人有圣人之道,另一个有圣人之才。这样一个区分说明才与道是有距离的。这里的才与我们讲的智慧并非同义,智慧包含了悟性、道性即人的质素、品质,是整体性概念,而才可能是才华,是表现出来的赏心悦目乃至令人叹服的部分,可能是才艺,是技巧性部分，可能是才能，是业务完成的能力，可能是才具，即材料儿，是带有实用主义的意味的，能够为皇帝君王或者老板得心应手地使用的，也可能是智力，包括记忆力、理解力、想象力，却不包括那个慧字。慧根、慧眼、慧心，已经不完全是一种能力问题而是资质问题，并且带有宿命与神秘色彩的了。

才可以量化，道则不是一个量的问题，更多的是一个质的问题。即使有了圣人之才了，没有圣人之道、圣人之品德与根基，为了仅仅是让他闻道、还不是得道，帮助起他来，仍然很费劲。

这位因得道而鹤发童颜的先生，一听旁人要学道，就先堵回去，让人觉得不太好理解，乃至不无反感。或者庄子的用意在于，不可将路走错，一上来就走错了路，还怎么学道呢?

> “吾犹告而守之，三日而后能外天下；已外天下矣，吾又守之，七日而后能外物；已外物矣，吾又守之，九日而后能外生；已外生矣，而后能朝彻；朝彻，而后能见独；见独，而后能无古今；无古今，而后能入于不死不生。杀生者不死，生生者不生。其为物，无不将也，无不迎也；无不毁也，无不成也。”

我坚持告诉他如何修行，三天后就能够做到超越天下（超越入仕、为官、争权……）。我仍然坚持教导他修行，七天后能够超越外物（超越是非、物我、利害、成毁）了。已经能够做到超越外物了，我仍然坚持教导与修行，九天后能够做到超越生死了。再往下能够透彻了悟，如朝阳升起，明亮清晰。再往下能够看到或表现独立不羁的大道，或能够体会到大道的独立性，进入到见识的独立性了，再或能见人之所未见，闻人之所未闻了。见了独了也就不分古今了，不分古今了也就不再分辨生与死，进入亦生亦死，亦死亦生的境界。能够明了：杀了生，并不等于会有什么死亡。活了生，也并不等于添加了生命。大道对于万物来说，没有什么它是不引领的，它会引领着你顺道而行。没有什么它不迎接，时时迎接着一切的变化。它什么都接得上。没有什么东西不是在遵循着大道走向毁灭，也没有什么东西不是遵循着大道在成全成就着。

以上讲的是教育某个有圣人之才却无圣人之道的人的过程。头三天，如何如何。七天后如何如何。九天后，他懂得怎么样去超越生命、生死，将生命与生死置之度外了。仍然要守着、守护着、坚持帮助他将这样的超越巩固下来。

再往后就能够大彻大悟、豁然开朗了。再往后就能有独特卓绝的见识啦。再往后就能够超越时间的古今分野，超越时间的古今分野之后也就进入了无古无今的境界。既然无古无今了，也就无生无死——没有生的牵挂与欲望，也没有死的虚空与寂寞了。生与死只是下载形态的不同，但是本质上同为大道的体现。即使一个生命被杀死了，其实这个生命的本质——大道并没有死，大道有杀死的功能、毁灭的功能，大道本身却生生不息，永无陨灭。即使一条生命被生养出来了，其实这个生命的本质——大道并没有什么新的出生存在，大道也并没有生出新生命。大道是无穷，加一减一，加亿减亿，都仍然是无穷、无变、无间、无等、无量。生命与大道同在，与永恒同在，与无穷同在，与一切的一与一的一切同在。谁能出生？谁能死掉？

例如新疆的哈萨克族就有一个说法。例如一个人因为长辈谢世而悲伤，旁人安慰他的时候就会说："不要悲伤，他（或她）虽然走了，我们还都记得他呢，我们都还知道他呢，我们中间有那么多人见过他与他共过事喝过酒呢，他（或她）不是仍然有着（存在）的吗？"

是的，人是大道的体现，对于人的记忆怀念评说追思，同样是真实的大道的体现。

庄子认为：大道本身，获得道性的人，既有引领，也有驱送，既有相迎，也有相别，既有相成，也有相毁灭，它与一切衔接，与一切相合，与一切共生，为一切承载。道本身就是既包含大德曰生，又包含天地不仁，以万物为刍狗即个体毁灭的元素的。

这一段话不能不让人想起恩格斯在《自然辩证法》中的名言来：

> 物质的任何有限的存在方式,都同样是暂时的。但是……我们还是确信:物质在它的一切变化中永远是同一的,它的任何一个属性都永远不会丧失,因此,它虽然在某个时候一定以铁的必然性毁灭自己在地球上的最美的花朵——思维着的精神,而在另外的某个地方和某个时候一定又以同样的铁的必然性把它重新产生出来。

恩格斯讲的"永远的同一",就是庄子讲的无这个外那个,甚至就是齐物的一个方面。而庄子讲的"其为物无不将也,无不迎也,无不毁也,无不成也",还有那个"杀生者不死,生生者不生"的宇宙观,也与恩格斯的"以铁的必然性毁灭,以铁的必然性重新产生"的含义相通。

超越,超越,再超越,把什么都看透了,都排除到心思的"外"面去了,都视之如无物了,这很理想也很恐怖。这就是道?这更像是进入无限的领域,进入无穷与永恒,而将现实的一切有形有限有情有具体性与实在性的存在抹杀。

老子与庄子对于道的想象与论述,特别与数学家对于无穷大的论证与发挥相似,激动、超越、悖谬……令人耳目一新。令愚者晕菜,令智者大大地觉悟提升。

其实何必因此就"外"起来没有完啦?无穷与永恒是现实的存在,你我都生活在其中。因为我们不能给自己的空间的向外延伸划出局限,正像不能为过往划出局限,同样不能为未来划出局限,即我们生活在一个溯前无边,预后无穷,上下左右前后都没有死僵的边界的世界里。无边的世界,这是我们的舞台,这是我们的天地,这是我们的敬畏与崇拜。同时万物万事,都是有限有穷从而亲切明确、摸得着抓得住可以感知的具体。与无穷比,它们都是趋向于零,与零比,它们都是趋向于无穷。无穷的表现、下载的乃是局限与具体,而局限与具体的总和与发展是无穷。

我们本来可以做到,既能从思辨上精神上达到无穷的宏大与久远,又能珍惜实有的有形有情有体有用。

无穷与零,这是两个激动人心的概念,也是会让人晕菜的概念,用心掌握好这两个概念,你会变得更明白,更强大。

“其名为撄宁。撄宁也者,撄而后成者也。”

撄宁,这是庄子发明的一个并没有为后世所接受的词。撄宁,指的仍然是道性,是指搞乱以后得到的安宁平静。讨论了一大堆超越、外、死生、零与无穷,够乱乎的了吧,乱乎够了,然后你就能平静下来,专一起来,通达起来。庄子的意思其实也是相反相成,乱而后定,动而后静,具体而后无穷,无穷而后微笑并抚摸着具体,比无穷之后视一切具体如无物更妥当也更合情合理,更可行也更从容。

撄宁,撄乱而后宁静,这是世界的大道,也是人学道的历程,种种复杂的对象与道理,诸如天下、物我、生死、动静……都是令人撄乱的,有悟性的人却会从混乱中彻悟安宁,完成越来越大的体悟。

没有撄乱无所谓宁静,没有宁静无所谓撄乱。生存是撄乱的,而死亡是宁静的。有了道性,活着就能宁静下来,这就是境界啦。

南伯子葵曰:“子独恶乎闻之?”曰:“闻诸副墨之子,副墨之子闻诸洛诵之孙,洛诵之孙闻之瞻明,瞻明闻之聂许,聂许闻之需役,需役闻之于讴,于讴闻之玄冥,玄冥闻之参寥,参寥闻之疑始。”

于是追问,那么您呢?您的道又是从哪里得来的呢?(既然您把学道说得如此困难,如此神乎其神……)

答:从副墨之子来,从笔墨书写和一代代传下去的文墨中得来。文墨从哪儿得到大道的信息的呢?从反复诵读言说中来,从一代代流传下来的言说中来。言说从哪里获得信息的呢?从眼见中来。眼见则是从耳闻中来。耳闻的信息来自身体力行、修行修炼。身体力行、修行修炼则来自对于世界的追寻与咏赞即对于世界的感悟，应该包括对世界的敬畏、亲近、求索与终极眷注。这样的追寻与咏赞出发于玄思冥想、妙奥幽深，来自人的一种比天更高比海更深的沉潜已极的精神境界，应该说是出自人的思辨与悟性。玄思冥想的前提是进入大寂静、大平安、大沉着。寂静平安沉着的前提是参悟到完全的虚空旷阔。而虚空旷阔的体验来自对终极与起源的推敲斟酌。（我觉得疑始之疑的含义作斟酌推敲解比作疑惑解更好。）

庄子这一段话，大大地深思遐想了一番，通过修辞包装而升华了一番、唯心唯修（修养、修炼、修为、修持等）了一番、美化玄妙化了一番。

这样的概括实在有趣，显然，这个过程不包括查资料、查实验结果、计算、逻辑推理、比较验证、上课传授、讨论质疑答辩等内容，这个闻道悟道学道的过程与近现代的教学科研全不搭界，而是一个中国人特有的沉潜思悟之道。这种思悟之道显然离佛家的打坐、念佛（洛诵、聂许、于讴之类）比离理性思维更接近。

但是你又不能不承认这也是思想的过程：文墨、语言、耳闻、目见、感叹、深潜、寂寥、旷阔、推敲，直到终极。这是一种内功，这是在自我循环，自我解释，自我提升，自我享受。但文墨语言云云，又没有拒绝接受与继承，没有拒绝外来的信息。但更强调的是自己享受自己的思想，包括困惑与叹息、晦暗与自慰、障碍与突围、顿悟与光明。自己救赎自己，自己开导自己，自己提升自己，自己超越自己。这套工夫当然不是事事时时有效，例如碰到天灾人祸，碰到必须有所作为有所改变有所实践之时，你只是反求诸己是远远不够的。然而这种中华式的参悟过程，其中包含了推导、分析、综合、想象、直觉、灵感、猜测、崇拜、暗示、心理调适、感情游动与意识流；这是中国特有的一种混沌、一种混合、一种杂烩的寻求真理与结论的方法。尤其是其中那种线性的、我称之为阶梯式的，从一个概念推导到另一个概念的特有思想方法，早已引起过外国汉学家的注意。例如从平天下追溯到治国→齐家→修身→正心→诚意；然后再反过来认定诚意→正心→修身→齐家→治国→平天下的合乎规律，这种文气酣畅却是逻辑上靠不住的推导方法常常出现在中国的古代典籍中。这里庄子的思路是同样的，闻道（大彻大悟）来自文墨→文墨来自诵读→诵读来自目视→目视来自耳闻→耳闻来自力行→力行来自感情的驱动→感情驱动来自沉潜幽冥→沉潜幽冥来自旷阔空无→旷阔空无来自终极的推敲与斟酌。多么美好智慧！旷阔空无带来的不是悲观消极，不是大发神经，而是进入一个美好的精神世界，进入终极的大彻大悟。

那么反过来说终极的推敲与斟酌通向旷阔→沉潜→感情→力行→耳闻→目视→诵读→文墨→大彻大悟，也讲得通。这种一大串的推导确实是一种引人入胜的精神历程，这样的精神糖葫芦是越往上越甜越大越圆越完美，这样的精神攀缘是一种迷人的智慧享受。

这样的说法对我们来说不无陌生，我们更熟悉的认识论如毛泽东所著的《人的正确思想是从哪里来的》：

> 人的正确思想是从哪里来的……是自己头脑里固有的吗？不是……只能从生产斗争、阶级斗争和科学实验这三项实践中来。……无数客观外界的现象通过人的眼、耳、鼻、身这五个官能反映到自己的头脑中来，开始是感性认识……产生一个飞跃，变成了理性认识……这是整个认识过程的第一个阶段，即由客观物质到主观精神的阶段，由存在到思想的阶段……然后又有认识过程的第二个阶段，即由精神到物质的阶段……把第一个阶段得到的认识放到社会实践中去……
>
> 人们的认识经过实践的考验，又会产生一个飞跃。这次飞跃，比起前一次飞跃来，意义更加伟大。
>
> ……一个正确的认识，往往需要经过由物质到精神，由精神到物质，即由实践到认识，由认识到实践这样多次的反复，才能够完成……

首先，庄子的学道的方法与毛泽东的论述针锋相对，毛泽东明确指出，正确思想不是头脑中固有的。但是老庄，而且不限于老庄，包括儒家都相信人的良知良能，即固有的知与能。

其二，老庄所讲的道，孔孟所讲的仁与义，还有《孟子·尽心上》上所述的“人之所不学而能者，其良能也；所不虑而知者，其良知也”。这些东西与毛泽东所讲的正确的思想，有哪些共同之处，有哪些重大的不同？这不是很有趣的思考问题吗？

第三，处理政治、社会问题，发展生产、做学问，敬业尽职等确实需要正确的思想认识。处理自己的灵魂关注、心情调适、终极思考，或者用基督教的说法，即拯救自己的灵魂，在需要“正确的”思想的同时，是不是更需要例如悟性，例如开阔，例如诚朴，例如性格、人格上的完美呢？除了认识、实践、再认识、再实践以外，人有没有通向审美、信仰、理念、价值，尤其是通向实践所永远不可能达到、而心灵与语言却无法回避的终极的其他可能性？例如仰望星空，例如登山航海，例如静夜端坐，例如闭关沉思，例如倾听音乐……

必须承认，人生一世，除了具体事务的处理、业务性的观察、分析、判断、回应之外，最好每天有那么一两刻钟，甚至个把小时，遐想一下，追寻一下，自我调适一下，往精神的巅峰攀缘攀缘，提升提升，你会变得更丰富，更有想象力，更超拔，更快乐，学而时习之，不亦说（悦）乎？思而时悟之，不亦乐乎？修而时明之，不亦宽阔畅快乎？

四　超越生与死

生老病死，佛家称为四苦，是生命带来的麻烦，是将人们推向宗教的一个重要的驱动。庄子时期虽然尚无这样的四字概括，但是他在《大宗师》一节中不断地谈到了这个话题。

子祀、子舆、子犁、子来四人相与语曰：“孰能以无为首，以生为脊，以死为尻；孰知死生存亡之一体者，吾与之友矣！”四人相视而笑，莫逆于心，遂相与为友。

子祀、子舆、子犁、子来四位虚拟人物结为好友，原因是他们有共同理念，永不违背。他们的理念是，无是人之首，人是从无中来的，无是人生与世界的核心概念，是人的起端。生、生命则是人的脊梁，是人生的主干。死则是人的屁股，是人的终端。就是说，死生存亡本来就是结为一体，难舍难分的，也就是人们不必像俗人那样地贪生怕死、恋生恶死。人应该能超越生死的计较与在意。能做到这一点当然不易，一下子出来四个高人，看透生死存亡，当然可以成为莫逆之交了。莫逆一词，至今被国人特别是知识分子所喜用，其书面根据应是来自庄子。

以生死观画线，这样的择友标准，古今中外，似极少见。其实友谊的品格不一定具备那么大的哲学性观念性。庄子也是极而言之，凸现了自己与众“至人”“圣人”的重思辨而轻现实、重形而上轻形而下的风采。

俄而子舆有病，子祀往问之。曰：“伟哉夫造物者，将以予为此拘拘也！”曲偻发背，上有五管，颐隐于齐，肩高于顶，句赘指天。阴阳之气有沴，其心闲而无事，跰䠯而鉴于井，曰：“嗟乎！夫造物者又将以予为此拘拘也！”

不久子舆病了，子祀去探望。子祀说，太伟大了，造化把我变成了一个佝偻弯曲、不得伸展的人，他现在是弯腰驼背，五官或五脏的穴位向上生长，面孔隐藏在肚脐之下，脖子缩到了肩膀下面，束作髻髻的头发朝天，虽然阴阳二气在他这里运行不畅，子舆倒是气定神闲，他晃里晃荡去到井边看井底自己的倒影，叹道，哎呀，造物把我团成一个团团啦。

写子舆生病，奇形怪状，人失其形，似忽悠得过于夸张矫情，反而减弱了逍遥伟大的庄子的说服力，甚至令人产生生理的反感。其实极而言之的修辞策略，从先秦诸子以降，已经在我传统文化中流传下来至今。文胜于实，这是我们的某些传统经典的难以摆脱的特点。体而谅之，那就是庄子等诸家以行文的痛快淋漓，弥补、代偿社会实践上的难有作为。

子祀曰："女恶之乎？"曰："亡，予何恶！浸假而化予之左臂以为鸡，予因以求时夜；浸假而化予之右臂以为弹，予因以求鸮炙；浸假而化予之尻以为轮，以神为马，予因以乘之，岂更驾哉！且夫得者，时也，失者，顺也；安时而处顺，哀乐不能入也。此古之所谓悬解也。而不能自解者，物有结之。且夫物不胜天久矣，吾又何恶焉！"

子祀问：你不烦恼吗？答，不，我有什么可烦恼的呢？如果疾病使我的左臂变成了鸡了——真不知道庄子怎么想出来的——那么就让这只鸡打鸣司晨与司夜去吧。如果把我的右臂变成弹丸，我就用它去猎获鸮鸟，吃烧烤鸟肉。如果化我的屁股成为车轮，把我的精神变作马匹——想得更邪门了——我就乘着这驾马车出行，谁还需要再另行套车去呢！

再说得到了生命，是因为到了时候，赶上了点儿了。失掉了生命或者健康，也只能听命于造物，不能说半个不字。听从时间时机的安排，顺从一切的得失与生灭，哀与乐就不可能进入我的身心，不可能干扰我的情绪。这就是古人所说的悬解，解除了倒悬之苦。如果你自己解除不了这种倒悬之苦，那也就是被外物所纠缠。其实人是不能胜天的，压根就是如此，生生死死都是天的事儿，我有什么可烦恼的呢？

这一段讲子来对自己的病变的态度。虽然仍然是继续那个关于病情的夸张矫情的文风，然而说得倒是很有想象力，很奇诡乖异。子来说，不论疾病使他变成什么奇形怪状，他都不以为不好，他都没有异议。这是什么？将计就计？借力打力？以退为进？逆来顺受？记得当年(一九五七)中国作协批判丁玲的时候就曾“揭露”，丁玲说她对于此次批判的态度是“逆来顺受”。

这些中国特有的说法果然有点“弱者的武器”的意思，不同的是美国政治人类学家詹姆斯·斯科特在对东南亚农民的反抗实践进行调查研究的基础上，提出了“弱者的武器”(weapons of the weak)和“隐藏的文本”(hidden transcript)的概念，那其实是一个反抗的概念、阶级斗争的概念。

而庄子的这一段是以歪就歪，以极端克服克制极端，以大踏步的后退来稳住自己的阵脚，然后宣称自己胜利了。这个逻辑其实很简单，既然人胜不了天，便只能听天由命；既然气恼无益，便只能化气恼为自得其乐，这就叫从认夙达到认命，从而做到了、至少是表面上做到了皆大欢喜、其乐无穷。

庄子笔下的子来说，(天)让我病了，失去了正常状态了，我不但不诉苦抱怨，反而以之为喜为乐为新的经验新的享受。疾病已经使我的体能体形离了谱，我想得就更加离谱。左臂变成公鸡，干脆听它打鸣……如此这般，如果高烧不退呢？正好用身体来焐被窝。如果是腹泻不止呢？正好开一座有机肥料厂。如果是气喘吁吁呢？送到铁匠铺里当风箱使。四肢抽搐或者浑身乱颤呢？正好学练街舞。荒唐乎？美妙乎？恶心乎？超拔乎？反正子来到了那个份儿上了，他是决不诉苦。

退一步想，庄子说的倒也是实话，那个时候，得了怪病，谁能有什么法子？能矫形吗？能整容吗？能手术吗？现在也是如此，不是所有的病症都能战胜的。痛骂痛哭也是它，以歪就歪还是它。事已至此，夫复何言？

弱者的武器吗？智者的伟大胸怀吗？忽悠者的天花乱坠吗？哲人的高瞻远瞩吗？圣者的神明妙玄吗？

这不正是考验着读者的资质与智商吗？

> 俄而子来有病，喘喘然将死，其妻子环而泣之。子犁往问之，曰：“叱！避！无怛化！”倚其户与之语曰：“伟哉造化！又将奚以汝为，将奚以汝适？以汝为鼠肝乎？以汝为虫臂乎？”子来曰：“父母于子，东西南北，唯命之从。阴阳于人，不翅于父母。彼近吾死而我不听，我则悍矣，彼何罪焉！”

不久子来病了，喘息着将要死去，他的妻子儿女围绕着他哭泣，子犁前去探望，斥责子来的妻儿说：去去去，不要怕嘛！靠着门对子来说：造化是太伟大了。伟大的造化将会把你怎么样呢？将会把你带到什么地方去呢？将你变成鼠肝吗？或者把你变成虫子腿？子来说，孩子对于父母，只能听从。让上东就去东，让上西就去西，阴阳造化，对于人来说不次于父母，它将我推向死亡而我不听，我就成了悍童顽童，我变得十分顽劣，而造化又有什么过失呢？

庄子真够可以的，都写到左臂右臂屁股精神的奇病异变了，已经把疾病与病人神话化了，仍然不依不饶，穷追不舍，更入绝境，更入险境，更入匪夷所思之境。子来要死，老婆哭泣，子犁代表庄子居然斥责驱赶之，并以调笑加奇想的姿态说什么不要害怕变化，谁知道造化要让你干什么，到哪儿去？死后你会变成鼠肝还是虫臂……

太智慧了也会走向自己的反面，这样的临终关怀会不会接近于混账、接近于灭绝人性、接近于骇人听闻呢？

超常的智慧会派生出超常的狠毒、超常的不合情理来吗？为什么就不能中和一点、准确一点、平庸一点、正常一点，安慰一个临终的病人静静地放心地休息，并且表示自己将尽后死者的责任呢？

或有一个解释，他们是彼此彼此，他们过得着，他们不是俗人凡人。一群智慧超常的人凑到一起，也许比一个智慧超常者的存在更令人寒战。

而临终的子来没有任何感情的流露，既不依恋，也不惦记，更不悲哀，只有乖孩子的理论。听阴阳造化的，就像听父母的一样，让活就活,让走就走,否则我成了悍童,成了坏孩子啦。

毕竟看破红尘的弘一法师李叔同,弥留之际还留下了“悲欣交集”四个瘦字。

王羲之说:“死生亦大矣,岂不痛哉!”为什么伟大逍遥如庄周者竟全无对于生命、对于死生的一点珍重呢?也是春秋战国的险恶生存环境造成的吗?

> “夫大块载我以形,劳我以生,佚我以老,息我以死。故善吾生者,乃所以善吾死也。今大冶铸金,金踊跃曰:‘我且必为镆铘!’大冶必以为不祥之金。今一犯人之形,而曰‘人耳人耳’,夫造化者必以为不祥之人。今一以天地为大炉,以造化为大冶,恶乎往而不可哉!”成然寐,蘧然觉。

这一段又写得极好,无法再好。“大块载我以形,劳我以生,佚我以老,息我以死。故善吾生者,乃所以善吾死也。”脍炙人口之名句也。意谓大自然大宇宙——其实从根本上说是道——下载成就了我的形体,给我的生命规定了填补了许多辛劳的事务,生的特点是辛劳,辛劳所标志的是生命。再用衰老来使我得到放松与安逸。用死亡使我们得到美好的休息。所以说,好好地活着的人们必定会好好地去死。喜爱生活的人们,同样会喜爱生命的必然的结束:死亡。

庄子还通过子来之口说是,人被宇宙所造就,就像金属被冶金炉所铸造。被铸造者只能听命于铸造者。被冶炼的金属是不能一己提出什么要求的。如果一块铁在冶炼时不断地闹腾,说什么“我要成为镆铘(莫邪)宝剑”!那就是中了邪啦,成了妖孽啦。同样,一旦你在天地之下成一个人了,就不断地闹:“我要当人,永远当人……”那就是说你成了中邪,成了妖孽啦。有什么可计较和焦虑的呢?睡着了(故去了),你平平安安。觉醒了(活了),高高兴兴。这才是理想的人生啊。(也可能解读为活下来是睡着了做梦,死了,是觉醒。)

子桑户、孟子反、子琴张三人相与友曰:“孰能相与于无相与,相为于无相为?孰能登天游雾,挠挑无极,相忘以生,无所终穷!”三人相视而笑,莫逆于心,遂相与为友。

又是对友谊,对高超的美好的描述。子桑户、孟子反、子琴张三位先生相与为友,他们说,我们的交友就是不交友,不往来,我们的做事或相助,就是不做事不相助。我们还要登苍天、游云雾、环绕着无极——太虚——惚恍穿行来去,忘却死与生,进入无穷无终的大境界!三人相看而笑,十分开心,成为莫逆之交,成为志同道合的朋友。

这也符合无为的原则,用不着故意交友,用不着拉拉扯扯,用不着我给你办事你给我办事,三个人的友谊的基础是理念、是气质、是对于俗世争夺的绝对超拔,是精神能力与境界的高蹈超越。

相与于无相与,相为于无相为,恰如我一九八七年的一首小诗:

友谊不必举杯,友谊不必友谊,
友谊只不过是,我们不会忘记。

而庄子的彻底性在于,他认为最好的友谊是不必记住的友谊,是相忘于江湖、相忘于大道的友谊。这个话题,下边还要说到。

莫然有间,而子桑户死,未葬。孔子闻之,使子贡往侍事焉。或编曲,或鼓琴,相和而歌曰:“嗟来桑户乎!嗟来桑户乎!而已反其真,而我犹为人猗!”

子贡趋而进曰:“敢问临尸而歌,礼乎?”二人相视而笑曰:“是恶知礼意!”

不知不觉之间,突然,桑户死了,停尸家中,孔子派子贡去吊唁。看到那两位桑户的友人编曲唱歌相和,唱的什么呢?是唱:“啊,我的桑户啊,我的桑户啊,你已经返璞归真,我们却还得当个人呀。(欲想不当这个人亦不可得呀!)”

子贡往前走了一步,问说:“请问,这样靠近尸体而唱歌,这合乎礼数吗?"那两个人(孟子反与子琴张)对视而笑,说:"你哪里知道礼的含意!"

以特立独行为荣,以匪同流俗为傲,以另类标榜,庄时已有之。

> 子贡反,以告孔子,曰:"彼何人者邪?修行无有,而外其形骸,临尸而歌,颜色不变,无以命之。彼何人者邪?"
>
> 孔子曰:"彼游方之外者也;而丘游方之内者也。外内不相及,而丘使女往吊之,丘则陋矣。彼方且与造物者为人,而游乎天地之一气。彼以生为附赘县疣,以死为决疒丸溃痈,夫若然者,又恶知死生先后之所在!假于异物,托于同体;忘其肝胆,遗其耳目;反复终始,不知端倪;芒然彷徨乎尘垢之外,逍遥乎无为之业。彼又恶能愦愦然为世俗之礼,以观众人之耳目哉!"

子贡回去,将所见告知孔子,并问:"他们这是什么人啊?看不出有什么修养,他们的举止形体表情也都一点规矩没有,面对着尸体唱歌,颜色不变,真不知道这叫什么事啊,他们是什么人啊?"

孔子说,他们是生活在方外(上下四方之外、六合之外、形而之上、现实之外)的人,而我们呢,是生活在方内,即现实世界里的人。一个外一个内,互相不搭界,我让你去吊唁,是我见识浅陋才丢了份啦。他们这些人,与造化合一,徜徉于、接受于天地之一气,阴阳之统。他们认为生命是气的凝结,是一种呆板的多余的赘疣疙瘩,而死才是把疙瘩化开,把脓血流净。保持这样的观点,又讲什么生死先后悲喜的区分!活着是临时假借一个个不同的躯壳,死了是回归同一的自然的依托。既忘却了肝胆,也不记得耳目,死死生生,无始无终,空茫地游走于尘世之外,逍遥地从事着无所为的大业,他们怎么可能乱哄哄地遵行那世俗之礼仪,表演给众人去观看呢。

一个方内,一个方外,一个现实,一个想象,一个有限,一个无穷,这样的划分极其启迪人、吸引人、生发人。好好地想一下方内方外之说,让我们遨游于方内方外、此岸彼岸、精神物质、形而下形而上的伟大存在吧，因之浑然有所悟，飘然有所游，凄然有所感，超然有所升华的人有福了！

却原来，你可以跳出三界外，不在五行中，逍遥遨游，独来独往，天马行空，神龙首尾，更不必说名利得失之属，一日短长之争了。庄子追求的是精神的绝对解放！

> 子贡曰："然则夫子何方之依？"孔子曰："丘，天之戮民也。虽然，吾与汝共之。"
>
> 子贡曰："敢问其方。"孔子曰："鱼相造乎水，人相造乎道。相造乎水者，穿池而养给；相造乎道者，无事而生定。故曰：鱼相忘乎江湖，人相忘乎道术。"

子贡问那么您该归属哪种类型呢？孔子说，我呀，是被老天管死了的，事已至此，但是我们还可以共同探讨一番有关的说法。

子贡请孔子给讲讲，孔子说鱼儿在水中生活，人们在道中求生命。适宜于水中生活的鱼儿，需要挖池塘喂养。适宜于在道中生存的人们，则什么都不要，只要安定。所以说，鱼儿到了水里，互相遗忘了、忘却一切了，才最是快乐，人体悟了道术，也互相遗忘、忘却一切了，才最是高明。

庄子又讲忘却的必要与快乐了。这里的忘却的对应词应是惦记、挂念，尤其是焦虑，而不是记忆、记住。庄子特别反对焦虑、忧心忡忡、被责任压得喘不过气儿来。从俗人来说，该记就记，该忘就忘，这是一种强大无败的心理机制。正像人应该善于记忆一样，你学外语应该善记单词语法，人也应该善于遗忘，各种鸡毛蒜皮、妇姑勃谿、意气用事、言语争执、表面风头、嘀嘀咕咕，说声忘就忘他个一干二净，那才是男子汉，那才是大人不计小人过，那才是顶天立地！相反，所谓心细如发，所谓睚眦必报，所谓心重如铅，所谓小心眼儿，那与其说是通向生命事业成就快乐，不如说是通向病变自戕夭折完蛋！

庄子是讲忘却的。前面提到的拙诗中有"友谊只不过是，我们不会忘记"的句子,而庄子的观点是友谊应该相忘乎道术。君子之交淡如水,置入大道的江河湖海之中,能不忘他个痛快吗?我还有一篇小散文,题名《忘却的魅力》,呜呼!

> 子贡曰:"敢问畸人。"曰:"畸人者,畸于人而侔于天。故曰:天之小人,人之君子;天之君子,人之小人也。"

子贡问,那他们算不算那种畸形的怪人呢?答,畸形怪人对于一般人来说是畸形与奇怪,对于天道来说,其实很可能是满足平顺而且与天道相一致的。所以说,对于天来说,一些小人庸人俗人,正是人世的君子。而俗人庸人世人中的君子,对于天道来说,恰恰是无知无识的小人俗人。

这些话很具有叛逆性,具有毛体的把颠倒了的是非再颠倒过来的挑战意味。看来,庄子对于当时被规范化了的礼数,颇有微词,觉得它们烦琐庸俗变成了虚伪,他要挑战,他要求尊重个性,尊重每个人表达或不表达情感的自由。

> 颜回问仲尼曰:"孟孙才,其母死,哭泣无涕,中心不戚,居丧不哀。无是三者,以善处丧盖鲁国,固有无其实而得其名者乎?回壹怪之。"
>
> 仲尼曰:"夫孟孙氏尽之矣,进于知矣,唯简之而不得,夫已有所简矣。"

颜回问孔子,说是那个孟孙才,他母亲去世了,他哭而无鼻涕眼泪,内心并不忧伤,办着丧事却不悲痛,这三方面都不具备,却被认为是善于治丧,这不是名实不符又是什么呢?我真是不可理解呀。看来是真有并无实际记录而枉得治丧虚名的人儿啊。

孔子说,孟孙氏也就算是尽了力啦,他就算是很明白事理、很明智的啦。大家都懂得,治丧应该从简,但是常常做不到。这回总算是有所简化了。

丧事从简，这不但是一个风习问题、生活安排乃至于节约时间与资源的经济问题，也是一个观念与境界的问题，庄子那么早就提出上述的观念，不简单。

“孟孙氏不知所以生，不知所以死；不知就先，不知就后；若化为物，以待其所不知之化已乎！且方将化，恶知不化哉？方将不化，恶知已化哉？吾特与汝，其梦未始觉者邪！”

这一段就深了去了：孟孙子不知道怎么就叫生了，也不知道怎么就算死了。他不知道人这一生是应该顺应生呢，还是顺应死，是应该先顾生存呢，抑或更重要的是去照顾死亡。不知道是生了才是孟孙氏呢，还是死后才完成了、成就了孟孙氏的存在。如果死了，化为外物了，或者方是外物，尚不是自己，是不是这种状况下才能从自己无所知的外物变化为自己、产生出自己来呢？如果是刚刚可能变化，那么你能确定他化还是不化吗？如果他刚刚死亡，你能确定他是死亡还是非死亡呢？处于此种变化之前的状态，谁知道是不是做梦呢，谁知道是不是需要等到变化（死亡）的时候才算是梦中醒了过来呢？

一般人认为生了是生命的开始，死了是生命的结束。但是这里提出，也许死了、化为外物了，生命刚刚完成了序幕？底下的变化谁说得清？如果还可能变化，你哪里知道它不可能变化？如果它不可能变化了，你又怎么知道它将会怎么样变化？如果人生如梦，你怎么可能了解人生的滋味？如果死后长眠，你又怎么会知道长眠的预后？

不，庄子挑战说，死亡并不是生命的最终结局，而极可能是一个大过程的正式开始，梦乎醒乎，环环相接，以至于无穷。

“且彼有骇形而无损心，有旦宅而无情死。孟孙氏特觉，人哭亦哭，是自其所以乃。且也相与吾之耳矣，庸讵知吾所谓吾之非吾乎？且汝梦为鸟而厉乎天，梦为鱼而没于渊。不识今之言者，其觉者乎，其梦者乎？造适不及笑，献笑不及排，安排而去化，乃入于寥天一。”

再说孟孙氏的观点是，虽然有形体的变化，却不一定是心神的损伤，有你寄居的情感的躯体的迁移，却并没有感情或灵魂的死亡，他相信的是变迁，是存在，却不是死亡与结束，或者干脆一点说，孟孙氏拒绝承认俗人所谓的死亡。当然，他母亲去世了，别人哭，那么他也就随大流哭哭算了。不过如此罢了。

再说我们的所谓自身或我的，是不是真正的自身、真正的我的呢？谁能证明论证你应该是谁、究竟是谁、确实是谁呢？同样是你，梦见成了鸟就往天上飞，梦中变成了鱼了呢，就往水下钻，谁知道今天在说话的人们包括我与你，我们大家这些言谈生死话题的人，是醒着呢还是睡着梦着呢？我们讨论生死，是说清醒的话呢还是在说梦话呢？一个人真正碰到或达到快乐适意的情况的时候，其实连发笑也是来不及的。如果你笑了，那也绝对不是排练、预先安排的结果。他又为什么必须按照世俗的规范而哭泣自己的母丧呢？听任自然的安排而去世、而变化，这才是进入了寥远、寂寥、与天合一的境界即大道的境界了啊。

生与死的问题，是一个激动人心的痛点，是一个感情思想上的死穴，是一个你无法说得十分清楚的话题。有的因之而得出人生荒谬、人生痛苦的颓废结论；有的因之而得出殉道殉情殉教的极端主张；有的主张及时行乐；有的主张献身事业，求得立德立功立言三不朽。都有理，都掩盖不住惶惑与惆怅，乃至哀哭与悲凉。

庄子的这一套“生死一体”的说法，有它的特异的明快与深邃。他的说法是：是人就有死有生，其实万物万象都是有死有生。生的过程即是死的过程，死的过程又应该是生的过程。没有死，就没有这个人这个物这个象的结局与完成。死生紧紧相连，难分难舍。我们说某某死了，说明某某生过，我们说某某生下来了，意谓他或她将于某一天亡去。接受了生,也就是接受了死。生则不自由,死则寥天一,则相造乎道,则茫茫逍遥,得大自在。何况你(我)连自己到底是怎么来的,怎么生的,你(我)到底怎么成了个你(我),生前与死后到底是怎么样联结怎么样变化怎样发展的都弄不清楚,也不可能弄清楚,你有什么可焦虑可悲痛的呢?你应该看得开,看得一(生与死乃是一枚硬币的两面),看得自然而然,一切听自然听天道的,你有什么可以闹腾的呢?你的出生是天道的事情,你的成为你是天道的事情,你的病与不病,你的健康舒展还是佝偻畸变,也同样仅仅是天道的事情,你的死亡也只有天道能知能做。你自己就彻底踏实下来吧。

他的关于造适不及笑,献笑不及排的说法细腻微妙,言人生人死根本不可能预演彩排,叹人生(人死)、赞人生(人死)、壮人生(人死)、哀人生(人死),都是徒劳,都是马后炮,都免不了从俗跟风,都免不了自我排演,都已经不是原生态的自然而然的大道体现了,都已经贬了大值啦……休矣,再不必细说人生人死,从此看开想开了吧。

五 唯道唯一

庄子是提倡齐物不争的,是承认并强调知识与价值的相对性的,所谓彼亦一是非,此亦一是非是也。然而庄子有些时候又是相当绝对的,例如,他笔下的高人许由就只承认大道,强调大道的唯一性绝对性排他性,他的唯道论达到了除道以外、什么都不承认、什么都蔑视排斥的地步。

意而子见许由。许由曰:“尧何以资汝?”意而子曰:“尧谓我:‘汝必躬服仁义而明言是非。’”许由曰:“而奚来为轵?夫尧既已黥汝以仁义,而劓汝以是非矣,汝将何以游夫遥荡恣睢转徙之途乎?”

意而子去见那位许由先生,许曾经拒绝唐尧的让位,而且以洗耳朵的行为艺术表示拒尧于千里之外，免得唐尧的让位之俗语弄脏自己的耳朵。许由问意，尧给了你什么帮助教益呀？意而子说，唐尧告诉我，要躬行仁义和明辨是非。许由说，那你还来个什么劲？尧已经用仁义在你脸上刺了字，又用是非削掉了你的鼻子，你还怎么可能逍遥游荡于尽兴的无拘束的变化迁移之中呢？

这个人叫意而子，顺便说一下，庄子的人物的命名是完全听从庄子的意图的，啥叫意而？不知是否说明此人随意而行，尚无定见。大约他的意——意向——选择还处于十字路口。好家伙，拒绝唐尧的禅让天下即绝不要权的高士许由，不但否定儒、墨，连公认的理想君王唐尧也是说批就批，说否就否。就是说，庄子的道，不仅与儒墨的主张有学理学派门户与主张上的对立，庄子的目标是向全社会的既有价值标准与思维定式挑战，是振聋发聩，扭转乾坤；用毛泽东的话来说，叫做把颠倒了的一切再颠倒过来。

意而子去请教过了尧，立即受到许由的冷遇与驱逐。所谓许由实为庄子的评价则是：接受了仁义道德就如同受了墨刑，接受了是非曲直之说就等于受了劓刑。这还了得！

受了两刑，也就失去了自由、快乐、自主、性情，也就不能够“游夫遥荡恣睢转徙之途”即不能够在逍遥、放荡、恣意、顺遂的人生中游历了。你这个意而子啊，你可就这样完蛋啦！

放荡与恣睢，今天都是贬义词。放荡是指一个人生活上放肆浪荡，往往包括醉酒、滥交、淫乱、赌博、吸毒、无自律、无责任心等。恣睢出现在鲁迅文章中，也是指同样的失控与淫乱。而对于庄子来说，那才是最适意的生存状态。异哉，妙哉，庄子还真是胆大包天。而中国封建社会的发展、集体无意识的形成，终于把庄子与许由喜爱的放荡与恣睢变成了贬义词。悲夫庄周！

接受了一个学派、集团、师表乃至传统的道德义务仁义条文，接受了一个被公认或被一个强势人物、强势派别、强势山头、强势理念规定的法则规矩之后，你的个人性情就完蛋了。你的自由自在就丧失了。你的快乐逍遥就被剥夺了。庄子这一点提得极尖锐犀利激烈,应该说是相当透彻。虽然没有明说,我们可以说,仁义是非不是个人的事情,而是一种社会公认、一种文化,乃至一种社会结构、政治体制所决定的。这里反映的其实是个人、任性任情、自由逍遥与群体的价值、群体的礼数标准之间的矛盾。听群体的你个人就不自由,不痛快,不淋漓酣畅,群体就是对你的真性真情的束缚歪曲,这是庄子要说的话。

于是庄子转入内功心功,只要求内心的逍遥与自在,而完全不考虑个人与环境、与他人、与外物的关系。其实人与人有不相关、各有其个性的一面,更有相互联系相互依存与共同一致的一面。例如人人需要一定的食物、衣装、住所,需要温饱,需要安全,需要保护自己不受水、火、野兽以及种种自然灾害与疾病的损伤,这是人类的一致的需要,也是单凭一个人难以做到难以满足的需要。人需要快乐、需要健康、需要知识,至少是满足实用需求、同时满足好奇心的知识、需要尊严直到实现自我的能力、发挥自己的才能与潜力,这些都不完全是心理与性情的观念,而有待于人类群体、人类社会的进步以及个人性情的和谐、协调、受到良好的而不是偏执的破坏的教育熏陶。认为摆脱了一切外物就能够做到逍遥与自在自由,插翅而飞,将物与我绝对地对立起来,这实在不是齐物,而只是一种空想。我们只需问一个最简单和通俗的问题,没有温饱能够逍遥吗?没有起码的后勤保障,你怎么样做到遥荡恣睢呢?

再请问,你仅仅坐在大葫芦瓢里漂流,仅仅在大樗树底下酣睡,仅仅找几个臭味相投的莫逆之交在一起幻想死亡的快乐与美丽,你能够感受到鲲鹏高飞或深潜的乐趣吗?你能够为你的人生而感到满足吗?

只能够有一个解释,当时的群体环境太恶劣了,到处是陷阱,到处是阴谋,到处是杀戮,到处是欺骗,群体环境已经变成了大屎坑,你唯一的选择是避之犹恐不及。

意而子曰："虽然，吾愿游于其藩。"许由曰："不然。夫盲者无以与乎眉目颜色之好，瞽者无以与乎青黄黼黻之观。"意而子曰："夫无庄之失其美，据梁之失其力，黄帝之亡其知，皆在炉捶之间耳。庸讵知夫造物者之不息我黥而补我劓，使我乘成以随先生邪？"

与许由的牛气冲天相比，意而子反而比较谦卑实在。他说：好的，我不够条件，我已经与您老人家走上了不同的道路，我也知道个道不同不相为谋。对不起，我已经有所失误，就说是我误入歧途了也行，但总可以蹭到边缘儿上呆呆、听听、看看嘛。

许由反而不无蛮横：说是你既然瞎了，看不见啦，还跟你言说什么美貌五官，服装华美，颜色搭配干啥？你走了唐尧那条道了，就是已经堵住了自己观察与欣赏的通道，就是盲了，你一边儿去吧。

意而子则越发谦虚谨慎，他说，也不一定啊，素面朝天的美人无庄（妆），也可能忘却自身的美丽（或也有失去自己的美貌的时候）。古时的大力士据梁也曾经不再在意自己的膂力（或也有失去自己的伟力的时候）。万世第一人的黄帝也完全可以不以智者自居（或失去自己的智谋的时候）。原因在哪里呢？他们经过了陶冶、捶打、锻炼呀。（人总不能一上来就全对嘛，或众人万事都有变化的可能嘛。）那么，就算我已受到刺字割鼻的酷刑，我这个刑余之人是不是还有可能在造物主的帮助下渐渐平复我脸上的疤痕，补足（怎么补足？）我的失去的鼻子，使我趁着平疤补鼻的势头、得到跟随您老人家修行长进的运气呢？

意而子遭痛斥而不怒不馁，因为他仍然相信学习的作用、修为的作用、自我调整长进的可能，乃至于改恶从善、改邪归正、改俗从雅、改小术为大道的可能。他显得倒是亲和随意、通情达理、包容豁达，起码是令人愉快。

许由则咄咄逼人。他的牛气来自唯我独道唯我独尊的独断信念,应该说是霸气。他的观点是顺道顺我者昌,逆道逆我者亡,而且有一点一失足成千古恨的判决书口气。

许由曰:“噫!未可知也。我为汝言其大略。吾师乎!吾师乎!整万物而不为义,泽及万世而不为仁,长于上古而不为老,覆载天地刻雕众形而不为巧。此所游已!”

他对意而子的好学的表示与信念,认为未必未必。他对大道的称颂是非常美好的,说的是:大道是我的老师,我这个老师至高无上。它调和万物而不自以为正义,恩泽万世而不自以为仁德。它比上古还要古,却不自以为老大。它承担着天与地,雕刻着万物的形状而不自以为智巧机巧。这才是逍遥游的境界啊。(你哪里够得上呢?)

这里的许由讲了半天,讽喻批判了半天,只有他的道颂有点水准。整万物而不为义,泽及万世而不为仁,长于上古而不为老,覆载天地、刻雕众形而不为巧。当然好。但是按照这个逻辑、这个文气、这个思路推导下去,许由——庄子为什么不能得出一个先于万物、本于万世、泽及万象、动静于万有而自为道,从而不仅是惠及许由这样的旗帜式的得道者、自己人、本门本派中代表人物;同样也惠及万人、惠及未必那么智慧那么玄妙、未能完全免俗的善良百姓的结论来呢?如果一个大道只施恩于百里挑一千里挑一万里挑一的许由式至人高人,而拒绝大众,这算什么整万物、泽及万世、长于上古、覆载天地、刻雕众形呢。

老子讲得好,道常无名。又说是吾不知其名,强字之曰道,强为之名曰大。道本来就是老子此人相当费力地勉强地给它起的一个代名号。道可道非常道。道既然是整及万物泽及万世的,它怎么可能是一个许由垄断得了的呢?万物万世,包括不包括唐尧与意而子呢?道能够动不动想开除谁就开除谁的道籍?想将谁逐出教门就逐出教门吗?如果许由不接受王位是道,那么唐尧好好做王,是不是也是道呢?尤其是当唐尧看到了贤士许由先生,意在让贤,是不是道呢?有几个掌权者有让贤之道啊？死不让贤方为道乎？按当时的看法，唐尧至少比夏桀与商纣好吧。而且从道的覆载天地、刻雕众形的无所不包无所不能的本质来说，夏桀与商纣也是为道所覆载与刻雕的天地与众形之中的啊。道肯定会产生自己的对立面，会铸造自己的反面教员的啊。

按照道的这样的长于上古、覆载万物的性质，它同样应该也覆载一切的悖谬即大逆不道，道本身包含着自身的对立面，包含着不仁、无道、失德、失常，等等。所以老子说它的特点是大、逝（千变万化）、远、反（返）、夷、希、微。如果它是一条直线、一条平坦的大道、一个光点加一根光柱，照上了就光明，照不着就黑暗，那反而不是道而是某个智商一般的人的一厢情愿的空想了。

许由应该欢迎意而子，应该视意而子为道之友，有道、亲道之徒，而实不应一味批判拒斥。

> 颜回曰："回益矣。"仲尼曰："何谓也？"曰："回忘仁义矣。"曰："可矣，犹未也。"他日复见，曰："回益矣。"曰："何谓也？"曰："回忘礼乐矣！"曰："可矣，犹未也。"他日复见，曰："回益矣！"曰："何谓也？"曰："回坐忘矣。"仲尼蹴然曰："何谓坐忘？"

颜回向老师孔子汇报说：我进步啦。孔子问，进步是指什么呢？答：我忘记了仁义啦。孔子说，好，但是还不够。过了几天又见面了，又说我颜回进步了，再问怎么回事。说是忘记了礼乐了（可见那时音乐是统治者的排场，它不包括通俗与民间弹唱之类）。再答，好，但是还不够。又过了几天，又说，我颜某进步了，问是咋了，答我已经坐忘了，坐到那儿吗都忘记了。孔子一听，噌地一下站起来了。问：啥叫坐忘呢？

颜回不断向所谓孔子汇报自己的进步增益，在忘字上狠下功夫。先是忘了仁义，就是说不必因为群体认为应该怎样、道德教导认为应该怎样、外界认为应该怎样你就不得不去怎样怎样。你不要失去了自身的主动与天然。你会做许多有仁有义有人情味的事情，原因只在于那符合你的天性，而再不会出现伪善、不会出现道德秀，不会出现沽名钓誉，不会出现勉强与做作。再过几天，连表面的礼乐也不记得了。如果说忘仁义是内心的解放，那么忘礼乐则是行为与感觉的超越。其实孔子也是讲随心所欲不逾矩的。他的随心所欲，很有与老庄相通的地方。但是他老人家毕竟要辛辛苦苦地推出许多观念规范、行为要领、修养目标来，发展到极致，完全可能走上自己的反面，向巧伪、勉强、矫饰上走去。

颜回曰："堕肢体，黜聪明，离形去知，同于大通，此谓坐忘。"仲尼曰："同则无好也，化则无常也。而果其贤乎！丘也请从而后也。"

颜回说，我的四肢与躯体如同已经卸下，我的聪明心智如同已经废除，离开了形体，除掉了心智，与大通一致，跟大道跟世界没有障碍没有距离没有隔膜，这就叫坐忘了。孔子说，通了，与万物一体了，也就没有自身的偏好了，没有什么计较了，能够自然而然地变化，也就没有固定的想法没有思维定式了，这可真算得上贤明啦。我愿意跟随你去践行这样的坐忘的大道啊。

颜回提出了"坐忘"的观念。坐在那里就一家伙忘记了自身。忘记了私利私欲私心，叫做堕了肢体，幸福到空明、干净及吾无身的程度。黜聪明，就更有味道，摆脱了一切扰人耳目的信息，废黜了自己的感官与思维，摆脱了一切心机算计小九九，做到了离形去知，即摆脱了形体的与知识计谋的局限性。形体是生命的依靠，但形体也是生命的牢笼。形体带来的有永远不得满足的欲望，形体也会带来无数的遗憾，你不够高大，不够灵巧，走向衰老，走向病痛，常常力不从心，常常面临危殆，常常挂一漏万，常常一叶障目。聪明带来知识与见解，同时带来了无数的偏差缺失，你只知其一，不知其二其三。你左算右算，不如天算。你沉迷于自身小聪小智，带来的更多的是烦恼焦虑黑抹(读妈)咕咚而不是虚室生白,澄明阔大。忘了吧,丢开吧,删除吧,只有回到本初,回到初始状态,至少是一个电脑的重新开机的状态,只有在这种情况下,个体才能与大道相通,道即通,通即道,大通即大道,大道必大通。

我们可以设想,通是道的别一个大号——名称,“通”主要是从功能上来讲,掌握了大道则无所不通,无所挂碍,无所忧戚,无所嘀咕。道有时还可以称之为大,为天。道是指一个终极的乃至带有学理气息的存在、指一个终极概念,通是指一个万应的、无往而不利的功能,大是指其无所不包,天也是指其至高无上。

同于大通,达到了坐忘即忘我的程度,或许可以说是一种神秘体验,也是一种巅峰体验。作为一种神秘体验,笔者老王之货真价实地进入情况并不多见。但是老王我确有思大道而心旷神怡、心有依托之感。同与通也有与同相通处,体验一同、尚同与通达这几个字几个词,颇有豁达畅通、无往而不适、无往而不至的快感。关键在于主观与客观的一致,去掉了人生最大的苦恼:主客观的对立分离。或许更正确地说,这是一种境界、一种胸怀、一种提升、一种自我开阔与超越的努力。大哉庄子,非常之人,有非常之思索焉。

一个“坐”字在《庄子》中也是反复强调。坐功,静坐以求精进修为,这有点中国特色。在《齐物论》中出来一个得道之人南郭子綦,隐几而坐,靠在几案的后边静坐坐到了形如槁木、心如死灰的超人境界,令人既佩服又惊悚。

同则无好,化则无常。这样的话语与见识放到现在讨论似乎比追溯过往,比回到当年庄子的语境、将之作为历史话题研究还令人感到亲切合榫。现在我们会更加体会到万物的变化莫测却又是一日千里。与大道同而通之,你就不至于搞什么偏好偏见,搞什么西化派、西马派、国粹派、“新左派”“极左派”、新自由主义、原教旨主义即基本教义派、复辟派……你又何必为万事万物的变化而看不惯,而只剩一条筋,只认一个理儿呢,只在那里独自怎生得黑(嘿)呢。

无好无常，仍是与时俱化与时俱进接受历史更接受未来的意思。

子舆与子桑友。而霖雨十日，子舆曰："子桑殆病矣！"裹饭而往食之。至子桑之门，则若歌若哭，鼓琴曰："父邪！母邪！天乎！人乎！"有不任其声而趋举其诗焉。子舆入，曰："子之歌诗，何故若是？"

曰："吾思夫使我至此极者而弗得也。父母岂欲吾贫哉？天无私覆，地无私载，天地岂私贫我哉？求其为之者而不得也。然而至此极者，命也夫！"

斜刺里出来一个前边偶现、接着失踪的子舆子桑，二人是朋友。连阴天下了十天雨，子舆说，估计子桑病了吧，看来子桑本来就体格不好。子舆来到子桑家听到子桑在唱歌：爹呀，娘呀，天儿呀，地儿呀，声音嘶嘶哑哑，歌词断断续续。子舆进去问，你的歌诗，怎么唱成这个味的啦？

说是我正想着自己陷入目前极其艰窘的境地的原因呢（按，并没有明说他怎么样了，什么境地了），爹娘怎么可能让我贫穷困难呢？天与地都是无私的，他们怎么可能专门让我一人穷困潦倒呢？谁在主宰我的生活，我是找也找不着啊，找不着问责人，却硬是到了如此这般的地步，这就叫命运啊。

这一段有点岔乎，又是道又是通讲得那样好，那样完整美好，这里斜刺里杀出一个命来，而且这个命有点无理搅三分的品格。阴雨十天，见不着子桑，其友子舆认为他可能情况不妙，给他送点食物去。也许子桑的温饱问题尚未解决吧。听到的是子桑的哀嚎，哭爹喊娘，怨天尤人。通了半天到了这儿就硬是不通了啊。温饱还是硬道理，饿极了与道也会拉开距离的。道解决得了终极问题，却拙于解决眼下鼻子底下的食物问题。精神有精神的作用，思辨有思辨的作用，食物有食物的作用，它们并不能相互取代。有什么法子？借助于祭起另一个概念、另一个"名"吧，中国（也有外国）的思想家常常靠周旋概念来回答问题。父也好母也好天也好地也好,道更不要说了,都是不好埋怨的,都是不好说半个不字的,那么这里打岔打进来一个命字。你命不好,夫何言哉。夫何言哉?!

应帝王：主体性、恬淡、深藏、变易与混沌

一　无主题治国

此前庄子的许多论说，似乎相当轻蔑俗世的政治、权力与帝王将相。《人间世》中，所谓颜回要去辅佐卫君，叶公子高要使于齐，颜阖将去教授卫灵公太子，都受到孔子或受到蘧伯玉的泼冰水。但这里又出来一章，也是相对比较可靠的内篇《庄子》的最后一章。这一章偏偏叫做“应帝王”，“应”在这里，不论是读作阴平还是去声，不外是应当、应时、应许、应答、应诺、应约、适应、感应、相应的意思，反正不是嘲帝王，不是斥帝王，不是避帝王的意思。虽然《史记》上记载着庄子辞官不受的美行，看来庄子并非一般的反对与否定和帝王打交道，而是反对愚蠢地或者谄媚地或者一厢情愿地（如对马以筐盛矢、以蜄盛溺一节）去打交道。

但奇怪的是，庄子在《应帝王》一章中，论述相当简略，远不像他在《齐物论》《人间世》《大宗师》中讲得那样丰赡华美，雄辩缤纷。

同时，也有解读者认为这里说的帝王不是人间的帝王而是大道，大道主宰一切乃帝王也，这也是一家之言。未采纳之，盖将帝王作为大道的别称，有点舍近求远，以意为之，并无旁证或事例，我一下子还接受不了。

啮缺问于王倪，四问而四不知。啮缺因跃而大喜，行以告蒲

衣子。

啮缺向王倪提问,四问四不知。啮缺高兴得跳了起来,回去后告诉给蒲衣子。

啮缺向王倪提问,四问四不知的故事,此前或已见于《齐物论》,啮缺问的是:"你知道事物的共同点、共同规律吗?""你知道你有所不知道的道理吗?""你什么也不知道(或别人也不知道,或万物万事是无法知晓的)吗?"这是三问三不知。如果讲第四个问而不知,似应是之后王倪夸夸其谈地讲自己的不知何谓利与害,如果加上王氏讲的庸讵(谁知道)人们的所谓知是不是不知,而所谓的不知是不是知。这又成了五不知了。

这样的讨论当然很深刻,有些所谓的知,所谓的自身对于真理和权威的垄断,例如纳粹主义、霸权主义、极端唯意志论、某些原教旨主义(基本教义派),时过境迁之后往往暴露的是自身的无知、非知、愚昧、可怜、可恶。而对于自身确实有所不知的认定,在世界面前的某种谦逊、谨慎直至犹豫与随时准备调整的态度,表面看是自身有所不知,其实是真有所知。这样的见解当然不同凡俗而有其见地。

这个故事似乎是应该接着齐物论的这一段而来的,为什么拉到了后边,想来也可能反映的是后人编纂上的问题。

啮缺一听王倪四不知,乐得直尥蹦儿。这有点过分,这样乐于看到别人的无知、不知、有错、有盲点,使人觉得他不但犯傻而且犯坏。

或谓,他的乐得尥蹦是由于从王倪的四问四不知中得到了启发妙悟,从不答中得到答复,从不知中得到大知,故而大喜。这更像禅宗一派而不像老庄。录以备考。

蒲衣子曰:"而乃今知之乎?有虞氏不及泰氏。有虞氏,其犹藏仁以要人;亦得人矣,而未始出于非人。泰氏,其卧徐徐,其觉于于,一以己为马,一以己为牛;其知情信,其德甚真,而未始入于非人。"

底下的蒲衣子则自说自话，也许他是胸有成竹吧，借此机会谈谈他对于治国理政的独特看法。于是他就王倪的四不知而不无突兀地生发出一套应帝王的理论。他说，这不结啦？所以说，虞舜是赶不上伏羲氏的。虞舜治国是有主题的，主题先行的，有目的的。他很注意怀有爱心仁义，他知道只有突出一个仁字，为自己树立仁爱动人的形象，才能聚拢人气，得人心乃得天下，他委实也在这方面取得了成功。但是这样还不能"出于非人"。什么叫出于非人，众说纷纭。不妨理解为摆脱不了外物的干扰，总还要考虑到外界对自己的反应态度，总还摆脱不了不决定于自己而决定于外物的、给自己带来的荣辱得失的作祟。

蒲衣子并分析说，伏羲氏就不然了，伏羲治国是无主题的，是从生活、从实际出发的，是大道的自然而然的运行。伏羲氏睡起觉来不慌不忙，踏踏实实，醒过来则是于于(迂迂)逍遥自在。需要当马就当马，需要作牛就是牛。他的智慧知识合情合理，令人信服。他的品德性格自然流露，无需做秀。他也从不陷入外物的困扰。

庄子的表达方式符合文学上的所谓陌生化的要求。说是与时俱化、随遇而安吧，他偏偏说什么一以己为马，一以己为牛。伏羲氏以自己为马为牛，不知道这里边有没有一点服务意识，老黄牛意识，虽然那个时候并不时兴讲公仆呀为人民服务呀什么的。反正庄子没有说伏羲氏是一以己为虎，一以己为龙，也没有说一以为神，一以为妖，或一以为日，一以为北斗星……把自己看做马或牛，应该还是算比较低调与谦虚的。

治国理政，完全听其自然与随遇而安，根本不要主题，到底行不行？恐怕有点难度。这个道理倒是可以用到文学写作上。是主题先行还是从生活出发、从文本的自然流向出发，其写作的分野还是比较明显的。君王也好，写作人也好，也许仍然需要培养成全自己的仁心仁念作主题，但是不能没有听其自然与随遇而安的另一手方略、另一样风格。这可能是实用主义、自然主义，这可能是低调治国，这可能是无为而治，这也可能通向早期的准个人主义、民本主义、无政府主义。从审美角度看，这恰是大匠的风格。

肩吾见狂接舆。狂接舆曰："日中始何以语女？"肩吾曰："告我君人者以己出经式义度，人孰敢不听而化诸！"狂接舆曰："是欺德也。其于治天下也，犹涉海凿河，而使蚊负山也。夫圣人之治也，治外乎？正而后行，确乎能其事者而已矣。且鸟高飞以避矰弋之害，鼷鼠深穴乎神丘之下，以避熏凿之患，而曾二虫之无知！"

肩吾见到疯疯癫癫的接舆，接舆问：日中始（或者那天中始）对你说了些什么呢？肩吾说，他告诉我，君王自行制定了经式仪度——规则方式礼仪分寸，谁敢不听从这样的教化呢？

接舆说，这是不道德的大言欺世。这样（以经式仪度）去治国，犹如在大海里开凿河流，而让蚊蚋去背负山岭。要知道，圣人的治国，不是以外力治外表，而是把自身做端正了，自然也就能推行政令了，也就能让各色人等各尽其力，各安其事了。想想看，一只鸟，也知道高飞避弓箭，一只鼠，也知道躲到神坛底下，避免被烟熏被挖掘。小动物也知道趋利避害，何况人呢？哪里用得着君王们去代为制定什么经式仪度！

这一段的主张相当大胆、另类，叫做充满挑战性。庄子竟然拼命贬低国君即掌握权柄、治理侯国的人、也就是政权的统治的意义与作用，不但贬低执政所须臾不可离弃的法度规则的作用，而且干脆贬低政权本身的意义与作用，他力图用自然而然呀、鸟呀鼠呀之类的本性解释一切，并以之取代掌权用权保权夺权集权放权，尤其是以权力制定法度规则礼仪的意义与作用。

其实除了空想的无政府主义，没有哪个政治家或政治学派敢于不拿政权、权力、法度当回事，实现政治主张、政治理念要有权力的支撑，要有法度的保障，哪怕是为一己之私，所谓光宗耀祖、所谓流芳百世、所谓建功立业……也常常需要看权落谁手与法度的得失宽严疏密。权、命相连,这个过往的,今天听来已经不甚雅驯的、有失露骨的说法,其实是事出有因,难以忘怀的。

但是庄子通过接舆之口讲的一些说法,有一种匡正的意味,就是说为政应该尽量做到引而不发跃如也,用权正如用钱,不是说你有多少就得用多少,甚至动辄搞出赤字。你能杀能生,不是说每天都要杀几个赦几个。你拥有强大的海陆空三军,也不是动辄投入战斗。他与老子一样,看够了那时的各诸侯国的轻举妄动、声嘶力竭、小题大做、穷凶极恶,他幻想、他提倡一种从容不迫、平易近人、亲切和谐、道法自然的为政风格。

庄子说是有个日中始先生,或者是往日的中始先生(看这个名字似乎带有正当其时的准牛皮韵味),教训肩吾先生,做国君的人,要以己出,即要发挥自身的主体性,敢于做主,来制定规则法度礼仪,那么全国老百姓谁敢不从,谁能不紧跟照办随着变化呢?

而被李白后来十分认同与欣赏的楚狂人接舆骂道:这是胡说八道!接舆先生说,主观主义地、唯权为重地即权威主义地治理天下,是荒谬绝伦的事情。侯国如海,百姓如海,舆论如海,民心如海,而权力如河,法度如河,管理如河,“上意”如河,有了民心的大海,你难道想为民心做主吗?那不是与为大海开凿泄洪河道一样荒谬吗?侯国如山,百姓如山,舆论如山,民心如山,历史与群体(社会)的发展趋势发展规律如山,而侯王、臣子、谋士加在一起与整个国家百姓相比,不过是几只蚊子,几只蚊子就能改变山岭的位置与走向吗?那不是太牛皮、太不自量力了吗?

庄子认为用法度治国,只能治外治末治目——外在的秩序、表面文章、事后的处理,等等,而真正的圣人,追求的是治根本、治内里,治纲即治世道、人心、动机。这一点,庄子与孔孟反而是一致的了。这个东西说起来很雄辩,也很明晰,世道人心好了,道德自律好了,人心齐,泰山移,天下只剩下善而丝毫没有恶了……这当然是根本,是治本，是纲，纲举目张，一通百通了，还有什么闹心的烦人的呢？

而圣人的治国治天下治纲抓纲靠的不是制定外在的、强加于百姓的法度，而是靠自身的模范与表率作用，叫做正己、叫做正而后行，你自己做正了，各种事项就会自然而然地运行践行了。不能正己焉能正人？你不是整天牢骚满腹，怨天尤人吗？你不是看着谁都不中意吗？你能不能先想想自己的不正之风不正之思不正之处呢？你想改变世界吗？对不起，请先改变你自己。如果你连自己的一点点小毛病都改不了，你还闹腾什么改天换地、力挽狂澜？

这话说得并不全面，因为正己与正人并非截然分离，自身有待正之处也不等于不可以纠正旁人的失误，但是中华式的这种欲正人先正己的逻辑仍然很能启发人说服人，而且能让人变得相对实际一些，谦虚一些，少一些一己出发的愤世嫉俗与横扫一大片，少一些乖戾与暴躁，多一些君子风度、绅士涵养。

至于“鸟高飞以避矰弋之害，鼷鼠深穴乎神丘之下以避熏凿之患”云云，事例的出现有些跳跃。这应该仍然算是无为的主张的延伸，无为表面上与儒学截然对立，实际上在性善论这一点上二者一致。儒学的理论是恻隐之心，人皆有之，羞恶之心，人皆有之，恭敬之心，人皆有之，是非之心，人皆有之（《孟子·告子上》）。孟子认为人性中天生地具有道德价值的元素。而庄子强调的不是道德的原生性，而是利益考虑、趋利避害的本能性与原生性。庄子认为道德是人为的、不无矫情的，而趋利避害是原生的，而且既然人人趋利避害，也就有了共识，叫做共同心愿、共同规则、共同的行事标准。圣人如果以代行民心民权自居，越俎代庖，代为制定法度；这纯粹是不自量力，是制造麻烦。

这里的鸟与鼠的例子有些个与前文讲学道得道之难的地方似乎不无矛盾。当批驳起类儒家式的经式仪度治国法的时候，庄子强调治国之道极其平易自然，连鸟与鼠都明白都本能地做出正确的——符合大道的——选择。而当某个至人真人与南伯子葵、与意而子讨论其学道悟道的问题时，又把学道说得难上加难、难于上青天，老子则认为婴儿就是大道的完美体现，就是说压根不用去学。这到底是怎么回事呢？

还有，如果你尝试与威权话大道、以大道去影响威权，与闻其权与道，与话其权与道，更是难上加难，难于上青天。瞧前边颜回赴卫、叶公子高使齐、颜阖将傅卫灵公太子之时，有多难办，有多危险！

也许其含意在于，大道本来平易自然，难就难在人自身找的麻烦，各种偏见成见、各种非道违道反道伪道而行的愚蠢与忤逆太多太多了，道本平常，而人之麻烦难于清除，这才是困难之所在呀。

庄子的这些见识极其有趣，虽然有点简单化理想化非操作化，但确实有他的高明之处。以德治国固然好，但仅仅一个道德不足以驱动人民与国家，倒是物质利益的关心（这个说法连当年的赫鲁晓夫都常使用），利益驱动，虽然不那么好听不那么壮观，还真有效。我们的"三农"政策举措的得失成败就能够充分地说明这个问题。当年的人民公社是非常理念化的，是一个壮举，是一个伟大的实验，是一个社会主义乃至共产主义之梦，我们为之没有少制定经式仪度，什么三级所有队为基础，什么四清社教，什么大寨标兵，什么过黄河过长江的发展纲要，什么《艳阳天》与《金光大道》式的文学经典的吹乎……可惜没有成功。而改革开放以来的包产到户即家庭联产承包责任制，才符合"鸟高飞以避矰弋之害，鼷鼠深穴乎神丘之下以避熏凿之患"的精神，即只有使劳作与收益直接挂钩，使辛苦的与正确得法的劳作能带来看得见的利益，能避免与摆脱冻馁贫困之苦，这样的"三农"政策才是有效的。人民公社的不能成功，确实说明了由圣人代人民制定方向法度规则礼仪是不能成功的。而联产承包责任制的成果，恰恰说明了方向法度规则礼仪的制定应该以人民的趋利避害的本能为依据，应该谦卑地与恭敬地尊重生命的高飞以避矰弋之害、深穴乎神丘之下以避熏凿之患的本能、原则与选择、适应能力。

当然，老庄对道德、价值的制定与教化，未免太不以为意不以为然了，太不重视恻隐、羞恶、恭敬、是非之心的提倡与培育了，也太轻视圣人（精英之类）的作用了，这也是偏到了另一面。“鸟高飞以避矰弋之害，鼷鼠深穴乎神丘之下以避熏凿之患”固然很伟大很重要绝对不可慢之，但是一个国家拥有的民众仅仅做到趋利避害，毕竟是不够的。仅仅靠老百姓的趋利避害来治国，用当年的中国革命人的语言，只能叫做“尾巴主义”，即只能做群众的尾巴。

我们不可以摇摆于单纯的道德大言与唯利是图之间，不能摇摆于“主题先行”、主观主义、唯意志论、唯权论与尾巴主义、放任自流之间。只有前者不要后者，有可能变成空谈误国、自欺欺人、庸人自扰。只有后者不要前者，也会利欲熏心，腐化烂化，丧失执政能力。

天根游于殷阳，至蓼水之上，适遭无名人而问焉，曰：“请问为天下。”无名人曰：“去！汝鄙人也，何问之不豫也！予方将与造物者为人，厌则又乘夫莽眇之鸟，以出六极之外，而游无何有之乡，以处圹埌之野。汝又何帛以治天下感予之心为？”

一个名叫天根（壮哉，此名字也）的人到了殷阳，到了蓼水之上，碰到了无名人，他问无名人，请问应该怎么样治理天下呢？无名人斥道，去吧，你也太鄙俗了吧！怎么专问这种令人扫兴的问题！我本来才刚刚从造物者那边获得了人形人体，成为一个人啦，而这个成人、为人、人间世、人间事终于使我感到了厌倦（注意，我的这一解释与多数专家的解释不同，多数专家解释与造物者同遨游，是正面的意思，那么来了个厌之，就很突兀了），我于是乘坐着成为太清之虚气，如乘坐莽苍苍、眇茫茫之大鸟，摆脱了三维六合的空间的局限，游历了一切皆无、辽阔巨大的无何有之乡，为自身找到了广袤与原始原生的旷野，你却用什么治天下争天下的俗不可耐的问题来烦人！

（另一种解说为：我本来正在与造物者接交，烦厌了，就乘着莽苍渺茫之鸟而飞出六合形而下之外，到那乌有之乡去游荡，到广漠阔大之野去居处，你又讲什么治天下来烦人！）

老庄总是鼓吹将帝王之术变成审美的艺术化境，变成一种感受、一种快乐、一种轻松放达的如仙如神入化入梦的境界。他说是有一个人叫做天根，天之根基，大自然之本原，也就是大道了。可惜的是这个有意代表或追求大道的、牛皮不小的天根先生游览于殷山之阳面（南面），也就是游于光明，游于美景的时候却碰到了谦卑忘我的无名人，一个以无名为名，以“无”作为存在的基本特性的高人。天根先生便去请教为天下、得天下、治天下、平天下之道。他受到了无名人的呵斥。

又复问。无名人曰：“汝游心于淡，合气于漠，顺物自然而无容私焉，而天下治矣。”

天根也不白白叫这样一个牛气冲天的名字，他碰了钉子仍然不屈不挠地请教求教。是这股子坚持劲感动了无名人大师了么？无名人的回答轻松愉快，举重若轻，他说，那又有什么难办的呢？你把你的心思心情灵魂置放在恬淡、淡然、清淡即清静无为中，你把你的气息气场生命融合在冷漠、漠然、漠不关心里，把一己的欲望、野心、追求、刻意、主张压低到最低限度，同时最大限度地任凭外物外界自己运动，自我调整，自行变化，自然行止，自生自灭，那不就齐了吗？

这确是可爱的主张、天才的主张、有趣的见解、启人心智的见解，除了做不到行不通以外，所谓的无名人的这一套说法，你是怎么说怎么美好！

其实思想的魅力、思想的享受不仅在于它与实践的相联系，也在于它与实践的相对分离，想的就是做的，做的就是想的，那么在实践之外还要思想干啥？那么在历代君王大臣文武百官以及农工商兵之外，还要诸子百家、还要著书立说、还要学术思想干啥？

无名人本来对治天下之类的事相当厌恶，称之为鄙、为不豫（不悦即不招人待见）斥之曰“去”。再问一遍他却答复起来了，为什么道理多问一次就不粗鄙、不讨嫌、不被宣布为不受欢迎的话题了呢？

闹不清。

然后这位无名人答得倒很高明，游心于淡，合气于漠，顺物自然而无容私，这与其说是在谈治国平天下，不如说是在讲养生与逍遥，在讲游走、旅游、气功、心理调适、自我删节清理、心斋，等等。这有一说，后世称之为以出世的心态入世入仕。到了现如今，这样的人生这样的入世这样的从政，应该叫做潇洒：一边做着官当着差办着事也享受着入世者的好处，一边抱无所谓的态度，抱至少是可进可退、可入可出、可即可离的态度，做好几手准备；不钻营、不结帮、不贪权、不贪位、不偏执、不树敌、不冒险、不恋栈、不死谏、不唯一、不失个性与个人专业；既能入乎其内，又能出乎其外，保持清醒，保持超越，保持微笑，保持潇洒。这是一个相当有趣的说法，能做得到的极少，作为一个理念，则古已有之，不无可欣赏可遐想可享受处。

阳子居见老聃，曰："有人于此，向疾强梁，物彻疏明，学道不勌。如是者，可比明王乎？"老聃曰："是于圣人也，胥易技系，劳形怵心者也。且也虎豹之文来田，猨狙之便、执斄之狗来藉。如是者，可比明王乎？"

说是阳子居，也有人说阳子居就是指主张"拔一毛而利天下不为也"的杨朱，这倒没有什么关系，他去见老子去了，说是有那么一个人，办事像声响那样麻利，既具有声音的速度，而又通晓事理，洞察一切，心如明镜。这样的人够得上一个圣明的君王了吗？

老子将这样的技艺高超的人贬了个一文不值。老子说，用才智技巧来为政处事，最后局限于才智技巧而已。局限于才智技巧的人，只能忙忙碌碌、心力交瘁（今称辛辛苦苦的事务主义）。再说仅仅这样的才智技巧，只能被拘羁役使，只能被人使唤，只能作奴，它们是没有主体性的。这就像小老虎豹子因为皮毛美丽而被捉，小猴子因为灵便轻盈而被拘羁玩耍，猎狗因为有狩猎能力而被圈起来控制起来驯养一样。

专家们说是“向”即声响。庄子比较喜欢举自然界自然现象的例子讲述与形容他的主张，注视与言说自然现象多了，就会出现某些对于自然现象的发现与自然科学的端倪。庄子能够在两千多年前以音速来说明迅捷，这可真够超前的。而庄子所说的老子对于这种速度与明澈的贬低，却反映了国人传统文化太轻视器具、技术、细节的大而无当的弱点。

这里的老子的理论高超，发人深省。不仅阳居子，读者读到这里也会一惊：多少能人巧人办事之人，却只能听喝当差，好的跟随着沾光于残渣剩饭，坏的跟着坏主子挨骂完蛋，盖其才智技巧虽多，决策选择之大局判断掌控能力甚差也。

呜呼，中国自古何价值观念之单一也，技能是被轻视的，生产是被轻视的，财富与科学都不是被重视的，被看得起的只有治国平天下，只有为君为大臣掌权统治老百姓，或造反起义夺取政权才算数！这是中国文明早有可观，却终于长期未能足够地全面地发展文化科学技术生产、积贫积弱的原因之一。

人被自己的技能局限住，也是有的，这应该算是庄子的一大发明发现。过分具体的手工艺类技能，最后限制了一个人的更多的知识的开拓与事业的发展，应该说这是事实。当我们接触到一些细致而微的极专极窄的技能的时候，例如刺绣、微雕、内画、口技、捏面人泥人、某些杂技戏法……我们在不胜佩服的同时，也不免感到它的局限性。他们取得的成绩与人们从童年起为训练出这手绝技而付出的代价（一个孩子为了练这种功可能影响了自己的学业，可能影响了身体的正常发育）可能并不匹配。庄子在自己的书中指出了这一点，这是有价值的方面。

但是从另一方面来说，对于才智技能的追求，毕竟是建设性的、是对于人类文明的一种贡献，一个国家一个地区的多数人应该技有所长，有自己的吃饭的家伙。反过来说，一个地区一个国家人人至少是一大批人仅仅有志于夺权掌权，登基当皇上，一见秦始皇，不是

"大丈夫当如是",就是"彼可取而代之"(以上是刘邦项羽对于秦始皇出巡的反应),这也很可怕。

不能够把大道,把治国平天下,把德行修养与一切技能截然对立起来;更不能把道德修养即修身的重要性与学问知识智力与技能的训练对立起来。能工巧匠技师工程师专家学者并不注定只能涉猎局部,小打小闹,画地为牢,坐井观天。我们所说的大智、通才、领军人物、学界或某一领域的泰斗,当然也要随时接受新思维新哲学新体系新世界观,同时,已经拥有权柄,或造反起义领袖的名声地位,已经参与天下大事,已经成为人五人六的赫赫威权人,也应该有些专门学识,至少退休以后不至于太恓恓惶惶了。

无论如何,庄子提出的这个问题还是有趣的。确有被雕虫小技囿住了一生的小技牺牲品。也确有当不成专家当校长的趣闻。确有恍兮惚兮的大家,也确有死记硬背式的巅峰学者。什么是大道,什么是智慧,什么是小技,什么是空谈,孰能真正明白,孰能真正判别?

阳子居蹴然曰:"敢问明王之治。"老聃曰:"明王之治,功盖天下而似不自己,化贷万物而民弗恃;有莫举名,使物自喜;立乎不测,而游于无有者也。"

阳子居一惊,问道,那怎么样才算明王之治呢?

老子答,明王明君之治是,功劳政绩遍及天下而似乎不是自己做的,广泛施恩救助万物万民而不自居。他的好处你是说也没的可说,让万物自然而然,高高兴兴。明王明君无为而治,无言而教,不求被人了解,不写功劳簿,悠闲自在,轻松愉快。

讲得真好!从反面理解就更好,一个整天大呼小叫、吹胡子瞪眼、叫苦告急咋咋呼呼的人,一个整天动心眼使计策钩心斗角个死去活来的人,成不了大事,治不了天下,不但治不了天下,治一个科室一个乡镇一个行业也弄不好的。

自古国人喜欢大言、伟言、高论、危言(耸听),庄子虚构的老子对于阳子居讲述的这一段醍醐灌顶，高屋建瓴。老子的几句话既说得虚无缥缈，又显得高高在上，还颇为潇洒倜傥。功盖天下而不以为意，不以为荣，不以为本钱，根本没有往心里去。原因就在于老庄认为一切成就都不是有为的结果而恰恰是无为——任其自然的结果，是大道不受阻碍地运转的成绩，而不是什么明王，什么圣人，什么英豪的本事。教化、养育、培植、恩泽万物而不自以为是，不居功自傲。真正的成就真正的本领是无法命名无法言说的，明王本身也是不求虚名不要称颂的。让外界，让被统治者自得其乐，自得其福而不必叩头谢恩，更不必三呼万岁。这样的明王，居处于不可见之处，行动于空无之中，无黏滞，无牵挂，无计较，无焦虑，无恼怒，无技巧也无须洞察什么。神了，您哪！

这样的极漂亮极理想的超凡脱俗的勾画，却也产生了一个悖论：既然您已经伟大到四大皆无、八方匪有的至高至空至虚至静至纯至洁的境界了，还应什么“帝王”？还明什么王不王、君不君？还怎么可能谈得到是功勋业绩盖天下，还是过失罪恶满乾坤？功过善恶还有什么区别的必要？自己与不自己还有什么可说？

既然此前庄子屡屡讲解坐忘的道理，分析形如槁木、心如死灰的境界，强调忘记物我的区别，直至分不清自身究竟是庄子抑是蝴蝶的程度；还有什么化贷万物——恩泽与施舍、奉献与养育万物可言？达到了这样一个境界，明王与胥吏、圣人与浑球、治国平天下与大树底下昼寝与乘着大葫芦瓢漂流，以至于与钻到泥土里享受泥鳅的快乐，又有什么可分辨的？

难道一只蝴蝶梦见自己成了庄子也还要喋喋不休地论述怎么样当得成明王圣贤吗？难道不应该将《应帝王》一章彻底删除吗？难道不应该将《庄子》一书彻底销毁吗？多少写家包括卡夫卡、张爱玲与虚构的林黛玉都在辞世前下过“焚稿断痴情”的决心啊，除了黛玉，谁又当真做到了呢？

呜呼悖论，没有悖论就没有林黛玉，就没有庄周老聃，就没有

《老子》《庄子》《红楼梦》，也就没有人生，没有世界及其有关思索与咏叹喽。

二　混沌的妙悟

庄子是讲故事的高手，一部《庄子》，他讲了无数故事，有的更似寓言，有的更似小说。“朝三暮四”，寓言也，但也比一般“守株待兔”“揠苗助长”与伊索的《狼和小羊》或克雷洛夫的《杰米扬的汤》深奥、耐咀嚼。故而现今百姓口头上说的“朝三暮四”是作多变善变解，与原来庄子的用来宣讲“齐物”“此亦一是非、彼亦一是非”之解大相径庭。

“庄生梦蝶”，则更像一篇凄美委婉的小说，作者写的是一会儿栩栩然，一会儿是蘧蘧然，无往而不适的庄周——蝴蝶，读者得到的却是不无迷茫的嗟叹，是人生与世界的谜语的无解，是想象与思辨的既神奇诱人又平添烦恼，是生命的飘忽与短暂，是殊幸运而为人或极不幸而为人的喃喃呓语。呓语是无解的，蝴蝶的飞舞却又是非常美丽的，在思辨与论证碰壁的地方，幸好还有艺术，还有美感，还有人类的审美活动与审美对象，它仍然为生命留下了极大的安慰。

《应帝王》篇到了最后，便又讲起故事，写起小说来了。是不是庄子当真讲起如何掌握帝王之术之道以后他已经感到力不从心了呢？图穷则匕首现的是刺客，文穷（或道穷、命穷、运穷）则小说（寓言、故事）现的是文人。

让我们看看在“应帝王”这样一个牛皮烘烘的大题目上，庄先生又能为读者提供一些什么样的小说故事呢？

> 郑有神巫曰季咸，知人之死生、存亡、祸福、寿夭，期以岁月旬日，若神。郑人见之，皆弃而走。列子见之而心醉，归，以告壶子，曰：“始吾以夫子之道为至矣，则又有至焉者矣。”壶子曰：

“吾与汝既其文,未既其实,而固得道与?众雌而无雄,而又奚卵焉!而以道与世亢,必信,夫故使人得而相汝。尝试与来,以予示之。”

郑国有一个灵验神效的巫人叫季咸,他能够预知人们的吉凶祸福寿夭生死,他的预卜能够精确到年月旬日。郑人见到他吓得夺路而逃。列子见到他,为之心醉痴迷,回家后告诉壶子说:“我原来以为您的道术最高,想不到又出现了更高明的人!”壶子说:“其实我与你交流过的是一些表相、语文、形式,并没有进入大道的实质。你以为你已经掌握了我所传授的大道了吗?唉,一大堆表面的东西,许多许多表象,并没有实质内涵,就像一大群母鸡,而没有雄鸡一样,你从哪里能得到能够孵出小鸡的受精卵呢?而你试图以你对于道的理解来周旋于世,必然也就暴露了你自己的真相,人家当然就能一眼看穿你了。好吧,你就叫他来看看我吧,看看我怎么对付他吧。”

陌生化即高度的创造性、奇异的想象力、与众不同的独特思路、取譬的广泛与不拘一格,创意的颠覆性乃至刺激性,这是作为小说家的庄周的不二特色。

好生奇怪,出现了庄周这样的另类小说家、修辞家、文章家、风格家、思辨家,我要说是幻想家之后,我们的神州大地,怎么此后再出现不了这类的奇人奇文了呢?李白从气度上差可与庄比肩,他的自由强烈酣畅淋漓,不次于庄,他的诗歌当然是无与伦比;但是想象与寓意,深思与振聋发聩的思想念头仍然无法与庄比肩。曹雪芹的伟大在于经验性的写作而不是想象性思辨性,蒲松龄是想象的,又是颇受世俗的与人间的德行性情恩仇爱怨的束缚的,他并不天马行空。鲁迅的愤懑、沉重、犀利是不凡的,他更像解剖刀与手榴弹而不是文章的高山大海。别人,就不说了吧。

庄子虚构出一个名叫季咸的神巫来,他有奇术(邪术?妖术?奇门遁甲?特异功能?)而不是大道。他的本事是相面占卜,预知吉凶生死。他太灵验了,弄得人们害怕他躲避他。“若神,郑人见之,皆弃而走……”这一段写得深刻精彩。

人们往往会喜欢求神问卜，前提是这些求神问卜的结果只能参考，不能全信。俗人的特点是常常充满畏惧感，不知何时何地何事会碰到灾难不幸。同时人们又充满侥幸心理，不论碰到什么危局，总以为自己是有救的。碰到上上的吉兆，人们盼望它能成真，仍然有所期待又有所畏惧（其不能成真）。碰到下下的凶兆，人们盼望它的化解消禳，人们会一面畏惧觳觫，一面求神许愿，如捐门槛、捐子女、捐身出家还愿以求苟活。如果人们求神问卜的结局是百分之百地算数，如果求神问卜如聆听结论，如囚犯之听宣判，如危重病人之看化验结果，人们是恐惧的、躲避的，是如避瘟神的。

从中我们也许看到人类的弱点之一，想预先知道，想多知道一点事情、信息，但又不敢真的去知道一切，不敢当真去知道确定无疑的东西，不敢接受铁一样的事实和真理，最多接受一点橡皮筋式的、日本豆腐式的说法。人永远存在着苟且的希冀与讨价还价的意图。人永远不可以、也做不到说一就是一，说二就是二。

所以庄子符合人们的需要，创造出一个专门对付“准确预见”的壶子来。你有季咸，我就有壶子。古代，壶含有广大或深奥的意思。

列子是壶子的学生，被预知吉凶寿夭的季咸子所折服，回来告诉壶子，我原来以为师傅您最棒，谁知道现在有了一个季咸子，又比您厉害了。厉害什么呢？季咸子的预卜更实用也更贴近生活。壶子则是泛论大道，大而无当。壶子一听季咸子其人其事就是十八个瞧不起。声言自己教给列子的东西还都是外在的皮毛，都是文本上的符号解读，远未达到大道的实质与内涵。就好比开始画龙了，但是远未点睛——好比是给了他一群母鸡，却没有公鸡。就这么点文句表层类的知识，你就拿出去卖弄应对，还以为就能站住脚跟了呢！唉。好吧好吧，让那个什么季咸子来一趟，让我们互相见识一下吧。

壶子对于季咸子的反应，令人联想起当今社会上一些人对于浪得大师虚名者的不忿儿来。如今天的一些中小精英，他们绝对不承认任何与他们同时代的人是大师,第一,我不是大师别人也不可能是;第二,确有招摇撞骗的学问骗子道术骗子伪大师实小贩存在。

由于普遍的文化缺失,既可能认不出千里马,误杀误伤了千里马,也可能误将一匹吵闹得凶恶的瘌痢毛驴吹嘘成千里马,把一个比较灵验的占卜者巫者看做大师,倒也不怪壶子起火。现今也是这样,遇到块头大一点的精英呢,一听到其他人被认为是大师或准大师了,他的第一个反应多半是:又出来一个骗子!壶子的话恰恰叫人想起当今的一些有争议的坐上大师交椅的名流来。

请问,这位又广大又深奥的壶子,怎么有点沉不住气?尤其是当你的徒弟直言不讳地说是发现了比老师您更伟大的高人的时候,你为什么立马表态叫阵接招呢?将欲取之,必固与之,将欲歙(收缩)之,必固张之,他为什么不能先唯唯,再见识见识呢?难道他果真认为自己已经是老子天下第一啦?

这里边的一个观念也有趣,壶子的伟大在于真人不露相,季咸子与列子的渺小在于露相非真人。能被相面的人掌握个透彻的人是浅薄之人,不能被相面者看出就里的人是高深之人,这样的逻辑偏于阴暗与小气。所以只有在中国,有这样的病人:就诊时不愿意说出自己的病症,不愿意向医生述说自己的真实病况,而要医生去猜。而一个大夫是否高明,要看他是否一把脉便得知你的全部病情。这其实是把做学问鉴定学问当成捉迷藏的游戏了。

明日,列子与之见壶子。出而谓列子曰:“嘻!子之先生死矣!弗活矣!不以旬数矣!吾见怪焉,见湿灰焉。”列子入,泣涕沾襟以告壶子。壶子曰:“乡吾示之以地文,萌乎不震不止。是殆见吾杜德机也。尝又与来。”

明日,又与之见壶子。出而谓列子曰:“幸矣,子之先生遇我也,有瘳矣!全然有生矣!吾见其杜权矣。”列子入,以告壶子。壶子曰:“乡吾示之以天壤,名实不入,而机发于踵。是殆见吾善者机也。尝又与来。”

底下故事的发展不知道是壶子在要猴还是在变戏法。说是第二天列子就把季咸子大师带到壶子这儿来了。季大师倒是架子不大，也许是壶子更年长些？季咸子一见壶子就怔了，不好了不好了，过不了一旬十日，您列子的老师壶子就活不成了！这哪里是壶子大先生，这明明是活见鬼嘛。这简直是一摊死灰再泼上水，你再想什么辙也不可能死灰复燃喽！

列子哭着回去了，不是一般的落泪，而是痛入骨髓的泣涕沾襟。列子可真实诚，像是赤子婴儿了。这一哭证明，列子虽然误入歧途，被巫人季咸子的皮毛小技所迷惑，对于自己的师傅还是爱之敬之亲之忠之的，中国人讲究嫁鸡随鸡，嫁狗随狗，当然也就要师鸡敬鸡，师狗爱狗啦。

壶子倒也说什么有什么，有什么说什么，他安慰爱徒说，没事，我是亮出地文来给季咸子看，地文，就是像大地一样的寂静。（王按，一般专家都解释说地文指寂静，地指寂静应该差不多。文则有花纹、文饰、表面形状之意，不敢肯定是指一味寂静还是指微动若有若无。查下文，我此说似有道理。）

壶子与大地相通，像大地一样寂静了，于是茫茫然如失其所，如找不到感觉了，既不运动，又非静止，季咸子看到的是我暂停了生机，他能不吓一跳吗？是我暂时实行了自我冻结封闭的。（至今瑜伽功与中华气功，犹有这种自我封闭的修炼方法。）好的，让他（季咸子）再来嘛。

第二天，果然季咸子又给壶子相面来了。季咸子怎么这样好说话，做到了随传随到，招之即来，挥之即去？他已经那么大名声那么功法（巫术）灵验了。他与列子又一起给壶子相了面，竟然吹起自己来了，说是好幸运啊，你的老师遇到了我！他有救啦，他的闭塞停止的生机竟然有了动静，他也就有了活命的希望啦。

按，此说也毫无根据，季咸子并未发功开处方做理疗化疗手术，是壶子自己忽然又好起来了，你有什么可吹的呢？这种水准也委实有限。

壶子告诉列子说，这回我展示给季咸子的是天壤，是天与地的互动（旧解天地间的正气），你很难说清与掌控这种互动的名与实、概念与行动，但是它正如一股生机，自下而上地，从脚后跟上徐徐升起。这样他季咸子就隐隐约约地感觉到了我的一线生机了。好吧，让他下回再来。

重视脚踵，想来是一种直观的想象的位置医学、几何医学，至今的气功修炼者仍然强调吐纳之功要练到吸气入脚后跟，吐气自脚后跟，同时国人至今重视足底按摩，不知是否都与庄子有关。反正壶子不但与地相通，也与天相通，欲天则天，欲地则地，也是能上能下了。

> 明日，又与之见壶子。出，而谓列子曰："子之先生不齐，吾无得而相焉。试齐，且复相之。"列子入，以告壶子。壶子曰："乡吾示之以太冲莫胜。是殆见吾衡气机也。鲵桓之审为渊，止水之审为渊，流水之审为渊。渊有九名，此处三焉。尝又与来。"

季咸子第三次来给壶子相面，反应是"您这位老师精神不稳定，恍恍惚惚，我无法给他老人家看相。下回吧，下回等他精神稳下来之后，再看相吧"。

壶子有点向徒儿吹牛的意思，要不就是实打实地、无保留地教授。他说，我这一回是展示一种太虚之气、之境、之神，这种气、境、神无所泄露，无有征兆，无可察觉，这样，他就感到了我的自我控制、自我引导的机制与功夫了。我的这套机制如同深渊。什么是深渊呢？大鱼盘桓流动的深水回旋处就是深渊。水停止不流的深水回旋处就是深渊。水奔流不止的深水盘旋处也叫做深渊。深渊的定义有九种，我的精气的深渊也有九种，这回给季咸子展示的只是其中的三分之一即三种，底下的，等下回再让他来见识见识吧。

这里的深渊二字，我们还可以加上深渊的“倒数”“渊深”二字，共四个字，用得有趣。老子也讲“鱼不可脱于渊，国之利器不可以示人”，到了庄子这里干脆就讲深渊或渊深了。深与渊在这里是道性、思想、学问、智慧的价值标准。对于孔孟，仁义道德是最高标准，是价值观念。对于老庄来说，仁义道德有可能变得矫情和闹心，有可能引发竞争和不平，只有像深渊一样的渊深，才是大道的特色，才是得了大道的至人、圣人的特色。渊是渊博，因为大道是无所不在无所不包的，通了大道就会一通百通，一明百明。深，是深潜、深藏、深奥、深厚，凡人们想通晓它是有难度的。玄而又玄，众妙之门，天机不可泄露，这些是国之利器，是秘密武器，不可轻易示人。想示也白示，你悟性不够，你知性不全，你道性相悖，你私心杂念偏见俗气遮盖了你的聪明灵性良知良能，你欲学道而不可得，你老是差一厘米乃至一毫米，你永远够不着。

强调抽象的仁义，强调更抽象的渊深，把思想与价值道德化、哲学化、纯粹化与玄学化，这是中华文明的一个特点。它不强调真实，不强调命题符合逻辑和计算以及实验结果，不强调有效和有利，它反过来强调的是渊深、玄妙、神奇、伟大以至趣味。它更适合清谈、益智、心胸、视野、境界、修辞、为文、风度、风格化，而不适合实用、生产、经济（古代的经济一词饱含着政治，经济者，经国[管理国家]济世[服务社会]、经天纬地之谓也）。

这一点用来应帝王，倒是有点天机。帝王也者，怎么能不渊深，不深渊呢？帝王见到臣子百姓，竹筒倒豆子，坦白表现无遗，绝不保留，那哪儿行？李白诗曰：大人虎变愚不测，为什么大人物帝王能够如虎之斑色善变一样地变化自己而使下属永远摸不着底，永远处于听喝跟随的被动地位上呢？第一，由于他们比凡人渊深，第二，如果他们并不渊深，如果是他们自己也在那里踌躇不决，判不明黑白，下不了决断，他们就更要做出深渊渊深之状来。

明日，又与之见壶子。立未定，自失而走。壶子曰："追之！"列子追之不及，反，以报壶子曰："已灭矣，已失矣，吾弗及已。"壶子曰："乡吾示之以未始出吾宗。吾与之虚而委蛇，不知其谁何，因以为弟靡，因以为波流，故逃也。"

又次日，季咸子随着列子来看壶子，自己还没有站稳，他惊慌失色地逃跑了。壶子喝道："追呀！"

为什么大喝苦追呢？季咸子如果仍有得到真的道的希望，可以指点他帮助他，如果毫无希望，那么道不同不相为谋，你走你的阳关道我走我的独木桥就是了，何追之有？要追上他以羞辱他吗？要教训他从此不要"无照行巫"，不要再看相占卜，妖言惑众了吗？按照老子的说法："善者吾善之，不善者吾亦善之"，"人之不善，何弃之有？""善人者，不善人之师；不善人者，善人之资。"壶子（庄子）对待季咸子，是不是应该更善意一些呢？莫非因为自己的弟子列子竟然曾经认为季咸子的道行超过了壶子，使得壶子震怒，一定要切磋切磋，对阵对阵，过两招，非把季咸子摆平不可吗？那可不是得道者的行事方式啊。

上哪儿追去？列子不厌其烦地报告老师：没了影了，找不着了，追也追不上了。什么意思？从此季咸子输到了底，从此销声匿迹了吗？壶子灭了季咸子了吗？

然后壶子向列子讲述自己的新的状态与新的展示路数。这次他果然做到了真人不露相，露相非真人。好一个壶子，还深潜渊底呢，只对季咸子表面上应付一下，呼牛就是牛，唤马就是马，像小草一样望风披靡，随风摇摆，像水波一样顺势流淌，并无定势定规，季咸子除了逃之夭夭以外，他能看到什么，能够得出什么看相的结论来呢？

第一天装死，毫无生机，第二天要活，从脚跟往上冒活气，第三天心神不定，恍恍惚惚，以恍惚来展现渊深，第四天则随机应付，虚与委蛇，仍然是空空荡荡，无可无不可。这是大道吗？这是帝王之术吗？怎么有点小家子气？怎么像杂技而已？一会儿一个样，反正不能让凡人摸着大人物的底。

但我仍然不明白，第一，壶子为什么一定要摆平季咸子。季某看相，多数、绝大多数是准确的，一般人，包括列子这样的人，都能被季咸子一眼看透，这说明季咸子是有本事至少是有神奇的巫术的。而像壶子这样的特殊人物，是极少的奇人，是生活在渊深与深渊里的大道人，看不出你的相是偶然的稀有的吃瘪，看得出众生相是多数的必然的成就，你何必要压而倒之呢？

第二，为众人看相，应该算是有所贡献，有所神奇，有所灵验，你的本事是不让他看出来，其实不让他看出来有什么难处？你可以戴面罩，你可以穿防感染衣，你可以拒绝与之见面，你可以为自己修个密室秘洞秘穴，费那么大劲，闹那么多玄虚，图个啥？就图隐蔽自身？因为你需要隐蔽？你是国之利器吗？你是国家机密吗？你需要长期潜伏吗？

第三，列子认为季咸子的道术超过了你，值得认真对待吗？对待如此认真，所讲那么牛皮，不是有点小儿科吗？

第四，能够调理自己的生机体征，能够显示各种假象，这算小术还是算大道呢？直到如今，通过气功一时调节血压呼吸脉搏的技巧，也时有所闻，未足道也。

被认定伟大的壶子，其表现颇不阳光，带几分阴谋家的味道。原因可能是，第一，是应帝王，帝王是不能心直口快的。春秋战国时期，没有阴谋就没有权力与权力的争夺。第二，老庄都崇信渊深、深藏、不可以示人（老子），都不强调诚恳实在，相对孔孟在人际关系这方面的主张偏重于理想与仁爱，老庄则更注意如何从智慧上压倒对手。孔孟标榜的是仁义，老庄标榜的是渊深与高明高超。

> 然后列子自以为未始学而归，三年不出。为其妻爨，食豕如食人。于事无与亲，雕琢复朴，块然独以其形立。纷而封哉，一以是终。

不但摆平了季咸子，列子这次也是心服口服，同时心灰意懒了。他认识到自己离大道太遥远了，他不再摆出一副学道的架势，他回家过日子，三年不出门不远行，他热衷家务，为妻子执炊，像侍候人一样地侍候小猪。或者是反过来，像喂小猪一样地喂自己与家人。对于外界，无所谓亲疏，无所谓私心，无所谓欲望。他费了很大劲去学道求知，现在嘛，也不学了也不使劲了，知道自己没了戏啦。乃回到最素朴无华的状态。他戳在那里，像块木头石头，不过是个形状罢了。不管它万物纷繁，万象杂乱，万念起伏，而此时的列子坚守着自身的质朴，终身如一。

你会不会将列子学道、误入（季咸子代表的）歧途、再被壶子慑服、终于不再谈道、不再痴心妄想得道、最后变了个呆若木鸡，变了个分不清猪与人的区别和变成了槁木死灰，看做一个悲哀的故事呢？困难在于，怎么样分辨大智、大道之获得，与大道与自然融合为一，齐物，无差别境界（周谷城的提法）和先天弱智、精神恍惚、哀莫大于心死呢？大智若愚乎？大智即愚乎？智也可及愚也不可及（学智易，学愚难，语出《论语》）乎？大愚反智乎？愚智吊诡走火入魔乎？

怎么这一段壶子与季咸子斗法的故事，更像武侠小说而不像庄子的哲学？任何论述尤其是文人的或政客的论述，常常会偏于一侧一厢一面。把壶子写得太渊深太深渊了，反而可能显出浅薄、做作、漂浮乃至意气用事来。把列子写得太五体投地了，反而显得像是受挫、苔然、迷茫、灰心丧气、未老而痴呆了。把大道写得太玄妙了，怎么反而丧失了它的纯真朴素厚实与博大呢？怎么写着写着，列子倒是得到了“朴”、达到了朴的境界了，而壶子离“朴”越来越远了呢？

当然，老王在这里也有点故意抬杠的意思。

无为名尸，无为谋府；无为事任，无为知主。体尽无穷，而游无朕；尽其所受乎天，而无见得，亦虚而已！至人之用心若镜，不将不迎，应而不藏，故能胜物而不伤。

这一段像是四言诗、四言警句、四言箴言。可以容易地改成全四言：前四个无为某某之后是体尽无穷、而游无联、尽其所受……用心若镜……胜无不伤。

先贤一般将这里的无为作毋为讲，即不要承担虚名，不要（一味）生产计谋，不要成为事务任务的工具，或不要强迫别人去做什么不做什么事，不要成为知识与智力的垄断者、裁判者、鼓吹者。这是很有深意的。这或许可以解释为警惕异化现象的渊薮。不要让名啊、谋啊、事（功）啊、智慧啊，反过来主宰了自己，反过来牺牲了自己，使自己变成尸、变成府（库）、变成催迫自身的任（务）、变成主（导自身或被自己所主导的异己的力量）。

窃以为或可尝试着将“无”做主词、“为”做系词解释，即庄子之意是一切虚名或一切概念的主体其实是虚无。一切计谋、谋略的来源是出自虚无。一切事端事业事功事务的核心是虚无。一切知识智慧的主宰是虚无。

不论怎么样解读，反正大道的根本在于用心体会无的内涵与妙处，体味尽了这个无的妙处，也就是体尽了无穷，也就可以遨游于无朕之中。无朕，是无征兆之意，什么叫无征兆呢？就是脱离了事物的具体性、刚性、不可入性、差异性，只得到了万物的统一性、齐一性、浑然性、联系性、通达性，于是无往而不胜，无往而不利，无往而不可至。

“尽其所受乎天”，首先仍然是尽其天年、终其天飨、合其天性、用其天资、合其天意，享受了天赐的人生，实现了自我，“而无见得”，一般解释为不因此便自鸣得意，自我显摆，但亦不妨解释为无所索求，不因有所见（看到或显示）而求有所得。亦虚而已，即使受用尽了人生，仍然是得其虚无之理之境之道，越是尽其所受，越是体尽无穷，越是遨游无朕，成仙得道，越是能够做到虚空无碍透彻玲珑，无迹无碍。

至人之心若镜云云，强调的仍然是人的非主体性、被动性、适应性、非积淀性。一面镜子，谁来照，与镜子的意图无关，既不需要欢迎，也不需要引领，也大可不必驱逐，照完就走，不存盘，不隐讳，无所谓，来则映，去则删，不会因为来照镜子的人太多而造成镜子的或映照物的疲劳伤害，也不会因为来照的人太少而耐不住寂寞悲凉，镜子永远会胜任愉快。而当映照者离去以后，仍然归于太虚，归宿于无，无增无减，无喜无悲，无记忆亦无遗忘。这样一个无的功夫，也可以理解成是比一切强梁的主体性更强大的主体性，比一切强大的应帝王之术更百战百胜的应帝王之道。

一个得道之人，虽不要求他一片白茫茫大地真干净，而是完全可以做到的，如一面大镜，要有全有，要无尽无。可有可无，全无成心。

如果你听着看着仍然不太明白，那就对了，立言在庄，妙悟在己，无始无终，胜物而不伤，承载一切外物的作用而不受伤害。做得到做不到，谁给你保险呢？

南海之帝为儵，北海之帝为忽，中央之帝为浑沌。儵与忽时相与遇于浑沌之地，浑沌待之甚善。儵与忽谋报浑沌之德，曰："人皆有七窍以视听食息，此独无有，尝试凿之。"日凿一窍，七日而浑沌死。

又是千古名寓言。浑沌云云我们现时理解为一种状态，囫囵、糊涂、混杂、含蓄、模糊、有大的存在而无定形定义，同时能包含万有，孕育万物。上述的一些与浑沌含义不无接近的词，有的词甚至声母相同或韵母接近，以致在发挥讲解延伸上似乎也与"浑沌"云云有些牵连。

到了庄子这里，我们才知道，浑沌与儵（倏）、忽——倏忽是迅疾的意思。迅疾与浑沌似乎是对立的两面，倏与忽是急性子，是只争朝夕。浑沌则是难得糊涂，是浑然一体，是没有个抓挠的有物混成，先天地生。这三位都是天帝，倏是南海之帝，忽是北海之帝，浑沌是中央之帝，看来浑沌高于倏忽。倏忽二帝为了报答浑沌的盛情，要为本来没有七窍的浑沌凿出七窍，一天凿一个洞，等凿到七天，即双目双耳双鼻孔一口都打通了以后，浑沌也就被他们谋杀了。

这种想象力，这种故事寓言，无与伦比。含义则任凭您的体悟。是囫囵着感受世界好还是分科分类辨清世界好？是马马虎虎、模模糊糊地感觉世界好，还是什么都弄个门儿清好？是条分缕析，小葱拌豆腐一清二白好，还是大概齐、差不离、稀里糊涂好？是心细如发，明察秋毫，眼里不掺沙子好，还是心宽体胖、大而化之、宰相肚子里跑巡洋舰好？我们的老祖宗，特别是庄子倾向于选择后者。这是中国一种特有的快乐主义，不求甚解主义，自我安抚主义。而用到应帝王上呢，则是宜粗不宜细，则是抓大放小，则是含糊其辞，则是留有余地，则是永远不能让你太明白太清晰，保持浑沌（混沌）性渊深性未示人性弹性可变易性，才能处于不败之地。善哉！

浑沌（混沌）体现了中华传统文化的特有的整体主义、一元主义。我们的中医讲整体，我们嘲笑头痛医头、脚痛医脚的西医。在我国出现现代洋学校、西学之前，学校私塾，都是不分科系的。我们讲仁就假定一仁万事通，我们讲道就希望一道万事美。我们追求的是抓住了一，就一通百通，一顺百顺，一清百清。这样的思维方式也许当真不利于发展科技，但对于哲学、文艺、清谈乃至于政治动员，又有它的妙处。文艺作品最明显，例如《红楼梦》，说是爱情小说？世态小说？家族小说？兴亡小说？或毛主席所说的阶级斗争小说政治小说，似都不贴切，只能算是浑沌（混沌）小说。

正像不能排除条分缕析、分门别类、领地清晰的科学、医学、工程技术、社会分工一样，我们也不能完全否定浑沌（混沌）的逼近真理之道。你不管把世界与学问分得如何之细之清，你总有体会到通知通情通理通识的那一刻，你总有疲于分科，疲于分解的那一天，你会感受到浑沌（混沌）的妙处，你会对庄子、对中华文化、对中华思路、对充满无用之用的说庄子发出一个灿烂的、同时是无可奈何的微笑。